KB253650

청대시선

清代詩選

김학주 譯著

중국문학사를 훑어보면 시를 중심으로 하는 3000여 년에 걸친 전통문학의 발전은 당唐을 거쳐 북송北宋에 와서 그 정점을 이루고 남송南宋 이후로는 더 이상 발전하지 못한다. 필자의 『중국문학사』(신아사 간)는 그러한 문학발전의 양상을 바탕으로 문학사의 시기 구분을 하고 있다.

따라서 필자는 남송 이후의 중국문학에 대하여는 그다지 중시를 하지 않았기 때문에 시도 이전 시대의 작품에 비하여 매우 적게 읽어 왔다. 그러나 근래에 와서는 조국이 이민족에게 무력으로 압박을 당하고 심지어는 그들의 지배를 받게 되었을 적에 중국의 지식인들은 어떤 마음가짐이었고, 어떤 행동을 하였을까 특히 궁금해졌다. 이에 남송 이후로는 원元·명明·청淸을 통하여 몽고족과 만주족이 왕국을 세워 중국땅을 지배하기 시작할 때와 그들의 왕조가 무너질 무렵 중국 시인들의 작품에 특히 관심을 두고 읽기 시작하였다.

이런 바탕 위에 이루어진 것이 『명대시선明代詩選』과 『청대시선』이다. 우리도 과거 36년 동안 일본의 지배를 받은 경험이 있는 때문일까, 이들의 많은 시들이 직접 가슴에 와 닿는다. 그리고 많은 것을 생각하고 반성하게 한다.

그러나 이 시선집 번역 편찬의 목적이 전적으로 그러한 시대변화에 대한 관심에서 나온 것만은 아니다. 문학사적인 관심도 늘 함께 하였다. 남송 이후 자기네 전통을 잃은 문인들이 그들 선인들의 문학을 어떻게 이해하고 받아들이고 있는가, 그리고 선인들의 문학을 받아들이고 존중하면서도 그들의 시는 왜 복고復古·의고擬古의 범주를 벗어나지 못하는가 따위의 관심이다. 그리고 청대에 와서 크게 발전한 고전시에 대한 창작이론들이 어째서 그들의 실제 창작을 뒷받침하지 못하고 있는가 하는 것도 아직도 해결하지 못한 큰 문제의 하나이다. 따라서 새로운 시론詩論을 내세운 시인들의 작품도 그 특징을 찾아 뽑아서 번역하려고 노력하였다.

그러나 아직도 시를 뽑는 기준이며 번역에 문제가 많음을 스스로 인정한다. 독자 여러분들의 거리낌 없는 고견을 알려주시기 간절히 빈다. 끝으로 어려운 출판계의 실정에도 불구하고 양서출판을 사명으로 알고 일에 전념하는 명문당 사장 김동구씨에게 각별한 경의를 표한다.

2012년 12월

김학주 인헌서실에서

# 차례

## 2. 청 중엽의 시

## 3. 청 말엽의 시

# 해제 解題

# 1. 청대 문학의 특징

청나라는 만주족滿洲族의 왕조였으나 몽고족의 원元나라 때와는 달리 학문연구와 문학활동이 매우 활발하였다. 그것은 청조가 몽고족처럼 잔인하고 포악한 무력으로 한족들을 가혹하게 압박하지 않고, 무력을 쓰는 한편 부드러운 문화정책으로 한족들을 어르고 달랬기 때문이다. 만주족들은 한문화의 전통과 가치를 인정하여 한족들의 사회 관습과 종교 의식 같은 것을 되도록 그대로 보존케 하였다. 그뿐 아니라, 만주족의 황족皇族이나 귀족들은 자진하여 어릴 적부터 한문화에 의한 교육을 받아 한족과 같은 윤리관을 지니고 한족과 같은 시와 글을 짓게 되었다. 만주족은 무력으로는 한족을 지배하였지만 문화적으로는 한족에게 동화되는 양상을 보이었다. 그 때문에 이민족의 지배에 비분을 터뜨리던 한족 지식인들의 분위기도 차츰 가라앉아 뒤에는 거의 청조에 대한 원한을 찾아보기 어려운 형편에 이른다.

그것은 청나라 초기에 강희황제康熙皇帝(聖祖 1662-1722 재위)에 이어 손자인 건륭황제乾隆皇帝(高宗 1736-1795 재위) 같은 명군이 나와 적극적인 학술 부흥책을 쓴 데 크게 힘입는다. 강희황제 때에는 한족의 이름난 학자들을 동원하여 공전의 대문화 사업을 벌였으니, 「명사明史」의 편찬을 비롯하여 「패문운부佩文韻府」·「연감류함淵鑑類函」·「강희자전康熙字典」·「고금도서집성古今圖書集成」 등의 편찬 등이 그것이다. 건륭 황제 때에는

「사고전서四庫全書」란 어마어마한 전집이 편찬된 것을 비롯하여 「대청회전大淸會典」·「대청일통지大淸一統志」·「십팔성통지十八省通志」 등이 간행되었다. 그 사이 여러 번의 비참한 문자옥文字獄이 발생하였고 수많은 전적典籍들이 불태워졌지만, 많은 한족의 지식인들이 성군聖君의 후한 예우를 고맙게 여기면서 청조의 정책에 순순히 잘 따르게 되었다.

이것은 마침 청나라 조정에서 한족의 지식인들을 이러한 문화 사업에 동원함으로써 그들을 달래어 자기네에 대한 항거 세력을 없애려는 정책과 나라는 망했다 하더라도 문화 유산만은 잘 연구 보존시켜야겠다는 한족 지식인들의 욕구가 합치되었기 때문인 것 같다. 이래서 청대에는 고증학考證學을 비롯한 고전 학문의 연구가 성행한다. 또 한편 양계초梁啓超는 「청대학술개론淸代學術槪論」에서 청대에 고증학이 발전했던 것은 송宋·명明 이학理學에 대한 반발이라 하였다. 청대 초기에 황종희黃宗羲·고염무顧炎武·왕부지王夫之 같은 학자들이 실속없는 학문을 배격하고 경세치용經世致用의 실용적인 실학實學을 주장했던 것을 생각할 때 그럴싸한 이론인 듯하다. 여하튼 이러한 여러 가지 이유 때문에 청대 200여 년간에는 처음부터 끝까지 훈고訓詁·교감校勘·전석箋釋·수보蒐補·변위辨僞·집일輯佚 등 여러 분야의 고전 연구에 있어 다른 시대와는 비교도 안될 만큼 뛰어난 업적들이 쏟아져 나왔다.

이러한 복고적復古的인 경향은 학술뿐만 아니라 문학에 있어서도 현저했다. 청대에는 시·문·사·곡·소설을 막론하고 이전의 중국문학사에 정식으로 등장했던 모든 분야의 문학이 다시 끄집어내어져서 검토되고 또 그 옛 문학의 형식을 따라 작품이 다시 창작되었다. 심지어 산문에 있어서는 고문古文뿐만 아니라 변문駢文까지도 다시 논의되어 지어졌고, 곡에 있어서는 〈잡극〉은 물론 〈산곡〉·〈전기〉·〈곤곡崑曲〉 등 모든 형식의 것들이 다시 한 번 창작되었다. 따라서 청대의 문학에는 새로운 생명력이나 창조적인 의식 같은 것은 찾아보기 어렵지만, 고전 문학의 연구와 정리란 면에 있어서는 큰 성과를 올리고 있는 것이다. 다만 송·명대에 발생하였던 백화소설白話小說이 청대에 와서 본격적인 문학으로서의 지위를 획득하고 창작면에서도 큰 성과를 올리고 있는 것이 특기할 만한 일이라 할 것이다.

이렇게 볼 때 청대 문학은 중국의 고전문학을 총 정리하고 결산한 시대라고 말할 수 있을 것이다. 그것은 또 청 말에 이르러 서양 문학 이론의 도입으로 말미암아 중국의 정통문학이 일단 매듭을 짓고, 서양 문학 이론에 입각한 새로운 중국 신문학의 창작시대가 전개된다는 사실에서 볼 때 더욱 실감이 나는 표현이 될 것이다. 어떻든 청대에는 갖가지 중국의 고전문학이 모두 등장하여 연구되고 검토된 시대이기 때문에 운

문이나 산문을 막론하고 창작 면에서는 별로 볼 것이 없지만 이론 면에 있어서는 온갖 방법과 방향이 다 동원되고 있다. 중국의 고전문학은 청대의 문학 활동에 의하여 훨씬 올바른 평가가 내려지게 되었다고도 할 수 있다.

## 2. 청대의 시

　　청대 시는 청대문학의 복고적인 조류 속에서 작가들이 모두 이전 시대의 시에서 규범을 찾았으므로, 사람마다 시에 대한 견해나 이론이 달라서 여러 가지 유파로 갈렸다. 이 유파를 크게 보면 대체로 당시唐詩를 숭상하는 종당파宗唐派와 송시宋詩를 규범으로 받드는 종송파宗宋派로 나뉘어진다. 그러나 〈종당파〉나 〈종송파〉도 간단한 게 아니다. 〈종당파〉 속에는 신운神韻을 주장하는 사람, 종법宗法을 내세우는 사람, 격조格調를 말하는 사람, 기리肌理를 중시하는 사람 등이 있고, 초당初唐 · 성당盛唐 · 만당晩唐의 구별도 있다. 〈종송파〉에는 통속적인 경향으로 흐르는 것을 반대하는 사람, 음란하고 야한 것을 반대하는 사람이 있고, 소식蘇軾을 받드는 사람과 황정견黃庭堅을 숭상하는 사람, 육유陸游를 좋아하는 사람 등이 있다. 그렇지만 이러한 옛날 시의 경향과는 상관없이 진실한 자세로 자기의 창의와 개성을 살리던 시인들도 없었던 것은 아니다. 다만 이들이 청대 시의 조류를 유도할 만큼 수준이 뛰어나지도 않았고 그들의 수가 많지도 않았을 뿐이다. 그리고 청나라가 말엽에 이르러 국내외로 혼란이 더해가던 도광道光(1821-1850) · 함풍咸豊(1851-1861) 년간 무렵부터 시인들의 관심이 개인 생활보다도 국가나 사회 쪽으로 더 기울기 시작한다는 것도 특기할 사실일 것이다.

## 1) 청 초의 시

　청 초에는 전겸익錢謙益과 오위업吳偉業이란 2대 시인이 나와 시단을 영도하는데, 이들의 시에 대한 견해 차이는 청대 시를 결국 커다란 두 종파로 갈라지게 만든다. 이들은 당이나 송을 뚜렷이 내세우지는 않았지만, 전겸익은 〈종송파〉의 시작이고, 오위업은 〈종당파〉의 출발이라 말할 수 있는 성격의 작가이다.

　전겸익은 문학 이론에 있어 명대 전칠자前七子와 후칠자後七子의 옛 작품을 본뜨려는 방식을 반대하는 한편, 명 말의 의고주의를 반대하고 나섰던 경릉파竟陵派의 기벽奇僻이나 천박淺薄도 공격하였다. 그는 여러 면에서 공안파公安派의 문학 사상에 가까웠다. 그러나 명대의 칠자七子들이 "시는 꼭 성당을 본받아야 한다(詩必盛唐)"고 하던 태도를 공격하고, 자기 나름대로 새로운 시의 국면을 전개시켰던 송宋·원元 시를 높이 평가한 데서 청대 〈종송파〉의 출발이 된 것이다. 그는 특히 송대에 있어서는 소식蘇軾, 원대에 있어서는 원호문元好問의 시를 매우 좋아하였다.

　오위업은 중국 사람들이 명나라의 벼슬을 하던 사람으로 청나라에서도 벼슬했다고 욕하는 이가 많지만 그의 시에는 오랑캐에게 빼앗긴 조국을 서러워하는 색채가 짙다. 어떻든 오위업은 〈종당시파〉의 출발로

서 전겸익과 함께 청 초의 시단을 대표하는 시인이다.

　　이들 이외에도 고염무顧炎武(1613-1682)를 비롯하여 황종희黃宗羲 · 왕
부지王夫之 · 굴대균屈大均 같은 명대로부터 넘어온 시인들이 좋은 시를
짓고 있다. 다만 이들의 시에는 청조의 비위에 걸리는 내용들이 많았다.
그 때문에 그들의 시를 짓는 활동이나 시가 세상에 전하여지는 데에 지
장을 주어 그들의 참된 면모를 알아보기 어렵게 된 듯하다.


### 2) 종당시파 宗唐詩派

　　전겸익과 오위업 이후 본격적으로 성당의 시를 내세웠던 이가 왕사
정王士禎(1634-1711)이다. 그는 전겸익에게서 시를 배웠으나 송 · 원대의
시를 좋아하지 않고, 전겸익이 가장 반대하던 송대 엄우嚴羽의 「창랑시
화滄浪詩話」의 이론을 계승하여 신운설神韻說을 주장하였다. 그는 시의
인위적인 수식이나 논리를 반대하고 초현실적인 신정神精과 운미韻味를
주장한 것이다. 그는 사공도司空圖가 「시품詩品」에서 "한 자도 쓰지 않
고 멋을 다 표현했다(不着一字, 盡得風流.)."고 한 의경을 높이 사, 시는
선禪의 경지와 일치해야 되고 그림과도 같은 취향을 이루어야 한다는

것 같은 신화神化의 묘한 경지에 이르기를 주장한 것이다. 그가 주장했던 〈신운神韻〉에는 그가 좋아했던 포송령蒲松齡의 요괴나 귀신을 주제로 한 「요재지이聊齋志異」와 고향 제齊땅의 초현실적인 문화적 분위기도 영향을 끼친 듯하다. 그는 「당현삼매집唐賢三昧集」을 내어 시작의 규범으로 제시하였는데, 여기에는 왕유王維와 맹호연孟浩然의 시가 중심을 이루고 있다. 청초에는 전겸익의 영향으로 송시가 유행하고 있었는데, 왕사정의 이러한 주장은 그때 시단의 조류를 바꿔 놓았다. 그는 전고의 사용을 꺼리며 자연스런 표현으로 신운을 추구한 결과 짧은 칠언절구七言絕句에서 좋은 성과를 올리고 있다. 그러나 시의 규모가 작은 것이 결점이라고 비평가들에 의하여 지적되고 있다.

이 밖에 시윤장施閏章 · 송완宋琬 · 주이존朱彝尊 · 심덕잠沈德潛 · 옹방강翁方綱 같은 당시를 떠받드는 작가들이 있었다.

이 중 옹방강翁方綱(1733-1818)은 착실한 고증학자로서 처음에는 〈신운설〉을 좋아하였으나 시가 가볍고 실속이 없게 되기 쉽다 하여 자기 나름대로 기리설肌理說을 내세웠다. 〈기리〉란 시인의 학문을 바탕으로 하여 시의 실질적인 내용을 이루고 뼈와 살을 이루는 시를 써야 한다는 것이다. 그래서 시는 겉모양은 허술하더라도 실질적인 내용을 지니고 있어야 한다는 것이다. 그의 시론은 그러했지만 그의 시는 그러한 이론을 제대로 실천하지 못하고 있다.

이처럼 〈종당시파〉는 왕사정을 정점으로 하고, 그의 시론을 근거로 하여 자기의 새로운 시론을 작품으로 써내려 하였던 것이다. 그리고 모두가 복고적인 경향을 벗어나지는 않고 있다. 바로 이것이 청대 시단의 특징이라 할 수 있을 것이다.


### 3) 종송시파 宗宋詩派

전겸익 이후로 정식으로 송시를 표방하고 나온 작가에는 송락宋犖 · 사신행査慎行 · 여악厲鶚 같은 이들이 있었다. 송락(1634-1713)은 특히 소식蘇軾의 시를 배우려 했으며, 그의 「만당설시漫堂說詩」 가운데에서는 소식처럼 거침없고 생생하고 참신한 시를 내세우고 있어, 그 당시에는 왕사정의 시론과 쌍벽을 이루었다.

사신행(1650-1727)은 특히 이론적으로는 "자기의 시" 또는 "개성 있는 시"를 내세워 새로운 시풍의 개척에 힘썼다. 그는 본시 당시를 배웠으나, 뒤에는 소식蘇軾과 육유陸游의 시를 떠받들었다. 그는 시에 있어 전고의 사용이나 문장의 수식에 힘쓰지 않은 이른바 "백묘白描"라는 점에 있어 어느 정도 성공을 거두고 있다. 이것은 송시의 오묘한 취지를 바탕으로 하여 개발된 것으로 보아야 할 것이다.

여악(1692-1753)은 자신의 학문을 바탕으로 송인들처럼 통속적인 방향으로 흐르는 것을 반대하고 새로운 것을 좋아한 나머지 시에 괴팍한 글자와 알아보기 힘든 전고典故를 많이 썼다. 따라서 그의 시집에는 깨끗하고 청신한 작품이 드문 것이 큰 흠이다.

이들 이외에도 정식으로 송시를 표방하지는 않았지만 여기에 붙여 소개해야 할 시인으로 조익趙翼(1727-1814)이 있다. 조익은 왕사정의 〈신운설〉을 반대하고, 청대 시인으로는 오위업吳偉業과 함께 사신행査愼行을 크게 평가하였다. 그의 시를 보면, 약간의 이론이나 풍자를 섞으며 아무런 격조(格調)도 따지지 않고 가벼이 산문을 쓰듯 써 내려가고 있지만, 오히려 천박하거나 속되지 않고 어느 정도 언외言外의 맛을 느끼게 하고 있다. 이것은 송시의 수법을 계승한 것이라 보아야만 할 것이다.


## 4) 성령시파 性靈詩派

청대의 시론에 성령설性靈說을 도입한 시인은 원매袁枚(1716-1798)이다. 그는 격조파格調派의 옛 것을 본뜨는 습성이나 문구의 수식을 반대하고, 시가의 도학적道學的인 제약을 배격하면서, 시는 작가의 참된 감정과 개성의 표현이어야 한다고 주장하고 있다. 그리고 문학의 시대성을 크게 내세운다. 이러한 그의 이론을 보면, 그의 성령설性靈說은 직접 명말 원굉도袁宏道를 중심으로 한 공안파公安派의 낭만주의 문학 이론을 계승한 것임을 알겠다. 그는 〈성령〉의 자유로움에 거리끼는 모든 것을 주저 없이 반대하고 배척하였다. 그 때문에 정통문학 또는 복고파復古派가 세상을 휩쓸던 그 시대에 그는 이단적인 시인으로 몰리는 수밖에 없었다. 그 자신은 물론 명말 공안公安ㆍ경릉竟陵파의 문학이 불태워지고 금서禁書가 된 것도 그 때문이었다.

원매는 젊은 나이에 과거에 급제한 뒤 벼슬을 하다 산수를 즐기고 음악과 여자들을 좋아하는 나머지 33세의 나이에 벼슬을 그만두고 강녕江寧(지금의 南京) 소창산小倉山에 수원隨園이란 큰 동산을 꾸미고 자유롭고도 낭만적인 생활을 즐겼다. 그는 상인이나 노동자나 선비를 가리지 않고 창화唱和하며, 주위에 수많은 여자들을 제자로 거느려 「수원여제자시선隨園女弟子詩選」까지 내고 있다. 그 때문에 세상 사람들은 경박하다느니, 방탕하다느니 하고 욕하였으나 실제로 그의 시를 읽어보면 그처럼 부박하거나 방탕하지는 않다.

이 밖에도 시의 격조格調나 종법에 구애받지 않고, 원매처럼 자유로운 태도로써 개성적인 시를 쓴 작가로 정섭鄭燮·황경인黃景仁·장문도張問陶 같은 이들이 있다.

정섭(1691-1764)의 시도 그의 생활처럼 자유롭고 개성적임을 발견하게 된다. 그에게는 중국의 일반 문인들처럼 우아하고 아름다운 기풍이나 형식적인 경향이 없고, 오직 천진天眞하고 낭만적인 맛만이 느껴진다. 그리고 그가 사회의 하류 계층, 고생하고 노동하는 민중들에게 보여주고 있는 동정은 높이 평가해야 할 것이다. 그의 「사귀행思歸行」·「도황행逃荒行」·「환가행還家行」 같은 것은 청 일대를 대표할 훌륭한 사회시들이다.

황경인(1749-1783)은 평생을 숨어 산 사람이라 그의 작품에는 가난과 병 속에 외롭고 시름 많은 다정다감한 작가를 느끼게 하는 시들이 실려 있다. 같은 시대의 홍양길洪亮吉(1746-1809)은 그를 평하여 "가을 벌레가 이슬 속에 흐느끼고, 병든 학이 바람을 맞으며 춤추는 듯하다(秋蟲咽露, 病鶴舞風)."(「北江詩話」) 하였다. 특히 그의 「관조행觀潮行」 시는 원매가 절찬을 한 작품이다.

장문도(1764-1814)는 원매와 비슷한 시론으로 시를 쓰고 있다. 그는 "시 속에 자기가 없다면 시를 없애버리는 게 좋다(詩中無我不如刪)."

(「論文」)고 하면서 작가의 개성을 내세우고, 격조나 종법宗法 및 인위적인 묘구妙句 같은 것을 반대하였다. 그는 원매에게서 배우지는 않았지만 원매의 〈성령설〉의 계승자라 하겠다.

〈성령시파〉들의 진지하고 창의적인 시작 태도는 청대 시단에서는 특히 소중하게 여겨진다.

그들보다도 청대에 시명을 날린 이들로는 전대흔錢大昕(1728-1804) · 공자진龔自珍(1792-1841) 같은 학자들과 장사전蔣士銓(1725-1785) 같은 극작가가 있었다. 그중에도 만청 공자진의 「기해잡시己亥雜詩」 315수는 자신의 생활과 사상을 반영한 개성적인 작품으로 청말의 시단을 장식하고 있다.


## 5) 만청 晩淸의 시

만청의 도광道光 · 함풍咸豐 이후(1821 이후)로는 시단에 또다시 송시의 바람이 일었다. 증국번曾國藩(1811-1872) · 하소기何紹基(1799-1873) · 정진鄭珍(1806-1864) · 막우지莫友芝(1811-1871) · 김화金和(1818-1885) 같은 이들이 앞장을 섰고, 이른바 동광체同光體라 불리는 시를 쓴 심증식沈曾植(1850-

1922)·진삼립陳三立(1852-1936)·정효서鄭孝胥(1860-1938) 등이 뒤를 이었다. 그들은 송시 중에서도 소식蘇軾과 황정견黃庭堅의 시를 특히 숭상하여 이들을 통틀어 강서파江西派라 부르는 경우도 있다. 이처럼 만청시대에는 송시의 숭상이 시단의 주류를 이루었는데, 이들에게서 조금씩 민족적 자각과 사회의식이 깨어나기 시작한다. 왕개운王闓運(1832-1916) 같은 한위漢魏와 성당盛唐의 시를 내세운 이도 있기는 하였다. 그러나 그의 시는 옛 작품을 본뜨는 수준에 머물고 만 정도이다. 청대도 말엽에 이르러는 밀어닥치는 서양문화의 영향을 받아 마침내 신파新派의 시가 생겨났다. 그것은 황준헌黃遵憲(1848-1905)·담사동譚嗣同(1865-1898)과 유신파維新派의 중심 인물인 강유위康有爲(1858-1927)·양계초梁啓超(1873-1929) 등에 의하여 이루어졌다.

그러나 이상에서 소개한 작가들 중에서도 비교적 값있는 작품을 남긴 이는 정진鄭珍·김화金和와 황준헌黃遵憲 같은 사람들이며, 왕개운王闓運은 그 당시의 명망은 대단했으나 중국 정통시의 결말을 지은 시인이라 할 수 있는 정도 이상의 평가를 받을만한 작품은 남기지 못하였다.

정진은 과거에 실패하고 나서 고향에서 가난하고 처량한 생활을 하여 그의 시에는 침울하고 처참한 작품이 많다. 또 〈태평천국太平天國의 난〉 때(1850-1864)에는 귀주貴州는 일찍이 난에 휩쓸려 그는 생활상 더욱 심각한 위협과 고통을 겪었다. 그러나 이것은 자기 개인의 괴로움을 바탕으로 하여 온 사회의 고통을 체험할 계기가 되어, 그의 시는 사회시로서의 무게를 한층 더하고 있다.

김화도 〈태평천국의 난〉을 겪으면서 여러 가지 어려운 경험을 쌓아 어지러운 세상과 고난을 읊은 시들이 많다. 특히 그는 옛날 사람들의 격식을 무시하고 얘기하는 듯한 문체 또는 산문체散文體·일기체日記體 등으로 사회시를 쓰고 있는 것이 두드러진 특징이다. 그의 시는 전통적인 중국시처럼 돈후敦厚하고 전아典雅한 맛이 없는 대신, 대담하고 진실하고 청신하고 싱싱하다.

황준헌은 20여 년간의 외교관 생활을 통하여 구미 각국과 일본 등지를 돌아다녔으므로, 옛 격식을 벗어난 새로운 시의 경지를 개척할 수가 있었던 것이다. 그는 중국의 시 속에 새로운 이상과 새로운 내용을 담으려 하였다. 그는 시의 용어에도 새로운 현대어들을 도입하면서, 자기의 이러한 노력을 통하여 〈별창시계別創詩界〉를 추구하였다. 그는 자기 고향의 민요와 일본의 민가民歌를 좋아하여 그러한 민요 형식을 자기 시에 도입하고 있다. 호적胡適은 그의 「오십년래중국지문학五十年來中國之文學」에서 그의 민요 형식의 시들을 완전한 백화시白話詩라 말하고 있다.

　그 밖에도 그의 시집을 보면, 「비평양悲平壤」·「동구행東溝行」·「애려순哀旅順」·「곡위해哭威海」·「마관기사馬關紀事」·「대만행臺灣行」·「외국연군입범경사外國聯軍入犯京師」 등 시사時事와 관련된 시들이 허다하다. 그의 시는 모두가 역사적인 시이며, 바로 역사이기도 하다. 그의 시의 사회적인 의의는 이전의 어느 사회 시인보다도 크다 할 것이다. 황준헌과 함께 양계초梁啓超가 한때(1898-1903 무렵) 벌였던 시계혁명운동詩界革命運動과 그가 지은 시들은 그 당시 문단에 큰 자극을 주기도 하였다. 그러나 양계초를 비롯한 신시新詩를 추구했던 이들의 작품이 문학혁명의 경지로 발전하지 못한 것은, 그들이 중국 고시의 껍데기까지도 완전히 벗어버리고 모든 전통적인 제약으로부터 해방되려는 노력까지 기울이지는 않았기 때문일 것이다.

# 시선 詩選

# 1. 청 초기의 시

전<br>겸<br>익

 錢謙益 ● 1582-1664

자가 수지<sub>受之</sub>, 호가 목재<sub>牧齋</sub>이며, 강소성<sub>江蘇省</sub> 상숙현<sub>常熟縣</sub> 사람이다. 그는 명 말의 정치결사<sub>政治結社</sub>였던 동림당<sub>東林黨</sub>의 지도자였으며, 명나라가 망해갈 때 진사가 된 뒤 남경<sub>南京</sub>에서 제위<sub>帝位</sub>에 올랐던[淸 世祖 順治元年(1644)] 복왕<sub>福王</sub> 아래 예부상서<sub>禮部尙書</sub>를 지냈고, 청나라에 항복한 뒤에는 예부시랑<sub>禮部侍郎</sub>이 되었으나, 곧 고향으로 돌아와 여생을 보내었다. 그에게는 「초학집<sub>初學集</sub>」과 「유학집<sub>有學集</sub>」이 있고, 「열조시집<sub>列朝詩集</sub>」이라는 자기 견해에 입각하여 명대 시를 편찬한 것이 있다.

# 꽃이 없어(無花)

객지에 꽃도 없어 홀로 누각 위에 기대어 서니
봄을 찾을 방도가 없어 한만이 한이 없네.
꽃이 없는 것도 오히려 좋은 점이 있으니
꽃잎이 날아가 버리는 시름은 하지 않아도 되기 때문일세.

객 리 무 화 독 의 루　　　토 춘　무 계 한 유 유
客裏無花獨倚樓하니,　討春<sup>1)</sup>無計恨悠悠<sup>2)</sup>라.

무 화 역 유 편 의 처　　　생 각　화 비 일 단 수
無花亦有便宜處니,　省却<sup>3)</sup>花飛一段愁라.

| 註解 |

1) 討春(토춘)– 봄을 찾아오다, 봄을 불러오다.　2) 悠悠(유유)– 끝없는 모양, 한이 없는 모양.　3) 省却(생각)– 생략케 하다, 없어도 되게 하다.

| 解說 |

벼슬을 못하게 되어 고향으로 돌아오기 직전 북경에서 지은 시이다. 사상이 순수하지 못한 시인이라서 그의 서정의 진실성이 의심된다.


# 옥중잡시(獄中雜詩)

된 서리 내리고 구름은 자욱한데 철문엔 자물쇠 채워져 있고
차의 향기 즐기고 수유주茱萸酒 마시는 일 이젠 다 글렀네.
남쪽 관 쓰고 옥에 갇히어 몸 노쇠하니 검은 두건 쓰고 손님
　　못 기다리는 것이 가엽고,

옥졸들이 바삐 왔다갔다하는 것을 술 갖다 줄 흰옷 입은 사람
   인줄로 아네.
집사람은 울타리 가에 핀 국화보다도 얼마나 야위어 있을까?
이 몸 북쪽으로 날아가는 기러기처럼 언제나 집으로 돌아갈까?
멀리 온 세상에서는 등고登高의 모임 벌이고 있을 것이고,
많은 사람들이 북경 쪽을 향하여 저녁 해 아래 술을 땅에 부
   으며 날 위해 빌고 있으리라.


霜慘雲繁鎖¹⁾鐵扉²⁾하니,　茶香萸酒³⁾事都非라.

南冠⁴⁾潦倒⁵⁾憐烏帽⁶⁾하고,　獄卒蜋蹌⁷⁾認白衣⁸⁾라.

人比籬花何許瘦오?　身如朔雁⁹⁾幾時歸오?

遙知四海登高會하고,　多指燕山¹⁰⁾酹¹¹⁾夕暉라.


| 註解 |

1) 鎖(쇄)- 자물쇠가 잠기어 있는 것.  2) 鐵扉(철비)- 옥의 철문.  3) 萸酒
(유주)- 수유(茱萸) 열매를 띄운 술. 옛날 중국에서는 9월 9일 중양절(重陽
節)에는 친구들과 등고(登高)라 하여 산에 올라가 술을 마시며 즐겼다. 그때
수유 열매가 달린 가지를 머리에 꽂고 사기(邪氣)를 물리쳤고, 술에 수유 열
매를 띄워 마시기도 하였다.  4) 南冠(남관)- 남쪽 관을 쓰고 옥에 갇혀있는
것. 옛날 초(楚)나라 종의(鍾儀)가 진(晉)나라에 잡혀있으면서도 자기 고향의
관을 쓰고 있었다(『左傳』 成公 9年).  5) 潦倒(료도)- 노쇠한 것, 늙고 허약
한 것.  6) 烏帽(오모)- 검은 두건(頭巾). 당(唐)나라 대시인 두보(杜甫)가 중
양절에 "손님 위하여 검은 두건 말라 쓰고, 시동에게 좋은 술통에 담아가지
고 따라오게 하다(爲客裁烏帽하고, 從兒具綠樽이라.-「九日五首」)."고 한 시
가 있다. 따라서 '검은 두건'은 오는 손님을 마중하는 것을 뜻한다.  7) 蜋蹌
(랑창)- 빠른 걸음으로 왔다갔다하는 것.  8) 白衣(백의)- 흰옷. 옛날에는 심

부름하는 사람이 있었다. 특히 진(晉)나라 도연명(陶淵明)이 중양절에 술이 떨어졌는데, 지방 관원이 흰옷 입은 사자를 내어 술을 보내주었다는 얘기가 전한다(『續晉陽秋』).  9) 朔雁(삭안)- 북쪽으로 날아가는 기러기.  10) 燕山(연산)- 하북성(河北省)에 있는 산. 여기서는 연경(燕京), 작자가 갇혀있던 북경을 가리킨다.  11) 酹(뢰)- 술을 땅에 부으며 제사 지내는 것.

| 解說 |

전겸익은 명明나라 숭정崇禎 10년(1637) 고향에서 지내던 중 고향사람으로부터 비열한 토호열신土豪劣紳이라는 고발을 당하여 형부刑部에 잡혀가 1년 넘는 옥살이를 하였다. 그때 9월 9일 중양절重陽節을 맞은 감상을 읊은 것이다. 모두 30수의 시를 짓고 있는데, 이 시는 그 중 제17수이다. 시로써 옥중의 무료함을 극복하려 했던 것도 같다.


# 등불 밑에서 안사람이 꽃병에 꽃을 꽂는 것을 보고서 장난삼아 지은 네 수의 절구(燈下看內人揷瓶花戲題四絕句)


## 기일(其一)

수선화와 가을 국화는 함께 그윽한 자태 지녔는데,
사기 병에 두세 가지 꽂아놓았네.
작은 창 앞에 낮게 등불 곁에 처져 있으나,
쌀쌀한 기운 이는 이때 내 임은 병석에서 일어났네.


水仙秋菊並幽姿러니,  揷[1]向磁瓶[2]三兩枝라.
低亞[3]小牕燈影畔[4]하니,  玉人病起薄寒時라.

| 註解 |

1) 揷(삽)- 꽂다.  2) 磁瓶(자병)- 사기 병.  3) 低亞(저아)- 낮게 쳐지다, 낮게 드리우다.  4) 燈影畔(등영반)- 등불 곁, 등불 근처.


## 기사(其四)

몇 송이 싸늘한 수선화 꽃은 분위기 스스로 한적하고,
무더기로 핀 국화 한 가지는 매우 화려하네.
당신 덕분에 꽃꽂이 책을 펼쳐볼까 했는데
흐린 등불 흰 벽 사이에 있는 이것이 바로 그 책일세.

기 타 　한 화 의 자 한<br>
幾朵<sup>1)</sup>寒花意自閑하고,　一枝叢雜<sup>2)</sup>已爛斑<sup>3)</sup>이라.

빙 군 욕 방 병 화 보<br>
憑君欲訪瓶花譜<sup>4)</sup>러니,　只在疎燈素壁閒이라.

| 註解 |

1) 朵(타)- 꽃송이.  2) 叢雜(총잡)- 잔뜩 어우러져 있는 것, 무더기로 있는 것.  3) 爛斑(란반)- 화려한 것, 알록달록한 것.  4) 瓶花譜(병화보)- 병에 꽃꽂이 하는 방법을 적은 책. 명(明)나라 장겸덕(張謙德)에게 『병화보』 1권이 있다.


| 解說 |

작자는 중국의 사대부들 중 드문 애처가임이 분명하다. 중국의 고시에는 자기 부인과의 관계를 읊은 시가 그다지 많지 않다. 그러나 여기의 '내인'은 작자의 첩 유은柳隱이다. 명기名妓 출신으로 작자는 본부인보다도 이 첩을 더 사랑했음이 분명하다. 4수 중 두 수를 뽑았다.

# 성집도 낙엽시에 화작함(和盛集陶<sup>1)</sup>落葉)

종산의 가을은 깊어 온 나뭇잎 드물어지니,

처량함이 모두 전란의 먼지 되어 날아가 버린 때문인 듯.

찬 이슬에 매서운 찬바람 탓임은 알지 못하고

오직 금릉 땅에 왕기가 사라졌기 때문이라 하네.

달에 의지하여 사는 항아에게는 부질없이 계수나무만이 있고,

서리 밟고 다니는 청녀에게는 옷이 없어 더욱 처량하네.

아름답던 숲도 참담하기 사막과 같은데

아득히 먼 싸늘한 하늘엔 한 마리 기러기 날아 돌아가고 있네.

秋老鍾山<sup>2)</sup>萬木稀하니, 凋傷<sup>3)</sup>總屬劫塵<sup>4)</sup>飛라.

不知玉露<sup>5)</sup>凉風急하고, 秖<sup>6)</sup>道金陵<sup>7)</sup>王氣非라.

倚月素娥<sup>8)</sup>徒有樹하고, 履霜靑女<sup>9)</sup>正無衣라.

華林<sup>10)</sup>慘淡如沙漠이오, 萬里寒空一雁歸라.

| 註解 |

1) 盛集陶(성집도)‒ 성사당(盛斯唐), 자가 집도. 순치(順治) 2년(1645) 남경(南京)이 청나라 군대에게 함락되자, 전겸익은 청나라에 항복하고 예부시랑(禮部侍郎) 벼슬을 받았다. 그러나 순치 5년 67세 때 반청의군(反淸義軍)사건에 연루되어 남경 감옥에 갇혀있다가 옥외간관(獄外看管)으로 나와 있으면서 이들과 교유하며 지은 시이다.  2) 鍾山(종산)‒ 남경시 동쪽에 있는 산 이름, 자금산(紫金山)이라고도 부른다.  3) 凋傷(조상)‒ 낙엽 지고 시들고 한 것.  4) 劫塵(겁진)‒ 전진(戰塵), 전란의 먼지.  5) 玉露(옥로)‒ 흰 이슬.  6) 秖(지)‒ 다만, 지(只).  7) 金陵(금릉)‒ 남경(南京)의 별칭.  8) 素娥(소아)‒

달에 살고 있다는 항아(姮娥).  9) 靑女(청녀)– 서리와 눈의 신녀(『淮南子』
天文訓).  10) 華林(화림)– 화려한 숲.



작자가 변절하여 청나라에 항복한 뒤의 시이다. 순치順治 5년(1648), 그가 67세가
지난 뒤에는 옥에서는 나왔지만 그대로 감시 아래 살아가면서 성사당盛斯唐, 임고
도 林古度  하오명何寤明 같은 사람들과 시를 주고받으며 지내고 있었다. 변절하였
는데도 압박은 더하여 마음 더욱 처량했을 것이다. 이 시도 2수 중의 제2수이다.

# 금릉에서의 후관기(金陵後觀棋)  6수(六首)

고요한 마른 바둑판 위엔 공허한 울림만 일고,
진회엔 가을이 깊어 찬 물결이 울부짖는 소리 내네.
머리 흰 노인들이 등불 그림자 비치는 싸늘한 밤에
한 판에 두는 바둑판 위에 육조의 흥망을 보는 듯하네.

적 막 고 평　향 혈 료　　　진 회　추 로 열 한 조
寂寞枯枰[1]響冱寥[2]하고,　秦淮[3]秋老咽寒潮라.
백 두 등 영 양 소 　리　　일 국 잔 기 　견 육 조
白頭燈影涼宵[4]裏에,　一局殘棋[5]見六朝[6]라.



1) 枯枰(고평)– 마른 나무로 만든 바둑판.  2) 冱寥(혈료)– 공허한 것, 쓸쓸
한 것.  3) 秦淮(진회)– 남경 서남쪽에 있는 진회하(秦淮河), 그 근처는 번화
한 향락의 지역으로 유명했다.  4) 涼宵(양소)– 싸늘한 밤.  5) 殘棋(잔기)–
다 끝나지 않은 바둑판.  6) 六朝(육조)– 오(吳)·동진(東晉)·송(宋)·제
(齊)·양(梁)·진(陳)의 여섯 왕조가 남경에 도읍을 하고, 3세기에서 6세기
사이에 흥망성쇠를 거듭하였다.

제목에 「후관기 後觀棋」란 말이 들어있는 것은 그에 앞서 왕유청 汪幼淸 에게 「관기
절구육수 觀棋絕句六首」의 작품이 있기 때문이다. 이 시는 청나라 순치 順治 4년
(1647) 작자가 남경에 머물면서 왕유청의 시를 본 뒤 지은 시이다. 청나라에 항복
을 하기는 하였지만 망한 조국에 대한 애잔한 그리움이 담겨있는 시이다.

# 오위업

 吳偉業 ● 1609-1672

자는 준공駿公, 호는 매촌梅村, 강소성江蘇省 태창太倉 사람. 진사가 된 뒤 편수編修를 시작으로 좌서자左庶子 등의 벼슬을 하였다. 복왕福王 때(1644-1645) 소첨사少詹事 벼슬이 주어졌으나 대신들과 맞지 않아 고향으로 돌아왔다. 청 순치順治 10년(1653)에 서울로 불려나와 비서시강秘書侍講이 되었다가 순치 13년엔 국자감좨주國子監祭酒로 승진하였다. 그러나 1년 뒤 모친상을 당하여 고향으로 돌아와 전원생활을 하다가 일생을 마치었다. 그의 문집으로 『매촌가장고梅村家藏稿』가 있다.

# 배 징발하는 노래(捉<sup>1)</sup>船行)

관청에서 관원을 내어 군사들 실어 나를 배를 징발하자
큰 배들은 돈을 써서 징발을 면하고 중간치 배가 가게 되는데,
중간치 배는 가다가 갈대 무성한 항구에 잠시 숨어 피하고
작은 배만이 알지도 못하고 노래 부르며 따라가네.
군에서 어제 공문을 내려보냈는데 관원들은 호랑이 같고,
빠른 배는 바람을 쫓듯 급히 노를 저어 달려오네.
촌사람은 팔꿈치 다 드러나는 옷을 입고 머리채 잡히어 끌려
    와서
등을 흙 소처럼 호되게 얻어맞네.
억지로 이 작은 배 어디에 쓰시렵니까 하고 물으며
시끄럽게 버티자 길 가던 사람들 모여드네.
앞머리 배가 사정을 보고는 감히 나아가지 못하고
이를 아는 뱃사람들이 돈을 모아 갖다 바치네.
배 주인들은 집집마다 일만 전錢의 돈을 써서
관청에서 예년처럼 점검하기를 기다리네.
배를 돌려보내고도 여전히 경상비經常費를 받아내고
그밖에도 관원을 내어 배를 빌릴 값이라 하며 집집마다 세금
    을 내도록 하네.
그대는 보지 못하는가?
관선官船은 크고 높다란데 쓸 곳이 없어
북 울리며 깃발 꽂아놓고 부두에 대어놓고 있네.


官差<sup>2)</sup>捉船爲載兵하니,　大船買脫<sup>3)</sup>中船行이러니,

"

中船蘆港[4]且潛避하고, 小船無知唱歌去라.

郡符[5]昨下吏如虎하고, 快槳[6]追風搖急櫓하며,

村人露肘[7]捉頭來하여, 背似土牛[8]耐鞭苦라.

苦辭[9]船小要何用고 하며, 爭執洶洶[10]路人擁이라.

前頭船見不敢行하고, 曉事[11]篙師[12]斂錢送이라.

船戶家家壞[13]十千[14]하여, 官司査點[15]候如年이라.

發回[16]仍索常行費[17]하고, 另派門攤[18]云雇船[19]이라.

君不見가? 官舫嵬峨[20]無用處하여, 打鼓揷旗馬頭[21]住라.



1) 捉(착)– 잡아가다, 강제로 징발하다.  2) 差(채)– 관원을 파견하는 것.  3) 買脫(매탈)– 돈을 써서 면하다, 돈을 써서 빠지다.  4) 蘆港(로항)– 갈대가 우거진 항구, 항구의 갈대가 우거진 곳.  5) 郡符(군부)– 군에서 내리는 공문, 군에서 배를 징발하라고 내린 공문.  6) 快槳(쾌장)– 빨리 노를 저어 가는 쾌속선. '장'은 본시 배의 옆에 달린 짧은 노. 이에 비하여 뒤의 '노(櫓)'는 배의 뒤쪽에 있는 긴 노임.  7) 露肘(로주)– 팔꿈치가 드러나다. 형편없이 해진 옷을 입은 것을 뜻함.  8) 土牛(토우)– 옛날 봄을 마중할 때 쓰던 흙으로 만든 소. 봄을 마중하는 뜻으로 소의 등을 채찍으로 때렸는데, 이를 편춘(鞭春)이라 하였다.  9) 苦辭(고사)– 괴로운 말을 하다, 억지로 말하다.  10) 洶洶(흉흉)– 다투느라 시끄러운 모양.  11) 曉事(효사)– 일에 대하여 잘 아는 것.  12) 篙師(고사)– 뱃사람.  13) 壞(괴)– 경비를 쓰는 것, 허비하는 것. 14) 十千(십천)– 만전(萬錢).  15) 査點(사점)– 점검(點檢).  16) 發回(발회)– 돌려보내 주는 것.  17) 常行費(상행비)– 경상비(經常費).  18) 門攤(문탄)– 집집마다 내는 정해진 이외의 세금.  19) 云雇船(운고선)– 배를 빌린다고 말하다, 배 빌리는 데 쓸 돈이라고 핑계를 대다.  20) 嵬峨(외아)– 높다랗고 큰

것.  21) 馬頭(마두)– 마두(碼頭)– 부두, 항구의 배를 대는 곳.

| 解說 |

명나라가 망하고 만주족의 청나라가 들어선 뒤 상당기간 각지에 항청복명 抗淸復明
운동이 일어났다. 그중에도 순치順治 16년(1659) 복건福建 의 정성공鄭成功 과 절강
浙江 의 장황언張煌言 이 연합하여 일으킨 해군을 주축으로 하는 복명군은 한때 청
나라에 큰 타격을 안기었다. 이때 청나라에서는 이 해군력을 누르려고 사방의 배
를 강제로 징발하였다. 이 무렵 강남지방의 관원들의 횡포와 백성들의 고난을 읊
은 것이 이 시이다.

# 슬픈 노래(悲歌), 오계자에게 드림(贈吳季子[1])

사람이 나서 천리만리 이별하는 것은
까맣게 넋을 잃게 하는 일일세.
그대는 홀로 무엇 때문에 이 지경이 되었나?
산도 산 같지 않고 강물도 강물 같지 않을 것이고,
삶도 삶 같지 않고 죽음도 죽음 같지 않으리라!
열세 살에 경서 배우고 또 역사도 공부하였고,
강남의 귀족 집안에 태어나 자라났으며,
글 짓는 것은 아름답게 빼어나고 출중하였는데,
흰 옥처럼 깨끗하면서도 소인의 모함으로 쫓겨나게 되었네.
하루아침에 묶이어 끌려가게 되니
글을 올려 자신의 처지를 밝힐 수도 없었네.
먼 변경의 천산에는 지나다니는 사람도 없어
호송하는 관리도 끊임없이 눈물 흘리네.
유배流配 가는 사람이야 또 무엇을 의지하겠는가?

관리들은 돌아가지 못하게 될까 걱정이지만
내 갈 길은 이미 정해져 있네.
팔월인데도 국경 넘어 사막엔 눈발이 날리니
낙타 허리 쳐지고 말의 귀 늘어지네.
흰 뼈가 널린 보루를 지나
흑하에 왔으나 배가 없으니 누가 건널 수 있겠는가?
앞으로 가려니 사나운 호랑이 두렵고 뒤로 가려니 창시가 있어
땅굴에서 개미처럼 목숨만 부지하네.
큰 물고기 산 만한데 꼬리도 안보이나
지느러미 펴면 바람 일고 뿜는 물 비가 되네.
해와 달도 거꾸로 가서 바다 밑으로 들어가고,
대낮에 만나는 이들도 반은 사람 반은 귀신일세.
아아! 슬프다!
아들 낳아 총명하다고 삼가 기뻐하지 말 것이니,
창힐이 한자 만들고 밤에 운 것도 정말 까닭이 있었네.
환난을 당하는 일은 오직 글공부로부터 비롯되는 것이니
그대는 오계자를 보지 못했는가?

인생천리여만리　　　암연 소혼 별이 이
人生千里與萬里에,　黮然[2]銷魂[3]別而已라.
군독하위지어차
君獨何爲至於此오?
산비산혜수비수　　　생비생혜사비사
山非山兮水非水요,　生非生兮死非死라.
십삼학경병학사　　　생재강남장환기
十三學經并學史하고,　生在江南長紈綺[4]라.
사부편편중막비　　　백벽청승견배저
詞賦翩翩[5]衆莫比러니,　白璧[6]靑蠅[7]見排詆[8]라.

一朝束縛去하니, 上書難自理[9]라.

絕塞[10]千山[11]斷行李[12]하니,

送吏[13]淚不止나, 流人復何倚오?

彼尙愁不歸로되, 我行定已矣라!

八月龍沙[14]雪花起하니, 槖駝垂腰[15]馬沒耳[16]라.

白骨皚皚[17]經戰壘하고, 黑河[18]無船渡者幾아?

前憂猛虎後蒼兕[19]하니, 土穴偷生若螻蟻[20]라.

大魚如山不見尾하고, 張鬐[21]爲風沫[22]爲雨라.

日月倒行入海底하고, 白晝相逢半人鬼라.

噫嘻[23]乎, 悲哉라!

生男聰明愼莫喜니, 倉頡[24]夜哭良有以[25]라.

受患祗從讀書始니, 君不見, 吳季子오?

| 註解 |

1) 吳季子(오계자)- 오조건(吳兆騫, 1631-1684), 자는 한사(漢槎). 그가 순치 (順治) 14년(1657), 과거(科擧)의 부정에 연루되어 멀리 길림성(吉林省) 영고 탑(寧古塔)으로 유배될 때 그를 전송한 시이다. 오조건은 20여 년 먼 이역에 서 지내다가 강희(康熙) 20년(1681), 겨우 풀려나 고향으로 돌아왔으나 곧 죽 었다. 2) 黯然(암연)- 얼굴빛을 잃는 것. 어두운 모양. 3) 銷魂(소혼)- 혼이 녹다, 넋을 잃다. 4) 紈綺(환기)- 비단. 귀족집안을 가리킨다. 5) 翩翩(편 편)- 아름답게 빼어난 모양. 6) 白璧(백벽)- 흰 옥. 깨끗한 몸을 뜻한다.

7) 靑蠅(청승)- 쉬파리. 남을 모함하여 해치는 소인을 가리킨다(『詩經』小雅 靑蠅). 8) 排詆(배저)- 배척당하다, 쫓겨나다. 9) 自理(자리)- 스스로 정리하다. 자신의 모고함을 밝히는 것. 10) 絶塞(절새)- 먼 국경지방. 11) 千山(천산)- 요녕성(遼寧省) 서남쪽에 있는 큰 산 이름. 12) 行李(행리)- 여행하는 사람의 짐. 여기서는 짐을 지고 여행하는 사람. 13) 送吏(송리)- 오조건을 압송하는 관리. 14) 龍沙(용사)- 본시는 국경 밖 백룡퇴(白龍堆)의 사막. 여기서는 국경 밖의 사막. 15) 垂腰(수요)- 낙타가 기운이 없어 허리를 늘어뜨리는 것. 16) 沒耳(몰이)- 말이 기운이 없어서 있던 귀가 맥없이 쳐지는 것. 17) 皚皚(애애)- 눈이 내려 있는 모습, 흰 것이 널려있는 모양. 18) 黑河(흑하)- 요녕성(遼寧省)에 흐르고 있는 강물 이름. 19) 蒼兕(창시)- 물속에 산다는 짐승 이름. 배를 잘 뒤집는다고 한다(『論衡』是應). 20) 螻蟻(루의)- 개미. 21) 鬐(기)- 물고기 지느러미. 22) 沫(말)- 물고기가 입으로 뿜어내는 물. 23) 噫嘻(희희)- 아아! 감탄사. 24) 倉頡(창힐)- 한자를 만들었다는 황제(黃帝)의 사관(史官). 창힐이 한자를 만들자 "밤에 귀신이 울었다"고 한다(『淮南子』). 25) 良有以(양유이)- 진실로 까닭이 있다.


| 解說 |

귀양 가는 친구를 전송하는 시이다. 「비가」라 제목을 붙인 것은 특히 이 시대가 만주족의 청나라 세상이 된 어지러운 시대였고, 또 그가 귀양 가는 곳이 만주족의 땅인 강남으로부터 먼 곳이었기 때문일 것이다. 이민족에게 박해받는 지식인의 정서를 느낄 수 있는 시이다.


# 원원 곡(圓圓<sup>1)</sup>曲)

명나라 황제가 이 세상 버리고 죽어버린 뒤
오삼계 吳三桂 는 산해관 열고 청나라 군대 끌어들이어 이자성
　　　李自成 이 차지한 북경 쳐서 빼앗았네.
전군의 병사들은 상복 입고 명나라 황제의 죽음 통곡하는데
장군이 크게 분노한 것은 어여쁜 자기의 애인 때문이었네.

"어여쁜 여인 적군 손에 들어간 것을 나는 걱정하지 않지만
역적 놈이 여색과 술에 빠져있어 하늘이 그를 망치려고 하신
　　다."고 하네.
번개처럼 이자성의 농민군 무찔러 반란을 평정하고
죽은 황제와 자기 아버지 위해 곡을 하고는 애인을 다시 만났
　　다네.

애인을 처음 만난 것은 황제 외척外戚의 집이었는데
귀족 집안에서 노래하고 춤추는 꽃과 같은 여인이 나타났던
　　것일세.
외척 집안에서는 악기 연주도 잘 하던 그 기녀를 내어주어
장군이 아름다운 수레에 태워 데려가도록 기다렸다네.

그 여인의 집은 본시 소주蘇州의 완화리浣花里 였고
젊은 원원이란 이름의 여인은 비단옷 입은 아름다운 용모였네.
일찍이 꿈꾸기를 오吳나라 궁전으로 들어가
궁녀들의 부축 받으며 방으로 들어가 임금 일어나게 하려 하
　　였다네.
그녀의 전생은 틀림없이 연꽃 따던 서시西施였을 것이니
문 앞의 횡당橫塘의 물에 아름다운 그녀 모습 비추이네.

배 한 척이 나는 듯이 횡당을 떠나가는데
어느 곳의 권세가 집으로 원원이 억지로 실려 가고 있는가?
이런 때 그녀가 불운이 아님을 어찌 알았겠는가?
그때엔 오직 눈물만이 옷깃을 적시고 있었네.

하늘을 그슬릴 정도의 외척의 기세는 임금의 궁전으로 이어
　　지지만
아름다운 원원을 아무도 돌보지 않았네.
원원을 궁전으로부터 데리고 돌아와 외척 집안에 가두어 두고
새로운 노래 가르치어 손님들 즐기게 하였네.

손님들은 술잔 돌리며 해 저물도록 즐기는데
가슴 속의 슬픈 가락을 누구에게 털어놓아야 하는가?
잘 생긴 젊은 장군 오삼계가 나타나
꽃 꺾듯이 원원을 잡고 자주 돌보게 되었네.
일찍이 새장 속의 아름다운 새를 꺼내가려는 마음으로
직녀를 만나려고 견우가 은하 건너가듯 얼마나 애태웠는가?
한스럽게도 출정하라는 군대 명령이 얼마나 재촉을 하던지
억지로 원원을 북경에 남겨두고 후일을 기약하고 떠나 일이
　　그릇되었네.

서로 기약한 사랑은 깊어가고 만날 수는 없는 터에
하루아침에 농민군이 도읍을 점령하였네.
가엾게도 멀리 떠난 임 그리던 여인 원원은
하늘가에 날리는 버들 솜같이 아무나 차지하는 처지가 되었네.
농민군은 오삼계의 집 포위하고 두루 원원을 찾았는데
한 장군 눈에 띄어 억지로 원원을 그 집에서 잡아 갔네.
만약 오삼계가 농민군을 쳐부수지 못했다면
어떻게 미인을 빼앗아 말에 태워 돌아올 수가 있었겠는가?
미인을 찾아 말에 태워 환성 속에 데려들어 오는데

구름 같은 머리 헝클어지고 놀란 마음 억지로 달래는 듯.
전쟁터에서 촛불 밝히고 마중을 할 제
눈물범벅 얼굴이지만 남아있는 붉은 연지 아름다웠네.
오삼계가 대권을 쥐고 풍악 울리며 진천秦川으로 향할 적에
가는 길에는 병거兵車 천 승이 늘어섰었네.
구름 짙은 사곡斜谷에 원원 위해 아름다운 누각 세우니
산관散關에 달지는 것 보며 장군 위해 거울 앞에서 화장을 하
　　　였네.

원원의 고향에 이러한 소식 전해왔는데
그녀가 북쪽으로 떠난 지 어언 십 년이 되었네.
그녀에게 노래 가르친 스승은 그녀가 살아있는 것을 기뻐하
　　　였고
함께 어울리던 여인들은 옛날을 그리워하였네.
고향에서 제비들이 함께 집을 짓듯 어울리어 기녀노릇 하던
　　　동료들이 보니
원원은 큰 나무 위로 날아올라가 봉황새가 되었네.
이곳에선 언제나 술잔 앞에 놓고 늙어가는 것 서러워하고 있
　　　는데
저쪽 원원은 남편이 임금 못지않은 사람일세.

옛날에는 오직 인기로 이름이 알려져
귀족과 호족들에게 다투어 불려갔었네.
일시 받았던 사랑이 큰 시름으로 이어지면서
세상을 떠돌아다니느라 몸 여위었었네.

멋모르고 원망하던 세찬 바람이 떨어진 꽃잎 날아 올리어
한없는 봄빛이 이 세상에 찾아왔네.
일찍이 미인은 나라고 사람이고 망친다 하였는데
도리어 오삼계는 미인 때문에 유명해졌네.
처자들이 어찌 장부의 큰일에 관여할 수 있겠는가?
그러나 영웅의 정이 깊으니 어찌하는 수 없었네.
온 집안사람들은 죽어 흰 뼈가 흙먼지 되었지만
일세의 미인은 역사에 드러나게 되었네.

그대는 듣지 못했는가?
옛날 오왕 부차夫差는 관왜궁館娃宮 지어놓고 서시西施와 원앙
　　새처럼 즐겼던 일을!
서시를 꽃처럼 바라보며 종일 즐기고도 만족하지 못했었네.
서시가 걷던 채향경采香徑엔 먼지 날리는 중에 새만 지저귀고
　　있고
향섭랑響屧廊에 신발 소리 울리던 서시는 가고 이끼만 부질없
　　이 푸르네.
왕조는 바뀌어 모든 곳이 시름 자아내는데,
오삼계는 한중漢中 지역에서 노래와 춤에 빠져있네.
그대 위해 특별히 오나라 궁전의 노래 부른 것이니,
한수漢水는 동남쪽으로 밤낮 없이 흐르고 있다네.


　　　정 호　 당 일 기 인 간　　　　파 적 수 경　 하 옥 관
　　鼎湖2)當日棄人間하고, 破敵收京3)下玉關이라.
　　　통 곡 육 군　 구 호 소　　　　충 관 일 노 위 홍 안
　　慟哭六軍4)俱縞素로되, 沖冠一怒爲紅顔5)이라.

홍 안 류 락 비 오 련　　　　역 적 천 망 자 황 연
紅顔流落非吾<sup>6)</sup>戀이오,　逆賊<sup>7)</sup>天亡自荒宴<sup>8)</sup>이라 하니라.

전 소 황 건 정 흑 산　　　　곡 파 군 친 재 상 견
電掃<sup>9)</sup>黃巾<sup>10)</sup>定黑山<sup>11)</sup>하고,　哭罷君親再相見이라.


상 견 초 경 전 두 가　　　　후 문　가 무 출 여 화
相見初經田竇家<sup>12)</sup>니,　侯門<sup>13)</sup>歌舞出如花러라.

허 장 척 리　공 후 기　　　　등 취 장 군 유 벽 거
許將戚里<sup>14)</sup>箜篌伎<sup>15)</sup>하고,　等取將軍油壁車<sup>16)</sup>러라.


가 본 고 소　완 화 리　　　　원 원 소 자 교 라 기
家本姑蘇<sup>17)</sup>浣花里요,　圓圓小字嬌羅綺<sup>18)</sup>라.

몽 향 부 차 원　리 유　　　　궁 아 옹 입 군 왕 기
夢向夫差苑<sup>19)</sup>裏遊하여,　宮娥擁入君王起러라.

전 신 합 시 채 련 인　　　　문 전 일 편 횡 당　수
前身合是採蓮人<sup>20)</sup>이니,　門前一片橫塘<sup>21)</sup>水로다.


횡 당 쌍 장　거 여 비　　　　하 처 호 가　강 재 귀
橫塘雙漿<sup>22)</sup>去如飛하니,　何處豪家<sup>23)</sup>强載歸오?

차 제　기 지 비 박 명　　　　차 시 유 유 루 첨 의
此際<sup>24)</sup>豈知非薄命가?　此時惟有淚沾衣라.

훈 천 의 기　련 궁 액　　　　명 모 호 치　무 인 석
熏天意氣<sup>25)</sup>連宮掖이나,　明眸皓齒<sup>26)</sup>無人惜이라.

탈 귀 영 항　폐 량 가　　　　교 취 신 성 경 좌 객
奪歸永巷<sup>27)</sup>閉良家하고,　敎就新聲傾坐客이라.


좌 객 비 상　홍 일 모　　　　일 곡 애 현 향 수 소
坐客飛觴<sup>28)</sup>紅日暮하니,　一曲哀絃向誰訴오?

백 석 통 후　최 소 년　　　　간 취 화 지　루 회 고
白晳通侯<sup>29)</sup>最少年이,　揀取花枝<sup>30)</sup>屢回顧라.

조 휴 교 조　출 번 롱　　　　대 득 은 하 기 시 도
早攜嬌鳥<sup>31)</sup>出樊籠이니,　待得銀河幾時渡오?

한 쇄　군 서 저 사 최　　　　고 류　후 약 장 인 오
恨殺<sup>32)</sup>軍書抵死催<sup>33)</sup>하여,　苦留<sup>34)</sup>後約將人誤로다.

相約恩深相見難이러니,　一朝蟻賊[35]滿長安이라.

可憐思婦樓頭柳[36]이,　認作天邊粉絮[37]看이라.

遍索綠珠[38]圍內第하여,　强呼絳樹[39]出雕闌이라.

若非壯士全師勝이면,　爭[40]得蛾眉匹馬還이리오?


蛾眉[41]馬上傳呼進하니,　雲鬟[42]不整驚魂定이라.

蠟炬[43]迎來在戰場할새,　啼妝滿面殘紅印이라.

專征[44]簫鼓向秦川[45]이러니,　金牛道[46]上車千乘이라.

斜谷[47]雲深起畫樓[48]하니,　散關[49]月落開妝鏡이라.


傳來消息滿江鄉[50]하니,　烏柏[51]紅經十度霜[52]이라.

敎曲妓師[53]憐尚在하고,　浣紗女伴[54]憶同行이라.

舊巢共是含泥燕이러니,　飛上枝頭變鳳凰이라.

長向尊[55]前悲老大러니,　有人夫婿擅侯王[56]이라.


當時秖受聲名累[57]하여,　貴戚名豪競延致[58]라.

一斛連珠[59]萬斛愁하니,　關山飄泊腰肢細[60]라.

錯怨狂風颺落花[61]하여,　無邊春色[62]來天地로다.

嘗聞傾國[63]與傾城이러니,　翻使周郎[64]受重名이라.

妻子豈應關大計오? 英雄無奈是多情이라.

全家[65]白骨成灰土로되, 一代紅妝[66]照汗靑[67]이라.

君不見가? 館娃[68]初起鴛鴦宿을! 越女[69]如花看不足이러라.

香徑[70]塵生鳥自啼하고, 屧廊[71]人去苔空綠이라.

換羽移宮[72]萬里愁로되, 珠歌翠舞古梁州[73]로다.

爲君別唱吳宮曲[74]하니, 漢水[75]東南日夜流로다.

| 註解 |

**1)** 圓圓(원원)- 진원원(陳圓圓). 명나라 말기 소주(蘇州)의 유명한 기생. 뒤에 궁전으로 들어갔었으나 곧 다시 나왔고, 숭정(崇禎) 황제의 전귀비(田貴妃)의 아버지인 전홍우(田弘遇)가 당시 영원총병(寧遠總兵)이었던 오삼계 장군에게 주어 첩으로 삼게 하였다. 오삼계는 원원을 가족과 함께 북경에 두고 나가 산해관(山海關)을 지키고 있었는데, 농민들을 이끌고 군사를 일으킨 이자성(李自成)이 북경을 공격하여 함락시키고 원원을 잡아갔다. 오삼계는 애인을 다시 빼앗으려고 청나라에 항복하여 청나라 군대를 산해관 안쪽으로 불러들이어 북경을 공격하였다. 그곳에 머물러 있던 그의 아버지와 가족은 모두 죽었으나 원원을 되찾았다. 청나라는 그 덕에 중국 땅을 차지하게 되었다. 뒤에 오삼계가 운남(雲南)으로 갈 때 따라갔으나 만년에는 출가하여 여도사로 일생을 마쳤다 한다. 한 나라와 민족의 운명을 좌우하게 되었던 특별한 여인이다. **2)** 鼎湖(정호)- 옛날 황제(黃帝)가 형산(荊山) 아래 구리로 솥(鼎)을 만들어놓고 용을 타고 하늘로 올라갔다 한다(『史記』 封禪書). 후세에는 그곳을 '정호'라 부르게 되었는데, 여기에서는 황제의 죽음을 뜻한다. 이자성(李自成)이 농민군을 이끌고 북경을 쳐들어갔을 적에 명나라 숭정(崇禎) 황제는 매산(煤山)으로 도망하여 스스로 목매어 죽었다. **3)** 파적수경(破敵收京)- 오삼계가 청나라 군대를 산해관(山海關) 안으로 끌어들이어 북경을 공격하여 빼앗은 것을 가리킴. 옥관(玉關)은 옥문관. 여기서는 산해관을 가

리킴.  4) 六軍(육군)- 옛날 천자의 전군을 가리킨다. 호소(縞素)는 흰옷, 상
복을 가리킨다. 오삼계는 원원을 되찾으려고 북경을 공격하면서도 명목상으
로는 명나라 숭정황제의 원수를 갚기 위한 것이라 하였다. 때문에 전군은 죽
은 황제를 조상하기 위하여 상복을 입고 통곡을 한 것이다.  5) 紅顔(홍안)-
붉은 아름다운 얼굴. 원원을 가리킨다.  6) 吾(오)- 나, 오삼계 자신. 이하 4
구절은 오삼계의 말을 빌어 자신이 청나라에 항복한 까닭을 설명하고 있다.
7) 逆賊(역적)- 이자성을 가리킨다.  8) 荒宴(황연)- 지나치게 즐기다, 주색
에 빠져 지내다.  9) 電掃(전소)- 번개 치듯 빠른 속도로 쓸어버리다.  10) 黃
巾(황건)- 동한(東漢) 말에 일어났던 반란군인 황건적.  11) 黑山(흑산)- 하
남(河南)의 지명. 동한 말 여기에서도 반란군이 일어나 흑산적(黑山賊)이라
불렀다. ‘황건’과 함께 이자성의 농민군을 가리킨다.  12) 田竇家(전두가)-
서한(西漢) 때의 외척(外戚)이며 귀족인 전분(田蚡)과 두영(竇嬰) 집안. 여기
에서는 숭정황제의 외척 전홍우(田弘遇)의 집을 가리킨다(陸次雲『圓圓傳』
의거). 원원은 먼저 전홍우가 발견하여 숭정황제에게 바쳤는데, 황제는 나라
일이 어지러워 미인을 돌볼 겨를이 없다 하여 전홍우에게로 되돌려 보냈다.
뒤에 오삼계는 전홍우의 집에서 원원을 보고 반하여 그를 첩으로 삼았다. 이
외척은 전홍우가 아니라 숭정황제의 주후(周后)의 아버지 주규(周奎)였다고
주장하는 이도 있다.  13) 侯門(후문)- 공후(公侯) 귀족의 집.  14) 戚里(척
리)- 한나라 때 장안의 황제의 외척들이 살던 고장. 여기서는 전홍우의 집을
가리킨다.  15) 箜篌伎(공후기)- 공후는 악기의 일종으로, ‘공후기’는 악기
를 다루는 기녀, 곧 원원을 가리킨다.  16) 油壁車(유벽거)- 옛날 여자들이
타던 수레. 수레 안쪽 벽에 기름을 발라 장식하여 그렇게 부른다.  17) 姑蘇
(고소)- 강소(江蘇)성 소주(蘇州)의 옛 이름. 완화리(浣花里)는 당나라 때 설
도(薛濤)라는 명기가 살았던 곳으로 유명하며 완화계(浣花溪)가 있다.  18) 嬌
羅綺(교라기)- ‘라기’는 비단, ‘교’는 아름다운 것. 비단옷을 입은 아름다운
여인을 가리킨다.  19) 夫差苑(부차원)- 춘추시대 오(吳)나라 임금 부차의
궁원. 부차는 월(越)나라 임금 구천(勾踐)이 보내준 서시(西施)라는 여인을
사랑하여 궁전 안에서 그 여인과 즐기었다.  20) 採蓮人(채련인)- 연꽃을 따
는 사람, 서시를 가리킨다.  21) 橫塘(횡당)- 지금의 소주시 서문(胥門) 밖에
있는 풍경이 아름다운 운하와 이어진 연못.  22) 雙槳(쌍장)- 두 개의 노가
달린 배.  23) 豪家(호가)- 호족의 집. 여기서는 전홍우의 집을 가리킨다.
24) 此際(차제)- 이때 원원이 궁전으로부터 쫓겨나올 때, 그것은 원원 자신
이 바라던 일이 아니었다.  25) 熏天意氣(훈천의기)- 하늘을 그슬릴 정도의
외척 전홍우의 기세. 궁액(宮掖)은 궁중, 궁전 안을 뜻한다.  26) 明眸皓齒

(명모호치)- 밝은 눈동자와 흰 이. 미인 곧 원원을 가리킴.  27) 永巷(영항)-
궁중 비빈(妃嬪)들이 사는 곳. 양가(良家)는 전홍우의 집을 가리킴.  28) 飛
觴(비상)- 술잔을 날리다. 술잔을 주고 받으며 술을 마시는 것.  29) 白晳通
侯(백석통후)- '백석'은 피부 색깔이 흰 것. 잘 생긴 것을 가리킴. '통후'는
작위를 받은 사람. 오삼계는 숭정황제로부터 평서백(平西伯)이라는 작위를
받았다.  30) 揀取花枝(간취화지)- 꽃가지를 골라 꺾다. 오삼계가 원원을
자기 여자로 선택한 것을 가리킴.  31) 嬌鳥(교조)- 아름다운 새. 원원을 가
리킴.  32) 恨殺(한쇄)- 매우 한이 되다. '쇄'는 강조의 뜻을 나타냄.  33) 抵
死催(저사최)- 죽기 작정하고 재촉하다, 매우 심하게 재촉하는 것. 오삼계는
원원과 떨어지고 싶지 않은데 숭정황제가 엄명을 내리어 산해관으로 가서
적을 방어하도록 한 것.  34) 苦留(고류)- 억지로 원원을 가족과 함께 북경
에 남아있도록 한 것. 이것이 뒤에 이자성 군대가 북경을 먼저 점령하게 되
어 분란의 씨가 된 것이다.  35) 蟻賊(의적)- 이자성(李自成)의 농민군을 낮
추어 일컬은 말. 여기의 장안(長安)은 북경을 말하며, 명나라 숭정(崇禎) 17
년(1644) 3월에 이자성이 북경을 점령하였다.  36) 可憐思婦樓頭柳(가련사부
루두류)- 멀리 가 있는 오삼계를 그리워하는 원원을 가리키는 말. 왕창령(王
昌齡)의 시 「규원(閨怨)」에서 "규방 안의 젊은 부인은 시름도 알지 못하는데
봄날 화장을 하고 푸른 누각에 올라갔다가, 문득 밭둔덕 가의 버들빛을 보고
는 남편을 큰 벼슬하라고 떠나보낸 것을 뉘우치고 있네(閨中少婦不知愁, 春
日凝妝上翠樓, 忽見陌頭楊柳色, 悔敎夫婿覓封侯.)."에서 빌려온 표현이다.
37) 粉絮(분서)- 흩어져 날리는 버들솜. 주인이 없는 기녀에 비유한 것이다.
38) 綠珠(녹주)- 서진(西晉) 때 석숭(石崇)의 애첩. 이자성 군대가 집안까지
샅샅이 뒤지며 찾았던 원원을 가리킨다.  39) 絳樹(강수)- 위(魏)나라 때 춤
을 잘 추기로 유명했던 미녀. 역시 원원을 가리킨다. 조란(雕闌)은 원원이 살
고 있던 집을 아름답게 표현한 말.  40) 爭(쟁)- 어떻게, 어찌. 백화의 즘(怎)
과 같은 뜻.  41) 蛾眉(아미)- 나방의 수염 같이 가늘고 긴 미인의 눈썹. 역
시 원원을 가리키는 말.  42) 雲鬟(운환)- 구름 같은 여자의 아름다운 머리.
43) 蠟炬(납거)- 촛불.  44) 專征(전정)- 전쟁을 마음대로 하는 대권을 황제
로부터 받은 것. 45) 秦川(진천)- 지금의 섬서(陝西) 지방.  46) 金牛道(금우
도)- 석우도(石牛道)라고도 부르며, 옛날 섬서 지방의 사천(四川)으로 향하
는 중요한 길이었다.  47) 斜谷(사곡)- 섬서성 미현(郿縣) 서남쪽에 있는 골
짜기 이름.  48) 畫樓(화루)- 화려한 누각. 원원을 머물게 한 곳임.  49) 散關
(산관)- 섬서성 보계현(寶鷄縣) 서남쪽에 있는 대산관(大散關)이라 부르는
관문.  50) 江鄕(강향)- 원원의 고향 소주(蘇州)를 가리킴.  51) 烏桕(오구)-

나무 이름. 원원의 고향에 있는 나무를 가리킴. 깊은 가을에는 잎새가 붉어
지는 나무라 한다.  52) 十度霜(십도상)- 서리를 열 번 맞았다, 곧 10년이 지
났음을 뜻한다.  53) 妓師(기사)- 기녀의 스승. 음악이나 춤 같은 것을 가리
킨다.  54) 浣紗女伴(완사녀반)- 완사계(浣紗溪)에서 비단을 빨던 여자 동료
들. 옛날 서시(西施)가 궁전으로 들어가기 전에 소주의 완사계에서 빨래를
하였다는 고사를 인용한 표현임.  55) 尊(준)- 준(樽), 술그릇.  56) 擅侯王
(천후왕)- 후왕의 작위(爵位)를 마음대로 차지하다. 오삼계가 청나라 군대를
인도하여 산해관 안으로 들어온 뒤 순치(順治) 원년(1643) 청나라 조정으로
부터 평서왕(平西王)에 봉해졌음을 가리킴.  57) 聲名累(성명루)- 원원이 이
쁘다는 명성 때문에 여러 사람들에게 불려다녔던 일을 가리킨다.  58) 延致
(연치)- 초청하여 불려가는 것.  59) 一斛連珠(일곡연주)- 몸값이 비싼 것을
뜻함. '일곡'은 열 말. 당나라 현종(玄宗)이 매비(梅妃)를 사랑하여 매비에게
일곡의 진주를 보내주었다는 고사가 있다.  60) 腰肢細(요지세)- 허리와 팔
다리가 가늘어지다. 몸이 초췌하여졌음을 형용한 말.  61) 狂風颺落花(광풍
양락화)- 사나운 바람이 떨어진 꽃잎을 날리다. 원원이 전란에 휩쓸렸던 일
을 가리킴.  62) 春色(춘색)- 봄빛. 원원에게 다시 돌아온 부귀영화를 상징
함.  63) 傾國(경국)- 나라를 기울게 할 정도의 미인. 경성(傾城)과 함께 한
나라 이연년(李延年)의 「가인가(佳人歌)」에서 나온 표현임.  64) 周郎(주랑)-
삼국시대 오(吳)나라 손권(孫權)의 장수 주유(周瑜). 유명한 적벽(赤壁)의 싸
움을 하기 전에 조조(曹操)는 싸움에 이겨 주유의 아내인 소교(小嬌)와 그 언
니 대교(大嬌)라는 오나라의 미인을 뺏어오겠다고 공언하였다. 주유는 이에
더욱 분발하여 적벽의 싸움에서 조조의 대군을 쳐부수었다 한다. 여기에서
주랑은 오삼계에, 소교는 원원에게 비유하고 있는 것이다.  65) 全家(전가)-
온 집안. 이자성은 북경을 점령한 다음, 오삼계가 청나라 군대를 인도하여
쳐들어온다는 말을 듣고 북경에 있던 오삼계의 부모와 형제, 온 집안 사람들
을 모두 잡아 죽이었다.  66) 一代紅妝(일대홍장)- 일세의 미인. 원원을 가
리킴.  67) 汗靑(한청)- 역사책을 가리킴. 옛날 책을 엮던 대쪽을 불로 덥혀
파란색이 땀처럼 빠져나오게 한 다음 거기에 글을 써서 생긴 말.  68) 館娃
(관왜)- 관왜궁(館娃宮). 오나라 임금 부차(夫差)가 사랑하는 서시(西施)를
위해 세운 궁전.  69) 越女(월녀)- 월나라 여자. 서시는 본시 월나라 여자였
다.  70) 香徑(향경)- 채향경(采香徑), 소주의 향산(香山) 아래 있는 길. 서시
를 위하여 향초를 뜯었다는 곳임.  71) 屧廊(섭랑)- 향섭랑(響屧廊). 관왜궁
안의 회랑 이름. '섭'은 나무 신발로 그곳을 걸으면 나무판이 울리도록 만들
어 그런 이름을 붙였다 한다.  72) 換羽移宮(환우이궁)- '우'와 '궁'은 옛날

음악의 음계 이름. 음계가 바뀐 것으로 세상이 바뀐 것을 가리키고 있음.
73) 古梁州(고량주)- 섬서성 한중(漢中) 일대를 가리키는 말. 그때 오삼계는
한중 지역을 지키고 있었다.  74) 吳宮曲(오궁곡)- 오나라가 일어났다 망한
것을 오래한 악곡. 75) 漢水(한수)- 장강의 지류. 이백(李白)이 강상음(江上
吟)에서 "부귀공명이 만약 영원하다면, 한수도 서북쪽으로 흐르게 되리라
(功名富貴若長在, 漢水亦應西北流.)."라고 부른 구절을 응용한 표현이다.
한수는 동남 방향으로 흐르고 있는 강물이다.

| 解說 |

원원은 중국역사를 바꾸어놓도록 만든 청나라 초기의 미녀 배우이다. 당시의 연
극배우는 기녀나 비슷한 신분이었다. 본시 남쪽 소주蘇州 여자였으나 우연히 명
나라 장군 오삼계吳三桂에게 발견되어 그의 첩이 된다. 청나라 세력이 강해지자
명나라 황제는 오삼계를 산해관山海關으로 보내어 청나라 군대를 막게 한다. 오삼
계는 부득이 자기 가족과 원원을 북경에 남겨두고 산해관으로 가서 나라를 방위
한다. 싸움을 잘하는 청나라 군대도 오삼계라는 뛰어난 장군과 대포까지 지닌 명
나라 수비에 막히어 산해관을 넘어 쳐들어오지 못한다. 그러나 이때 농민들을 이
끌고 일어난 이자성李自成이 북경을 공격하여 점령하고 숭정崇禎 황제를 자결하게
만든다. 그리고 오삼계의 가족과 함께 원원도 이자성 군대에 잡히게 된다. 이 소
식을 들은 오삼계는 원원을 되찾으려고 청나라 군대를 산해관 안으로 불러들이어
북경을 공격한다. 이자성은 화가 나서 오삼계의 부모 형제들을 모두 죽여버리지
만 원원만은 살려둔다. 덕분에 오삼계는 다시 애인 원원을 만나게 된다. 그러나
그 때문에 중국 땅은 청나라 천하가 되고 마는 것이다. 이 원원곡은 중국 지식인
들 사이에 널리 읽히는 유명한 작품이다. 작자 오위업도 가슴을 치면서 이 시를
썼을 것 같다.


# 오강을 지나면서 느낀 감상(過吳江<sup>1)</sup>有感)


송릉의 길에 해 저무는데
긴 제방은 성을 껴안고 있는 듯하네.
탑 아래엔 호수 물결 출렁이고

다리 위엔 달 떠올라 그림자 길게 드리웠네.

시장도 조용한 것은 사람들이 부세賦稅 피하여 도망갔기 때문
　　이고,

강물 위가 넓고 한산한 것은 나그네들이 병란을 피하려 하는
　　탓이네.

이십 년 오래 두고 사귄 친구들 모두 흩어졌으니

술잔 들고 헛된 명성 추구한 일 탄식하네!


落日松陵2)道요, 堤3)長欲抱城이라.

塔4)盤湖勢動하고, 橋5)引6)月痕7)生이라.

市靜人逃賦8)요, 江寬9)客避兵이라.

卅年10)交舊散하니, 把酒嘆浮名11)이라.


| 註解 |

1) 吳江(오강)- 지금의 강소성(江蘇省) 오강현(吳江縣). 2) 松陵(송릉)- 오
강의 옛 별칭(別稱). 3) 堤(제)- 제방(堤防), 오강현 동쪽 강과 호수 사이에
쌓여진 긴 제방. 송(宋)대에 쌓은 것이고, 명(明)대에 증축한 83리에 달하는
긴 제방임. 4) 塔(탑)- 오강현의 동문 밖에 있는 화엄사(華嚴寺)의 방탑(方
塔), 7층으로 이루어졌고 북송(北宋) 때 세운 것이다. 5) 橋(교)- 오강현 동
쪽의 수홍교(垂虹橋). 장교(長橋)라고도 부르며, 모두 72개의 버팀기둥으로
이루어져 있다. 6) 引(인)- 끌다, 긴 것을 뜻함. 7) 月痕(월흔)- 달빛 그림
자. 8) 逃賦(도부)- 부세(賦稅)를 내지 않으려고 도망가는 것. 9) 寬(관)-
넓은 것, 넓고 한적한 것. 10) 卅年(입년)- 20년. 청대 초기에 강소 지방의
글을 짓는 사람들이 경은시사(驚隱詩社)를 조직하여 활동하였고, 순치(順治)
7년(1650)에는 사방의 뜻을 같이하는 사람들이 모여 교유하다가 그 중 많은
사람들이 법망에 걸려 잡혀가자 뒤에 시사를 그만두었다. 이 시는 강희(康

熙) 7년(1668)에 지은 것이니, 교구(交舊)란 대체로 함께 시사를 하던 친구들을 가리키는 듯하다.  11) 浮名(부명)— 헛된 명성을 추구하는 것.

| 解說 |

이 시는 작자가 당시의 호주지부 湖州地府였던 오기 吳綺의 초청을 받아 오흥 吳興으로 가면서 지은 시라 한다. 이민족에게 나라를 빼앗기고도 그들에게 의지하여 벼슬하며 살아가는 지식인들의 복잡한 정서를 드러내 보여주는 시이다.


# 회음을 지나가면서 느낀 감상(過淮陰[1]有感)

높이 올라가며 처량한 마음으로 팔공산 바라보니

아름다운 나무와 붉은 암벽 보이지만 올라가 볼 수는 없네.

장량 張良처럼 노인 만나 태공병서 太公兵書 얻는 일은 생각도
　　　말아야 하고,

홍보비서 鴻寶秘書나 구하여 젊은 나이라도 보전할 수 있으면
　　　좋으련만!

이 세상에 나서 부족한 것은 오직 한 번의 죽음인데,

속세에서는 선약인 구환단 九還丹을 구경할 수도 없다네.

나는 본시 신선된 회남왕 집의 옛 닭이나 개였는데,

신선 따라 가지 못하고 이 세상에 떨어져 있네.


　　등 고 창 망 팔 공 산　　　　　기 수　단 애　미 가 반
登高悵望八公山[2]하니,　琪樹[3]丹崖[4]未可攀이라.

　　막 상 음 부　우 황 석　　　　호 장 홍 보　주 주 안
莫想陰符[5]遇黃石[6]하라!　好將鴻寶[7]駐朱顔[8]이라.

　　부 생　소 흠 지 일 사　　　　진 세 무 유 식 구 환
浮生[9]所欠止一死나,　塵世無由識九還[10]이라.

아 본 회 왕 구 계 견　　　　　　불 수 선 거 낙 인 간
**我本淮王舊鷄犬**<sup>11)</sup>이러니, **不隨仙去落人間**이라.

## | 註解 |

1) 淮陰(회음)- 지금의 강소성(江蘇省) 회음시(淮陰市).  2) 八公山(팔공산)- 안휘성(安徽省) 수현(壽縣) 북쪽에 있는 산. 한(漢)나라 회남왕(淮南王) 유안(劉安)이 이 산에서 신선 팔공(八公)을 만났다 한다.  3) 琪樹(기수)- 옥 같은 가지를 지닌 나무, 아름다운 나무.  4) 丹崖(단애)- 붉은 절벽. 아름다운 암벽.  5) 陰符(음부)- 한초의 장량(張良)이 일찍이 하비(下邳)를 노닐다가 한 노인을 만나 책을 한 권 얻었는데, 그 노인이 "이걸 읽으면 왕사(王師)가 될 것이다."고 하였다. 장량이 펴 보니 그 책은 『태공병법(太公兵法)』이었다. 그 책을 음부라 표현한 것임.  6) 黃石(황석)- 노란 돌. 장량이 만나 병서를 얻은 노인은 "뒤에 곡성산(谷城山) 밑을 지나다가 황석을 보게 될 것인데 그것이 바로 나이다."고 말했다 한다.  7) 鴻寶(홍보)- 한나라 때 회남왕(淮南王)이 지니고 있었다는 신선술이 적힌 『침중홍보원비서(枕中鴻寶苑秘書)』를 가리킴.  8) 駐朱顔(주주안)- 붉은 얼굴을 머물러 있게 하다. 젊음을 머물러 있게 하다.  9) 浮生(부생)- 덧없는 인생.  10) 九還(구환)- 구환단(九還丹). 도가에서 아홉 번 자료를 불에 녹여 만들었다는 불로장생(不老長生)의 단약(丹藥).  11) 淮王舊鷄犬(회왕구계견)- 회남왕(淮南王)은 신선술(神仙術)을 좋아하였는데, 하루는 선약(仙藥)을 마당 가에 두어 집의 닭과 개가 그것을 먹고 모두 하늘로 올라갔다 한다(『神仙傳』). 이 대목은 자기는 본시 명나라 복왕(福王)의 신하였는데, 복왕을 따라 죽지 못하고 이 세상에 그대로 살고 있다는 것이다.

## | 解說 |

이 시는 순치順治 10년(1653)에 작자가 청나라 조정의 부름을 받고 북경北京으로 가는 도중에 지은 시라고 한다. 두 수 중 한 수만을 뽑아 번역하였다. 이민족 조정의 벼슬을 하게 된 중국 지식인의 복잡한 감정이 잘 표현된 시이다. 이 시의 첫 구에 나오는 팔공산도 명나라 복왕福王의 조정을 상징할 것이다. 그는 복왕 때 소첨사少詹事 벼슬을 하였다. 숭정崇禎 17년(1644) 복왕은 이자성李自成의 군대를 피하여 회상淮上으로 가 있다가 순치順治 2년(1645) 남경이 함락되면서 복왕은 청군에게 잡히어 북쪽으로 끌려가 다음 해 북경에서 죽었다. 작자는 그 전 해 복왕을 따라 순사殉死하려다가 가족들에게 발견되어 뜻을 이루지 못하였다 한다.

그는 복왕을 따라 죽지 못한 것을 후회하면서도, 한편 불로장생을 생각하며 청나라 조정으로 벼슬을 하러 가고 있는 것이다.


# 눈에 막히어(阻雪)

강산은 아름답다 해도 길은 정말 험난하니
말안장에 오르자마자 또 내려야만 하네.
누런 먼지 높이 나는 중에 눈 수북이 쌓이니
분명히 모든 것이 강남만은 못하네.


관 산  수 승 노 난 감          재 상 정 안  우 해 참
關山[1]雖勝路難堪하니,   才上征鞍[2] 又解驂[3]이라.

십 장 황 진 천 척 설          가 지 구 불 사 강 남
十丈黃塵千尺雪이니,   可知俱不似江南이라.


| 註解 |

1) 關山(관산) – 강산(江山).  2) 征鞍(정안) – 타고 가는 말안장.  3) 解驂(해참) – 수레를 끄는 말을 풀다. 여기서는 말에서 내리는 것을 뜻함.


| 解說 |

이 시는 작자가 순치順治 10년(1653)에 청나라 조정의 부름을 받고 북쪽으로 가다가 큰 눈이 내릴 때 지은 시이다. 눈을 매개로 하여 복잡한 작자의 심사가 드러나고 있다.

# 옛 친구를 만나(遇舊友)

막 지나와서는 되돌아가 물어보는데,

보기에 옛 친구 같기 때문일세.

난리 통에 어디서 만났던가?

소식은 제대로 전해지기 어려운 일이었지.

눈을 닦고 보며 놀란 혼을 안정시키고

술잔 기울이며 크게 웃고 떠드네.

집을 옮겨 우리 집으로 와서

머리 흰 두 망국 백성 함께 살아보세!

이 과 재 추 문　　　　상 간 시 고 인
已過才<sup>1)</sup>追問하니, 相看是故人이라.

난 리 하 처 견　　　소 식 고 난 진
亂離何處見고? 消息苦難眞이라.

식 안 경 혼 정　　　함 배 소 어 빈
拭眼驚魂定하고, 含杯<sup>2)</sup>笑語頻이라.

이 가 취 오 주　　　백 수 양 유 민
移家就吾住하여, 白首<sup>3)</sup>兩遺民이라.

| 註解 |

1) 才(재)- ---하자마자 곧.　2) 含杯(함배)- 술잔을 입에 물다, 술잔을 들어 술을 마시다.　3) 白首(백수)- 머리가 흰 것. 늙은 이.

| 解說 |

나라가 망하고 흥하는 전란 통에 오랜 동안 못 만났던 친구를 우연히 다시 만난 기쁨을 읊은 것이다. 기쁨보다도 난리를 겪고 난 두 사람의 감개가 무량하다.

# 입으로 읊어 소곤생에게 줌(口占贈蘇崑生)

## 기일(其一)

커다란 배 위의 푸른 기름 먹인 장막 아래 여러 장수들이
한 폭의 항복 깃발 내걸고 구강九江을 나오는데,
홀로 이구년李龜年 같은 사람이 누워서 피리를 부는 것이
어둠 속에 치는 물결 따라 봉창 안에서 우는 듯하였네.

누 선　제 장 벽 유 당　　　일 편 항 기 출 구 강
樓船1)諸將碧油幢2)의,　一片降旗出九江3)이라.

독 유 구 년　와 취 적　　　암 조　타 침 읍 봉 창
獨有龜年4)臥吹笛이러니,　暗潮5)打枕泣篷窗6)이라.

| 註解 |

1) 樓船(누선)- 높고 큰 배. 큰 군함.　2) 碧油幢(벽유당)- 방수를 하기 위하여 기름을 먹인 배 위의 푸른 장막.　3) 九江(구강)- 강서성(江西省) 구강현(九江縣)에 여러 강물이 장강(長江)과 호수로 흘러들어 합쳐지는 곳.　4) 龜年(구년)- 당(唐) 현종(玄宗) 때의 음악가. 안록산(安祿山)의 난 뒤에는 강남으로 피난 와 살았다(杜甫「江南逢李龜年」).　5) 暗潮(암조)- 어두운 밤의 물결.　6) 篷窗(봉창)- 배의 창문. 선창(船窓).


## 기삼(其三)

서흥西興에서 슬픈 가락이 깊은 밤에 들려오니
마치 남송南宋이 망할 때의 왕수운과 같네.
머리 돌려 악비岳飛의 무덤 아랫길 바라보나니,
어지러이 산은 많은데 어디에 좌량옥左良玉 장군을 물어야 하나?

西興<sup>1)</sup>哀曲夜深聞하니,　絕似南朝<sup>2)</sup>汪水雲<sup>3)</sup>이라.

回首岳侯<sup>4)</sup>墳下路하나니,　亂山何處葬將軍<sup>5)</sup>고?

| 註解 |

1) 西興(서흥)- 항주(杭州)의 전당강(錢塘江) 건너쪽 지명.  2) 南朝(남조)- 여기서는 임안(臨安, 지금의 杭州)에 도읍을 두었던 남송(南宋)을 가리킴. 3) 汪水雲(왕수운)- 왕원량(汪元量), 자는 대유(大有), 수운은 그의 호. 전당(錢塘) 사람으로 금(琴)의 명수로 도종(度宗) 밑에서 일하였으나, 남송이 망하면서 북쪽으로 끌려갔다가 오랜 뒤에 풀려나 남쪽으로 돌아왔다.  4) 岳侯(악후)- 송나라 장군 악비(岳飛). 악비의 묘는 항주 서호(西湖) 가에 있다. 5) 將軍(장군)- 명나라 장군 좌량옥(左良玉)을 가리킴. 좌량옥이 무창(武昌)에 주둔할 적에 소곤생(蘇崑生)은 음악사(音樂師)로 그의 막하에 있었다. 좌량옥은 당시에 나라를 망치던 마사영(馬士英) 완대성(阮大鋮) 등의 전횡(專橫)을 없애고자 무창으로부터 구강(九江)까지 그들을 치러 갔으나 자기 아들이 반역을 하여 분사(憤死)하였다. 소곤생은 그러자 머리를 자르고 통곡을 하며 그곳을 떠나 구화산(九華山)으로 들어갔다가 여기저기 떠돌아다니게 되었다.


| 解說 |

4수의 시 중 2수를 뽑았다. 오위업은 음악과 연예에도 조예가 깊다. 그에게는 유명한 「초양생행楚兩生行」이라는 장시가 있는데, 여기에 나오는 소곤생과 명 말의 유명한 설서가說書家 유경정柳敬亭의 두 사람을 노래한 작품이다. 유경정도 장군 좌량옥左良玉 밑에 소곤생이 음악사音樂師로 있을 때 함께 강담사講談師로 활약하였다. 오위업은 유경정과 사귀어 일찍이 그의 소전小傳을 쓴 일이 있는데, 소곤생은 뒤에 오위업의 고향 태창太倉으로 와서 작자를 만나 자기의 소전도 써달라고 간청을 하였다 한다. 작자는 소전 대신 이 시를 지었다고 한다.

그리고 청대 전기傳奇의 대표작인 공상임孔尙任의 『도화선桃花扇』에는 여주인공 이향군李香君의 음악 선생으로 소곤생이 등장하여 설서가說書家인 유경정과 함께 큰 활약을 보이고 있으며, 좌량옥도 등장하고 있다.

# 스스로를 탄식함(自嘆)

평생을 아주 그르친 것은 오직 한 가지 벼슬한 것이니,

집안을 버리기는 쉬워도 이름을 바꾸기는 어렵네.

소나무와 대나무를 어찌 감히 바람과 서리가 괴롭도록 억누
　　르겠는가?

물고기와 새는 넓은 하늘과 땅에 놀 것을 생각한다네.

뱃전 두드리며 육구몽陸龜蒙 처럼 보리甫里로 숨어 살고 싶은
　　마음 있는데

무엇 때문에 수레 타고 잘 지내던 곳을 떠났나?

주변 사람들은 도홍경陶弘景 같은 이를 비웃지 말 것이니

그는 옛날 일찍이 신무문神武門에 관을 벗어 걸어놓고 벼슬자
　　리 떠났었네.


　　　오 진 평 생 시 일 관　　　　　기 가 용 이 변 명 난
　　誤盡平生是一官이니,　　棄家容易變名難이라.

　　　송 윤 감 압 풍 상 고　　　　　어 조 유 사 천 지 관
　　松筠1)敢壓風霜苦아?　　魚鳥猶思天地寬2)이라.

　　　고 예 유 심 도 보 리　　　　　추 거 하 사 출 장 간
　　鼓枻3)有心逃甫里4)어늘,　　推車何事出長干5)고?

　　　방 인 휴 소 도 홍 경　　　　　신 무 당 년 조 괘 관
　　旁人休笑陶弘景6)하라,　　神武當年早掛冠이라.


| 註解 |

1) 筠(윤)- 대나무의 푸른 껍질. 대나무. 2) 寬(관)- 넓은 것, 광대한 것. 3) 鼓
枻(고예)- 노를 두드리다. 뱃전을 두드리며 장단을 맞추는 것.　4) 甫里(보
리)- 지금의 송강(松江). 만당(晩唐)의 시인 육구몽(陸龜蒙)이 이곳에 숨어
살면서 스스로 보리선생(甫里先生)이라 호 하였다.　5) 長干(장간)- 남경(南

京) 중화문(中華門) 밖의 지명. 작자는 벼슬을 받으러 북경(北京)으로 가면서 남경을 거쳐 갔다. "장간에서 나간다"는 것은 고향땅을 버리고 북쪽으로 감을 뜻한다. 6) 陶弘景(도홍경)- 남북조(南北朝) 시대 양(梁)나라 도사. 일찍이 남제(南齊)의 좌위전중장군(左衛殿中將軍)이란 벼슬을 지냈으나, 뒤에 관복(冠服)을 벗어 신무문(神武門) 위에 걸어놓고 벼슬을 버리고 숨어 살았다. 양(梁)나라 무제(武帝)가 불러도 가지 않았으나 늘 나라의 대사를 그에게 자문하여 사람들은 그를 '산중재상(山中宰相)'이라 불렀다. 신무(神武)는 옛날 금릉(金陵, 곧 南京)의 서문(西門) 이름이다.

| 解說 |

작자 오위업은 명나라에서도 높은 벼슬을 하고 다시 만주족의 청나라가 들어선 뒤에도 벼슬을 하였다. 그러나 만년에는 조국을 등지고 이민족의 조정에 나가 벼슬한 것을 후회하고 있음을 알 수 있다. 실은 그의 마음은 이전부터 매우 복잡한 양상을 보여주고 있다.


# 매촌(梅村[1])

탱자 울타리 두른 초가집은 푸른 이끼에 덮여있는데,
대나무 꽃나무 얻어다가 손수 심어놓았네.
남을 찾아가는 일은 좋아하지 않으면서도 손님 찾아오는 것
　　은 무척 바라고,
회신은 늦게 하는 버릇이면서도 남이 편지 보내주는 것은 좋
　　아하네.
한가히 창문 앞에 빗소리 들으며 시집을 펼쳐놓기도 하고,
외로운 나무 위의 구름 바라보며 소대嘯臺에 오르기도 하네.
상락주桑落酒 향기롭고 비파枇杷가 맛있으며
낚싯배 비스듬히 대어놓은 곁에 초당草堂이 서 있네.

枳籬[2]茅舍掩蒼苔요,　乞竹分花手自栽라.

不好詣人[3]貪客過하고,　慣遲作答愛書來라.

閒窓聽雨攤[4]詩卷하고,　獨樹看雲上嘯臺[5]라.

桑落酒[6]香盧橘[7]美하고,　釣船斜繫草堂開라.

| 註解 |

1) 梅村(매촌)- 작자가 만년에 살던 집 이름. 매촌이란 호도 여기에서 왔다. 지금의 강소성(江蘇省) 태창현(太倉縣) 동쪽에 있으며, 본시 명나라에서 이부시랑(吏部侍郎)을 지낸 왕사기(王士騏)의 별장으로 분원(賁園)이라 부르던 것을 작자가 사가지고 수리한 뒤 '매촌'이라 부른 것이다.　2) 枳籬(지리)- 탱자나무를 심어 만든 울타리.　3) 詣人(예인)- 다른 사람을 찾아가는 것. 4) 攤(탄)- 펼쳐놓다.　5) 嘯臺(소대)- 본시는 진류(陳留, 지금의 河南省 尉氏縣)에 있는 고대(高臺)로, 서진(西晉)의 시인 완적(阮籍)이 술 마시며 긴 휘파람을 불었대서 붙여진 이름. 여기서는 작자의 매원 안에 있는 높은 누대를 말한다.　6) 桑落酒(상락주)- 하동(河東)의 상락방(桑落坊)에 있는 샘물로 담근 명주 이름. 늘 뽕나무 오디가 떨어질 무렵 술을 담근다 한다.　7) 盧橘(노귤)- 비파(枇杷)라는 과일의 별명.

| 解說 |

작자가 만년에 벼슬을 그만두고 물러나 살던 고향의 장원을 노래한 것이다. 이민족의 조정에 벼슬이라도 하였기 때문에 그토록 멋있는 장원에서 여유 있는 여생을 보낼 수 있었던 것일까?

# 고염무

 顧炎武 ● 1613-1682

자는 영인寧人, 호는 정림亭林, 강소성江蘇省 곤산昆山 사람. 명나라 제생諸生으로 고향에서 항청활동抗淸活動에도 가담하였고, 청 왕조에 벼슬하지 않았다. 황종희黃宗羲 왕부지王夫之와 함께 청 초의 삼대유三大儒라 일컫는다. 학문에 있어서는 청대 한학漢學의 기풍을 개척하였고, 그의 시에는 애국정서가 강하여 비장감인悲壯感人의 경향이 있다. 그의 저술로 『일지록日知錄』이 유명하고, 문집으로 『정림시문전집亭林詩文全集』이 있다.

# 가을 산(秋山)

가을 산에 또 가을 산 이어져

가을비 연이어진 산 위에 퍼붓네.

어제는 강어귀에서 싸우더니

오늘은 산기슭에서 싸우네.

이미 오른쪽 진영 무너졌다는 말 들었는데

다시 왼편 진영 부서지는 것 보고 있네.

깃발을 땅속에 묻는 중에

운제雲梯가 성에 걸쳐지고 충거衝車의 공격 이어지네.

하루아침에 옛날 장평長平에서의 전투처럼 패하자

쓰러진 시체가 산언덕에 질펀하네.

오랑캐 장식을 한 삼백 척의 배에는

배마다 이쁜 미녀들 실려 있네.

옛 오吳 땅 어귀에는 낙타가 득실거리는데

호가胡笳를 불며 북쪽 관문 넘어온 자들이네.

옛날 초楚나라가 망할 적의 언鄢 영郢의 사람들 같은 이들이

아직도 성 남쪽 지방에는 많이 있다네.


추 산 부 추 산　　　추 우 연 산 은<br>
秋山復秋山이오, 秋雨連山殷[1]이라.

작 일 전 강 구　　　금 일 전 산 변<br>
昨日戰江口[2]러니, 今日戰山邊이라.

이 문 우 진 궤　　　부 견 좌 거 잔<br>
已聞右甄[3]潰러니, 復見左拒[4]殘이라.

정 기 매 지 중　　　제 충 무 성 단<br>
旌旗[5]埋地中이러니, 梯衝[6]舞城端이라.

일　조　장　평　패　　　　　복　시　편　강　만
一朝長平<sup>7)</sup>敗하니,　伏尸徧岡巒<sup>8)</sup>이라.

호　장　　삼　백　가　　　　　가　가　호　홍　안
胡裝<sup>9)</sup>三百舸<sup>10)</sup>에,　舸舸好紅顔<sup>11)</sup>이라.

오　구　옹　탁　타　　　　　　명　가　입　연　관
吳口擁橐駞<sup>12)</sup>하니,　鳴笳入燕關<sup>13)</sup>이라.

석　시　언　영　　인　　　　　유　재　성　남　간
昔時鄢郢<sup>14)</sup>人이,　猶在城南間이라.


## | 註解 |

1) 殷(은)─ 성한 것, 대단한 것.　2) 戰江口(전강구)─ 남경(南京)이 청나라 군대에게 함락된 뒤 장강(長江) 어귀에서 계속 항전한 것을 뜻한다.　3) 右甄(우진)─ 새가 나를 적에 나래를 편 형태로 포진한 군진(軍陣)의 오른편 진영. 4) 左拒(좌거)─ 네모꼴로 편 군진의 왼편 진영.　5) 旌旗(정기)─ 군의 깃발. 성으로부터 후퇴를 할 적에는 군기와 보물을 모두 땅속에 깊이 파묻고 도망가는 것이 군의 상식이다.　6) 梯衝(제충)─ 운제(雲梯)와 충거(衝車). 모두 성을 공격하는 데 쓰던 무기.　7) 長平(장평)─ 전국(戰國)시대 진(秦)나라 장군백기(白起)가 조(趙)나라와 싸우다가 조나라 땅 장평에서 조나라 군사들을 크게 쳐부수었다. 이때 40만의 조나라 군사들이 항복하였는데, 백기는 그들을 모두 산 채로 묻어 죽였다 한다.　8) 岡巒(강만)─ 산언덕.　9) 胡裝(호장)─ 오랑캐 장식, 오랑캐 장속(裝束).　10) 舸(가)─ 배, 큰 배.　11) 好紅顔(호홍안)─ 이쁜 미녀들. 청나라 군사들은 남쪽을 정복하면서 그곳의 보물과 미녀들을 모두 배에 싣고 북쪽으로 가져갔다.　12) 橐駞(탁타)─ 낙타. 중국산 동물이 아니다. 점령군이 이민족임을 뜻한다.　13) 燕關(연관)─ 산해관(山海關), 거용관(居庸關) 등 하북성(河北省)에 있는 관문.　14) 鄢郢(언영)─ 언과 영은 모두 옛 초(楚)나라의 수도. 진(秦)나라가 초나라를 쳐부순 뒤에도 도성의 성 남쪽에는 진나라를 따르지 않고 초나라를 다시 부흥시키려는 사람들이 수백 명 있었다 한다(『戰國策』).


## | 解說 |

작자 고염무는 청나라 군사들이 쳐들어올 적에 곤산<sub>昆山</sub> 의 현령<sub>縣令</sub> 양영언<sub>楊永</sub> 言 의 부름을 따라 종군하여 소주<sub>蘇州</sub> 로 가 싸웠다. 그러나 양주<sub>揚州</sub> 를 함락시킨 청군은 연이어 남경南京 · 강음江陰 · 곤산昆山 · 가정嘉定을 연이어 함락시켰다. 작자는 겨우 목숨을 살려 전쟁터로부터 도망을 나왔다. 이때의 참상을 노래한 것이 이 시이다. 2수로 되어 있으나 첫째 시만을 뽑아 번역하였다.

# 바다 가에서(海上)

해가 고요한 산속으로 들어가자 바다 기운 밀려오고,

천 리 두고 펼쳐진 가을빛을 홀로 높은 곳에 올라가 바라보네.

십 년 동안에 천지도 전쟁으로 늙었고

온 세상 백성들 슬피 통곡하고 있네.

물결 이는 신선 사는 산 위엔 흰 새가 날고

구름 떠있는 신선들 집은 황금으로 꾸몄네.

이런 중의 어느 곳인들 사람 사는 세상이 없겠는가?

오직 열사들의 마음에 보답하지 못할까 두렵기만 하네.

日入空山海氣侵이오, 秋光千里自登臨[1]이라.

十年天地干戈[2]老하니, 四海蒼生[3]弔哭深이라.

水涌神山來白鳥[4]하고, 雲浮仙闕見黃金이라.

此中何處無人世리오? 只恐難酬烈士心이라.

| 註解 |

1) 登臨(등림)- 높은 곳에 올라가 멀리 내려다보는 것.  2) 干戈(간과)- 창과 방패. 전쟁.  3) 蒼生(창생)- 백성들.  4) 白鳥(백조)- 흰 새. 평화의 상징임.

네 수 중의 한 수를 뽑아 번역하였다. 이 시는 1946년 가을에 쓴 것이라 한다. 청나라 군사에게 강남땅조차도 빼앗기는 것을 보고 있을 때이다. 이 시의 끝 구절을 보면 이때만 하더라도 작자는 청나라에 대항하여 싸우려는 마음을 지니고 있었음이 분명하다.


# 정위(精衛[1])

만사가 공평하지 않다고는 하지만

그대는 어찌하여 부질없이 스스로 고생을 하는가?

길이 한 치 되는 몸으로

나무를 끝까지 물어 나르면서

나는 동해를 평평하게 메울 것이니

내 몸 물에 떨어진다 하더라도 마음은 바뀌지 않을 것이라네.

큰 바다 평평해지지 않는다면

내 마음도 포기하지 않으리라!

아아! 그대는 보지 못하는가?

서산에는 나무를 물어 나르는 여러 새들이 많은데

날아오는 까치며 날아가는 제비며 모두 자기 둥주리 만드는
　　것이네.


만 사 유 불 평　　　이 하 공 자 고
萬事有不平이로되,　爾何空自苦아?

장 장 일 촌 신　　　함 목 도 종 고
長將一寸身으로,　衛木到終古[2]라.

아 원 평 동 해　　　신 침 심 불 개
我願平東海하니,　身沈心不改라.

대 해 무 평 기 　　　아 심 무 절 시
大海無平期면,　我心無絕時라.

오 호 　　　군 불 견
嗚呼!　君不見가?

소 산 함 목 중 조 다 　　　　작 래 연 거 자 성 과
西山銜木衆鳥多나,　鵲來燕去自成窠3)라.


| 註解 |

1) 精衛(정위)- 고대 신화 속에 나오는 새 이름. 본시 염제(炎帝)의 딸이었는
데, 동해에 빠져 죽은 뒤 정위라는 새가 되었다 한다. 자신을 죽게 한 동해를
메우려고 언제나 부리로 나무와 돌을 물어다가 동해에 던지고 있다 한다
(『山海經』 北山經). 뒤에는 죽어서도 풀리지 않는 깊은 한을 지닌 사람에 비
유하는 말로 흔히 쓰이게 되었다.　2) 終古(종고)- 영원히 끝까지.　3) 窠
(과)- 새의 둥주리.


| 解說 |

영원히 풀리지 않을 망국의 한을 품은 자신을 '정위'라는 새에 비겨 노래한 시이
다. 절대로 메워지지 않을 동해에 나무 조각을 작은 부리로 물어 날라다 던지는
정위처럼 자신의 조국을 위하는 마음은 죽는 날까지 변함이 없으리라는 것이다.


# 뱃사람 노래(榜人1)曲)

우리 집 장강長江 가운데 섬 속에 살고 있어서

두 개의 노로 배를 마음대로 나는 듯이 저어 다니네.

금나라 군사들이 장강 북쪽 가까지 이르자,

발로 노 젓는 배로 금산金山을 세 바퀴나 돌았네.

진주의 성은 매우 견고하여

경구와 장강은 무사하였는데,

밤에 장강 남쪽에 적군의 배가 닿으니
문천상 文天祥 같은 분이 살아 계실 것만 같네.

農家<sup>2)</sup>住在江洲하니,　兩槳<sup>3)</sup>如飛自由라.

金兵一到北岸할세,　踏車<sup>4)</sup>金山<sup>5)</sup>三周라.

眞州<sup>6)</sup>城子自堅하니,　京口<sup>7)</sup>長江無恙이어늘,

艤舟<sup>8)</sup>夜近江南하니,　恐有南朝丞相<sup>9)</sup>이라.

| 註解 |

1) 榜人(방인)- 뱃사람.　2) 農家(농가)- 우리 집.　3) 槳(장)- 노, 삿대.　4) 踏車(답거)- 발로 밟아 수레를 가게 하거나 배의 노를 젓는 것.　5) 金山(금산)- 강소성(江蘇省) 진강현(鎭江縣) 서북쪽 장강(長江) 가운데 있던 산. 지금은 모래가 쌓이어 남쪽이 언덕과 이어져 있다. 금나라 군사들이 쳐들어와서 뱃사람들을 모아 시험하였는데, 그들은 답거선(踏車船)으로 나는 듯이 모두 금산(金山)을 세 바퀴나 돌았다 한다(『宋史』 盧允文傳).　6) 眞州(진주)- 지금의 강소성 의정현(儀征縣).　7) 京口(경구)- 지금의 강소성 단도현(丹徒縣)에 있는 지명.　8) 艤舟(의주)- 배를 물가에 대는 것.　9) 南朝丞相(남조승상)- 남송(南宋)의 문천상(文天祥). 그가 북쪽으로 잡혀가 죽은 뒤에도 그의 이름을 빈 항금군(抗金軍)이 수없이 활약하였다. 명 말의 사가법(史可法) 같은 애국자가 죽지 않고 살아있어 항청(抗淸) 활동을 전개해주기 바라는 것이다.

| 解說 |

뱃사람의 노래를 빌어 강남 지방의 항청활동을 고무하고 있는 것이다. 또 이처럼 날랜 뱃사람들이 많으니 북쪽에서 온 청나라 군사들을 강남에서 몰아내기는 어렵지 않다는 뜻을 강조하고 있는 듯도 하다.

# 강남의 여러 친구들과 이별하며(與江南諸子[1]別)

먼 국경 근처 떠돌아다니며 애써 책이나 쓰고 지내다가
왔다갔다하는 행인에게 세상 어떻게 돌아가는가는 물어보려네.
구름이 태산泰山 북쪽에서 피어나더니 많은 비가 쏟아져
회수淮水 둑이 터져서 땅 위에도 물고기가 있네.
막걸리 마시며 천 년 전의 일 되새기고 있노라니
시골 닭이 초저녁인데도 울고 있네.
그대들은 진晉나라 왕니王尼가 탄식하며 살던 것 본뜨지 말게!
아무 곳이건 몸담을 곳으로는 초가집이라도 충분한 것일세.

절 새 표 령 고 저 서 　 　 걸 래 행 리 문 하 여
絕塞[2]飄零[3]苦著書라가, 　揭來[4]行李[5]問何如라.

운 생 대 북 천 다 우 　 　 수 결 회 연 지 상 어
雲生岱[6]北天多雨하니, 　水決淮壖[7]地上魚라.

탁 주 불 망 천 재 상 　 　 황 계 유 창 이 경 여
濁酒不忘千載上[8]이러니, 　荒鷄猶唱二更[9]餘라.

제 공 막 효 왕 니 탄 　 　 수 처 용 신 족 초 려
諸公莫效王尼[10]歎하라! 　隨處容身足草廬라.

| 註解 |

1) 諸子(제자)- 여러 친구들, 단 자기보다 후배들인 경우가 보통이다.  2) 絕塞(절새)- 먼 국경지방.  3) 飄零(표령)- 쓸쓸히 떠도는 것.  4) 揭來(걸래)- 왔다갔다하는 것. '걸'은 거(去)와 같은 뜻.  5) 行李(행리)- 여행자. 여행하는 사람의 짐.  6) 岱(대)- 태산(泰山)의 별명.  7) 淮壖(회연)- 회수의 둑. 태산은 작자가 향하는 산동성(山東省)에, 회하는 산동성 가까운 강소성(江蘇省)에 흐르고 있었다. 땅 위에 물고기가 있다는 것은 진(秦) 이세(二世) 때 포학한 정치 때문에 황하 물이 거꾸로 흘러 물고기가 땅 위에 있게 되었던 일을 인용한 것이다(『漢書』五行志).  8) 千載上(천재상)- 천 년 전. 세상이 평화롭던 옛날을 가리킨다.  9) 二更(이경)- 초저녁. 10시부터 11시 경. 초저녁

에 닭이 우는 것은 난세의 징조라 여겼다.   10) 王尼(왕니)- 진(晉)나라 때
사람. 그는 일찍 부인을 잃고 한 아들을 거느리고 집도 없이 지붕 없는 수레
를 소 한 마리가 끌도록 하고 여기저기 돌아다니면서 살았다. 그들 부자는
돌보아주는 사람이 없어지자 "푸른 바다가 이리저리 흘러 어느 곳이건 불안
하다."는 탄식을 하였다. 끝내는 소를 잡고 수레를 부수어 불을 지펴 고기를
구워 먹은 뒤 굶어 죽었다 한다(『晉書』 王尼傳).


| 解說 |

고염무는 순치順治 15년(1658) 산동으로 여행을 떠나 다음 해에는 산해관山海關
을 나가 국경 밖을 돌아다니며 금석지지金石地志에 관한 저술을 하였다. 특히 젊
었을 때부터 시작한 『천하군국이병서天下郡國利病書』와 『조역지肇域志』 등의 대저를
위하여 실지로 곳곳을 확인하며 대저를 완성하였다. 이 시는 그 해 가을 잠깐 강
남으로 돌아왔다가 다시 산동 쪽으로 떠나면서 지은 시이다. 이별시이지만 개인
적인 감정보다도 시국에 대한 관심이 더욱 짙다.


# 다시 효릉을 찾아가서(再謁孝陵<sup>1)</sup>)

옛날 알던 조정의 관리와 늙은 스님이 있는데
만나게 되자 서로 돌아다닌 것을 모두 이상하게 여기네.
당신은 무엇 때문에 삼천 리 길을 왔다갔다하오?
봄엔 장릉을 찾아뵙더니 가을엔 효릉으로 오셨으니.


구 식 중 관        급 로 승　　　상 간 다 괴 왕 래 증
舊識中官<sup>2)</sup>及老僧을, 相看多怪往來曾<sup>3)</sup>이라.

문 군 하 사 삼 천 리　　　춘 알 장 릉 추 효 릉
問君何事三千里<sup>4)</sup>오? 春謁長陵<sup>5)</sup>秋孝陵이라.

| 註解 |

1) 孝陵(효릉)- 명나라 태조(太祖) 주원장(朱元璋)의 능. 남경의 동북쪽 교외

종산(鍾山) 남쪽 기슭에 있다.  2) 中官(중관)- 조정의 내시(內侍) 또는 천문(天文)을 관장하는 관리.  3) 往來曾(왕래증)- 이제껏 왔다갔다한 것.  4) 三千里(삼천리)- 남경의 효릉에서 북경의 십삼왕릉(十三王陵)이 있는 곳까지의 먼 길.  5) 長陵(장릉)- 명나라 성조(成祖)의 능. 북경의 십삼왕릉 중의 하나.

| 解說 |

작자는 두 번째로 효릉을 참배하러 갔는데, 그곳에서 지난 봄 북경의 십삼왕릉을 참배하였을 적에 만난 명나라의 옛 관리와 늙은 중을 다시 만난 것이다. 은근히 아직도 명나라의 광복을 바라는 사람들이 많음을 드러내고 있다.

# 황종희

● 1610-1695

자가 태충太冲, 호는 남뢰南雷, 학자들이 여주선생黎洲先生 이라 불렀으며, 절강성浙江省 여요餘姚 사람이다. 명나라 말엽에 청나라 군사들과 싸우는 전쟁에 참여하였고, 청나라가 선 뒤에는 숨어 지내면서 학문에만 전념하였다. 청나라 초기의 사상가이며, 사학가이자, 문학가로 알려져 있다. 『명이대방록明夷待訪錄』, 『송원학안宋元學案』, 『명유학안明儒學案』 등의 명저를 남겼고, 문집으로 『남뢰문정南雷文定』이 있다.

# 사마 장창수를 애도함(哀張司馬蒼水[1])

이십 년 지킨 꿋꿋한 절개 그와 같은 사람이 또 있을까?

이러한 완전한 귀결을 이루었으니 역시 마음에 흡족하였으리라.

무너진 절에서 돈을 거두어 버려진 그의 뼈를 거두었고

이 늙은이는 무딘 붓으로 칭송하는 소리를 적고 있네.

먼 허공에 그의 모습 떠올리니 열정 서로 들어맞았으나

이곳저곳의 바닷물은 물속 바위를 뚫으려는 듯이 크게 불평
　　　스런 소리 내고 있네.

이세에 걸친 눈처럼 깨끗한 사귐이지만 사사로울 수는 없고

오직 여러 사람들의 입을 따라 그분을 한 번 평해보네.


　　입 년 고 절 하 인 사　　　득 차 전 귀　역 칭 정
　　廿年苦節何人似오?　得此全歸[2]亦稱情[3]이리라.

　　폐 사 갹 전　수 기 골　　　노 생 독 필 기 금 성
　　廢寺釀錢[4]收其骨하고,　老生禿筆[5]記琴聲[6]이라.

　　요 공 마 영　광　상 득　　　군 수 천 초　호 미 평
　　遙空摩影[7]狂[8]相得하니,　群水穿礁[9]浩未平[10]이라.

　　양 세 설 교　사 부 득　　　지 수 중 구 일 한 평
　　兩世雪交[11]私不得이니,　只隨衆口一閑評[12]이라.


| 註解 |

**1)** 張司馬蒼水(장사마창수)- 장황언(張煌言), 호가 창수(蒼水). 명 말의 민족
영웅으로 청나라 군대가 남경(南京)을 함락시키고 남하할 적에 소흥(紹興)과
주산군도(舟山群島)를 근거지로 삼고, 정성공(鄭成功)과 연락을 취하며 청나
라 군사들과 19년 동안 청나라 군사와 힘든 싸움을 계속하였다. 그러나 정성
공도 대만에서 병사하고, 남쪽 연해지방도 거의 모두 청나라 손아귀에 들어
가자 바다 섬 속으로 들어가 숨어 지내다가 밀고에 의하여 잡히어 항주(杭
州)에서 사형을 당하였다. '사마'는 군사를 장악하는 벼슬이름이나 일반적

으로 대장군(大將軍)의 뜻으로도 쓰인다.  2) 전귀(全歸)- 완전한 귀결(歸結). 죽을 때까지 충절(忠節)을 지킨 것을 뜻함.  3) 稱情(칭정)- 정에 맞다, 마음에 들다.  4) 醵錢(갹전)- 돈을 거두는 것.  5) 禿筆(독필)- 무디어진 붓. 시원찮은 글솜씨.  6) 琴聲(금성)- 칭송하는 소리. 아름다운 말.  7) 摹影(마영)- 영상을 떠올리다, 모습을 떠올리다.  8) 狂(광)- 지나친 행동, 나라를 위하여 목숨도 돌보지 않는 행동.  9) 穿礁(천초)- 암초(暗礁)를 뚫다, 물속의 바위를 뚫다.  10) 未平(미평)- 불평스러운 소리.  11) 雪交(설교)- 눈처럼 깨끗한 사귐.  12) 閑評(한평)- 한가한 비평, 공정한 평.



명 말의 민족영웅이며 작자와는 이세에 걸쳐 세교世交가 있는 장황언張煌言을 애도하는 시. 자신도 청나라에 대항하여 싸웠고, 또 그는 비분 속에 간 항청抗淸의 영웅임에도 불구하고 그를 애도하는 시인데도 비교적 글이 담담하다. 격렬한 비분강개가 보이지 않는다. 억누른 감정 속에 더 뜨거운 정이 담겨있다고 보아야 할 것이다.


# 잠을 이루지 못하고(不寐)

젊었을 적에는 닭이 울어야 비로소 잠자리에 들었는데
늙은이가 되자 잠자리에서 닭 울기를 기다리네.
머리 돌리는 사이에 30여 년의 일들이
뜻밖에도 이 몇 마디 닭 울음소리와 함께 사라져 버렸구나!

연 소 계 명 방 취 침　　　　　노 인 침 상 대 계 명
年少鷄鳴方就枕이러니,　老人枕上待鷄鳴이라.
전 두 삼 십 여 년 사　　　　부 도 소 마 지 수 성
轉頭[1]三十餘年事이,　不道[2]消磨[3]秪[4]數聲이라.

1) 轉頭(전두)- 머리를 돌리는 사이에, 머리를 돌리고 보니.  2) 不道(부도)-

말할 것도 없이, 뜻밖에.  **3)** 消磨(소마)- 없어지다, 사라지다.  **4)** 秪(지)-
단지, 다만.

| 解說 |

닭울음소리를 들으면서 잠 못 이루는 감회를 읊은 시이다. 젊은 시절 "닭울음소
리를 듣고서야 잠자리에 들었다"는 것은 항청抗淸 활동을 하던 시절을 뜻할 것이
다. 그리고 잠 못 이루는 것은 멸망한 조국을 생각하기 때문일 것이다.


# 꽃피는 아침 석정에 묵고 나서(花朝宿石井¹⁾)

이십 년 동안 줄곧 계곡 산길에 묵으니
잠자리에는 매일 밤바람이 스며드네.
맑은 바람은 밖의 속세 생각을 하도록 용납하지 않아
좋은 시가 많이 달 밝은 속에서 나왔네.
꽃 보면서 새소리 들으니 소리가 요란하기만 하고
전쟁 뒤에 술잔 드니 눈물 흠뻑 쏟아지기 일쑤이네.
공들여 서쪽 창에 날짜를 기록하지만
언제면 다시 놀러와 등불을 밝힐꼬?


입 년 증 숙 계 산 로　　　　침 상 잉 전 철 야 풍
廿年²⁾曾宿溪山路하니,　枕上仍前³⁾徹⁴⁾夜風이라.

청 풍 불 용 진 외 려　　　　호 시 다 재 월 명 중
淸風不容塵外慮⁵⁾하여,　好詩多在月明中이라.

화 전 문 조 성 편 란　　　　병 후 지 배 누 이 농
花前聞鳥聲偏亂하고,　兵後持杯淚易濃⁶⁾이라.

진 중 서 창 서 갑 자　　　　속 유 하 일 전 등 홍
珍重西窗書甲子⁷⁾로되,　續游何日剪燈紅⁸⁾?

1) 石井(석정)- 복건성(福建省) 남안현(南安縣) 남쪽에 있는 지명. 풍광이 아름다울 뿐만이 아니라 정성공(鄭成功)의 고향이어서 작자는 각별한 감회를 느끼고 있을 것이다.  2) 廿年(입년)- 작자가 항청(抗淸) 활동에 참가한 뒤 이 시를 짓고 있는 시기까지를 가리킴.  3) 仍前(잉전)- 전처럼, 전과 같이.  4) 徹(철)- 바람이 스며드는 것.  5) 塵外慮(진외려)- 더러운 밖의 생각, 밖의 속세 생각.  6) 濃(농)- 짙어지다. 눈물이 많이 흐름을 뜻한다.  7) 甲子(갑자)- 날짜를 가리킴.  8) 剪燈紅(전등홍)- 등불 심지를 자르고 돋아 불을 밝게 하는 것.

| 解說 |

아름다운 봄날 꽃피고 새 우는 정성공의 고향인 석정에서 하룻밤을 묵고 느낀 감회를 읊은 시이다. 자연의 아름다움을 감상할 겨를도 없이 이민족에게 빼앗긴 조국에 대한 걱정으로 눈물과 한숨만을 짓고 있다.


# 모란정 창하는 것을 듣고 (聽唱牡丹亭¹)

창문 닫고 모란정牡丹亭을 창하게 하고 보니

붉은 상아 박판拍板 들고 요란만 피우는 천한 악공樂工 들과는
　　다르네.

꾀꼬리가 꽃나무 가지 사이 저쪽에서 우는 소리처럼 아름답고,

파초 싹이 눈 위로 솟아나온 것처럼 싱싱하기만 하네.

먼 산 같은 여인의 눈에는 한밤의 눈물 고이고,

죽어 뼈가 싸늘해도 한 가닥 사랑을 추구하는 영혼은 사라질
　　줄 모르네.

또한 깊은 정을 따라 악곡이 절정에 이를 적마다

아무렇게나 속인들에게는 들려줄 수가 없겠네.

엄 창 시 안　모 란 정
掩窗試按²⁾牡丹亭하니,　　不比紅牙³⁾鬧⁴⁾賤伶⁵⁾이라.

앵 격 화 간 환 력 력
鶯隔花間還歷歷⁶⁾하고,　　蕉抽雪底⁷⁾自惺惺⁸⁾이라.

원 산　시 각 삼 경 우
遠山⁹⁾時閣三更雨¹⁰⁾하고,　　冷骨¹¹⁾難銷一線靈¹²⁾이라.

각 위 정 심 매 입 파
却爲情深每入破¹³⁾할새,　　等閑¹⁴⁾難與俗人聽이라.


| 註解 |

1) 牡丹亭(모란정)- 명대의 희곡작가 탕현조(湯顯祖)가 지은 명대를 대표하는 전기(傳奇). 『환혼기(還魂記)』라고도 부르며, 두려낭(杜麗娘)과 유몽매(柳夢梅)의 생사를 초월한 사랑 얘기를 다룬 내용이다.　2) 按(안)- 악보를 따라 가창(歌唱)하는 것.　3) 紅牙(홍아)- 붉은 상아(象牙)로 만든 박판(拍板).　4) 鬧(뇨)- 시끄러운 것.　5) 伶(령)- 배우, 악공.　6) 歷歷(력력)- 분명히 들리는 것, 아름답게 들리는 것.　7) 蕉抽雪底(초추설저)- 파초 싹이 눈 밑으로부터 솟아나다. 탕현조의 『모란정』이 나오자 비평가들은 그 작품의 내용은 좋은데 창사(唱詞)가 곡률(曲律)에 맞지 않는다고 수정을 가하려 하였다. 그러자 탕현조는 이는 사람들이 당나라 왕유(王維)가 그린 '눈 속의 파초(雪裏芭蕉)'라는 명화를 이해 못하는 거나 같다고 하며 실소를 하였다 한다. 그 말을 바탕으로 작품을 평한 말이다.　8) 惺惺(성성)- 싱싱한 것. 정신을 번쩍 들게 하는 것.　9) 遠山(원산)- 여인의 아름다운 눈썹을 형용한 말.　10) 閣雨(각우)- 눈물이 고이는 것을 형용한 말.　11) 冷骨(냉골)- 죽어서 차가워진 두려낭의 뼈.　12) 一線靈(일선령)- 한 줄의 사랑만을 추구하는 영혼. 13) 入破(입파)- 악곡의 절정 부분.　14) 等閑(등한)- 가벼이, 아무렇게나.


| 解說 |

작자는 자기네 전통연극을 매우 좋아하였다. 그러나 여기에서 특히 명대의 대표작인 탕현조의 『모란정』을 창하는 것을 듣고 각별한 감회에 잠기는 것은 그 작품만이 훌륭할 뿐만이 아니라 망한 조국을 생각게 하였기 때문일 것이다.

송완

宋琬　● 1614-1673

자가 옥숙玉叔, 호가 여상荔裳이며, 산동성山東省 내양萊陽 사람. 순치順治 4년 (1647) 진사가 된 뒤 벼슬은 절강안찰사浙江按察使까지 올랐다. 뒤에 분명치 않은 이유로 옥에 갇히어 있다가 풀려나와 강남땅을 유랑하였다. 만년에 스스로 무죄함을 밝히는 글을 올리어 다시 사천안찰사四川按察使가 되었다. 그의 문집으로 「안아당집安雅堂集」이 있는데, 그의 시에는 시세에 대한 감상과 비분의 뜻을 노래한 것들이 많다. 두보杜甫와 한유韓愈를 내세우며 성실한 시를 쓸 것을 주장하였는데, 당시 사람들은 흔히 시윤장施閏章과 함께 "남시북송南施北宋"이라 일컬었다.

# 낙엽을 슬퍼함(悲落葉)

낙엽을 슬퍼하나니

낙엽이 어지러이 떨어져 쌓이고 있네.

날아다니면서 울던 꾀꼬리 소리 다시는 들리지 않고

펄렁펄렁 노란 나비가 춤추는 듯하네.

아침에는 화려한 미인 같았는데

저녁에는 남편에게 버려진 마누라처럼 되었네.

바람 따라 일어나

바람 좇아 날아다니니,

벼슬자리에서 쫓겨난 외로운 나그네 어찌 그대로 보고만 있
　　겠는가?

가지 부여잡고 잡아당기며 공연히 눈물로 옷깃 적시네.

왔다갔다하며 마른 나무 맴돌며 보니

가지와 줄기 오랜 동안 어긋나게 되었네.

쌀쌀한 중에 한 해 저물고 있는데

이제 떠나면 언제나 돌아오게 되려나?

낙엽을 슬퍼하니

가슴 속이 아파지네.

바라건대 나는 새의 나래를 빌어

내가 바람 타고 고향으로 날려갔으면!


　　　　비 낙 엽　　　　　낙 엽 분 상 접
悲落葉하나니,　落葉紛相接<sup>1)</sup>이라.

　　　　무 부 어 류 앵　　　　표 요 무 황 접
無復語流鶯<sup>2)</sup>이오,　飄搖<sup>3)</sup>舞黃蝶이라.

朝如繁華之佳人이러니,  夕若蘼蕪⁴⁾之棄妾이라.

因風起하고,  從風飛하니,

放臣羈客⁵⁾那忍見고?  攀條攬扼⁶⁾空沾⁷⁾衣라.

徘徊繞⁸⁾故枝하니,  柯幹⁹⁾長乖違라.

凜凜¹⁰⁾歲云暮하니,  此去將安歸오?

悲落葉하나니,  傷心胸이라.

願因征鳥翼하여,  吹我到鄕中이라.

---

**│ 註解 │**

1) 相接(상접) – 쌓이는 것.  2) 流鶯(류앵) – 날아다니는 꾀꼬리.  3) 飄搖(표요) – 바람에 날리는 모양.  4) 蘼蕪(미무) – 한(漢)대의 악부시(樂府詩)「상산채미무(上山採蘼蕪)」에서 버려진 아내가 전 남편과 만나는 장면을 노래하고 있는 것을 응용한 것이다. '미무'는 궁궁(芎藭)이 싹으로 약초의 일종이라 한다.  5) 羈客(기객) – 떠돌아다니고 있는 나그네.  6) 攬扼(람액) – 잡다, 잡아당기다.  7) 沾(첨) – 눈물로 적시다.  8) 繞(요) – 감돌다.  9) 柯幹(가간) – 나무의 가지와 줄기.  10) 凜凜(늠름) – 쌀쌀한 모양.

**│ 解說 │**

낙엽을 슬퍼한다 했지만 사실은 자신의 처지를 슬퍼하고 있는 것이다. 이 시는 강희康熙 원년(1662) 그가 옥에 갇혀있으면서 지은 시이다. 앞에 자서自序가 붙어있으나 번역을 생략하였다.

# 감회(感懷)

북두칠성 자루 동북쪽 가리키고 있는데
마른 풀은 얼마나 끝없이 펼쳐져 있는가?
눈과 서리는 정강이 묻힐 정도로 쌓이고
나그네는 추운데도 겨울옷이 없네.
밤은 긴데 촛불 밤새도록 밝힐 수 없으니
도깨비불이 어두운 방에 어른거리네.
도깨비가 한 발을 드러내 놓고
들뛰며 휘파람 소리를 내다가 내 곁에 서네.
그놈을 보아도 전혀 무섭지는 않은데
그놈의 추하고 절름발이인 모양이 싫네.
어찌하면 매의 나래를 구하여
그걸 타고 고향으로 돌아갈까?

招搖1)指東北한데, 白草2)何茫茫고?

雪霜深至骭3)이나, 客子寒無衣라.

夜長燭不繼하니, 鬼火4)森5)幽房이라.

魍魎6)露一脚하고, 跳嘯7)立人旁이라.

見之了無畏로되, 憎其醜且尫8)이라.

安得晨風9)翼하여, 駕言歸故鄕고?

1) 招搖(초요)- 북두칠성의 일곱 번째 별. 북두칠성의 자루.  2) 白草(백초)-
북쪽지방에 나는 풀의 일종. 가을에 마르면 흰색으로 변하며 소와 양이 뜯어
먹는다. 마른 풀.  3) 骭(한)- 정강이.  4) 鬼火(귀화)- 도깨비불. 죽은 사람
의 뼈의 인 성분이 밤에 번쩍거리게 된다.  5) 森(삼)- 어른거리다. 해가 보이
지 않고 흐린 것.  6) 魍魉(망량)- 산천의 정기가 뭉쳐 이루어진다는 괴물. 도
깨비에 가까운 것임.  7) 跳嘯(도소)- 들뛰며 휘파람 소리를 내는 것.  8) 尫
(왕)- 절름발이. 병신.  9) 晨風(신풍)- 매의 일종. 새매.



자기가 있는 어두운 방에 도깨비불이 어른거리고 또 도깨비가 나타난다니 감옥에
있을 적에 지은 시인 듯하다. 작자의 감회가 처량하다.


# 제비(燕子)

제비는 언제 왔는가?

한 봄이 되자 요해 遼海 서쪽까지 왔네.

관사가 싸늘한 것도 싫어하지 않고

와서 큰 들보 곁에 집을 지었네.

비바람 속에 둥주리 만드느라 고생이지만

암놈 수놈이 다 같이 힘을 합치네.

우리 집엔 외톨이 된 조카가 있는데

가난 속의 처와 함께 힘쓰고 있네.


연 자 하 시 도　　　삼 춘 요 해 서
燕子何時到오?　三春遼海西<sup>1)</sup>라.

불 혐 관 사 랭　　　내 방 화 량　서
不嫌官舍冷하고,　來傍畵梁<sup>2)</sup>栖<sup>3)</sup>라.

풍 우 위 소 고　　　자 웅 치 력 제

風雨爲巢苦,　雌雄置力齊라.

오 가 유 고 질　　　　민 면　속 산 처

吾家有孤侄<sup>4)</sup>하니,　黽勉<sup>5)</sup>屬山妻<sup>6)</sup>라.

| 註解 |

1) 遼海西(요해서)- 요해의 서쪽. 산동 자기 고향을 가리킨다.　2) 畫梁(화량)- 화려한 들보, 큰 들보.　3) 栖(서)- 집을 짓고 사는 것.　4) 孤侄(고질)- 고아가 된 조카. '질'은 질(姪)과 같음.　5) 黽勉(민면)- 힘쓰다, 노력하다. 6) 屬山妻(속산처)- 가난하게 사는 처와 함께하다. '산처'는 은자(隱者)의 처, 또는 가난한 살림을 하는 사람의 처.

| 解說 |

제비를 빌어 고아가 되어 가난한 중에도 열심히 살아가는 자기 조카를 노래하고 있다.


# 배 속에서 사냥개를 보고 느낌(舟中見獵犬有感)

가을 물에 갈대꽃이 온통 밝게 비추어 있는 속에 있으니,
개가 매와 같은 공로를 이루기는 어려운 형편일세.
돛대 옆에 밥 배불리 먹고 머리 처박고 자고 있으니
넓적다리 살이 불어나고 있는 영웅 같이 보이네.


추 수 로 화 일 편　명　　　난 동 응 준　공 공 명

秋水蘆花一片<sup>1)</sup>明하니,　難同鷹隼<sup>2)</sup>共功名이라.

장　변 포 반 수 두 수　　　야 사 영 웅 비 육　생

檣<sup>3)</sup>邊飽飯垂頭睡하니,　也似英雄髀肉<sup>4)</sup>生이라.

1) 一片(일편)- 온통, 넓은 공간을 가리킴.  2) 鷹隼(응준)- 매. 매의 총칭.
3) 檣(장)- 돛대.  4) 髀肉(비육)- 넓적다리 살. 옛날 삼국(三國)시대 촉(蜀)
의 유비(劉備)가 말을 타고 전장에 바삐 달릴 적에는 넓적다리의 살이 붙지
않았는데, 오랜 동안 놀고 있자 넓적다리에 살만 붙는다고 말했다 한다(『蜀
志』先主傳).




두 수의 시 중 첫째 시이다. 배를 타고 있어 사냥을 못하는 사냥개를 읊고 있지
만, 실은 그것은 모든 여건이 어긋나 뜻을 이루지 못하는 자신을 암시하고 있다.

# 시윤장

施閏章  ● 1618-1683

자는 상백尙白, 호는 우산愚山, 안휘성安徽省 선성宣城 사람. 순치順治 6년(1649) 진사가 된 뒤 벼슬은 강서참의江西參議를 거쳐 한림원翰林院 시독侍讀에 이르렀고, 『명사明史』 편수에도 참여하였다. 약간의 청나라 초기의 사회현실을 반영하는 시도 남겼으며, 작품집으로는 『우산선생학여시집愚山先生學餘詩集』, 『외집外集』, 『유집遺集』 등을 남겼다.

# 개구리밥과 새삼의 노래(浮萍[1]兎絲[2]篇)

[서문] 이장군이 얘기해준 것인데, 자기 부대 병사에 남의 처를 약탈해 차지한 사람이 있었는데 수년이 지난 뒤 그를 데리고 남쪽으로 가게 되었다 한다. 거기에서 옛 남편을 만나게 되었는데, 그들은 보자마자 통곡하며 기절하였다. 그전 남편에게 물어보니, 그도 이미 새 장가를 들었다 하여 만나보니 병사의 옛 처였다. 네 사람은 모두가 통곡을 한 뒤에 각자 옛 처를 되돌려주고 헤어졌다 한다. 나는 그들을 위하여 「개구리밥과 새삼의 노래」를 지었다.

李將軍[3]言하되; 部曲[4]嘗掠人妻하여, 旣數年에, 携之南征이라가, 值[5]其故夫하여, 一見慟絶이라. 問其夫하니, 已納新婦러니, 則兵之故妻也라. 四人皆大哭하고, 各反其妻而去라. 予爲作浮萍兎絲篇하노라.

| 註解 |

1) 浮萍(부평)- 개구리밥. 물에 둥둥 떠다니는 물풀.  2) 兎絲(토사)- 새삼. 다른 나무에 붙어사는 기생식물. 그 씨는 토사자(兎絲子)라 하여 한약재로 쓰임.  3) 李將軍(이장군)- 어떤 사람인지 알 수 없음.  4) 部曲(부곡)- 군대 또는 병사의 대칭(代稱).  5) 値(치)- 만나다.

개구리밥이 큰 물결 치는데 따라
두둥실 동쪽으로 갔다 서쪽으로 갔다 하였네.
새삼은 높은 나뭇가지에 붙어

한들한들 사방으로 뻗어 갔네.
그런 새삼도 떨어지게 될 날이 있고
개구리밥도 만나게 될 날이 있을 걸세.
개구리밥이 새삼에게 말하기를 ;
서로 떨어졌다 만났다 하게 되는 것을 어찌 미리 알 수 있겠
　　는가?
건장한 남자가 동남쪽으로 가고 있는데,
따르는 말 위엔 아름다운 자태의 여인 있었네.
얇은 비단으로 얼굴 가리개 하고 있었는데
돌아보는 모습에 빛이 발하였네.
옛 남편 옆에서 보고 있다가
눈을 닦고 보면서 놀라고 의아해 하네.
무릎 꿇고 건장한 남자에게 묻기를 ;
이 사람 제 처가 아닌가 하는데요?
저와의 연분은 이미 끊겨서
상산 기슭에서 다른 마누라 얻었지오.
다만 한 번 만나서
영원한 이별이나 하고 떠나고 싶군요.
서로 만나자 애간장 끊어지는 듯하고,
건장한 남자의 마음도 갑자기 슬퍼지네.
그가 말하기를 ; 나도 역시 마누라가 있었는데
상산에서 생이별을 했지요.
내가 십여 년 종군하고 있는 사이에
누구에게 시집이라도 갔는지 모르겠군요.
당신 부인이 내 고향 사람이라니

길거리에서나마 만나보고 싶군요.

어찌 알았으랴! 상산의 그 부인도

건장한 남자 보더니 역시 울음 터뜨리네.

본시 저는 당신 마누라였는데

물건 버리듯 갑자기 나를 버렸지요.

참새가 까마귀 따라 날아가니

나래 나란히 하던 관계 영영 어긋나 버렸지요.

수컷은 날아올라 새 둥주리 차지하고

암컷은 엎드린 채 옛 가지 생각하네.

두 수컷은 서로 바라보면서 생각하다가

각자 그의 암컷을 되돌려 주었다네.

암 수컷이 일시에 합쳐지게 되자

두 줄기 눈물이 옷깃을 적셨다네.

浮萍寄洪波하여, 飄飄[1]東復西라.

兎絲冒[2]喬柯[3]하여, 裊裊[4]復離披[5]라.

兎絲斷有日이오, 浮萍合有時라.

浮萍語兎絲하되, 離合安可知오?

健兒東南征이러니, 馬上傾城[6]姿라.

輕羅作障面[7]하고, 顧盼生光儀라.

故夫從旁窺러니, 拭目驚且疑라.

長跪[8]問健兒하되, 毋乃賤子[9]妻아?

賤子分<sup>10)</sup>已斷하여,　買婦<sup>11)</sup>商山陲<sup>12)</sup>라.

但願一相見하고,　永訣<sup>13)</sup>從此辭라.

相見肝腸絕하고,　健兒心乍<sup>14)</sup>悲라.

自言亦有婦러니,　商山生別離라.

我戍<sup>15)</sup>十餘載니,　不知從阿誰라.

你婦旣我鄕이니,　便可會路岐<sup>16)</sup>라.

寧知商山婦이,　復向健兒啼라.

本執君箕帚<sup>17)</sup>러니,　棄我忽如遺라.

黃雀<sup>18)</sup>從烏飛하니,　比翼<sup>19)</sup>長參差<sup>20)</sup>라.

雄<sup>21)</sup>飛占新巢하고,　雌<sup>22)</sup>伏思舊枝라.

兩雄相顧詫<sup>23)</sup>라가,　各自還其雌라.

雌雄一時合하니,　雙淚<sup>24)</sup>沾裳衣러라.


| 註解 |

1) 飄飄(표표)— 물 위에 이리저리 떠다니는 모양.　2) 胃(견)— 얽다, 걸리다.
3) 喬柯(교가)— 높은 나뭇가지.　4) 裊裊(요뇨)— 한들거리는 모양, 한들한들.
5) 離披(리피)— 사방으로 흩어지는 것, 사방으로 뻗는 것.　6) 傾城(경성)—
굉장한 미인을 형용하는 말. 경국(傾國)과 같이 씀(漢 李延年「佳人歌」에서
나온 말).　7) 障面(장면)— 얼굴 가리개.　8) 長跪(장궤)— 땅바닥에 무릎을 꿇
는 것.　9) 賤子(천자)— 천한 자식. 자신을 낮추어 부르는 말.　10) 分(분)—
연분(緣分).　11) 買婦(매부)— 마누라를 사다. 장가든 것을 말함.　12) 陲

(수)- 근처, 언저리, 산기슭.  **13)** 永訣(영결)- 영원히 이별하는 것.  **14)** 乍 (사)- 갑자기.  **15)** 戍(수)- 수자리 살다, 군에 복무하다.  **16)** 路岐(로기)- 길거리.  **17)** 箕帚(기추)- 쓰레받기와 비. 누구를 위하여 집기추(執箕帚)한 다는 것은 곧 집안을 청소하며 살림을 한다, 곧 부인노릇을 함을 뜻한다. **18)** 黃雀(황작)- 참새.  **19)** 比翼(비익)- 나래를 나란히 하고 나르는 것. 옛 날부터 전설적인 비익조(比翼鳥)를 애정이 두터운 부부에 비겼다.  **20)** 參差 (참치)- 들쑥날쑥한 것, 서로 어긋나는 것.  **21)** 雄(웅)- 수컷.  **22)** 雌(자)- 암컷.  **23)** 顧詫(고타)- 돌아보며 생각해 보는 것.  **24)** 雙淚(쌍루)- 두 줄기 눈물.

| 解說 |

이 시는 두 부부의 조우遭遇를 통하여 청나라 초기 백성들이 전란을 통하여 겪은 참상을 읊고 있다. 이 두 부부는 그래도 행운이었다 할 것이다. 그런 시국에는 더 많은 젊은 부부들이 영원히 자기 짝을 잃었을 것이기 때문이다.


# 목동의 노래(牧童謠)

위 밭이고 아래 밭이고 산골짜기 옆에 있어서
삼 년 두고 씨 뿌리면 일 년만 거둔다네.
늙은 소가 전란 후에 송아지를 낳았으니
흙벽을 세워 초가라도 세우려 하네.
세금 재촉이 다급하여 세리稅吏가 두려운 나머지
집안의 것 다 팔아버리고 소도 버리려 하네.
금년에는 세금 안내고 도망하여 아직도 소가 있다지만
내년에 흉년들까 걱정되지 않겠는가?
앞산에선 호가胡笳 불고 뒷산에선 북 울리며 전쟁 일어나자,
군사들 먹이기 위하여 소 잡기를 쥐의 사지 째듯 하네.

소야, 소야! 어디로 가야 하겠느냐?

상 전 하 전 방 산 곡
上田下田傍山谷하니,　三年播種一年熟[1]이라.
삼 년 파 종 일 년 숙

노 우 난 후 생 황 독
老牛亂後生黃犢[2]하여,　版築[3]將營結茅屋이라.
판 축 장 영 결 모 옥

최 과 령 급 외 조 리
催科[4]令急畏租吏하여,　室中賣盡牛亦棄라.
실 중 매 진 우 역 기

금 년 포 조 상 유 우
今年逋租[5]尙有牛나,　明年歲荒[6]愁不愁아?
명 년 세 황 수 불 수

전 산 취 가 후 격 고
前山吹笳後擊鼓하여,　殺牛餉士[7]如磔[8]鼠라.
살 우 향 사 여 책 서

우 혜 우 혜 적 하 토
牛兮牛兮適何土아?

| 註解 |

1) 熟(숙)- 씨 뿌린 곡식이 제대로 자라 잘 여무는 것.  2) 黃犢(황독)- 송아지.  3) 版築(판축)- 양편에 판을 세우고 중간에 흙을 다져 넣어 담이나 벽을 만드는 것.  4) 催科(최과)- 세금을 내라고 재촉하는 것.  5) 逋租(포조)- 세금을 내지 않고 도망치는 것.  6) 歲荒(세황)- 흉년이 드는 것.  7) 餉士(향사)- 군사들에게 음식을 먹이는 것.  8) 磔(책)- 몸을 찢어 죽이는 것.

| 解說 |

전란 속의 농촌 백성들의 고난이 그려진 시이다. 소를 치는 목동뿐만이 아니라 백성들 모두가 목숨만 부지하기도 힘든 세상이다.


# 닭 울음(鷄鳴曲)

꼬꼬오 또 꼬꼬오!

닭이 초가집 모퉁이에서 울고 있네.

나그네는 천 리 길을 오면서도 이 소리 들어보지 못한지라

귀 기울이어 이 소리 듣고는 길 가던 마음 놀라네.

우물쭈물하다가 되돌아가 주인 영감에게 권하기를;

"이 닭 집안에서 울도록 남겨두지 마시오!

북쪽에서 온 건장한 병사들 구름처럼 모여 있어서

성 안의 것들은 모두 약탈하고 산마을로 나오고 있다오.

산 깊고 초가집은 소나무와 대나무에 가리어져 있으나

닭울음소리 듣기만 하면 사람이 있는 줄 알게 되오!

처자들이 약탈당할 뿐만이 아니라 닭도 삶아 먹히게 될 것이니,

집안 텅 비고 벽 무너진 다음에 부질없이 가슴 앓지 마시오!

당신은 보지를 못하였소?

긴 밤 길게 새지 않고 있을 적에

찍찍 사람과 귀신이 함께 울고 있는 것을!

喔喔[1]復喔喔하며, 鷄鳴茅屋角이라.

客行千里無此聲이러니, 傾耳聽之驚客情이라.

踟躕[2]回勸主人翁하되, 勿留此鷄鳴屋中하라.

朔方健兒[3]如雲屯[4]하니, 城中掠盡來山村이라.

山深茅屋隔松筠이나, 但聞鷄鳴知有人이라.

妻孥被掠鷄亦烹이러니, 空庭破壁徒酸辛이라.

君不見, 長夜漫漫夜相續할새, 啾啾[5]人鬼同時哭가?

1) 喔喔(악악)- 닭이 우는 소리.  2) 踟蹰(지주)- 우물쭈물하는 것.  3) 朔方 健兒(삭방건아)- 북쪽의 건장한 남자들, 청나라 병사들을 가리킨다.  4) 屯 (둔)- 모여들다.  5) 啾啾(추추)- 귀신이 우는 소리.

解說

명 말 청 초의 현상을 고발한 시이다. 청나라 군사들의 횡포가 얼마나 심했는가 알게 한다.


# 호수 북쪽의 산가를 찾아가서(過湖北<sup>1)</sup>山家)

길은 꾸불꾸불 바위 언덕 따라 나 있는데,
늙은 나무의 뿌리가 담 밑으로 뻗어 나왔네.
몇 줄기 계곡물이 합쳐져 들판으로 흐르고,
복사꽃이 온 마을에 피어있네.
닭을 불러다가 잡기 위해 우리에 가두고
자손들에게 술상 차리라고 분부하네.
떠나자! 나도 속세 버리고 숨어 살란다!
앞 산봉우리가 문 마주 대하고 솟아있으니 얼마나 좋은가!


路回臨石岸하고,  樹老出牆根<sup>2)</sup>이라.

野水合諸澗<sup>3)</sup>하고,  桃花成一村이라.

呼鷄過籬柵<sup>4)</sup>하고,  行酒命兒孫이라.

去矣吾將隱이니,  前峰恰<sup>5)</sup>對門이라!

1) 湖北(호북)- 작자의 고향 안휘성(安徽省) 선성(宣城)에 있는 옥총호(玉葱湖) 북쪽. 그곳에는 작자 조상들의 묘가 있다 한다. 2) 牆根(장근)- 담장 밑. 3) 澗(간)- 계곡에 흐르는 물. 4) 過籬柵(과리책)- 닭을 잡아 술안주를 만들기 위하여 닭 우리에 잡아 가두어 두는 것. 5) 恰(흡)- 마침, 알맞게.



만년에 벼슬을 그만두고 고향으로 돌아와 지은 시라 한다. 시윤장의 대표적인 오언율시五言律詩 이다. 그는 오언율시를 잘 지은 작가로 알려져 있다.


# 배 안에서 입추를 맞음(舟中立秋<sup>1)</sup>)

늙게 되자 가을 되는 것 두려워지니

세월은 흐르는 물 따라가는 듯하네.

음산한 구름이 강 언덕 풀 위에 덮였고,

소나기는 여울 속의 배를 더욱 어지럽히네.

시서詩書 공부했어도 시국 일엔 서툴고,

군량軍糧 때문에 영남嶺南 남해南海 지방이 근심일세.

여러 해 흉년이 들다 올해 겨우 풍년이니,

노 잡고 기대서서 서쪽 들판을 바라보네.


垂老畏聞秋하니, 年光<sup>2)</sup>逐水流라.

陰雲沈岸草요, 急雨亂灘<sup>3)</sup>舟라.

時事詩書拙하고, 軍儲<sup>4)</sup>嶺海<sup>5)</sup>愁라.

澝飢<sup>6)</sup>今有歲<sup>7)</sup>하니, 倚棹<sup>8)</sup>望西疇<sup>9)</sup>라.



| 註解 |

1) 立秋(입추)− 24절기의 하나, 양력 8월 7일 무렵.　2) 年光(연광)− 세월.
3) 灘(탄)− 여울.　4) 軍儲(군저)− 군량(軍糧).　5) 嶺海(영해)− 영남(嶺南)과
남해(南海) 지방, 양광(兩廣) 지방.　6) 澝飢(전기)− 흉년이 여러 해 계속 드
는 것.　7) 有歲(유세)− 한 해의 곡식이 제대로 여무는 것, 풍년이 드는 것.
8) 棹(도)− 배의 노.　9) 疇(주)− 밭. 밭이 있는 들판.

| 解說 |

배를 타고 가면서 입추立秋를 맞이한 소감을 읊은 시이다. 작자의 노경과 여러
해 이어온 흉년 등이 어지러운 청나라 초기의 사회상을 반영하고도 있다.

# 오가기

 吳嘉紀 ● 1618-1684

자는 빈현賓賢, 또는 야인野人, 강소성江蘇省 태주泰州사람. 그는 27세 때 청나라 군사들이 남하하여 명나라를 멸망시키고, 잔인하게 살육과 약탈을 자행하는 것을 보고 고향에 가난하게 숨어 살았다. 따라서 그의 시에는 그 시대의 혼란을 반영하는 작품이 많다. 특히 청나라 군대의 잔학과 백성들의 고난이 잘 표현되어 있다. 그의 작품집으로 『누헌시집陋軒詩集』이 있다.

# 아침 비가 내리네(朝雨下)

아침 비가 내리어

밭에 물이 깊게 고여 곡식이 물에 잠기고,

주린 새들은 짹짹 뽕나무 위에서 울고 있네.

저녁에 비가 내리자

부잣집 아들은 술을 거르고 친구들 모아

술 잔뜩 마시며 오직 몸이 너무 취하여 죽게 될까 걱정이네.

비가 그치지 않아

더운 여름인데도 하늘은 부자들에게 가을을 가져다주어

지붕 처마에선 빗물 줄줄 흘러 앉아있는 사방이 시원하고,

앉아있는 무리 중 경박한 자들은 이미 갖옷을 걸치고 있네.

비가 더욱 내리자

가난한 집에선 저녁도 되기 전에 문 닫고 누워 자는데,

그저께 어제 하여 사흘을 굶고 있는데도

지금껏 문밖에는 아무도 찾아오지를 않네.

조우하 　 전 중 수 심 몰 화 가 　 기 금 팔 팔 　 제 상 자
朝雨下하니,　田中水深沒禾稼[1]하고,　饑禽聒聒[2]啼桑柘[3]라.

모 우 하 　 부 아 록 　 주 취 주 려 　 주 후 　 지 　 수 신 취 사
暮雨下하니,　富兒漉[4]酒聚儔侶[5]하고,　酒厚[6]祇[7]愁身醉死라.

우 불 휴 　 서 천 천 여 부 가 추 　 첨 　 류 　 종 종 　 양 사 좌
雨不休하니,　暑天天與富家秋하여,　檐[8]溜[9]淙淙[10]涼四座하고,

좌 중 경 박 이 피 구
座中輕薄已披裘[11]라.

우 익 대 　 빈 가 미 석 관 문 와 　 전 일 작 일 삼 일 아
雨盆大하니,　貧家未夕關門臥하고,　前日昨日三日餓로되,

지 금 문 외 무 인 과
至今門外無人過라.

1) 禾稼(화가)- 곡식 싹.  2) 聒聒(괄괄)- 새들이 시끄럽게 우는 소리.  3) 桑柘(상자)- 뽕나무. '자'는 산뽕나무.  4) 漉(록)- 술을 거르는 것.  5) 儔侶(주려)- 친구들.  6) 酒厚(주후)- 술을 맛있게 많이 마시는 것.  7) 祇(지)- 오직, 지(只).  8) 檐(첨)- 지붕 처마.  9) 溜(류)- 흘러 떨어지는 빗물.  10) 淙淙(종종)- 물이 흘러 떨어지는 소리.  11) 裘(구)- 갖옷. 짐승 털가죽 옷.



비오는 날의 상황을 빌어 그 시대 사회상의 모순을 고발하고 있다. 여기의 부자는 청나라의 만주족과 그 추종자들이고, 가난한 사람들이란 한족의 백성들이라 볼 수도 있을 것이다.


# 가을장마(秋霖[1])

허물어진 집엔 저녁 추위 이는데
가을장마는 개려들지 않네.
양식 빌러가자 이웃 영감이 싫어하고,
칡베 옷 입고 있다고 마을 사람들 놀라네.
목소리 슬퍼서 왜가리 같다고 불쌍히 여기고
꽃이 드무니 결명자 決明子 가 원망스럽네.
하늘 가 저 멀리 지기 知己 의 친구 있으니
곧 내 초라한 집 찾아 주리라.


파 옥 모 한 생　　　　추 림 불 긍 청
破屋暮寒生이어늘,　秋霖不肯晴이라.

차 량 인 로 염　　　　의 갈 이 인 경
借糧隣老厭[2]하고,　衣葛[3]里人驚이라.

$$\underset{\text{성 참 연 창 괄}}{聲慘憐鶬鴰^{4)}}\text{이오,} \quad \underset{\text{화 선 원 결 명}}{花鮮怨決明^{5)}}\text{이라.}$$

$$\underset{\text{천 애 유 포 숙}}{天涯有鮑叔^{6)}}\text{하니,} \quad \underset{\text{조 만 방 채 형}}{早晚訪柴荊^{7)}}\text{하리라.}$$

| 註解 |

1) 霖(임)– 장마.  2) 厭(염)– 싫어하다.  3) 葛(갈)– 칡. 칡베 옷.  4) 鶬鴰(창괄)– 왜가리. 물가에 사는 새의 일종.  5) 決明(결명)– 결명차(決明茶)의 열매, 결명자(決明子). 한약재로 쓰이며 여름에 꽃이 핀 뒤 가을에 빨간 열매가 달린다.  6) 鮑叔(포숙)– 춘추(春秋)시대 제(齊)나라 관중(管仲)과 친했던 포숙아(鮑叔牙). 여기에서는 자신의 지기지우(知己之友)를 말한다.  7) 柴荊(채형)– 싸리나무로 두른 울타리. 싸리나무 울타리를 두른 초라한 집.

| 解說 |

째지게 가난한 작자의 생활이 잘 드러나 있다. 자기의 빈고(貧苦)에 붙여 당시 세상에 대한 원망의 뜻도 함께 느껴진다.

# 일전의 노래, 임무지에게 드림(一錢行贈林茂之^{1)})

선생님은 85세의 고령으로

짚신 신고 다시 양주 땅에 오셨는데,

옛 친구라고는 무덤만이 남아있고

백양나무도 모두 잘리고 부서져 뿌리만이 남았네.

옛날 와서 노신 때가 어느덧 50년이나 지났으니

강산은 그대로이나 사람들은 모두 바뀌었고,

온 세상 전쟁에 휩쓸리고 시인께선 가난해서

자루 바닥엔 부질없이 일전만이 남아있네.

복사꽃 살구꽃 핀 늦은 봄날에

선생님과 지팡이 짚고 고기잡이배에 올라가는데,

술 많이 마시어 얼굴은 닳아 오르고 성은 멀리 보일 때

푸른 물 앞에서 빈 자루 펼쳐보이자

술 마시던 사람들 보자마자 모두 눈물 흘리는데

바로 그것은 전 왕조의 만력전萬曆錢이었기 때문이었네.

先生春秋八十五러니,　芒鞋[2]重踏揚州[3]土라.

故交但有丘塋[4]存하고,　白楊摧盡留枯根이라.

昔游倏[5]過五十載하니,　江山宛然[6]人代改라.

滿地干戈杜老[7]貧하니,　囊[8]底徒餘一錢在라.

桃花李花三月天에,　同君扶杖上漁船이라.

杯深[9]顏熱城市遠일새,　却展空囊碧水前이라.

酒人一見皆垂淚하니,　乃是先朝萬曆錢[10]이라.

| 註解 |

1) 林茂之(임무지)- 임고도(林古度), 자가 무지. 늘 한 개의 만력전(萬曆錢) 을 허리띠에 매어달고 다녔다 한다.　2) 芒鞋(망혜)- 짚신.　3) 揚州(양주)- 강소성(江蘇省)에 있는 도시. 작자의 고향 선성(宣城) 북쪽 그다지 멀지 않은 곳에 있음.　4) 丘塋(구영)- 무덤.　5) 倏(숙)- 어느덧, 홀연(忽然).　6) 宛然 (완연)- 전과 변함이 없는 것.　7) 杜老(두로)- 두보(杜甫) 같은 노시인. 임무 지를 가리킴.　8) 囊(낭)- 자루, 여행자가 갖고 다니는 자루.　9) 杯深(배심)- 술잔을 많이 기울이는 것.　10) 萬曆錢(만력전)- 만력은 명나라 신종(神宗) 의 연호(1573-1619). 그때 주조한 돈임.

임고도가 자루 밑에 넣고 다니던 일전의 만력전萬曆錢을 읊은 것이다. 명나라 돈을 통해서 명나라를 흠모하는 정을 드러내고 있다. 임고도는 이 시를 계기로 그 일전의 만력전을 늘 허리띠에 매어달고 다녔을 것이다.


# 이씨 댁 며느리(李家娘)


[서문] 을유乙酉년(1645) 여름 청나라 군대가 양주揚州를 함락시킬 적에 이씨 댁 며느리가 잡혀갔다. 잡아간 자들은 여러 가지 방책을 써서 말을 듣기를 강요하였으나 그는 굽히지 않았다. 7일이 지난 뒤 밤에 그의 남편이 죽었다는 말을 듣고, 그 여인은 슬피 울부짖으면서 벽을 들이받아 머리통이 깨지며 뇌수腦髓가 쏟아져 나와 죽었다. 그때 마침 잡아간 자들은 밖에 나갔다 돌아와서 그걸 보고는 노하여 여인의 시체를 찢고 배를 갈라 심장과 폐장을 꺼내어 사람들에게 보여주었다. 그것을 본 사람들은 놀라면서 그를 애도하지 않는 사람이 없었고, 모두가 이씨 댁 며느리를 칭송하였다 한다.


乙酉夏에, 兵陷郡城[1]할새, 李氏婦被掠이라. 掠者[2]百計[3]

求近[4]이로되, 不屈이라. 越七日에, 夜聞其夫歿[5]하고, 婦哀

號撞壁[6]하니, 顱[7]碎腦出而死라. 時掠者他出이라가, 歸乃

怒裂婦尸하고, 剖腹取心肺[8]示人이라. 見者莫不驚悼하고,

咸稱李家娘云이러라.

1) 郡城(군성)- 양주(揚州)를 가리킨다.  2) 掠者(약자)- 청나라 군사들을 가
리킨다.  3) 百計(백계)- 여러 가지 계책을 써서 달래는 것.  4) 求近(구근)-
가까이 대해주기를 요구하다, 바라는 대로 말을 잘 들어주기를 바라다.  5) 歿
(몰)- 죽다.  6) 撞壁(당벽)- 벽을 들이받는 것.  7) 顱(로)- 두개골(頭蓋骨),
머리통.  8) 心肺(심폐)- 심장(心臟)과 폐장(肺臟).

성 안의 산은 죽은 사람의 뼈로 하얗고
성 밖의 개울물은 죽은 사람의 피로 빨갛네.
사람을 140만 명이나 죽였으니
새 성이고 옛 성이고 그 안에 몇 사람이나 살았겠는가?  (1해)

처는 거울을 보고 있는 사이
남편은 이미 목이 떨어졌고,
살인자는 피비린내 나는 칼을 칼집에 넣고는
아름다운 여인들을 끌고 갔네.
서쪽 집 여인도
동쪽 집 며느리도,
꽃 같은 이씨 집 며느리도
모두 난폭한 자들 손안에 떨어졌네.  (2해)

손으로 잡아끌고
청나라 말을 하며
호가胡笳 소리 속에
둥근 해 지면
그들은 돌아와 아름다운 여인들을 끌어안았네.

오직 이씨 댁의 며느리만은
오랑캐들 막사로 들어가 자지 않았네. (3해)


어찌 날카로운 칼이 없어
사람들 살갗을 자르지 못하겠는가?
화나는 것을 돌리어 기쁨으로 삼으며
마음속으로 아름다운 여인들을 추구하네.
아름다운 여인들 무척 많지만
용모가 저만한 이가 없네. (4해)


어찌 삶을 탐하랴?
남편과 어제 헤어졌는데
살았는지 죽었는지 알지 못하겠네.
여자 짝으로 얼마나 좋은 상대인가?
광을 내고 옷에 향기 뿌리고 와서
달콤한 말로 이씨 댁 며느리를 달래네. (5해)


이씨 댁 며느리는
창자가 찢어지는 듯!
매를 맞아 몸 부서지고
주옥같은 몸 재가 된다 하더라도
시름과 결심을 옷 띠로 묶어놓되
천 번 묶고 만 번 묶고 하여 풀어지지 않네. (6해)


이씨 댁 며느리

오랑캐 부대 안에 앉아
밤 깊어도 일어나 바라보는데
오랜 남편은 보이지 않고
오직 군마軍馬가 바람결에 슬피 우는 소리만이 들리네.
또 한구邗溝 위에 달이 떠서
맑은 빛에 출렁이는 물이 가슴 속을 밝게 해주네.  (7해)


나머지 살아있는 사람들 죽이지 말라는 명령이 내려지고
성채城砦 밖의 사람이 왔는데
꼭 외삼촌 같은 목소리가
내 오랜 남편이
난동 부리는 오랑캐 병사 칼에 죽었다 말해주네.
통곡하며 땅바닥에 쓰러져
슬피 푸른 하늘 찾으며 울부짖네.  (8해)


남편 이미 죽어버렸다면
처로써 이제 다시 무얼 바라겠는가?
머리로 벽을 들이받아 뇌수 흘려내고
심장과 폐장은 원수들이 꺼내고
배를 째고 머리를 자르는 것도 마다하지 않았네.
보고 있던 사람들로 하여금 도살장에 끌려가는 양이나 소처
    럼 두려워 떨게 하였네.  (9해)


양이나 소처럼 떤 사람들은 어떤 사람들이었나?
동쪽 집 여인

서쪽 집 며느리들이니,

내일 군영을 거두어 북쪽으로 가게 되면

길 가느라 고생하게 될 것이네.

기러기와 고니는 하늘로 날아오르고

꾀 많은 토끼는 땅을 떠나지 않는다네.

고향의 이씨 댁 며느리 되새기면서

북쪽으로 가는 낙타 등 위에서 눈물 비 오듯 흘리리라!  (10해)


城中山白死人骨이오,  城外水赤死人血이라.

殺人一百四十萬하니,  新城舊城內有幾人活고? (一解[1])


妻方對鏡할새,  夫已墮首[2]라.

腥刀[3]入鞘[4]하고,  紅顔[5]隨走라.

西家女며,  東家婦와,

如花李家娘이,  亦落强梁[6]手라. (二解)


手牽拽[7]하고,  語兜離[8]하며,

笳[9]吹하고,  團團[10]日低하니,  歸擁曼睩[11]娥眉[12]라.

獨有李家娘이,  不入穹廬[13]栖라. (三解)


豈無利刃하여,  斷人肌膚[14]아?

轉嗔[15]爲悅하고,　心念彼姝[16]라.

彼姝孔[17]多로되,　容貌不如他라. (四解)


豈是貪生고?　夫子[18]昨分散하여,　未知存與亡이라.

女伴何好아?　發澤衣香하고,　甘言來勸李家娘이라.(五解)


李家娘은,　腸[19]崩摧[20]라!

箠撻[21]磨滅[22]하고,　珠寶[23]成灰라도,

愁思[24]結衣帶하되,　千結萬結解不開라. (六解)


李家娘은,　坐軍中하여,

夜深起望하니,　不見故夫子하고,　唯聞戰馬嘶[25]悲風이라.

又見邗溝[26]月이,　淸輝漾漾[27]明心胸이라. (七解)


令下止殺殘人生할새,　寨[28]外人來러니,

殊似舅[29]聲이오,　云我故夫子이,　身沒亂刀兵이라.

慟仆[30]厚地하여,　哀號蒼旻[31]이라. (八解)


夫旣歿이어늘,　妻復何求리오?

腦髓與壁[32]하고,　心肺與仇하며,

不嫌剖腹<sup>33)</sup>截頭<sup>34)</sup>하여,　俾<sup>35)</sup>觀者觳觫<sup>36)</sup>若羊牛라. (九解)

若羊若牛何人고?

東家婦와,　西家女이,

來日撤營北去면,　馳驅辛苦리라.

鴻鵠<sup>37)</sup>飛上天하고,　龜兎<sup>38)</sup>不離土라.

鄕園回憶李家娘하고,　明駝<sup>39)</sup>背上淚如雨리라. (十解)


| 註解 |

1) 解(해) - 옛날 악곡의 한 절(節), 또는 장(章)을 나타내는 말임.　2) 墮首(타수) - 머리가 떨어지다, 목이 잘리는 것.　3) 腥刀(성도) - 피비린내가 나는 칼, 사람을 죽인 칼.　4) 鞘(초) - 칼집.　5) 紅顔(홍안) - 아름다운 미녀들을 가리킴.　6) 强梁(강량) - 흉악하고 난폭한 자들.　7) 牽拽(견예) - 잡아끄는 것, 견인(牽引).　8) 兜離(두리) - 오랑캐 말을 하는 모양. 쑤알라거리는 모양. 청나라 군사들이 떠드는 모양을 형용한 것이다.　9) 笳(가) - 호가(胡笳). 옛날 군에서 신호용으로 쓰던 악기의 일종.　10) 團團(단단) - 둥근 모양.　11) 曼睩(만록) - 큰 눈알을 굴리는 모양. 아름다운 눈을 지닌 여인.　12) 娥眉(아미) - 가는 여인의 눈썹, 역시 아름다운 여인을 가리킴.　13) 穹廬(궁려) - 옛날 흉노족(匈奴族)들이 초원에서 주거용으로 쓰던 털가죽 장막. 여기에서는 청나라 군사들의 군막(軍幕)을 뜻한다.　14) 肌膚(기부) - 사람의 살갗.　15) 嗔(진) - 성냄, 화냄.　16) 姝(주) - 아름다운 여인.　17) 孔(공) - 매우, 심히.　18) 夫子(부자) - 남편을 가리키는 말.　19) 腸(장) - 창자.　20) 崩摧(붕최) - 무너지고 찢어지다.　21) 箠撻(추달) - 매를 맞다.　22) 磨滅(마멸) - 몸이 닳아 없어지는 것.　23) 珠寶(주보) - 주옥같은 그의 몸을 가리킴.　24) 愁思(수사) - 남편의 죽음을 슬퍼하며 그리워하는 마음.　25) 嘶(시) - 말이 우는 것.　26) 邗溝(한구) - 양주(揚州)에서 회안(淮安)까지 뻗어 회수(淮水)와 연결되

던 옛 운하 이름.  27) 漾漾(양양)- 물이 출렁대는 모양.  28) 寨(채)- 성채(城砦).  29) 舅(구)- 어머니의 형제. 외삼촌.  30) 慟仆(통부)- 슬프게 통곡하며 앞으로 넘어지는 것.  31) 蒼旻(창민)- 푸른 하늘.  32) 與壁(여벽)- 벽에게 주다, 벽을 들이받은 것을 가리킴.  33) 剖腹(부복)- 배를 가르는 것.  34) 截頭(절두)- 목을 자르는 것.  35) 俾(비)- ---으로 하여금, 사(使).  36) 觳觫(곡속)- 두려움에 떠는 모양.『맹자』양혜왕(梁惠王)편에 도살되려고 끌려가는 소와 양이 두려움에 떠는 모습을 이렇게 표현하고 있다.  37) 鴻鵠(홍혹)- 기러기와 고니.  38) 毚兎(참토)- 약삭빠른 토끼, 교활한 토끼.  39) 明駝(명타)- 낙타.

| 解說 |

주인공인 이가낭에 대하여는 앞의 서문序文에 자세하다. 이민족인 청나라 군대가 중국 땅으로 들어와 얼마나 횡포를 자행하였는가 알게 하는 시이다.


# 책 팔아 어머니 제사 지내며(賣書祀母)

어머니 돌아가시어 오늘 슬퍼하는 것이
자식으로 가난하고 보니 전날보다도 더하네.
이 세상에서 즐거운 세월 없으셨으니
땅 밑에서도 언제나 굶주리고 계시리라!
맹물을 꽃이라 생각하면서 올리고
기장으로 빗속에 밥을 짓네.
책의 효용 적다고 말하지 말라!
지금 슬픈 생각에 위로가 되고 있다네.


모 몰 비 금 일           아 빈 과 석 시
母沒悲今日하니,  兒貧過<sup>1)</sup>昔時라.

人間無樂歲[2]하니,　地下共長飢리라!

白水當花薦[3]이오,　黃粱[4]對雨炊라.

莫言書寡效하라!　今已慰哀思라.



| 註解 |

1) 過(과)- 더하다, 슬픔이 더하다는 뜻임.　2) 樂歲(락세)- 즐거운 세월, 잘 사는 기간.　3) 薦(천)- 제사상에 올리는 것.　4) 黃粱(황량)- 기장.

| 解說 |

책을 팔아 돈을 장만해가지고 어머니 제사를 지내는 선비의 처지가 처절하다. 본인은 책을 팔아 제사를 지낸 덕분에 "지금 슬픈 생각에 위로가 되고 있다"고 읊고 있지만 사실은 자기의 처지가 더욱 가슴 아플 것이다.


# 세금 다 내고(稅完)

독 속의 보리를 다 내어주고
세금 다 내고 보니 책망은 받지 않게 되었는데,
살갗 하루아침 보전하려고
배 창자를 사흘 밤이나 괴롭히는 셈이네.


輸盡[1]甕中麥하여,　稅完不受責이라.

肌膚保一朝하고,　腸腹苦三夕[2]이라.

1) 輸盡(수진)- 다 내어주다, 다 보내다.  2) 三夕(삼석)- 사흘 밤.



농촌의 참상을 노래한 시이다. 농민들은 일 년 내내 죽도록 농사지어 세금 다 내고 보면 먹을 것도 남지 않는다. 그렇다고 내지 않으려니 관리들의 매질이 더 무섭다.


# 아내의 생일(內人[1]生日)

뜻 잃고 고향에서 이십 년이나 지내는데
친히 아욱과 콩잎 삶아 주며 내 시름 위로해주었네.
맑은 거울 대할 한가한 날이라고는 전혀 없었고,
자진 흉년 견뎌내면서 흰머리가 되었네.
바다 기운 설렁한 중에 문 위에 제비가 있고,
계곡물 출렁거리니 집이 배나 같네.
술 받아다가 축하해주지는 못하고,
여전히 돌아와서는 그대에게 마련해보라고 부탁하네.


潦倒[2]邱園[3]二十秋러니,  親炊葵[4]藿[5]慰余愁라.

絕無暇日[6]臨靑鏡[7]이오,  頻過凶年到白頭라.

海氣荒凉門有燕하고,  溪光搖蕩[8]屋如舟라.

不能沽酒持相祝하고,  依舊歸來向爾謀[9]라.

1) 內人(내인)- 아내. 작자의 아내는 이름이 왕예(王睿), 사(詞)를 잘 지었다 한다.  2) 潦倒(요도)- 뜻을 잃는 것. 쇠약하고 병이 든 것.  3) 邱園(구원)- 고향.  4) 葵(규)- 아욱.  5) 藿(곽)- 콩잎. 아욱과 함께 가난한 사람들이 먹는 나물.  6) 暇日(가일)- 한가한 날.  7) 靑鏡(청경)- 맑은 거울.  8) 搖蕩(요탕)- 물이 출렁이다, 마구 흔들거리다.  9) 謀(모)- 의논하다, 방법을 꾀하다.



먹고 살기에도 바쁜 가난한 선비가 아내의 생일을 맞이한 감회를 읊은 시이다. 그에게는 술을 받아다가 아내의 생일을 축하해줄 능력도 없다. 이민족 지배 아래 지식인들의 설움이 느껴진다.


# 영감이 얼음 위를 걷는 노래(翁履冰行)

늙은 영감이 얼음판 위를 걸어가면서
손에는 어린 손자를 잡아끌고 가네.
솥에 먼지가 쌓일 지경이라
앞마을로 곡식을 빌러 간다네.
마을의 농부는 곡식이 많지만
옛 친구 생각을 해주려 들지 않네.
영감은 곡식 창고를 떠나
더듬더듬 발길을 돌렸다네.
부자는 호랑이 같아서
얼굴빛을 거스르기도 어렵네.
바람은 강물 가운데로 세차게 부는데

몸은 무겁고 마음은 서러워

영감이 울면서 손자에게 말하기를,

살아있어 보았자 한 가지 일도 되는 게 없다고 하네.

물귀신이 그 소리를 듣자

얼음을 벌리고 사람을 빠지게 하네.

그 아들이 보고는

급히 달려와 구하려고

잡아 끌으려다 굴러 넘어져

부자가 뒤엉키어

한집안 삼 대가

한꺼번에 물결 속으로 빠져 들어갔네.

날아가던 기러기가 슬피 부르짖었지만

아무도 구해주는 이 없었네.

노 옹 리 빙 　　　　수 설 치 손
老翁履冰[1]하며,　手挈[2]稚孫이라.

부 증 진 적 　　　　대 속 전 촌
釜甑[3]塵積[4]하니,　貸粟前村이라.

촌 농 곡 부 　　　　막 긍 념 고
村農穀富로되,　莫肯念故라.

옹 별 창 유 　　　　국 척 귀 로
翁別倉庾[5]하고,　跼蹐[6]歸路러라.

부 인 여 호 　　　　안 색 난 간
富人如虎하니,　顔色難干[7]이라.

풍 압 하 심 　　　　골 중 심 산
風壓河心하니,　骨重[8]心酸[9]이라.

옹 읍 어 손 　　　　생 무 일 가
翁泣語孫하되,　生無一可러라.

하 백 응 성 　　　　빙 개 인 타
河伯[10]應聲하여,　冰開人墮라.

其子望見하고, 急遽來援하되,

欲引轉仆11)하여, 骨肉纏綿12)하니,

一門三世이, 齊陷波裏라.

飛雁哀呼로되, 無手救爾라!


| 註解 |

1) 履冰(리빙)- 얼음 언 강 위를 걸어가는 것.  2) 挈(설)- 잡아끌고 가는 것.
3) 釜甑(부증)- 솥, 솥과 시루.  4) 塵積(진적)- 먼지가 쌓이다. 솥에 먼지가
쌓인다는 것은 오랜 동안 밥을 짓지 못하였음을 말한다.  5) 倉庾(창유)- 곡
식 창고. '유'는 본시 곡식 노적가리.  6) 跼蹐(국척)- 두려운 듯이 걷는 것,
더듬더듬 걷는 모양.  7) 難干(난간)- 범하기 어렵다, 거스르기 어렵다.  8) 骨
重(골중)- 뼈가 무겁다. 실은 몸이 무거운 것.  9) 酸(산)- 시다. 서럽다.
10) 河伯(하백)- 황하(黃河)의 신. 물귀신.  11) 轉仆(전부)- 굴러 넘어지다,
도리어 넘어지다.  12) 纏綿(전면)- 풀리지 않게 뒤엉키는 것.


| 解說 |

양식이 떨어진 영감이 어린 손자의 손을 잡고 이웃마을 부잣집으로 곡식을 빌리
러 갔다 오다가 영감과 함께 그의 아들과 손자 삼 대가 한꺼번에 얼음 속에 빠져
죽는 비극을 노래한 것이다. 작자도 너무 슬픈 얘기여서 형식도 보통 시체가 아
닌 사언四言으로 노래했을 것이다.

# 모기령

 毛奇齡 ● 1623-1713

자는 대가大可, 호는 서하西河, 절강성浙江省 소산蕭山 사람. 강희康熙 18년 (1679) 박학홍사博學鴻詞 시험에 오른 다음, 한림원검토翰林院檢討 라는 벼슬을 하면서 평생을 경학經學 연구에 바쳤다. 문집으로는 『서하시집西河詩集』이 있다.

# 거울을 들여다보며 부른 노래(覽鏡詞)

점차 젊은 기 사라지고

더욱 노쇠해지고 있으나 그 누가 가엾게 생각이나 하겠는가?

나와 함께 눈물을 흘리는 이로

오직 거울 속의 사람만이 있을 뿐이네.


漸覺鉛華[1]盡이어늘,　誰憐憔悴[2]新고?

與余同下淚는,　只有鏡中人이라.


| 註解 |

1) 鉛華(연화)- 연분(鉛粉)기, 화장기. 여기서는 여자의 경우를 빌어 젊음을
뜻한다.　2) 憔悴(초췌)- 쇠하고 병약해지는 것.


| 解說 |

작자가 거울을 들여다보며 늙어가는 자신의 모습을 자탄한 시이다. 늙는다고 눈
물이나 흘려서야 되겠는가?


# 유생에게 지어 줌(贈柳生[1])

인간 세상에 떠돌고 있는 유경정 柳敬亭,

호기는 사라지고 귀밑머리 희끗희끗하네.

강남 지방의 여러 가지 이전 왕조의 얘기를

사람들에게 설창 說唱 하는데 모두 차마 그대로 듣고 있지 못하네.

유 락　인 간 유 경 정　　　소 제 호 기 빈 성 성
流落<sup>2)</sup>人間柳敬亭이,　消除豪氣鬢星星<sup>3)</sup>이라.

강 남 다 소 전 조 사　　설 여 인 간 불 인 청
江南多少前朝事를,　說與人間不忍聽이라.

| 註解 |

1) 柳生(유생)- 곧 유경정(柳敬亭), 명 말 청 초의 유명한 설창(說唱)을 잘하던 설서예인(說書藝人)이다. 그는 정의감과 애국심이 뛰어난 인물로 알려졌다. 명 말의 문인 장대(張岱)에게 「유경정설서(柳敬亭說書)」이라는 글이 있고, 앞에 소개한 바와 같이 오위업(吳偉業)에게는 「초량생행(楚兩生行)」이라는 그에 관한 시가 있고, 청대의 대표적인 전기(傳奇) 작품인 공상임(孔尙任)의 『도화선(桃花扇)』에도 극 중의 중요인물로 등장하고 있다.　2) 流落(유락)- 뜻을 잃고 떠돌아다니는 것.　3) 星星(성성)- 머리가 희끗희끗한 모양.

| 解說 |

강남에 떠돌아다니면서 설창說唱을 하고 있는 유경정이라는 유명한 소리꾼의 몰락 현상을 짧은 칠언절구七言絶句로 잘 표현하고 있다. 이 유경정의 몰락은 자기 조국 명나라의 멸망을 상징하기도 하는 것이다.


# 오나라 궁전 노래(吳宮<sup>1)</sup>詞)

고소대姑蘇臺 비치는 달빛 싸늘한 밤에 까마귀도 깃들이었는데,
술을 마신 오나라 임금은 몸을 가누지 못할 정도로 취했네.
각별한 깊은 은혜를 입고 있지만 보답을 못하여
임금 앞에 노래하고 춤추던 서시西施 임금에게 등 돌리고는
　　우네.


소 대　월 랭 야 오 서　　　음 파 오 왕 취 사 니
蘇臺<sup>2)</sup>月冷夜烏棲<sup>3)</sup>어늘,　飮罷吳王醉似泥<sup>4)</sup>라.

별 유 심 은 수 부 득  향 군 가 무 배 군 제
別有深恩酬不得하니, 向君歌舞背君啼라.


## | 註解 |

1) 吳宮(오궁)- 오나라 궁전, 오왕(吳王) 부차(夫差)의 궁전을 가리킴.  2) 蘇臺(소대)- 보통 고소대(姑蘇臺)라 부르며, 지금의 소주(蘇州)시 서남쪽의 영암산(靈巖山) 위에 있다. 오왕 합려(闔閭)가 창건하고 부차(夫差)가 크게 증축했다.  3) 夜烏棲(야오서)- 밤에 까마귀가 깃들이다. 이백(李白)의 「오서곡(烏棲曲)」"고소대 위로 까마귀 깃들일 때에, 오나라 임금 궁전 안에서는 서시가 취하였네(姑蘇臺上烏棲時, 吳王宮裏醉西施.)."란 구절을 바탕으로 한 표현이다.  4) 醉似泥(취사니)- 진흙처럼 취하다. 술에 곤드레만드레가 되어 몸을 가누지도 못하는 것.


## | 解說 |

역대로 많은 시인들이 서시를 시로 읊었지만, 이처럼 서시의 내심을 파고들어 긍정적인 각도에서 노래한 이는 없다. 작자는 서시와 오왕 부차의 관계를 노래하면서 역시 망국의 한을 간접적으로 내비치고 있는 듯하다.


# 그림 부채에 써넣음(題畵扇)

봄바람 부는 들판에 꽃이 피었는데
청색 자색 파랑색 붉은색 흰색 갖가지이네.
나비가 쌍쌍이 날아와서
꽃들과 아름다움을 견주고 있네.


춘 풍 야 전 화    청 자 벽 홍 백
春風野田花이, 靑紫碧紅白이라.
접 접 쌍 쌍 래    여 지 비 안 색
蝴蝶1)雙雙來하여, 與之比顔色2)이라.

1) 蝴蝶(접접)- 나비.  2) 顔色(안색)- 얼굴빛. 아름다움을 뜻함.



그림 부채에 써넣은 가벼운 시. 작자는 이처럼 간단하면서도 서정이 서린 시를
잘 지었다.

굴<br>대<br>균

 屈大均　● 1630-1696

자는 개자介子 또는 옹산翁山이라 하였으며, 광동성廣東省 번우番禺(지금의 廣州市) 사람이다. 명나라의 제생諸生이었으나, 청나라 군사들이 쳐들어오자 항청抗淸 군대에 들어가 투쟁을 하다가 실패하자 머리를 깎고 중이 되었다. 중년에 속세로 다시 돌아왔는데, 늘 청나라에 항거하는 활동에 가담하였다. 따라서 그의 시에는 청나라 군사들의 횡포와 백성들이 당하는 고통을 노래한 것들이 많다. 작품집으로 『옹산시외翁山詩外』와 『옹산문외翁山文外』 및 『도원당집道援堂集』이 있다.

# 노련대(魯連臺<sup>1)</sup>)

진秦나라 황제를 일소에 붙이고 무시하며
훨훨 바다 동쪽으로 사라졌네.
누가 그처럼 큰 어려움을 물리쳐주고도
그런 공로를 헤아리려 들지도 않겠는가?
옛 보루의 하늘엔 늦가을의 기러기 날아가고
높은 누대에는 바람이 불어 나무들이 소리 내네.
예부터 천하의 뛰어난 인재는
오직 민간에 있었다네.

　　　일 소 무 진 제　　　　　표 연 향 해 동
　　一笑無秦帝<sup>2)</sup>하고,　飄然向海東<sup>3)</sup>이라.

　　　수 능 배 대 난　　　　　불 설 　계 기 공
　　誰能排大難하고,　不屑<sup>4)</sup>計奇功고?

　　　고 수 삼 추 안　　　　　고 대 만 목 풍
　　古戍<sup>5)</sup>三秋<sup>6)</sup>雁이오,　高臺萬木風이라.

　　　종 래 천 하 사　　　　지 재 포 의 　중
　　從來天下士이,　只在布衣<sup>7)</sup>中이라.


| 註解 |

1) 魯連臺(노련대) – 산동성(山東省) 요성(聊城) 동쪽에 있는 누대 이름. '노련'은 전국(戰國)시대 제(齊)나라 사람 노중련(魯仲連). 그가 조(趙)나라에 여행 중에 진(秦)나라가 조나라 도성을 포위하고 공격하자, 조나라는 다급하여 위(魏)나라에 구원을 요청하였다. 위나라는 조나라에게 진나라 임금을 황제(皇帝)로 존중해 주고 포위를 풀어줄 것을 요청하라고 하였다. 조나라는 위나라의 권고를 따르려 하였으나 노중련이 이를 알고 그것은 의롭지 않은 일임을 역설하며 반대하고 계속 대항케 하였다. 뒤에 진나라 군사가 물러가자 조나라에서는 그에게 크게 사례하려 하였으나, 노중련은 그것을 받지 않

고 떠나가 숨어 살았다. 뒤에 사람들이 이러한 노중련을 기념하기 위하여 세운 것이 노련대라 한다.  2) 無秦帝(무진제)- 진나라 임금이 황제 노릇을 제대로 하지 못할 것이라고 무시하는 것.  3) 海東(해동)- 바닷가, 바다 속.  4) 不屑(불설)- 문제 삼지 않다, 우습게 여기다.  5) 戍(수)- 수자리하던 곳, 보루(堡壘).  6) 三秋(삼추)- 가을 중 셋째 달. 늦가을.  7) 布衣(포의)- 평민의 옷. 일반 백성.

| 解說 |

나라의 위난을 구해줄 영웅의 출현을 바라는 마음을 노중련의 고사에 실어 노래하고 있다. 옛날에도 노중련 같은 사람이 있었으니 지금이라고 백성들 속에서 민족영웅이 나오지 말라는 법은 없다고 생각하고 있는 것이다.

# 어린 딸과의 작별(別稚女)

어린 딸은 작별하기 싫어서

떠나가려니 눈물을 뿌리려 하네.

가엾게도 막 젖을 뗀 처지라

옷을 한 번 잡아당길 줄도 모르네.

네가 포대기에 쌓여있을 적 생각해보니

우리는 모두 고사리로 끼니를 때웠었네.

아침저녁으로 할머니 즐겁게 해 드려야지,

웃음소리 적게 내어서는 못쓴다!


　　　치 녀　난 위 별　　　　임 행 누 욕 휘
　稚女¹⁾難爲別하여,　臨行淚欲揮라.
　　　가 련 초 절 유　　　　미 해 일 견 의
　可憐初絶乳하여,　未解²⁾一牽衣라.

念爾在襁褓<sup>3)</sup>하니, 同子餐蕨薇<sup>4)</sup>라.

晨昏娛祖母하여, 莫使笑聲希<sup>5)</sup>하라!

| 註解 |

1) 稚女(치녀)- 어린 딸.  2) 未解(미해)- 알지 못하다, ---할줄 모르다.
3) 襁褓(강보)- 포대기.  4) 蕨薇(궐미)- 고사리와 고비. 고사리 같은 산나물.  5) 希(희)- 드물다, 희(稀).

| 解說 |

어린 딸과의 작별이 처절하다. 작자는 목숨을 걸고 청나라에 대항하기 위하여 떠나는 것이기에 더욱 처절할 수밖에 없다.


# 진승전을 읽고(讀陳勝傳<sup>1)</sup>)

마을 모퉁이 가난한 집에서 나온 영웅은
어양漁陽으로 수자리 살러 가던 사람이었네.
왕후장상王侯將相에 어찌 씨가 있으랴?
장대나 몽둥이로도 진秦나라 멸망시킬 수 있네.
대의大義를 내세워 호걸들 불러내고
귀신에 의지하여 먼저 형세를 이끌었네.
진나라를 내몬 공로는 그가 제일이니
한漢나라 장수 중에 누가 그와 견줄만 하겠는가?


閭左<sup>2)</sup>稱雄日에, 漁陽<sup>3)</sup>謫戍<sup>4)</sup>人이라.

王侯寧有種[5]고? 竿木[6]足亡秦이라.

大義呼豪傑하고, 先聲[7]仗鬼神이라.

驅除[8]功第一이니, 漢將可誰倫[9]고?



1) 陳勝傳(진승전)- 사마천(司馬遷)의 『사기(史記)』 진섭세가(陳涉世家). 반고(班固)의 『한서(漢書)』에는 진승항적열전(陳勝項籍列傳)에 진승의 전기가 실려 있음. 진승은 자가 섭(涉)이며, 진나라 말기의 농민기의(農民起義)의 영도자였음. 2) 閭左(여좌)- 마을 입구의 왼편. 가난한 사람들이 모여 사는 곳이었다. 3) 漁陽(어양)- 지금의 하북성(河北省) 밀운현(密雲縣) 서남쪽의 지명. 4) 謫戍(적수)- 수자리 살러 가는 것. 진승은 이세(二世) 원년(B.C. 209) 어양으로 수자리 살러 끌려갔다. 5) 王侯寧有種(왕후영유종)- 진승은 기의를 할 적에 "왕후장상에 어찌 씨가 따로 있겠느냐?(王侯將相寧有種乎)"고 말하면서 백성들을 선동하였다. 6) 竿木(간목)- 장대와 몽둥이. 한(漢) 가의(賈誼)가 「과진론(過秦論)」에서 산동(山東)의 호걸들이 "나무를 잘라 무기를 삼고, 장대를 세워 깃발을 삼아(斬木爲兵, 揭竿爲旗)"하여, 들고 일어나 진나라를 멸망시켰다고 한 말을 응용한 것이다. 7) 先聲(선성)- 진승이 기의를 할 적에 먼저 거짓으로 귀신의 말을 이용하여 "진승이 왕이 된다"하였다고 하며 무식한 백성들을 선동하였다. 8) 驅除(구제)- 포악한 진나라를 내몰아 멸망시키는 것. 9) 倫(륜)- 견주다.



여기에서도 작자는 『사기』의 진승의 전기를 읽으면서 이민족의 나라 청을 무너뜨릴 영웅의 출현을 바라고 있는 것이다. 그는 끝까지 민족영웅의 출현의 바람을 포기하지 않았다.

# 임술년 청명날 지음(壬戌[1]淸明[2]作)

아침에는 가벼이 싸늘하고 저녁에는 음산하여

시름 속에 봄이 이미 한창인 줄도 알지 못하였네.

떨어지는 꽃잎 보면 눈물 흐르는 것은 비바람 탓일 게고

새들이 무정하게 이런 중에도 울고 있는 것은 예나 지금이나
　　　다름없네.

고국의 강산을 부질없이 꿈속에 그려보지만

중화의 인물들은 모두 의기가 죽어있네.

뜻있는 이들은 용이나 뱀처럼 세상에 귀의歸依할 곳도 없어

한식寒食 때만 되면 해마다 나그네 마음 슬퍼지네.


朝作輕寒暮作陰하니,　愁中不覺已春深이라.

落花有淚因風雨요,　啼鳥無情自古今이라.

故國江山徒夢寐[3]요,　中華人物又銷沈[4]이라.

龍蛇[5]四海歸無所하니,　寒食[6]年年愴[7]客心이라.


| 註解 |

1) 壬戌(임술)- 청 강희(康熙) 21년(1682).　2) 淸明(청명)- 절기(節氣) 이름.
매년 4월 5일이나 6일.　3) 夢寐(몽매)- 꿈속에 그리는 것.　4) 銷沈(소침)-
의기가 소침하는 것, 의기를 잃는 것.　5) 龍蛇(용사)- 세상에 숨어 지내는
항청지사(抗淸志士)들을 가리킴.　6) 寒食(한식)- 청명(淸明) 전 하루나 이
틀. 옛날에는 이날 불을 떼어 음식을 만들어 먹지 않는 풍습이 있었다.　7) 愴
(창)- 슬퍼하는 것.

| 解說 |

강희 21년이면 작자의 나이는 52세이고, 청나라에 항거하던 사람들도 모두 평정
되어가던 때이다. 그러나 작자는 여전히 한족漢族의 명나라를 꿈에 그리면서 이
민족의 지배를 슬퍼하고 있다.

# 말릉(秣陵[1])

우수산牛首山은 하늘 문이 열린 듯하고
용강龍岡은 황제의 궁전을 감싸고 있네.
여섯 왕조 모두 봄풀 속에 묻혔으나
많은 집들은 떨어지는 꽃잎 속에 있네.
옛 자취 찾아보아도 이전 왕조의 귀족은 없고,
노래 들어보니 망국지음亡國之音 만이 공허하게 울리네.
어찌하여 망국의 한이
모두 이 강동江東 지방에 몰려있는가?

우 수 개 천 궐        용 강 포 제 궁
牛首[2]開天闕이오,    龍岡[3]抱帝宮[4]이라.

육 조 춘 초 리        만 정 낙 화 중
六朝[5]春草裏요,     萬井[6]落花中이라.

방 구 오 의 소        청 가 옥 수 공
訪舊烏衣[7]少요,     聽歌玉樹[8]空이라.

여 하 망 국 한        진 재 대 강 동
如何亡國恨이,        盡在大江東[9]고?

| 註解 |

1) 秣陵(말릉)— 남경(南京)에 있던 옛 현(縣) 이름. 남경을 가리키는 말로 쓰

고 있다.  **2)** 牛首(우수)- 산 이름. 남경 중화문(中華門) 밖에 있는데 두 봉우리가 각을 지으며 소머리 모양으로 솟아있다. 두 봉우리는 열어놓은 하늘 문처럼 보이기도 하여 천궐산(天闕山)이라 부르기도 한다.  **3)** 龍岡(용강)- 남경 중산문(中山門) 밖에 있는 종산(鐘山)의 별명.  **4)** 帝宮(제궁)- 황제의 궁전. 명나라 태조(太祖) 주원장(朱元璋)은 이곳에 도읍을 정했었다.  **5)** 六朝(육조)- 옛날(222-589 사이) 남경에 도읍을 정하였던 여섯 왕조, 곧 오(吳)·동진(東晉)·송(宋)·제(齊)·양(梁)·진(陳)의 여섯 나라.  **6)** 萬井(만정)- 옛날 제도에 8가(家)가 1정(井)이었다. 따라서 만가(萬家)나 같은 말로 수많은 집들을 뜻한다.  **7)** 烏衣(오의)- 남경에는 동진(東晉) 때부터 귀족들이 모여 살던 오의항(烏衣巷)이 있다. 따라서 '오의'는 귀족, 특히 앞 명나라의 귀족을 뜻한다.  **8)** 玉樹(옥수)- 옥수후정화(玉樹後庭花)라는 악곡 이름. 육조시대 진(陳)나라 후주(後主)가 여색에 빠져 정치는 돌보지 않고 이 곡조를 즐기다가 나라를 망쳤다 한다. 이른바 망국지음(亡國之音)으로 유명하다.  **9)** 大江東(대강동)- 장강의 동쪽 지방, 곧 장강 하류 지방. 남경을 중심으로 하는 지역을 가리킨다.

| 解說 |

명나라가 처음 도읍하였던 남경에서 망한 조국을 그리워하고 있다. 남경에는 여전히 봄이 찾아왔는데 작자의 눈에 들어오는 것은 모두가 망국한亡國恨을 느끼게 하는 풍경뿐이다.


# 홍두곡(紅豆<sup>1)</sup>曲)

강남의 홍두 싹은
잎사귀마다 임 그리움 안겨주네.
홍두는 없어질 수 있을지라도
임 그리움은 그치는 날 없으리라!


강 남 홍 두 수　　　일 엽 일 상 사
江南紅豆樹는,　一葉一相思라.

홍 두 상 가 진　　　　상 사 무 이 시
## 紅豆尙可盡이나,　相思無已時리라!



| 註解 |

1) 紅豆(홍두)- 남쪽지방에 생산된다는 붉은 콩. 상사자(相思子)라고도 부르며 임 그리움을 예로부터 상징하였다. 흔히 상사수(相思樹)라고도 하지만 목질(木質)의 초본(草本)이라고 한다.

| 解說 |

임 그리움의 정을 빌어 망한 조국을 생각하고 부른 노래인 듯하다.

주이존

● 1629-1709

자는 석창錫鬯, 호는 죽타竹垞, 수수秀水(浙江省 嘉興) 사람. 강희康熙 18년(1679)에 박학홍사博學鴻詞 시험을 보아 한림원검토翰林院檢討가 되었으며, 만년에는 벼슬을 버리고 고향으로 돌아와 살았다. 그는 경사經史에 박학하고 시문을 잘 지었으며, 문집으로 『폭서정집曝書亭集』이 있다.

# 말먹이 풀 노래(馬草行)

음산한 바람 쌀랑쌀랑 부는데 국경의 말 우는 소리 내면서

건장한 병사 십만이 빈 성 안으로 들어왔네.

호각 소리 삐삐 길거리에 가득 울리며

고을 관리들이 등불 밝히고 말먹이 풀을 거두네.

섬돌 앞에 칠십여 세의 시골 영감 있는데

몸은 매를 맞아 온전한 살갗이라고는 없네.

마을 관원들 의기양양하게 관서를 나와

새벽에 이미 농가를 찾아다니네.

왔다갔다 소리치고 욕하면서 좋은 음식 내노라 하고

사방의 짐승 우리 살피면서 닭과 돼지 찾고 있네.

돌아와 관청에 바치는 것은 언제나 부족하지만

밤이면 돈 뿌리며 기생집 가서 자네.

음풍소소 변마명　　　건아 십만내공성
陰風蕭蕭[1] 邊馬鳴하고,　健兒[2] 十萬來空城이라.

각성오오 만가도　　　현관장등 정마초
角聲嗚嗚[3] 滿街道하고,　縣官張燈[4] 征馬草라.

계전야로칠십여　　　신상편복 무완부
階前野老七十餘이,　身上鞭扑[5] 無完膚라.

이서양양출관서　　　미명이도전가거
里胥揚揚出官署하여,　未明已到田家去라.

횡행규매호반손　　　난로 사고수계돈
橫行[6] 叫罵[7] 呼盤飧[8]하고,　闌牢[9] 四顧搜鷄豚이라.

귀래수관 잉부족　　　휘금야취창루 숙
歸來輸官[10] 仍不足이나,　揮金夜就倡樓[11] 宿이라.

1) 蕭蕭(소소)- 바람이 쌀랑쌀랑 부는 모양.   2) 健兒(건아)- 건장한 군사
들. 청나라 군사들을 가리킴.   3) 嗚嗚(오오)- 호각(胡角) 소리를 형용한 말.
4) 張燈(장등)- 등불을 밝혀 드는 것.   5) 鞭扑(편복)- 매를 맞는 것.   6) 橫
行(횡행)- 멋대로 왔다갔다하는 것.   7) 叫罵(규매)- 소리치고 욕하는 것.
8) 盤飧(반손)- 쟁반에 담긴 좋은 음식.   9) 闌牢(난로)- 짐승을 가두어놓고
기르는 우리.   10) 輸官(수관)- 관청에 물건을 바치는 것.   11) 倡樓(창루)-
기루(妓樓), 기생 집.

| 解說 |

이 시는 청나라 순치順治 4년(1647) 청나라 군사들이 절강성浙江省으로 쳐내려 왔
을 적에, 작자의 고향 가흥嘉興에서 직접 체험한 참상을 노래한 것이라 한다. 청
나라 군사들보다도 그들에게 빌붙어 관리노릇을 하면서 동족을 못살게 구는 자들
이 더 미웠을 것이다. 그러나 작자도 결국은 청나라 조정의 벼슬을 하게 된다.


# 내청헌(來靑軒<sup>1)</sup>)

이 산의 정자에는 이전 황제의 글씨가 많은데
옛날에 황제께서 직접 오신 일이 있다 하네.
높은 난간에 기대어 북쪽 자주 바라보지 말게나!
십삼왕릉十三王陵의 나무가 언제 푸르렀던 적이 있다던가?

천 서 조 첩 차 산 정
天書<sup>2)</sup>稠疊<sup>3)</sup>此山亭하니,　往事猶傳翠輦<sup>4)</sup>經이라.
왕 사 유 전 취 련 경

막 의 위 란 빈 북 망
莫倚危欄<sup>5)</sup>頻北望하라!　十三陵<sup>6)</sup>樹幾曾靑가?
십 삼 릉 수 기 증 청

1) 來靑軒(내청헌)- 북경(北京) 서산(西山)의 향산사(香山寺) 안에 있는 정자 이름. 명나라 신종(神宗)이 와 보고 '내청(來靑)'이란 이름을 지었다 한다.
2) 天書(천서)- 황제들의 글씨.  3) 稠疊(조첩)- 많음을 뜻함. 이 정자에는 '내청헌(來靑軒)' '울수(鬱秀)' '청아(淸雅)' '망도(望都)' 등의 편액이 걸려 있는데, 모두 명나라 황제들의 글씨라 한다.  4) 翠輦(취련)- 비취 털 깃으로 장식한 임금이 타는 수레.  5) 危欄(위란)- 높은 난간.  6) 十三陵(십삼릉)- 십삼왕릉(十三王陵). 지금의 북경 창평(昌平)에 있는 성조(成祖) 인종(仁宗) 등 명나라 열세 임금의 무덤.



명나라 임금의 글씨가 많이 걸려있는 내청헌에 와서 작자는 망한 조국을 애도하고 있다. 특히 끝 구절 "십삼 왕릉의 나무가 언제 푸르렀던 적이 있던가?"고 하는 대목에서는 비분이 느껴진다.


# 옥대생의 노래(玉帶生歌)

[서문] 옥대생은 신국공信國公 문천상文天祥의 유물인 벼루이다. 나는 그것을 소주蘇州에서 보고 그 벼루의 명문銘文을 탁본拓本하여 표구를 해놓은 다음, 또한 그에 대한 노래를 다음과 같이 짓는 바이다.


玉帶生은, 文信國[1]所遺硯也니라. 予見之吳下[2]러니, 旣

摹其銘[3]而裝池[4]之하고, 且爲之歌曰;

1) 文信國(문신국)- 신국공(信國公) 문천상(文天祥). 송(宋) 말의 애국자이며, 남송이 멸망하기 직전 송 유제(幼帝)의 상흥(祥興) 원년(1278) 신국공에 봉해졌다.  2) 吳下(오하)- 지금의 강소성(江蘇省) 소주(蘇州).  3) 摹其銘(모기명)- 그 명문을 탁본(拓本)하는 것.  4) 裝池(장지)- 표구(表具)하는 것.


옥대생이어!

내 그대에게 말하노니 ;

그대는 단주端州에서 출생하였는데

그대는 횡포橫浦에서 왔네.

다행히도 사도청謝道淸이 항복문서에 서명하는 일 돕는 짓을
　　면하였고

또 대도승지大都承旨 조맹부趙孟頫도 알지 못하고 지내왔네.

신국공信國公께서 좋아하시게 되어

그대를 장군 막부幕府에 갖다놓게 되었네.

그때의 글을 쓰던 분들을

그대 대신 한 사람 한 사람 세어보지.

참군參軍은 누구였더라?

사고謝翺이었네.

요좌寮佐는 누구였더라?

등섬鄧剡이었네.

제자로는 누가 있었더라?

왕염오王炎午가 있었네.

유독 그대는 형체가 짧고 작으며

풍모는 소박하고 예스럽고,

걸어 다닐 줄도 모르고

입으로 말할 줄도 모르네.

구욕鸜鵒 새의 산 눈알 같은 무늬도 없거니와

외뿔소 무늬와 호랑이 무늬 같은 아름다운 무늬도 없네.

충성과 믿음을 지니고 있는데

파도인들 어찌 감히 업신여길 수 있겠는가?

이때 승상께서는 아직도 호기가 대단하셨으나

가련하게도 한 척의 배 이외엔 한 뼘의 땅도 차지한 것이 없었
　　으니,

그대와 더불어 원군元軍 물리치자는 격서檄書 쓰느라 정말 마
　　음고생 하셨지.

마흔 네 글자의 명문銘文을 그대 등에 새겼는데,

그대의 마음이 굳어 강한 적도 두려워하지 않았기 때문이네.

이 뒤로 연이어 싸웠으나 여러 번 패전敗戰을 하였으니

하늘이 망치시는 것이라 지탱할 수가 없는 일이었네.

우리 마음을 떨리게 한 승상께서 채시柴市에서 처형당하시던 날

의연히 임종시臨終詩를 읊으시니

거센 바람 일어 모래 휘날렸네.

전하기를 열 명의 의사가 나타나

돌탑으로 표식을 삼고 승상의 시체를 안장하였다네.

살아서도 목숨 살려 도망쳐 다녔거늘 어디로 가셨겠는가?

어떤 이가 말하기를 서대西臺 위에

사고謝翱라는 한 영감이 눈물 줄줄 흘리며

대나무 효자손으로 돌을 치며 애곡하면서 제사지냈는데,

그대도 그때 함께 그 자리에 있었다 하네.

남송 황제 능에 심은 사철나무 우거지고 능의 뼈는 썩었으니,

백 년의 발자취도 사람들은 알지 못하네.

회계會稽의 장헌張憲이

그대를 만나 긴 시를 읊었다 하고,

양유정楊維楨이 글 쓰던 붓을 놓고 살펴보니

그의 칠객료七客寮 중에 그대만이 성난 소리를 내고 있었다네.

내가 지금 그대를 창랑정滄浪亭에서 만났는데

옻칠 한 상자를 열자마자 자주색 보자기 드러났고,

상전벽해桑田碧海 되는 삼백 년의 세월 지나고도

손으로 만져보니 아직도 예나 같네.

그대를 연못가 찬 샘물로 씻은 다음

숲가에서 그대를 노을과 안개에 헹구어서

그대가 이 천지 사이에 유전하며

먹물로 마음껏 흰 종이를 적시면서 명문을 써내기를!

玉帶生이어,  吾語汝하노니;

汝産自端州¹⁾하고,  汝來自橫浦²⁾라.

幸免事降表³⁾僉名⁴⁾謝道淸⁵⁾하고,  亦不識大都⁶⁾承旨趙孟頫⁷⁾라.

能令信公喜하여,  鬪⁸⁾汝置幕府⁹⁾라.

當年文墨賓¹⁰⁾을,  代汝一一數하리니;

參軍¹¹⁾誰오?  謝皐羽¹²⁾라.

寮佐¹³⁾誰오?  鄧中甫¹⁴⁾라.

弟子誰오?  王炎午¹⁵⁾라.

獨汝形軀短小하고, 風貌樸古[16]하며,

步不能趨하고, 口不能語라.

旣無鸛之鶹之[17]活眼晴이어니와, 兼少犀紋彪紋[18]好眉嫵[19]라.

賴有忠信存하니, 波濤[20]孰敢侮오?

是時丞相氣尙豪로되, 可憐[21]一舟之外無尺土하니, 共汝草

檄飛書[22]意良苦라.

四十四字銘厥背하니, 愛汝心堅剛不吐[23]라.

自從轉戰屢喪師[24]하니, 天之所壞不可支라.

驚心柴市[25]日에, 慷慨且誦臨終詩하니, 疾風蓬勃[26]揚沙時라.

傳有十義士하여, 表以石塔藏公尸라.

生也亡命何所之오? 或云西臺[27]上에,

晞髮一叟[28]涕漣洏[29]하고, 手擊竹如意[30]러니, 生時亦相隨라.

冬靑[31]成陰陵骨朽하니, 百年蹤跡人莫知라.

會稽[32]張思廉[33]이, 逢生賦長句하고,

抱遺老人[34]閣筆[35]看하니, 七客寮[36]中敢呎怒[37]라.

吾今遇汝滄浪亭[38]하니, 漆匣[39]初開紫衣[40]露하고,

海桑陵谷[41]又經三百秋[42]로되, 以手摩挲[43]尙如故라.

세 여 지 상 지 한 천　　　　표　여 임 단 지 비　무
洗汝池上之寒泉하고, 漂<sup>44)</sup>汝林端之霏<sup>45)</sup>霧하여,

비 여 장 류 천 지 간　　　　묵 화 자 쇄　아 모 소
俾汝長留天地間하여, 墨花恣灑<sup>46)</sup>鵝毛素<sup>47)</sup>라.


| 註解 |

1) 端州(단주)- 지금의 광동성(廣東省) 고요현(高要縣). 그곳에 단계연(端溪硯)이라 부르는 벼루의 명산지 단계가 있다. 2) 橫浦(횡포)- 광동성 남웅현(南雄縣) 경내에 있는 횡포관(橫浦關). 진관(秦關)이라고도 부르는 광동성과 강서성(江西省)이 마주치는 교통요지로 문천상이 포로가 되기 전에 그곳에 주둔하고 있었다. 3) 降表(항표)- 항복 문서. 4) 僉名(첨명)- 서명(署名)하는 것. 첨명(簽名). 5) 謝道淸(사도청)- 송 이종(理宗)의 왕후. 공제(恭帝) 때 태황태후(太皇太后)로 덕우(德祐) 2년(1276) 원나라 군사들이 임안(臨安)으로 쳐들어오자 그가 항복문서에 서명하였다. 6) 大都(대도)- 북경(北京). 원나라의 수도였다. 7) 趙孟頫(조맹부)- 송나라 종실 사람으로, 송나라가 망하자 원나라에 항복하여 벼슬이 한림학사승지(翰林學士承旨)에 이르렀고, 시와 서화로 이름을 날렸다. 8) 闢(벽)- 초청하다, 갖다 놓다. 9) 幕府(막부)- 전선에서 장군이 부대의 본부로 쓰던 장막(帳幕). 10) 文墨賓(문묵빈)- 글 쓰는 일에 종사하던 막료(幕僚). 11) 參軍(참군)- 벼슬 이름. 군부(軍府)의 속관임. 12) 謝皐羽(사고우)- 사고(謝翶). 문천상의 자의참군(諮議參軍)으로 있었고, 뒤에 서대(西臺)에 있었다는 희발일수(晞髮一叟)도 바로 그이다. 그는 스스로 희발자(晞髮子)라 호 하였다. 13) 寮佐(요좌)- 역시 군부의 벼슬 이름. 14) 鄧中甫(등중보)- 등섬(鄧剡), 호가 중제(中齊)인데 후세 사람들이 그를 존경하여 '중보'라 불렀다. 15) 王炎午(왕염오)- 송나라 말엽의 태학생(太學生)이었는데, 문천상이 포로가 되자 문천상의 생제문(生祭文)을 지었고, 문천상이 처형 당하자 다시 제문을 지었는데, 그 글에서 스스로 문천상의 제자라 칭하고 있다. 16) 樸古(박고)- 소박하고 예스러운 것. 17) 鸜之鵒之(구지욕지)- 구욕(鸜鵒)새의 단계연 중에는 적(赤)·백(白)·황(黃)의 둥그런 구욕새의 눈알 같은 반점 무늬가 있는 것이 진귀한 것으로 꼽힌다. 18) 犀紋彪紋(서문표문)- 외뿔소 무늬와 호랑이 무늬. '표'는 호랑이의 일종임. 19) 眉嫵(미무)- 예쁘고 아름다운 것. 미무(媚嫵)와 같은 말. 20) 波濤(파도)- 문천상이 원나라 군사에게 잡혔다가 도망쳐 나와 바다를 건너던 중 폭풍우를 만났으나 무사했던 일을 말한다고 하나, 파도를 소인

배로 보아도 좋을 것이다.  21) 可憐(가련)- 이 구절은 송나라 덕우(德祐) 2
년(1276), 문천상이 원나라 군사들로부터 도망쳐 나와 바다를 통하여 절강성
(浙江省) 남쪽 온주(溫州)로 갈 적의 형편을 말한다.  22) 草檄飛書(초격비
서)- 원나라 군대와 싸우자는 격문(檄文)을 지어 사방으로 보내는 것.  23)
剛不吐(강불토)- 강한 적도 두려워하지 않는 것(『詩經』 大雅 烝民).  24) 喪
師(상사)- 패전(敗戰).  25) 柴市(채시)- 문천상은 원나라 세조(世祖) 지원
(至元) 19년(1283) 대도(大都, 지금의 北京) 시시(柴市)에서 처형당하였다.
26) 蓬勃(봉발)- 센 바람이 갑자기 일어나는 모양.  27) 西臺(서대)- 서조대
(西釣臺). 절강성(浙江省) 동려(桐廬) 칠리탄(七里灘)에 있는데, 동한(東漢)
때의 은사(隱士) 엄자릉(嚴子陵)이 낚시하던 곳이라 한다.  28) 晞髮一叟(희
발일수)- 사고(謝翱)를 가리킴. 그의 호가 희발자(晞髮子)였다. 그는 지원(至
元) 28년(1291) 서대에 올라 문천상을 제사지내고 「등서대통곡기(登西臺慟
哭記)」라는 글을 썼다.  29) 漣洏(련이)- 눈물이 줄줄 흐르는 모양.  30) 竹
如意(죽여의)- 대나무로 만든 등을 긁을 적에 쓰는 효자손. 사고는 「서대통
곡기」에 "그리고 대나무 효자손으로 바위를 치면서 초가(楚歌)를 부르며 애
도하였다." 쓰고 있다.  31) 冬靑(동청)- 사철나무. 원나라 초기에 호승(胡
僧) 한 사람이 남송 임금들의 능을 모두 파내자고 상주(上奏)를 하자, 당각
(唐珏) 임경희(林景熙) 등의 의사들이 힘을 합쳐 제왕들의 유골을 모아 산음
(山陰, 지금의 浙江省 紹興)으로 옮기어 안장을 하고 그 위에 사철나무를 심
어놓았다 한다.  32) 會稽(회계)- 지금의 절강성 소흥(紹興).  33) 張思廉(장
사렴)- 장헌(張憲), 자가 사렴. 원 말의 시인으로 「옥대생가」를 지었다. 다음
구절의 '긴 시(長句)'는 바로 이 시를 가리킨다.  34) 抱遺老人(포유노인)-
양유정(楊維楨), 호가 포유노인이며 원대의 문인이다.  35) 閣筆(각필)-
'각'은 각(擱)과 통하여, 글쓰던 붓을 내려놓는 것.  36) 七客寮(칠객료)- 양
유정은 일찍이 이 벼루를 입수하여, 거기에 '옥대생'이란 사람 이름 비슷한
이름을 붙이고 전부터 소장하고 있던 고검(古劍), 구금(古琴), 호금(胡琴), 관
(管), 진옹(秦甕)과 함께 한 방에 모아놓고 거기에 늘 함께 있는 자신도 합쳐
'칠객지료(七客之寮)'라 불렀다 한다.  37) 吆怒(요노)- 성내며 소리치는
것.  38) 滄浪亭(창랑정)- 북송(北宋) 시인 소순흠(蘇舜欽)이 세운 소주(蘇
州)의 명원(名園) 이름.  39) 漆匣(칠갑)- 옻칠을 한 상자, 옥대생을 담아놓
은 상자.  40) 紫衣(자의)- 자색의 보, 옥대생을 싸 놓은 보. '자색 옷'은 고
귀한 색깔의 옷을 뜻한다.  41) 海桑陵谷(해상능곡)- '해상'은 바다가 뽕나
무밭이 되는 것, 곧 상전벽해(桑田碧海)의 뜻이고, '능곡'은 '높은 언덕이
골짜기가 되고, 깊은 골짜기가 언덕이 된다(高岸爲谷, 深谷爲陵.-『詩經』 小

雅 十月之交).'는 뜻으로, 결국 상전벽해와 같은 말이다.  **42)** 三百秋(삼백추)- 삼백 년. 양유정과 장헌의 시대로부터 이 시가 지어진 때까지 대략 300년이 지났다.  **43)** 摩挲(마사)- 어루만지는 것.  **44)** 漂(표)- 헹구다.  **45)** 霏(비)- 노을, 구름 기운.  **46)** 恣灑(자쇄)- 멋대로 뿌리다. 마음껏 먹물을 적시며 글을 쓰는 것.  **47)** 鵝毛素(아모소)- 거위 털처럼 흰 종이.

| 解說 |

중국인들이 가장 흠모하는 애국자인 문천상 文天祥 이 소장하던 옥대생이란 이름의 벼루의 내력을 노래하며 뜨거운 조국애를 드러내고 있다. 그 때문에 이 시에 대하여는 많은 비평가들이 절조 絶調 라며 그 문학적인 성취를 크게 칭송하고 있다.


# 운중의 동짓날(雲中¹⁾至日²⁾)

지난해에는 진운령 縉雲嶺 의 산천 즐기고 있었는데
올해에는 눈비 속에 백등대 白登臺 에 올라있네.
가엾게도 동짓날 언제나 나그네 되어 있는데,
무슨 심사로 객지에서 연이어 술잔만 기울이는가?
성 위로 해 지는 속에 호각 胡角 소리 안문관 雁門關 에 울리는데
추운 관문 밖에 참담한 말 타고 백용퇴 白龍堆 사막으로 나아가
    려네.
고향의 강촌 풍경은 바라보아도 보이지 않고
시름 속에 매화꽃이 조금씩 피고 있을 거란 얘기만 나누네.


거 세 산 천 진 운 령　　　　금 년 우 설 백 등 대
去歲山川縉雲嶺³⁾이러니,　今年雨雪白登臺⁴⁾라.

가 련 지 일 장 위 객　　　　하 의 천 애 삭 거 배
可憐至日長爲客하여,　何意天涯數擧杯오?

성 만 각 성 통 안 새                    관 한 마 색    상 용 퇴
城晚角聲通雁塞[5]하고, 關寒馬色[6]上龍堆[7]라.

고 원 망 단  강 촌 리                  수 설 매 화 세 세    개
故園望斷[8]江村裏하고, 愁說梅花細細[9]開라.


| 註解 |

1) 雲中(운중)– 고을 이름. 지금의 산서성(山西省) 대동(大同)에 있었다.  2) 至日(지일)– 동지(冬至)나 하지(夏至) 날. 여기서는 동지이다.  3) 縉雲嶺(진운령)– 지금의 절강성(浙江省) 진운현(縉雲縣) 선도산(仙都山)에 있는 고개 이름.  4) 白登臺(백등대)– 지금의 산서성 평성현(平城縣) 동북쪽 백등산(白登山)에 있는 누대 이름.  5) 雁塞(안새)– 안문관(雁門關). 지금의 산서성 대현(代縣) 서북쪽 장성에 있는 유명한 관문임.  6) 馬色(마색)– 말의 행색이 추위 속에 참담(慘淡)한 것을 뜻함.  7) 龍堆(용퇴)– 백용퇴(白龍堆). 지금의 신강성(新疆省) 동쪽에 있는 사막 이름.  8) 望斷(망단)– 바라보아도 보이지 않는 것.  9) 細細(세세)– 조금씩, 하나하나.


| 解說 |

동짓날은 일년 24절기節氣 중 음기陰氣가 가장 성하고 밤이 가장 긴 날이다. 계절의 큰 전환점의 한 시기여서 객지에 다니는 나그네에게는 더욱 고향 생각을 북돋게 하는 날이다. 그때는 이민족의 치하라서 객지에서 맞는 동짓날이 더욱 처절히 느껴졌을 것이다.

# 왕사정

 ● 1634-1711

자가 이상貽上, 호를 완정阮亭 또는 어양산인漁洋山人 이라 하였다. 산동성山東省 신성新城 사람. 일찍이 진사가 되어 벼슬은 형부상서刑部尚書에 이르렀다. 시에 있어서는 신운설神韻說을 주장하여 이름이 났으며, 풍월風月을 읊은 시들이 많다. 작품집으로 『대경당집帶經堂集』과 『어양정화록漁洋精華錄』을 남기고 있다.

# 강가에서(江上)

오나라 땅 머리에서 초나라 땅 꼬리까지 가는 길 어떻던가?

비안개 자욱한 깊은 가을 어둠 속에도 흰 물결만 일고 있었네.

저녁에 차가운 물결 타고 강을 건너가는데,

나무숲은 온통 누렇게 물들었고 기러기 소리 자주 들렸네.

오 두 초 미　노 여 하　　　연 우 심 추 암 백 파
吳頭楚尾[1]路如何오?　煙雨深秋暗白波라.

만 진 한 조 도 강 거　　　만 림 황 엽 안 성 다
晚趁寒潮渡江去하니,　滿林黃葉雁聲多라.

| 註解 |

1) 吳頭楚尾(오두초미)- 오나라 땅 머리와 초나라 땅 꼬리는 옛 춘추(春秋) 시대 오나라와 초나라의 접경지대로, 지금의 강서성(江西省) 북쪽 지방. 여기서는 장강(長江) 하류 일대를 가리킨다.

| 解說 |

작자는 당시 시단의 맹주盟主로 시에 있어서의 신운神韻을 주장하여 문학사상으로 매우 유명하다. 그러나 신운이 무엇을 뜻하는 것인지는 분명치 않다. 이 시처럼 경치의 묘사 속에 넘쳐나는 서정 같은 것이 아닌가 한다. 왕사정은 이런 성격의 시로 이름을 날렸다.


# 가을 버들(秋柳)

[서문] 옛날에 강남의 왕자는 낙엽에 감동되어 슬픔을 느꼈고, 금성金城의 사마司馬는 긴 버들가지를 부여잡고 눈물을 흘렸다 한

다. 나는 본시 한이 많은 사람이라 성격이 감상적이다. 『시경詩經』
소아小雅의 역부役夫처럼 감정을 버드나무에 기탁하고 가을의 슬
픔을 담아 멀리 상수湘水의 언덕을 바라보며, 우연히 네 편을 이
루어 동료들에게 보여주고 나를 위하여 화작和作하여 달라고 하
는 바이다.

석강남왕자　　　감낙엽이흥비　　　금성사마　　　반장
昔江南王子<sup>1)</sup>이, 感落葉以興悲하고, 金城司馬<sup>2)</sup>이, 攀長

조이운체　　　복본한인　　　성다감개　　　정기양류
條而隕涕라. 僕本恨人으로, 性多感慨하여, 情寄楊柳하니,

동소아지복부　　　치탁비추　　　망상고지원자　　　우성
同小雅之僕夫<sup>3)</sup>하여, 致托悲秋하여, 望湘皐<sup>4)</sup>之遠者라. 偶成

사십　　　이시동인　　　위아화지
四什하여, 以示同人하고, 爲我和之라.

| 註解 |

**1)** 江南王子(강남왕자)- 남조(南朝) 양(梁)나라 간문제(簡文帝) 소강(蕭綱)을
말함. 그의「추흥부(秋興賦)」중에 "동정호에 낙엽이 떨어지기 시작하고, 국
경 밖의 풀은 이전에 시들었다(洞庭之葉初下, 塞外之草前衰.)."라는 구절이
있다.　**2)** 金城司馬(금성사마)- 동진(東晉)의 대사마(大司馬) 환온(桓溫)을
가리킨다. 그는 만년에 금성(金城)을 찾아가 전임 태수(太守)가 심은 버드나
무가 굉장히 큰 것을 보고 '버들가지를 부여잡고 눈물을 줄줄 흘렸다'고 한
다(『世說新語』言語).　**3)** 小雅之僕夫(소아지복부)-『시경』소아(小雅) 채미
(采薇) 시에서 주인공이 "옛날 내가 떠나올 때에는 버들가지 푸르렀는데, 지
금 내가 돌아오는데 눈만 펄펄 날리네(昔我往矣, 楊柳依依, 今我來思, 雨雪
霏霏.)." 하고 읊고 있다.　**4)** 湘皐(상고)- 옛날 초(楚)나라 송옥(宋玉)이「구
변(九辯)」에서 가을의 슬픈 정을 노래한 상수(湘水) 가의 언덕.

## 기일(其一)

가을이 되어 어떤 곳이 가장 넋을 잃게 하는가?

저녁 햇빛 아래 가을바람 부는 백하문白下門일세.
전날에는 어지러이 나는 봄 제비 그림자가 보였는데
지금은 버드나무의 초췌한 모습이 저녁 안갯속에 흔적을 보
　　이고 있네.
버들 언덕에서 들려오는 황총곡黃驄曲은 시름을 안겨주고
강남의 아늑한 오야촌烏夜村은 꿈속에서도 멀어졌네.
바람 속에 실려 오는 삼농三弄의 피리소리 듣지 말라!
옥문관玉門關의 애원哀怨은 전혀 말할 수 조차도 없단다!

추 래 하 처 최 소 혼　　　잔 조 서 풍 백 하 문
秋來何處最銷魂[1]고?　殘照西風白下門[2]이라.

타 일 치 지 춘 연 영　　　지 금 초 췌 만 연 흔
他日差池[3]春燕影이러니,　只今憔悴晚煙[4]痕이라.

수 생 맥 상 황 총 곡　　　몽 원 강 남 오 야 촌
愁生陌[5]上黃驄曲[6]하고,　夢遠江南烏夜村[7]이라.

막 청 임 풍 삼 롱 적　　　옥 관 애 원 총 난 론
莫聽臨風三弄笛[8]하라!　玉關[9]哀怨總難論이라.


| 註解 |

1) 銷魂(소혼)- 혼을 녹이다, 슬픔으로 넋을 나가게 하다.　2) 白下門(백하
문)- 곧 백문(白門), 남경(南京)의 서성문(西城門). 뒤에는 남경의 대칭(代稱)
으로 쓰이게 되었다.　3) 差池(치지)- 들쭉날쭉 어지러운 모양.　4) 晚煙(만
연)- 저녁의 안개.　5) 陌(맥)- 버드나무가 서 있는 언덕.　6) 黃驄曲(황총
곡)- 당(唐)나라 태종(太宗)이 타던 말. 고구려(高句麗)를 정복하다 죽어 이
를 애석히 여기고 악공에게 '황총첩곡(黃驄疊曲)'을 짓게 하였다 한다(『唐
書』 禮樂志).　7) 烏夜村(오야촌)- 진(晉)나라 목제(穆帝)의 황후(皇后)가 태
어난 곳으로, 그가 태어날 적에 많은 까마귀들이 밤에 몰려와 울어 그 마을
이름을 오야촌이라 부르게 되었다 한다(范成大 『吳郡志』).　8) 三弄笛(삼롱
적)- 동진(東晉)의 환이(桓伊)는 피리의 명인이었는데, 한번은 명사인 왕휘
지(王徽之)가 와서 피리를 연주해달라고 초청을 하였는데, 수레를 타고 와서

내리자마자 호상(胡床)에 걸터앉아 삼롱(三弄)의 곡을 연주하고는 바로 다시 한 마디 말도 않고 수레를 타고 돌아갔다 한다(『世說新語』 任誕). '삼롱'은 세 곡을 뜻한다. 9) 玉關(옥관)- 옥문관(玉門關). 지금의 감숙성(甘肅省) 돈황(敦煌) 서북쪽에 있었다. 서역(西域)으로 나가는 관문임.

## 기이(其二)

버드나무는 아름다운 두 여인이 매우 서로 위해주는 듯하였
    는데
멀리 바라보이는 거친 평원 위에 안갯속에 가려져 있네.
가을빛 속에 사람들 향하여 하늘거리고 있지만
봄철에는 일찍이 사람들 마음을 잡았었지.
임금이 옛날 손수 심은 버드나무 보고 시름겨워 했듯이 오늘
    슬프게도 하지만
한漢 선제宣帝가 즉위할 적에 궁전의 죽어 넘어져있던 버드나
    무가 다시 살아 일어났던 옛일도 생각게 하네.
청문靑門에서 주락고珠絡鼓 치며 즐기던 일 기억하는가?
저녁 햇빛 아래 버드나무 사이로 소나무 가지 비추이네.

도근도엽 진 상련 　 조진 평무욕화연
桃根桃葉[1]鎭[2]相憐이러니, 眺盡[3]平蕪欲化烟이라.

추색향인유의니 　 춘규 증여치전면
秋色向人猶旖旎[4]나, 春閨[5]曾與致纏綿[6]이라.

신수제자 비금일 　 구사왕손 억왕년
新愁帝子[7]悲今日이오, 舊事王孫[8]憶往年이라.

기부청문 주락고 　 송지상영석양변
記否靑門[9]珠絡鼓아? 松枝相映夕陽邊이라.

1) 桃根桃葉(도근도엽)- 진(晉)나라 왕헌지(王獻之)의 두 애첩으로, 이들은 자매이며 서로 사랑하고 위해주며 잘 지냈다.   2) 鎭(진)- 전적으로, 매우.
3) 眺盡(조진)- 멀리 바라보다.   4) 旖旎(의니)- 부드럽게 하늘거리는 모양.
5) 春閨(춘규)- 봄의 규방(閨房). 버드나무를 아름다운 여인에 견주고 있다.
6) 纏綿(전면)- 풀리지 않고 얽히는 것, 마음을 사로잡는 것.   7) 帝子(제자)- 임금. 위(魏)나라 조비(曹丕)를 가리킴. 그는 자기가 15년 전에 심어놓은 버드나무가 자란 것을 보고 세월의 흐름을 슬퍼하는 「유부(柳賦)」를 지었다.   8) 王孫(왕손)- 한(漢)나라 선제(宣帝)를 가리킨다. 그가 제위(帝位)에 오를 때 상림원(上林苑)에 죽어 넘어져 있던 큰 버드나무가 다시 살아 일어났다고 한다(『漢書』 眭弘傳).   9) 靑門(청문)- 장안(長安)의 성문 이름. 이 구절은 옛 악부(樂府) 「양반아(楊叛兒)」에서 "칠보 주락고를 임에게 치고, 또 치게 하네. ---버드나무 사이로 소나무 가지가 비추이네(七寶珠絡鼓, 敎郎拍復拍. ---楊柳映松枝.)." 하고 노래한 것을 인용한 것이다. '주락고'는 진주를 주위에 둘러 장식한 북이다.



4수로 이루어진 작품 중 첫 수와 끝머리의 시 두 수를 골라 번역하였다. 이 시는 당시에 화작和作 하는 사람들이 매우 많았을 정도로 칭송을 받았던 시이다. 버들을 읊었다지만 유柳 자는 한 글자도 보이지 않고, 그 버드나무에 자신의 서정을 다 실어 노래하고 있다.
앞의 시에서는 서정이 매우 절제되고 있으나, 뒤의 시에서는 더욱 버드나무의 아름다웠던 모양과 가을의 낙엽이 진 모습을 적극적으로 대비시키며 자신의 서정을 극대화하고 있다.


# 금릉으로 가는 도중에(金陵1)道上)

부슬부슬 오다 좔좔 쏟아지다 하며 가는 비 내리고
이리 불었다 저리 불었다 하며 계절풍 불고 있네.
오월 나그네가 금릉으로 가고 있는데

온 강에 비바람 몰아쳐 대낮인데도 자욱하네.


사 소 사 밀 앙 침 우 　　　　 시 거 시 래 박 탁 풍
乍<sup>2)</sup>疎乍密秧針雨<sup>3)</sup>요,　時去時來舶趠風<sup>4)</sup>이라.

오 월 행 인 말 릉 거 　　　　 일 강 풍 우 주 몽 몽
五月行人秣陵<sup>5)</sup>去러니,　一江風雨晝濛濛<sup>6)</sup>이라.

| 註解 |

1) 金陵(금릉)- 남경(南京)의 옛 이름.　2) 乍(사)- 갑자기, 문득.　3) 秧針雨 (앙침우)- 심는 모 잎처럼 가는 비, 가는 줄기의 비.　4) 舶趠風(박탁풍)- 큰 배를 밀어주듯 부는 바람, 계절풍.　5) 秣陵(말릉)- 역시 남경의 옛 이름. 6) 濛濛(몽몽)- 자욱한 모양.


| 解說 |

작자가 젊은 시절(32세) 오월에 비바람 부는 중에 배를 타고 남경으로 가면서 지은 시이다. 작자에게는 이처럼 가벼운 서정시가 많다.



# 패교에서 아내에게 붙임(灞橋<sup>1)</sup>寄內)　2수(二首)


## 기일(其一)


장락파 長樂坡 앞에 먼지 같은 비가 내리는 중에

소릉원 少陵原 위에서 눈물로 수건 적시네.

패교 양편 언덕엔 천 가닥 버들가지 늘어져서

동서로 패수灞水 건너가는 사람들을 모두 전송하고 있네.


장 락 파 전 우 사 진 　　　　 소 릉 원 상 누 점 건
長樂坡<sup>2)</sup>前雨似塵이어늘,　少陵原上淚霑<sup>3)</sup>巾이라.

灞橋兩岸千條柳이,  送盡東西渡水人이라.


**| 註解 |**

1) 灞橋(패교)- 옛날 장안(長安)의 동쪽에 흐르는 패수(灞水) 위에 걸려있던 다리. 장안에서 서쪽으로 떠나는 사람들이 이별하던 곳이라 소혼교(銷魂橋), 곧 넋을 나가게 하는 다리란 별명도 있다.  2) 長樂坡(장락파)- 패교 근처에 있는 언덕 이름. 소릉원(少陵原)도 그 근처임.  3) 霑(점)- 적시다.


## 기이(其二)

내가 지나온 태화산太華山과 종남산終南山은 만 리 저 멀리에
  있으니
서쪽으로 와서는 어디를 가도 넋이 나가게 하지 않는 곳이란
  없네.
집에서 만약 당신이 동전 점을 쳐보면
가을비 맞으며 가을바람 속에 패교를 지나고 있을 거란 점괘
  나올 걸세.



太華1)終南2)萬里遙하니,  西來無處不銷魂이라.

閨中若問金錢卜3)이면,  秋雨秋風過灞橋리라.


**| 註解 |**

1) 太華(태화)- 산 이름. 장안 동쪽 100키로 거리에 눈을 이고 솟아있는 산.
2) 終南(종남)- 장안 남쪽 교외에 있는 산 이름. 남산(南山)이라고도 부름.
3) 金錢卜(금전복)- 중국 민간에서 동전을 몇 개 던져 길흉을 점치던 방법.

그의 아내는 장의인張宜人으로 그때 병약하였기 때문에 시가 감상적이다. 작자가 강희康熙 11년(1672) 사천향시四川鄕試의 전시典試가 되어 임지로 떠나갈 때 지은 것이라 하는데, 그 무렵 그의 집안에는 3세의 4남이 죽고, 17세의 차남이 죽는 등 불행이 연이어졌기에 더욱 객수客愁가 심각하다. 이 사랑하는 아내가 결국은 강희康熙 15년(1676) 9월 병으로 고향에서 죽는다. 그때 작자는 죽은 부인을 애도하는 「도망시悼亡詩」 35수를 쓴다. 읽는 이의 가슴을 메이게 하는 노래이다. 아래에 그 중 3편을 소개한다.


# 죽은 아내를 애도하는 시(悼亡詩) 3수(三首)


## 기일(其一)


먼 객지에 나간 가난한 친구에게 지니고 있던 물건이라도 보
   내주려는 심정이었을 적에
무성蕪城은 봄비 속에 밤이 으슥히 깊어가고 있었고,
나는 한 관리로 변변한 물건이란 아무것도 지닌 것이 없었는데,
당신은 간직하였던 금팔찌를 선뜻 내어주었었지.


천 리 궁 교 탈 증 심　　　　　무 성　춘 우 야 침 침
千里窮交<sup>1)</sup>脫贈<sup>2)</sup>心하고, 蕪城<sup>3)</sup>春雨夜沈沈<sup>4)</sup>이러니,

일 관 장 물 　오 하 유　　　　각 손 규 중　전 비 금
一官長物<sup>5)</sup>吾何有리오? 却損閨中<sup>6)</sup>纏臂金<sup>7)</sup>이라.




1) 窮交(궁교)– 가난한 사귐. 가난하게 사귄 친구.  2) 脫贈(탈증)– 몸에 지니고 있던 것을 떼어주는 것. 이 구절은 순치(順治) 18년(1661) 왕사정이 양주(揚州)에 있을 적에 복건(福建)의 친구 허천옥(許天玉)이 회시(會試)를 보

러 북쪽으로 가다가 여비가 떨어져 작자에게 여비가 없음을 호소하였으나 왕사정은 마침 수중에 돈이 한 푼도 없었다. 이때 죽은 장부인(張夫人)이 웃으면서 팔목의 금팔찌를 벗어서 남편에게 건네주었다 한다. 작자는 이 금팔찌로 친구에게 여비를 마련해 주었다 한다(「先室張氏行述」의거).  3) 蕪城(무성)- 양주(揚州)의 옛 이름.  4) 沈沈(침침)- 밤이 고요히 깊어가는 모양.  5) 長物(장물)- 변변한 물건.  6) 閨中(규중)- 부인의 방 안.  7) 纏臂金(전비금)- 금팔찌.

## 기이(其二)

병중인데도 내가 사천四川으로 떠나는 것을 전송하면서
죽은 두 아들 생각하며 남편 떠나는 슬픔으로 다시 눈물을 흘
　　렸지.
늘 생각나는 것은 창자를 끊이게 하는 원숭이 울음소리 들리
　　던 곳인데
가릉역 嘉陵驛 에서 배를 타고 먼지 일 듯 내리는 빗속에 사천을
　　향하여 가릉강을 배로 내려 가던 때일세.

病中<sup>1)</sup>送我向南秦<sup>2)</sup>할새,　感逝<sup>3)</sup>傷離<sup>4)</sup>涕淚新이러라.
長憶啼猿<sup>5)</sup>斷腸處하노니,　嘉陵江驛<sup>6)</sup>雨如塵<sup>7)</sup>이라.

| 註解 |

1) 病中(병중)- 작자가 사천(四川)으로 길을 떠날 무렵 늘 몸이 불편하였다. 그때 두 번째로 차남이 죽은 직후였는데도 먼 길을 떠나는 남편의 심정이 불편할까 하여 늘 웃는 얼굴을 지었고, 남몰래 흐느껴 울면서 짐을 싸 주었고 떠날 때는 억지로 일어나 문 밖까지 전송해주었다 한다(「先室張氏行述」).
2) 南秦(남진)- 섬서성(陝西省) 남정현(南鄭縣) 지역.  사천성(四川省) 경계 지방이다.  3) 感逝(감서)- 작자는 강희(康熙) 11년(1672) 7월 사천향시(四川

鄕試)의 전시(典試)가 되어 길을 떠났으나 그전 해에는 4남이 죽었고, 그 해 4월에는 차남이 죽었다. 이 죽은 아들들에 대한 감상(感傷)을 뜻한다.  4) 傷離(상리)- 남편과의 이별을 가슴 아파 하는 것.  5) 啼猿(제원)- 원숭이가 우는 것. 원숭이 울음소리는 매우 슬프게 들린다 한다.  6) 嘉陵江驛(가릉강역)- 남정현(南鄭縣)의 서쪽 섬서성(陝西省)으로부터 사천성(四川省)으로 흘러들어가는 강물이 가릉강, 그리고 그 강물 가의 가릉역(嘉陵驛)에서 배를 타고 사천의 광원현(廣元縣)으로 들어가게 된다.  7) 雨如塵(우여진)- 먼지 같은 비. 가는 이슬비를 뜻한다.

## 기삼(其三)

몇 년 동안 우리 생활이 서쪽 동쪽으로 갈렸었으니
어찌 기쁨과 즐거움을 함께하며 한 번 같이 웃어볼 수나 있었
　　는가?
정월달에 눈물 흘리며 이별했던 일이 애간장 끊어지게 하여
멀리 떨어진 경사京師에서 화려한 대보름 등불놀이도 헛되이
　　보내네.


幾年蹤跡<sup>1)</sup>判西東하니,　那得歡娛一笑同고?

腸斷年時<sup>2)</sup>垂淚別하여,　天涯辜負<sup>3)</sup>試燈<sup>4)</sup>風이라.


| 註解 |

1) 蹤跡(종적)- 발자취. 일상생활.  2) 年時(년시)- 정월. 작자는 강희(康熙) 15년(1676) 정월 호부사천사랑중(戶部四川司郎中)이 되어 먼저 북경(北京)으로 떠나갔는데, 9월 달에 아내가 죽어 영원한 이별이 되었던 것이다.  3) 辜負(고부)- 어기다, 배반하다.  4) 試燈(시등)- 정월 대보름 등불놀이. 정월 14일의 등불놀이를 시등(試燈), 15일의 것을 정등(正燈), 16일의 것을 파등(罷燈)이라 부른다.

강희康熙 15년(1676) 9월 작자가 사랑하던 부인이 세상을 떠났다. 작자는 같은 해 정월 11일에 고향 신성新城에서 아내와 작별하고 경사인 북경北京으로 갔는데 그 해 9월에 아내가 죽은 것이다. 지난 날 현숙했던 아내를 추억하면서 아내의 죽음을 애도하는 작자의 애절한 정이 느껴진다. 모두 35수인데 그중에서 세 수를 뽑은 것이다.


## 혜산 아래 추류기가 찾아오다(惠山[1]下鄒流綺[2]過訪[3])

비 개인 뒤 밝은 달 나와
산에서 내려오는 길을 비쳐주고 있네.
사람의 말소리가 계곡 저편 안갯속에서 들려오는데,
배 댈 곳이 어디인가 여쭙는다고 하네.


우 후 월 명 래 　　　　조 견 하 산 로
雨後月明來하여, 　照見下山路라.
인 어 격 계 연 　　　　차 문 정 주 처
人語隔谿煙하니, 　借問停舟處라.


| 註解 |

1) 惠山(혜산)— 강소성(江蘇省) 무석현(無錫縣) 서북쪽에 있는 산. 구룡산(九龍山)이라고도 부른다.　2) 鄒流綺(추류기)— 추의(鄒漪), 류기는 그의 자.
3) 過訪(과방)— 내방(來訪)하다, 지나다가 방문하다.


| 解說 |

찾아온 친구를 마중 나갔을 적의 풍정을 읊은 것이다. 역시 가볍고 깨끗한 맛이 있다.

# 진회잡시(秦淮<sup>1)</sup>雜詩)

부수의 맑은 노래와 사눈의 퉁소 소리에다가
붉은 상아 박판拍板과 자옥 피리가 밤이면 사람들 불러 모았
　　는데,
지금은 밝은 달이 강물처럼 공적空寂하기만 하고
청계 위에 걸려있던 긴 판자 다리는 보이지 않게 되었구려!

傅壽<sup>2)</sup>淸歌沙嫩簫에,　紅牙<sup>3)</sup>紫玉<sup>4)</sup>夜相邀<sup>5)</sup>러라.

而今明月空如水하고,　不見淸溪<sup>6)</sup>長板橋<sup>7)</sup>라.

| 註解 |

1) 秦淮(진회)- 남경(南京) 시내를 가로질러 성 남쪽에서 장강(長江)으로 흘러드는 강물 이름. 그곳은 옛날부터 화려한 유락(遊樂)의 장소로 알려졌다.
2) 傅壽(부수)- 뒤의 사눈(沙嫩)과 함께 명나라 말년에 그곳에서 활약했던 유명한 기생 이름.　3) 紅牙(홍아)- 붉은 상아로 만든 박판(拍板).　4) 紫玉(자옥)-자색 옥으로 만든 피리. 실은 자죽(紫竹)으로 만들었는데, 아름답게 표현하기 위하여 그렇게 불렀다.　5) 相邀(상요)- 사람들이 서로 불러 모이다.　6) 淸溪(청계)- 남경 동북쪽에 있는 현무호(玄武湖)의 넘치는 물이 진회로 흘러들던 강물 이름.　7) 板橋(판교)- 나무 판때기를 걸쳐 놓아 만든 다리.

| 解說 |

작자가 양주추관揚州推官으로 있을 때 남경에 놀러가 장강 가에 머물면서 부른 노래. 본시 14수이나 그 중 한 수를 골랐다. 나라의 흥망에 대한 감상이 잘 드러나 있다.

# 송락

宋犖　●1634-1713

자가 목중牧仲, 호는 만당漫堂이고, 하남河南 상구商邱 사람이다. 벼슬은 이부상서吏部尙書까지 지냈고, 송시 중에서도 특히 소식蘇軾의 시를 좋아했고 당시에 시로 이름을 날렸다. 그의 문집으로는 「서파류고西陂類稿」가 있다.

# 바다 가에서 읊은 잡시(海上雜詩)

이전 시대부터 있던 높은 누각이 솟아있는데
저편으로는 푸른 바다가 흐르고 있네.
천 년을 두고 갈석산碣石山 솟아있고
아련히 등주登州가 드러나 보이네.
물결은 지는 해 떨어지는 것을 전송하고 있고
바람은 먼 변경의 가을 기운 전해주네.
난간에 기대어 잠시 뜻을 읊고 있는데
큰 매가 황량한 섬으로 내려앉고 있네.

걸 각　종 전 대　　　　평 간　벽 해 류
傑閣1)從前代러니,　平看2)碧海流라.

천 년 유 갈 석　　　　일 발　변　등 주
千年留碣石3)하고,　一髮4)辨5)登州6)라.

조 송 사 양 락　　　　풍 전 절 새　추
潮送斜陽落하고,　風傳絶塞7)秋라.

의 란 요 영 지　　　　준 골　하 황 주
倚闌聊詠志러니,　俊鶻8)下荒洲라.

| 註解 |

1) 傑閣(걸각)- 높이 솟은 누각. "산해관(山海關) 성루(城樓)를 가리킨다."는 원주(原註)가 붙어있다.　2) 平看(평간)- 평평히 바라보는 것.　3) 碣石(갈석)- 갈석산(碣石山). 하북성(河北省) 창려현(昌黎縣) 발해(渤海) 바닷가에 있다. 일찍이 진시황(秦始皇)이 여기에 올라 자기의 공덕을 송양(頌揚)하는 글을 새긴 비석을 세웠고, 조조(曹操)도 여기에 올라 시를 읊은 일이 있다. 4) 一髮(일발)- 멀리 아련히 보이는 모양.　5) 辨(변)- 겨우 분별할 수 있을 정도로 보이는 것.　6) 등주(登州)- 지금의 산동성(山東省) 봉래시(蓬萊市). 7) 絶塞(절새)- 먼 변경(邊境).　8) 俊鶻(준골)- 커다란 매.

| 解說 |

작자가 가을날 산해관 성루에 올라 바다를 바라보면서 지은 시이다. 본시 3수이
나 그 중 첫째 수만을 뽑았다. 왕사정이나 마찬가지로 이제는 청나라에 머리 숙
이고 높은 벼슬하는 사람들이라 아름답고 청신한 서정을 추구하고 있다.

# 한단의 길 위에서(邯鄲道上)

한단의 길 위에는 가을바람 소리 일고

고목이 있는 거친 사당 앞엔 맑은 빗물이 고여 있네.

몇 명의 명리를 추구하려고 왔다갔다하는 나그네들이

온 몸에 흙먼지 덮어쓰고서 사당에 모신 노생盧生을 찾아뵙네.

邯鄲[1]道上起秋聲하고,　古木荒祠野潦[2]淸이라.

多少往來名利客이,　滿身塵土拜盧生[3]이라.

| 註解 |

1) 邯鄲(한단)– 지금의 하북성(河北省)에 있는 도시. 2) 潦(로)– 땅바닥에
고인 빗물. 3) 盧生(로생)– 당(唐)나라 심기제(沈旣濟)의 전기소설(傳奇小
說)「침중기(枕中記)」에 보이는 주인공. 그는 한단의 주막에서 도사가 주는
베개를 베고 자다가 평생에 부귀를 누리는 꿈을 꾼다. 꿈에 한평생을 살고
났으되 그 주막에서 자기 전에 짓기 시작하던 기장(黃粱)밥도 아직 덜 되었
더라는 것이다. 이를 황량몽(黃粱夢) 또는 한단몽(邯鄲夢)이라 한다.

| 解說 |

시의 둘째 구절에 나오는 사당은 「침중기」의 주인공 노생의 신상神像이 모셔져
있는 사당이다. 노생이 꾼 한단몽은 인생의 명리란 꿈과 같은 것임을 가르치는

것인데, 명리를 추구하려고 객지를 돌아다니는 사람들이 그의 사당을 참배하고 있다는 것이다. 여정旅情보다도 세정世情을 비꼬는 뜻이 더 강하다.


## 오강(烏江)

해 지는 오강에 작은 배 매어놓고
산을 뽑아 올릴만한 기운 지녔던 옛날 항우項羽 생각하네.
한 칸의 낡은 묘당이 안개 낀 거친 들판에 있는데
들쥐가 수염을 문 채 궤연 위에 놀고 있네.


落日烏江[1]繫小船하고,　拔山氣勢[2]想當年이라.
一間古廟荒烟外러니,　野鼠銜髭[3]上几筵[4]이라.


| 註解 |

1) 烏江(오강)- 지금의 안휘성(安徽省) 화현(和縣) 동북쪽에 흐르는 강물 이름. 항우(項羽)가 옛날 한(漢)나라 고조(高祖)와 천하를 다투다가 잘못되어 해하(垓下)에서 한나라 군사들에게 포위를 당하였는데, 밤에 사방에서 초가(楚歌)가 들려오자 자기 부하들이 모두 한나라에 항복한 것이라 속단하고 자포자기하여 「해하가(垓下歌)」를 부른 다음 나가 싸우다가 오강 가에서 자결하였다.　2) 拔山氣勢(발산기세)- 항우의 「해하가」 첫 구절 "힘은 산을 뽑을 만 하다(力拔山兮氣蓋世)."고 한데서 따온 말임.　3) 銜髭(함자)- 쥐의 코 위에 수염이 난 것을 '수염을 물고 있다'고 표현한 것임.　4) 几筵(궤연)- 죽은 이의 혼백이나 신상(神像)을 모셔두는 상.


| 解說 |

이 시도 여정旅情보다는 사람들의 야망이 얼마나 부질없는 것인가를 노래한 시이다. 일세에 울렸던 영웅도 후세까지 남은 것은 모두 뜻 없는 자취뿐이다.

사
신
행

 査愼行  ● 1650-1727

자를 회여悔餘, 호를 초백初白 이라 하였으며, 절강浙江 해녕海寧 사람이다. 진사
가 된 뒤 한림원翰林院 편수編修 를 지냈다. 송시宋詩 를 배우려 하였으며, 항청抗
淸의 경력이 있는 아버지를 두어 그의 시에는 현실을 반영하는 작품도 적지 않
다. 그의 문집으로는 「경업당집敬業堂集」이 있다.

# 까마귀가 곡식알 주워먹는 노래(鴉[1]拾粒行)

소는 앞에서 머리 들고 쟁기 끌고
까마귀는 뒤에서 머리 숙여 주워먹고 있네.
소가 어찌 까마귀 위해 밭 가는 것이겠나?
까마귀가 소 덕분에 곡식알 얻어먹는 거지.
농부는 소 먹여주느라 언제나 배고프고 괴로우니
까마귀 떼 배불리 먹고 동서로 날아다니는 형편만도 못하네.

牛前仰而犂[2]하고,　鴉後俯以拾이라.
牛豈爲鴉耕고?　鴉因牛得粒이라.
農夫呬[3]牛長苦飢하니,　不如鴉群飽食東西飛라.

| 註解 |

1) 鴉(아)- 까마귀, 갈까마귀.　2) 犂(리)- 보습. 쟁기를 끌다.　3) 呬(시)-
먹이다.

| 解說 |

세상에는 소처럼 죽도록 일하면서도 제대로 먹지도 못하는 사람이 있는가 하면,
까마귀처럼 놀기만 하면서도 잘 먹고 지내는 부류들이 있다. 작자는 그러한 사회
의 모순을 고발하고 있는 것이다.

# 비온 뒤(雨後)

바로 한 번 비가 내린다고 풍년이 되기를 바라고 있으니
대체로 사람들 마음이란 눈앞 일을 위로하려 드네.
나는 늙은 농부에 비하여 생각이 짧으니
오직 오늘 밤 밤기운 서늘하여 잠잘 자기만을 탐하네.

便從一雨望豐年하니,　大抵人情慰<sup>1)</sup>目前이라.
我比老農還計<sup>2)</sup>短이니,　只貪今夜夜涼眠이라.

| 註解 |

1) 慰(위)- 위로하다, 좋게 될 것을 생각하다.　2) 計(계)- 계책, 생각.

| 解說 |

자신은 비 내리는 밤 풍년이 들 거라는 생각을 하며 시원하게 잠이나 자려 든다. 그러나 실제로 농사짓는 농부들은 일거리와 세금 등으로 고민이 많은 것을 생각도 않고 있다는 것이다.

처음 귀주(貴州) 지경으로 들어가 보니 그 고장 사람들은 모두 높은 바위 절벽 사이에 살면서 사다리를 놓고 오르내리는 것이 원숭이와 다름이 없다. 이를 보니 마음이 슬퍼져 이 시를 짓는다(初入黔¹⁾境土人皆居懸²⁾岩峭壁³⁾間緣梯⁴⁾上下, 與猿猱⁵⁾無異, 睹之心惻而作是詩)

둥주리에 사는 풍속은 예부터 있어온 것이나,
바위 동굴 높이는 많은 나무 꼭대기쯤이네.
몇 곳을 쫓겨 다녔으니 아직도 동료들이 있겠는가?
옛날 사람들 살던 곳엔 밥 짓는 연기 끊이었네.
남은 삶 전쟁 통에 도망쳐도 숨기 어렵고
먼 변경인 이곳의 밭은 척박하기 이를 데 없네.
장관들에게 부세賦稅를 너그러이 해달라고 아뢰나니,
원숭이 같은 집안 살림 형편없어진 지 오래이네.

소 거 풍 속 고 의 연　　　　석 혈 고 당 만 목 전
巢居⁶⁾風俗故依然이나,　石穴高當萬木顚⁷⁾이라.

기 지 류 이 환 유 반　　　　구 시 정 조 단 무 연
幾地流移⁸⁾還有伴고?　舊時井竈⁹⁾斷無煙이라.

여 생 병 혁 도 난 은　　　　절 새 전 주 척 가 련
餘生兵革¹⁰⁾逃難隱이오,　絶塞¹¹⁾田疇瘠¹²⁾可憐이라.

위 보 장 관 관 부 렴　　　　미 원 가 식 구 여 현
爲報長官寬賦斂¹³⁾하니,　獼猿¹⁴⁾家息¹⁵⁾久如懸¹⁶⁾이라.

| 註解 |

1) 黔(검)- 귀주성(貴州省)의 별칭.　2) 懸(현)- 높이 매달려 있는 것, 높은

것.  3) 峭壁(초벽)- 높은 절벽.  4) 梯(제)- 사다리.  5) 猿猱(원유)- 원숭이.
6) 巢居(소거)- 새처럼 나무 위에 둥주리를 만들어 놓고 사는 것.  7) 顚
(전)- 꼭대기.  8) 流移(류이)- 옮겨 다니다. 실제로는 여기저기로 쫓겨 다니
는 것.  9) 井竈(정조)- 샘과 아궁이. 사람들의 거처를 가리킴.  10) 兵革(병
혁)- 무기, 전쟁.  11) 絕塞(절새)- 먼 변경.  12) 瘠(척)- 땅이 척박(瘠薄)한
것.  13) 賦斂(부렴)- 거두어 드리는 부세(賦稅).  14) 獼猿(미원)- 원숭이.
15) 家息(가식)- 가계, 집안 살림.  16) 如懸(여현)- 집안에 아무것도 없이
매우 곤경에 처해있는 것을 형용하는 말. '매달린 경(磬) 같다' 는 표현임(『左
傳』僖公 26年).



귀주성은 지금도 대부분이 오지이다. 전란 중에 오지로 쫓겨 다니면서 목숨이나
부지하는 소수민족들의 비참한 삶을 눈앞에 보는 듯하다.


# 오언절구(五言絕句)  3수(三首)


## 기일(其一)

형과 아우가 떨어져 살면서
각각 담장 하나로 경계를 삼고 있네.
이제껏 침대를 맞대놓고 살던 자들이
가까이 있으면서도 서로 만나지도 않네.


제 형 격 별 거　　　　각 이 일 장 한
弟兄隔別居하여,　各以一牆限1)이라.

향 래 대 상 자　　　지 척 불 상 견
向來對牀2)者이,　咫尺3)不相見이라.

1) 限(한)- 한계를 만들다, 경계를 삼다.  2) 對牀(대상)- 침상(寢牀)을 마주 대하여 놓고 사는 것.  3) 咫尺(지척)- 극히 가까운 거리.


## 기이(其二)

하루 한 되의 쌀 나누어주어

밤이면 굶주린 쥐와 함께 사네.

쥐는 쫓아내도 쉽사리 벽을 타고 달아나면서

내 발목의 쇠사슬 건드리어 움직이는 소리만 내네.


일 분 일 승 미
日分一升<sup>1)</sup>米하니,　　야 여 기 서 공
夜與飢鼠共이라.

구 지 선 연 벽
驅之善緣壁<sup>2)</sup>하여,　　성 촉 낭 당 동
聲觸銀鐺<sup>3)</sup>動이라.




1) 一升(일승)- 한 되라 번역하였으나, 그 당시에는 0.34리터였다.  2) 緣壁 (연벽)- 벽을 타고 올라가는 것.  3) 銀鐺(낭당)- 쇠사슬, 죄인의 손발을 매어놓는 쇠사슬.


## 기삼(其三)

세상에는 복숭아꽃 살구꽃이 있어서

슬픔 속에 바라보니 봄은 이미 저물고 있네.

바람이 나는 꽃잎 몰고 오는데

누구의 집 정원의 나무 것일까?

<sup>인 간 유 도 행</sup> <sup>창 망 춘 유 모</sup>
人間有桃杏하여, 悵望<sup>1)</sup>春維暮라.

<sup>풍 권 비 화 래</sup> <sup>수 가 정 하 수</sup>
風捲<sup>2)</sup>飛花來하니, 誰家庭下樹아?


| 註解 |

1) 悵望(창망)- 슬픈 심정으로 바라보는 것.  2) 捲(권)- 바람이 불어 꽃잎을 말아 올리는 것.


| 解說 |

작자 사신행은 만년에 벼슬을 그만두고 고향에 돌아와 있었으나, 벼슬자리에 있던 그의 아우가 황제를 저주한다는 무고를 받아 옹정雍正 4년(1726) 그의 삼 형제가 모두 잡혀가 북경의 옥에 갇힌다. 이때 옥중생활을 오언절구 40수로 읊었는데, 그 중 세 수를 고른 것이다.

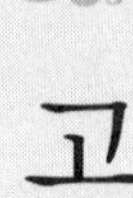

고
사
립

 顧嗣立 ● 1669-1722

자는 협군俠君, 장주長洲(지금의 江蘇省 吳縣) 사람. 진사가 된 뒤에는 자를 서길사 庶吉士라 바꾸었다. 시집으로 『수야초당시집秀野草堂詩集』을 남기고 있다.

# 망부석(望郞回)

[서문] 대안역<sub>大安驛</sub>에는 한 부인이 어린아이를 데리고 산 위에 서 있는듯한 모양을 한 바위가 있는데, 이것을 '망랑회'라 부른다.

在大安驛에, 有石形如婦人이, 携一稚子하고, 立于山上하니, 名曰望郞回라.

낭군 돌아오기 바라네,
낭군 돌아오기 바라네!
아침마다 낭군 돌아오기 바라는데 낭군은 돌아오지 않네.
고아가 된 석 자 키의 아이는
모양도 외롭고 그림자도 외짝인데,
겨울엔 매서운 바람 걱정
여름엔 붉은 해 걱정.
남산에는 연이어진 구름 떠 있고 북산에는 비가 내리니,
사람 사는 같은 세상인데 양편 땅은 다르네.
낭군 돌아오기 바라네!
언제나 돌아오려나?
동쪽 바다에서 서쪽으로 되돌아가는 강물이 있다면
이 몸 돌 사람 되어 불에 타 죽는다 해도 달가우련만!

望郞回, 望郞回로다! 朝朝望郞郞不回로다.

$$\overset{\text{고 아 삼 척}}{孤兒三尺}\text{이,}\quad \overset{\text{형 단 영 척}}{形單^{1)}影隻^{2)}}\text{하니,}$$

$$\overset{\text{동 수 풍 산}}{冬愁風酸^{3)}}\text{이오,}\quad \overset{\text{하 수 일 적}}{夏愁日赤}\text{이로다.}$$

$$\overset{\text{남 산 운 련 북 산 우}}{南山雲連北山雨}\text{하니,}\quad \overset{\text{일 양 인 간 양 양 토}}{一樣人間兩樣土}\text{로다.}$$

$$\overset{\text{망 랑 회}}{望郎回}\text{로다!}\quad \overset{\text{기 시 래}}{幾時來}\text{오?}$$

$$\overset{\text{동 해 회 유 서 귀 수}}{東海會有西歸水^{4)}}\text{면,}\quad \overset{\text{첩 작 석 인 감 란 사}}{妾作石人甘爛死^{5)}}\text{리라.}$$

| 註解 |

1) 形單(형단)- 형체가 외톨인 것, 몸이 외톨인 것.  2) 影隻(영척)- 그림자가 외짝인 것.  3) 酸(산)- 시다, 매섭다.  4) 西歸水(서귀수)- 서쪽으로 되돌아가는 강물. 중국의 강물은 모두 동쪽으로 흘러 바다로 들어간다.  5) 爛死(란사)- 불에 타 죽다, 불에 녹아 죽다.

| 解說 |

'망랑회'는 앞의 서문을 통해서 알 수 있듯이 '망부석望夫石'이다. 전쟁이 잦은 중국에는 처자를 두고 멀리 떠나가서는 영영 돌아오지 못하는 남자들이 많아 이런 시를 부르고 있는 것이다. 중국에는 여러 고장에 망부석이 있다.


# 관중의 백성들(關中民)

관중 지방에 삼 년 동안 가뭄 바람이 부니
보리는 누렇게 마르고 밀은 말라 죽었네.
아이들은 부모 찾아 울고 마누라는 남편 찾아다니며,
굶주린 백성들 모여 붐비는 것이 저자에 사람들 모이는 듯하네.
관청에서 세금 면제해주고 구조 양식 내준다는 조칙詔勅을 발

표하니,

싸라기 삶아 죽을 끓여 주린 배 채우려 하네.

높은 관원들은 공사公私 일에 대부분 요령을 피워

한 말斗일 경우에 겨우 석 되升 곡식을 내주네.

자루를 들거나 항아리를 가지고 곡식 표를 다투는데,

입이 굶주리고 있어 매를 맞으면서도 여전히 모여드네.

고을 관청에서 사흘만 창고 문 열지 않아도

십 중 팔구 명이 길가에 너부러진다네.


관 중　삼 년 한 풍 기　　대 맥 초 황　소 맥 사
關中<sup>1)</sup>三年旱風起하니,　大麥焦黃<sup>2)</sup>小麥死라.

아 곡 야 낭　처 멱　부　　잡 답　기 민 여 집 시
兒哭爺娘<sup>3)</sup>妻覓<sup>4)</sup>夫하여,　雜沓<sup>5)</sup>飢民如集市라.

관 가 견 조　조 발 당　　자 미　조 죽　요 기 장
官家蠲租<sup>6)</sup>詔發棠<sup>7)</sup>하니,　煮糜<sup>8)</sup>調粥<sup>9)</sup>療飢腸이라.

장 리 공 사 다 구 각　　일 두 지 합 삼 승 량
長吏公私多扣刻<sup>10)</sup>하여,　一斗止合三升糧이라.

휴 낭 설 병　쟁 령 첩　　구 기 타 수 종 상 접
携囊挈瓶<sup>11)</sup>爭領牒<sup>12)</sup>하여,　口飢打手踵相接<sup>13)</sup>이라.

현 관 삼 일 불 개 창　　십 인 팔 구 강　로 방
縣官三日不開倉이면,　十人八九僵<sup>14)</sup>路傍이라.

| 註解 |

1) 關中(관중)- 지금의 섬서성(陝西省)을 이르는 말. 동쪽은 함곡(函谷), 남쪽은 무관(武關), 서쪽은 산관(散關), 북쪽은 소관(蕭關)으로 둘러쌓여 있기 때문에 그렇게 부른다(『讀史方輿紀要』注). 2) 焦黃(초황)- 누렇게 타 죽는 것. 3) 爺娘(야낭)- 부모. 4) 覓(멱)- 찾다, 찾아다니다. 5) 雜沓(잡답)- 많은 사람들이 모여들어 붐비는 것. 6) 蠲租(견조)- 조세(租稅)를 감면해 주는 것. 7) 發棠(발당)- 창고를 열어 굶주리는 사람들을 구제하는 것(『孟子』盡心 下). '당'은 제(齊)나라의 곡식 창고가 있던 고장 이름이다. 8) 煮糜(자

미)- 싸라기를 삶다, 죽을 쑤다.  9) 調粥(조죽)- 죽을 쑤는 것.  10) 扣刻(구각)- 적당히 보태고 빼고 하는 것, 값을 깎는 것, 구극(扣剋).  11) 挈瓶(설병)- 항아리를 지니고, 병을 들고.  12) 領牒(령첩)- 곡식 표를 받는 것. '첩'은 곡식 배급표.  13) 踵相接(종상접)- 발꿈치가 연이어지다. 계속 사람들이 모여드는 것을 뜻함.  14) 僵(강)- 쓰러지다, 너부러지다.



| 解說 |

흉년이 연이어 들고 있는 관중지방 백성들의 참상을 노래한 시이다. 관중지방은 옛날 수도인 장안長安이 있던 곳이어서 더욱 깊은 감개를 느끼게 하였을 것이다.

# 서진

徐振　●1710 전후인

자는 백미白眉이고, 호는 사촌沙邨, 강소江蘇 화정華亭 사람. 강희康熙 44년 (1705)에 향시鄕試에 합격하여 거인擧人이 되었다는 기록만이 있다. 여기에 번역 소개한 『조선죽지사』는 그가 중국 사신의 한 사람으로 조선에 가서 보고 들은 경험을 바탕으로 쓴 것임이 확실한데, 그가 어떤 벼슬을 하고 언제 조선에 사신으로 갔었는지 확실한 시기는 알 길이 없다. 강희 연간의 일이었음에는 틀림이 없을 것이다. 그에게는 『산휘당시집山輝堂詩集』이 있다.

# 조선죽지사(朝鮮竹枝詞)  40수(四十首)

(1)

압록강에는 봄이 와 강물이 기름 같고
화려한 배는 깃발 날리며 강 가운데 철렁이고 있다.
배 몰고 북소리 울리며 강을 가로질러 나아가는데
저쪽 언덕 연기 피어오르는 곳이 신의주新義州 라네.

鴨綠江春水似油요,  畫船¹⁾旗仗²⁾漾³⁾中流로다.

開船打鼓橫江去하니,  隔岸⁴⁾炊煙⁵⁾是義州⁶⁾로다.

|저자 주|

압록강을 건너면 곧 조선 땅이다.
신의주는 그 서쪽 변두리의 큰 고을이다.

鴨綠江卽朝鮮境이오, 義州는 其西鄙首郡也니라.

|註解|

1) 畫船(화선)- 화려한 배.  2) 旗仗(기장)- 장식으로 꽂아놓은 깃발. '장'은
무기, 또는 의식용 또는 장식용으로 쓰는 무기나 물건들을 뜻함.  3) 漾(양)-
물결이 일다, 물결에 출렁이다.  4) 隔岸(격안)- 강 언덕 저쪽.  5) 炊煙(취
연)- 밥 짓는 연기.  6) 義州(의주)- 신의주(新義州)를 가리킴.

|解說|

중국으로부터 조선으로 들어올 때 압록강을 건너면서 눈에 보이는 정경을 읊은
것이다.

(2)

위만衛滿이 동쪽으로 도망하여 왔었고 기자箕子도 와서 은殷
　　나라 명맥을 이었으며,
고구려의 부락이 조선과 엇섞이었었네.
임금 자손들은 공연히 선우鮮于라고 성을 바꾸었으니,
보리 이삭 무성한 황폐한 성은 흘러간 세월만을 느끼게 하네.


衛滿[1]東奔殷祀遷[2]하고,　句驪[3]部落[4]溷[5]朝鮮이라.

王孫空說鮮于氏[6]니,　麥秀荒城[7]年復年[8]이라.


|저자 주|

『한서漢書』에 연燕나라 사람 위만衛滿이 도망하여 조선으로 들어가 조선의 임금 준準을 쫓아내어 바닷속으로 달아나게 하고 스스로 왕이 되었다 한다. 한나라 무제武帝의 원봉元封 4년(B.C. 107)에 그들을 정벌하여 그의 손자 우거右渠를 죽이고 그 땅을 낙랑樂浪·현토玄菟 등 사군四郡으로 나누어 놓았다. 뒤에 고구려가 몰래 점령하고는 그 전대로 땅이름을 불렀다. 지금은 비록 여러 번 성이 바뀌었지만 아직도 그들의 후손들이 있다. 기자의 후손은 선우라고 성을 바꾸었고 아직도 그들이 있지만 쇠약해져서 이름이 알려진 사람은 없다.

漢書[9]에, 燕人衛滿이, 亡命入朝鮮하여, 逐朝鮮王準走海中

하고, 自立爲王이라. 漢武元封四年에, 伐之하여, 殺其孫右渠하

고, 分其地爲樂浪元菟[10]等四郡이라. 後爲高句麗竊據[11]하고, 仍

襲[12]故號[13]러라. 今雖數易姓이로되, 尙其遺類[14]니라. 箕子之後

는, 更姓鮮于러니, 猶有存者로되, 然寢衰<sup>15)</sup>하여, 無聞人矣니라.
갱 성 선 우 … 유 유 존 자 … 연 침 쇠 … 무 문 인 의

| 註解 |

1) 衛滿(위만)- 중국의 연(燕)나라 사람으로 위만조선을 다스린 사람. 연나라 임금의 부장(部長)이었는데, 임금이 반란으로 흉노(匈奴)에게로 도망치자 위만은 부하들을 이끌고 조선으로 망명하였다. 곧 조선 임금을 쫓아내고 스스로 임금이 되어(B.C. 194년) 그의 아들 손자에 이르기까지 고조선의 마지막 왕조였다(『史記』 권115 朝鮮傳, 『魏志』 東夷傳 등).  2) 殷祀遷(은사천)- 은나라 조상의 제사를 옮겨오다. 기자(箕子)가 조선으로 옮겨와 은나라 명맥을 이었음을 뜻한다. 『사기』 권38 송미자세가(宋微子世家), 일연(一然)의 『삼국유사(三國遺事)』 등 참조.  3) 句驪(구려)- 고구려(高句麗).  4) 部落(부락)- 부족(部族)들이 사는 고장.  5) 溷(혼)- 뒤섞이다. 혼(混)과 같은 글자임.  6) 鮮于氏(선우씨)- 기자의 자손들이 뒤에 성을 '선우'로 바꾸었다 한다.  7) 麥秀荒城(맥수황성)- 보리 이삭이 무성한 황폐한 성. 한(漢)나라 사마천(司馬遷)의 『사기』 송미자세가를 보면, 은(殷)나라의 충신 기자(箕子)가 은나라 옛 도성 터를 지나다가 보니 성은 무너져 폐허가 되어있는데 보리와 기장만이 무성하게 자라고 있었다. 기자는 가슴이 아파서 눈물을 억누르고 「맥수(麥秀)」의 시를 지어 그 황폐한 정경을 노래하였다 한다. 이 표현을 빌리어 작자는 지나간 역사가 모두 허망함을 읊고 있다.  8) 年復年(년부년)- 해가 가고 또 해가 흘렀다. 세월이 흘렀음을 뜻한다.  9) 漢書(한서)- 동한(東漢) 반고(班固)가 지은 한나라 역사책.  10) 元菟(원토)- 현토(玄菟)이나 중국 사람들이 자기 임금들 이름 글자를 부르는 것을 피하기 위하여 '현'을 '원'으로 바꾸어 쓴 것이다.  11) 竊據(절거)- 몰래 차지하다, 습격하여 점령하다.  12) 仍襲(잉습)- 그대로 따르다, 이전대로 쓰다.  13) 故號(고호)- 옛 나라 이름, 이전의 땅이름.  14) 遺類(유류)- 남아있는 종류, 남아있는 후손들.  15) 寢衰(침쇠)- 시원찮아지고 약해지다.

| 解說 |

고조선과 중국과의 역사적인 관련을 생각하며 그것을 읊고 있다.

(3)

평양성 서쪽 기자의 묘에는

기울어진 돌로 만든 말이 찬 구름 아래 누워있네.

오랑캐 아이들은 나라 흥하고 망한 한은 상관도 하지 않고

그저 깨어진 비석 손가락질 하며 옛날 임금 것이라고 떠드네.

평 양 성 서 기 자 분　　　　의 사　석 마 와 한 운
平壤城西箕子墳엔,　欹斜<sup>1)</sup>石馬臥寒雲이라.

만 아　불 관 흥 망 한　　　유 지 잔 비　설 고 군
蠻兒<sup>2)</sup>不管興亡恨하고,　猶指殘碑<sup>3)</sup>說故君이라.

|저자 주|

평양성의 서쪽 산에 기자의 묘가 있다.

평 양 성 서 산 유 기 자 묘
平壤城西山有箕子墓.

|註解|

 1) 欹斜(의사)– 비스듬히 기울어져 있는 것.　2) 蠻兒(만아)– 오랑캐 아이,
우리나라 아이를 가리키는 말.　3) 殘碑(잔비)– 깨어진 비석.

|解說|

평양 서쪽에 있는 허물어진 기자묘를 보면서 역사적인 감회를 읊은 것이다.


(4)

대동강은 위쪽으로 강물이 하늘로 이어져 있고,

강가의 사람들은 볏논을 갈고 있네.

어기여차 소리 크게 내며 관청 배 지나가자,

1. 청 초기의 시 • *183*

생선 바치려고 고기잡이배들 몰려오네.

大同江上<sup>1)</sup>水連天하고,　江畔人耕水稲田이라.

囉嗊<sup>2)</sup>聲長官舫<sup>3)</sup>過요,　進鮮齊集<sup>4)</sup>打魚船이라.




이곳에서 나는 쌀은 가장 좋은 것이어서 중국에서 진귀한 것으로 여기
　고 있다.
대동강은 평양성 남쪽에 흐르고 있는데 좋은 물고기가 많이 난다.

土産穀米最良하여, 爲中國所珍이라.

大同江在平壤城南이러니, 多佳魚로다.


|註解|

1) 江上(강상)- 본시는 '강가'의 뜻으로 많이 쓰이나, 여기서는 대동강 상류
가 하늘까지 연이어 있는 것 같다는 뜻으로 풀이하였다.　2) 囉嗊(나홍)- 어
기여차. 힘을 내기 위하여 내는 소리.　3) 官舫(관방)- 관청의 배.　4) 進鮮齊
集(진선제집)- 생선을 바치려고 모두 몰려들다.


|解說|

대동강 가의 논에서 일하는 농부를 보고 중국에서 진귀하게 여기는 쌀의 생산을
생각하고 대동강의 어선을 보고는 그곳의 좋은 물고기를 떠올리고 있다.


(5)

통소 불고 북 울리는 큰 배에는 비단 자리 깔려 있는데,
자지무柘枝舞 차림 춤꾼들 두 줄 지어 가지런히 나오네.

줄지어 돌며 춤추는데 머리엔 비단 두건 감았고

무릎 꿇고 신라 술을 한 잔 따라 올리네.


소 고 루 선 기 석 장　　　　양 행 제 출 자 지 장<br>簫[1]鼓樓船[2]綺席[3]張이오, 兩行齊出柘枝裝[4]이라.

·무 회 사 색 전 두 금　　　　궤 진 신 라 주 일 상<br>舞迴似索[5]纏頭錦[6]하고, 跪[7]進新羅酒一觴[8]이라.


| 註解 |

1) 簫(소)- 퉁소, 퉁소를 불다.　2) 樓船(루선)- 높다란 큰 배.　3) 綺席(기석)- 비단 자리.　4) 柘枝裝(자지장)- 자지무(柘枝舞)를 추는 옷차림을 한 사람들. ‘자지’는 당나라 궁전의 음악기관인 교방(敎坊)에서 쓰던 악곡 이름. 그 악곡에 맞추어 추던 춤이 ‘자지무’임. 유우석(劉禹錫)의 「자지무를 추는 것을 보고(觀舞柘枝)」와 진양(陳暘)의 『악서(樂書)』 등에도 자지무가 보인다. 『고려사(高麗史)』 악지(樂志) 당악정재(唐樂呈才)와 조선 초기의 『악학궤범(樂學軌範)』 권5 시용향악정재(時用鄕樂呈才)에는 연화대(蓮花臺)가 보이는데, 청대의 『흠정사보(欽定詞譜)』에 보이는 자지무의 설명 내용과 거의 같다. 그러나 자지무에는 여러 가지 형식이 있었던 것 같다. 여기의 춤은 송(宋)대 사호(史浩, 1106-1194)의 『무봉진은대곡(鄮峰眞隱大曲)』에 보이는 ‘자지무’에 가까운 모습이다.　5) 舞迴似索(무회사색)- 줄을 지어 돌면서 춤추는 모습이 새끼를 꼬는 것 같다, 줄지어 돌면서 춤을 춘다는 뜻. 자지무와 『고려사(高麗史)』 악지(樂志) 당악정재(唐樂呈才) 헌선도(獻仙桃) 춤에도 “돌아가면서 춤춘다(周旋而舞).” “빙빙 돌아가며 춤춘다(回旋而舞).” 등의 표현이 보인다.　6) 纏頭錦(전두금)- 비단 천으로 머리를 동여매는 것.　7) 跪(궤)- 무릎을 꿇는 것.　8) 觴(상)- 술잔, 잔.


| 解說 |

중국 사신들을 환영하는 술자리 모습을 읊은 것이다. 평양 대동강의 배 위에서 행해졌던 것 같다.

(6)

채색비단 장막 구름에 잇닿을 듯이 쳐서 나라 문도 가려져 있고,
많은 관원들은 검은 모자 쓰고 구름처럼 모였네.
용 그린 깃발이 앞에서 이끌고 사람들은 소리 없이 조용하니,
큰 나라 사신이 존귀함을 이제야 알겠네.

綵幄[1]連雲障[2]國門하고, 千官烏帽若雲屯[3]이라.
龍旗前導人聲靜하니, 方信[4]天朝[5]使者尊이라.



채색비단 장막을 좌우로 성을 덮을 정도로 쳐놓고 손님들을 맞아들이
  는데,
대체로 감히 사신들을 성 아래까지 나가지 않도록 하기 위해서이다.

綵幄覆城左右以延[6]客人하니, 蓋不敢使出城下也로다.

|註解|

1) 綵幄(채악)- 채색 비단으로 만든 장막.  2) 障(장)- 가리다, 막다.  3) 屯
(둔)- 모이다.  4) 方信(방신)- 그제야 믿게 되다, 비로소 알게 되다.  5) 天朝
(천조)- 중국. 위의 나라, 큰 나라.  6) 延(연)- 마중하다, 맞아들이다.

|解說|

칙서를 바치러 오는 중국 사신을 마중하는 길가의 모습을 읊은 것이다. 서울에 거
의 도착한 곳일 것이다.

(7)

온 세상 뒤덮은 비단 장막엔 화려한 깔개 깔려있고
열 길 높이 오산에선 온갖 잡희가 연출되고 있네.
수많은 아리따운 여인들이 창가에 서서
가냘픈 손으로 몰래 손가락질하며 중국사람 구경하네.

漫天[1]羅帳護花裀[2]하고, 十丈鰲山[3]百戲陳이라.

無數妖姬窗底[4]立하여, 玉纖[5]偸指看唐人[6]이라.

| 註解 |

1) 漫天(만천)- 하늘 가득히 펼쳐져 있는, 온 세상을 뒤덮은.  2) 護花裀(호화인)- 화려한 깔개로 덮여 있다, 화려한 자리가 깔려있다.  3) 鰲山(오산)- 신선들이 살고 있다는 산 이름. '오'는 큰 자라. 바닷속의 큰 자라가 신선들이 살고 있는 섬 다섯 개를 등에 지고 있다고 한다(『列子』 권5 湯問편). 이를 본받아 만든 화려한 가설무대이다. 『고려사』 악지 당악정재(唐樂呈才)와 『악학궤범』 권5 시용향악정재(時用鄕樂呈才)의 연화대(蓮花臺) 등에도 '오산'과 함께 오대(鰲臺)가 보임.  4) 窗底(창저)- 창 아래, 창 옆에.  5) 玉纖(옥섬)- 옥 같고 작고 가는 미인의 손 또는 손가락.  6) 唐人(당인)- 당나라 사람, 중국사람.

| 解說 |

역시 중국 사신을 마중하는 서울 거리의 광경이다.

(8)

건명문 밖에는 창 든 사람이 줄지어 있고,
북소리 통소 소리 멈출 줄을 모르네.
나라 임금은 조회를 끝내고 동쪽 향해 서 있고,

황제의 조서는 높다랗게 궁전 앞머리에 모셔져 있네.


건 명 문 외 열 과 모
建明門<sup>1)</sup>外列戈矛<sup>2)</sup>하고,　　격 고 취 소 불 긍 휴　擊鼓吹簫不肯<sup>3)</sup>休로다.

국 주 파 조 동 향 립
國主罷朝東鄕立하고,　　조 서 고 공 전 전 두　詔書高供殿前頭<sup>4)</sup>로다.


| 저자 주 |

통사관이 조서를 가지고 임금 있는 곳으로 가면

임금은 북쪽을 향하여 예를 차리고 나서야

비로소 칙사와 손님을 대하는 예를 따라 만나게 된다.

통 사 관 재 조 지 왕 소　　왕 북 향 무 도 필　　방 여 칙 사 이 빈 객 례 현
通事官<sup>5)</sup>齎<sup>6)</sup>詔至王所면, 王北向舞蹈<sup>7)</sup>畢하고, 方與勅使以賓客禮見이라.


| 註解 |

1) 建明門(건명문)- 작자는 첫 구절에 "나라 임금이 정사를 처리하는 곳(國王
蒞政之所)."이라는 주를 달고 있다. 경희궁(慶喜宮)의 정전(正殿) 숭정전(崇政
殿)의 동남쪽에 있던 문이다.　2) 戈矛(과모)- 창. 창이 늘어서 있다는 것은
사람들이 창을 들고 늘어서 있음을 뜻한다. '과'는 보통 창이고, '모'는 창 끝
이 세모가 져 있다고 한다.　3) 不肯(불긍)- ---하려 들지 않다, ---할줄 모
르다.　4) 殿前頭(전전두)- 궁전의 앞머리.　5) 通事官(통사관)- 통역과 외국
손님 대접 일을 맡은 관리.　6) 齎(재)- 가져오다.　7) 舞蹈(무도)- 몸의 움직
임으로 윗분에게 예를 표하던 동작.


| 解說 |

황제의 조서를 임금에게 바치기 위하여 궁전에 들어가서의 처음 모습을 읊은 것이
다.

(9)

청룡 깃발과 봉황 그린 부채 아래 나라 임금 오시는데
철망으로 에워싼 것 같은 수레는 빈틈이 전혀 없네.
그래도 사신들과는 자리를 함께하고 앉으니
중국의 은혜에 젖어있음을 스스로 의심치 않고 있는 거네.

청 기　봉 선 국 왕 래　　　　철 망 위 거　불 잠 개
靑旗[1]鳳扇國王來러니,　鐵網圍車[2]不暫開[3]로다.

각　여 사 신 분 석 좌　　　　성 조 은 악　자 무 시
卻[4]與使臣分席坐[5]하니,　聖朝恩渥[6]自無猜[7]로다.

| 註解 |

**1)** 靑旗(청기)- 청룡이 그려진 깃발, 단순한 푸른 깃발이 아님.　**2)** 鐵網圍車(철망위거)- 철망으로 수레를 에워싸다, 빈틈없이 호위하는 것을 형용한 말일 것이다.　**3)** 不暫開(불잠개)- 잠시도 열리지 않다, 호위에 빈틈이 없음을 뜻할 것이다.　**4)** 卻(각)- 그러나, 그렇지만, 그래도.　**5)** 分席坐(분석좌)- 자리를 분별하여 앉다, 자리를 정하고 함께 앉다.　**6)** 渥(악)- 물에 젖다. 은혜를 입다, 두텁다.　**7)** 猜(시)- 의심하다, 원망하다.

| 解說 |

임금이 조서를 받아보고는 다시 나와서 사신들을 대접하려고 한자리에 앉을 적의 모습이다.

(10)

화려한 잔치 자리에 손님과 주인이 웃는 얼굴로 마주보고,
옥 젓가락 아름다운 쟁반으로 음식 들어 권하네.
각기 정중한 뜻 전하려 하지만 모두 알 수가 없으니
양쪽의 통역관들이 무척 바쁘네.

華筵[1]賓主笑顔看하고,　玉箸[2]雕盤[3]勸擧餐[4]이라.

各致殷勤[5]渾不解[6]하니,　兩邊忙煞[7]大通官[8]이라.



통사사인을 대통관이라 한다.

通事舍人曰大通官이라.

|註解|

1) 華筵(화연)- 화려한 잔치 자리.　2) 玉箸(옥저)- 옥 젓가락.　3) 雕盤(조반)- 조각한 쟁반, 아름다운 소반.　4) 勸擧餐(권거찬)- 음식을 들어 권하다, 요리를 골라들고 권하다.　5) 殷勤(은근)- 은근(慇懃), 겸손하고 정중한 것, 드러나지 않게 정이 깊은 것.　6) 渾不解(혼불해)- 전혀 이해하지 못하다, 전혀 뜻이 통하지 않는 것.　7) 忙煞(망쇄)- 심히 바쁘다, 지독히 바쁘다. '쇄'는 쇄(殺)로도 쓰며 형용사 뒤에 붙어 그 모양을 크게 강조하는 역할을 함. 8) 大通官(대통관)- 통역관들. 작자는 통사사인(通事舍人)이 대통관이라 하였는데, 앞 시(8)의 〈작자주〉에 보이는 '통사관'과 같은 사람들이다.

|解說|

임금이 중국 사신들을 대접하는 잔치 자리 모습을 읊은 것이다.


(11)

장식된 창과 붉은 깃발 든 사람들 줄지어 나오고,

꽃무늬 악어 북 치는 소리 우레처럼 울리네.

일제히 따르던 관리들 모두 고개 숙이니

승상이 친히 중국 사신들 모시고 오기 때문이네.

畵戟<sup>1)</sup>朱幡<sup>2)</sup>逐隊開<sup>3)</sup>하고,  花紋<sup>4)</sup>鼉鼓<sup>5)</sup>打如雷로다.

一時從吏齊低首하니,  丞相親陪<sup>6)</sup>中使來로다.



중국 사신이 가장 존귀하다 하여
승상 이하 모두가 그들을 공경히 대하고 예를 차리는 것이다.

中使最尊하여,  丞相以下皆敬禮<sup>7)</sup>之니라.

|註解|

1) 畵戟(화극)- 화려하게 장식이 달린 창, '극'은 끝이 두 갈래로 된 창. 창 모양에 따라 '과(戈)' '모(矛)' 등으로 이름이 다르다.  2) 朱幡(주번)- 붉은 깃발.  3) 逐隊開(축대개)- 대열을 지어 전개되다. 줄지어 나오는 것.  4) 花紋(화문)- 꽃무늬.  5) 鼉鼓(타고)- 악어가죽으로 만든 북.  6) 陪(배)- 모시다, 따르다.  7) 敬禮(경례)- 공경히 대하며 예를 차리는 것.

|解說|

중국 사신들이 잔치가 끝나고 숙소로 이동할 적의 모습을 읊은 것이다.


(12)
남별궁 안은 공들여 꾸며져 있어서
펴놓은 채색 화려한 자리는 물결무늬이지만 평평하네.
손님방에는 티끌만한 먼지도 묻어있지 않고,
흰 버선에 붉은 옷 입은 별감들이 마중해 주네.


南別宮<sup>1)</sup>中鋪設<sup>2)</sup>精<sup>3)</sup>하니,  彩華席<sup>4)</sup>展<sup>5)</sup>浪紋<sup>6)</sup>平이라.

상 방 불 허 섬 진 완　　　소 말　홍 의 별 감　영
上房<sup>7)</sup>不許<sup>8)</sup>纖塵浣<sup>9)</sup>하고,　素襪<sup>10)</sup>紅衣別監<sup>11)</sup>迎이라.

자리의 꽃무늬는 다섯 가지 채색이었다. 나라의 서남 모퉁이에 숭례문 崇禮門이 있고, 그 문으로 들어가 3리里 정도에 남별궁이 있는데, 칙사들의 거처로 제공하도록 규정되어 있다. 임금의 호위병이 별감인데, 모두 붉은 옷을 입고 있고, 사신들에게 보내어 그들을 부리게 하고 있으며, 그들은 반드시 신을 벗고 들어왔다.

석 화 오 채　　　국 서 남 우 왈 숭 례 지 문　　　입 문 삼 리 허 왈 남
席花五彩로다. 國西南隅曰崇禮之門이오, 入門三里許曰南

별 궁　　　예　이 공 칙 사 거　　　왕 지 호 위 왈 별 감　　　개 의 홍
別宮이러니, 例<sup>12)</sup>以供敕使居라. 王之護衛曰別監이러니, 皆衣紅

견 공　구 사　　　필 탈 리 이 진
이오, 遣供<sup>13)</sup>驅使<sup>14)</sup>하며, 必脫履而進이라.

**| 註解 |**

1) 南別宮(남별궁)- 중국 사신들이 묵던 건물 이름. 위의 〈저자 주〉에 위치 설명이 보인다.　2) 鋪設(포설)- 자리를 깔고 꾸며 놓은 것, 집안을 꾸며놓은 것.　3) 精(정)- 정세(精細)한 것, 공들인 것.　4) 彩華席(채화석)- 채색의 꽃으로 장식된 자리. 위 〈저자 주〉에 "자리의 꽃무늬는 다섯 가지 채색"이라 말하고 있다.　5) 展(전)- 자리를 까는 것.　6) 浪紋(랑문)- 물결무늬.　7) 上房(상방)- 위쪽 방. 손님들이 묵는 방.　8) 不許(불허)- 허락지 않다, ---하게 두지 않다.　9) 纖塵浣(섬진완)- 티끌만한 먼지로 더럽혀져 있는 것, 티끌만한 먼지도 묻어있지 않은 것.　10) 素襪(소말)- 흰 버선.　11) 別監(별감)- 위의 〈저자 주〉에 "임금의 호위병이 별감"이라 말하고 있다.　12) 例(예)- 관례, 규정.　13) 遣供(견공)- 보내주어 ---하게 하다, 보내어 ---하도록 하다.　14) 驅使(구사)- 부리다, 일을 시키다.

**| 解說 |**

중국 사신들이 묵었던 장소의 모습을 읊고 있다.

(13)

관기들이 노래하는 무대는 역사驛舍 가까운 곳에 있으나
시중들던 신하들은 밤 깊도록 쓸쓸히 술에 취하고 있네.
괴상하게도 아름다운 악기 소리 겹문으로 막아놓아
나라의 지나다니는 손님들은 듣지 못하도록 하고 있네.


官伎[1]歌臺近驛亭[2]이로되,  陪臣[3]深夜醉伶俜[4]이라.

怪他[5]錦瑟[6]重門隔하여,  不許中原[7]過客[8]聽이라.




역사 주변에는 어디에나 공연장을 마련해 놓아 중국으로부터 왔다 가는 사신들을 위하여 공연하고 있다. 규정에 사신을 시중하는 사람들은 함부로 역사의 문을 나가지 못하게 되어 있다.


郵亭[9]左右都置勾欄[10]하여,  供本國往來使令者라. 定制[11]에,

奉使員役은, 不得擅出[12]驛門이라.




1) 官伎(관기)- 관의 배우, 관청의 연기자, 관기(官妓).  2) 驛亭(역정)- 옛날의 역사(驛舍). 공사로 출장 가던 사람이 말을 바꾸어 타거나 머물던 곳.
3) 陪臣(배신)- 중국 사신들을 시중하던 관리들.  4) 伶俜(령빙)- 외로운 것, 쓸쓸한 모양.  5) 怪他(괴타)- 그런 것들을 괴상하게 여기다.  6) 錦瑟(금슬)- 비단으로 장식한 슬. 슬은 옛날 현악기의 일종. 여기서는 노래하는 무대에서 나는 아름다운 악기 소리를 뜻함.  7) 中原(중원)- 여기서는 우리나라를 뜻한다.  8) 過客(과객)- 지나가던 손님. 역사에 묵고 있는 사람들을 가리킨다.  9) 郵亭(우정)- 역정(驛亭) 또는 역사.  10) 勾欄(구란)- 옛날 공연

장을 이르던 말. 시 중의 가대(歌臺)와 같은 말임.  11) 定制(정제)– 정해진 제도, 규정.  12) 擅出(천출)– 멋대로 나가다, 함부로 나가다.



모든 일이 끝나고 밤에 쉴 적의 정경이다. 역사 가까이 잔뜩 만들어놓은 무대에서는 배우들이 노래도 하고 여러 가지 공연도 하고 있지만, 조선 관원들은 역사에 갇히어 나와 보지도 못하고 술이나 마시고 있다는 것이다.


(14)

산허리 높은 언덕에 관청을 지어
사방에 소나무와 삼나무 방 안까지 푸르게 우거졌네.
우뚝 솟은 바위와 그윽하게 핀 꽃과 맑고 얕은 물 둘러있는
　　중에
납청정과 쾌재정이 있다네.


　　산 요 고 부　결 관 청　　　　면 면　송 삼 입 좌 청
　　山腰高阜<sup>1)</sup>結官廳하여,　面面<sup>2)</sup>松杉入座靑<sup>3)</sup>이라.
　　수 석　유 화 청 천 수　　　납 청 정　여 쾌 재 정
　　瘦石<sup>4)</sup>幽花淸淺水에,　納淸亭<sup>5)</sup>與快哉亭<sup>6)</sup>이라.


| 저자 주 |

납청정은 정주에 있고, 쾌재정은 평양에 있는데, 조선땅의 명승지라
　　한다.

　　납 청 정 재 정 주　　　쾌 재 정 재 평 양　　　위 동 국 승 지
　　納淸亭在定州하고,　快哉亭在平壤이러니,　爲東國勝地러라.


| 註解 |

1) 高阜(고부)– 높은 언덕.  2) 面面(면면)– 어느 면이나, 어느 쪽이나, 사방

에.  3) 入座靑(입좌청)- 자리에까지 들어와 푸르다, 방 안까지 푸르다, 관청
실내까지 푸르다.  4) 瘦石(수석)- 우뚝 솟은 바위, 우뚝우뚝한 바위.  5) 納
淸亭(납청정)- 앞의 〈저자 주〉 참고 바람. 납청정은 평북(平北) 정주의 동쪽
가마천(加麻川) 가의 명승지에 세워진 정자 이름.  6) 쾌재정(快哉亭)- 평양
의 청화관(淸華館) 안에 있던 정자 이름. 청화관이 있는 곳은 평양의 명승지
의 하나이다.




작자가 신의주에서 조선으로 들어와 정주를 거쳐 평양에 이르기까지 본 중의 인
상적인 풍경을 읊은 것이다.


(15)

서울 일대에는 누각이 세워져 있는데,

누각 위에서는 고운 손이 옥 고리로 휘장을 말아 올리네.

좁은 소매로 칸막이를 반쯤 밀다가는

다른 사람이 돌아볼까 두려워서 얼른 고개를 숙이네.


王京一帶跨街樓[1]러니,  樓上春纖[2]捲玉鉤[3]라.

窄袖[4]半推紅隔子[5]라가,  怕人回覷[6]却低頭라.




나라의 임금이 거처하는 곳을 왕경이라 한다.

國王所居曰王京이라.




1) 跨街樓(과가루)- 거리에 누각이 세워져 있다.  2) 春纖(춘섬)- 봄을 생각

하게 하는 곱고 여린 손, 아름다운 손.  3) 玉鉤(옥구)- 옥으로 만든 갈고리.
창을 가린 장막을 말아 올려 걸어놓는 갈고리임.  4) 窄袖(착수)- 좁은 옷소
매.  5) 隔子(격자)- 가리개.  6) 回覻(회처)- 돌아보는 것.




서울 거리를 지나다가 본, 숨어서 밖을 구경하는 여인의 모습을 읊은 것이다.


(16)

십팔 세의 조선 처녀는 옥 같은 피부인데
산호 비녀에는 주렁주렁 많은 구슬이 달려있네.
옷섶은 새 포도무늬 비단으로 마름하였으니
한 폭의 한나라 궁전의 봄 궁녀 그림 같네.


十八蠻娘1)玉作膚요,  珊瑚釵2)綴詰3)多珠라.

小襟4)新截5)葡萄錦이오,  一幅漢宮春曉圖6)로다.




1) 蠻娘(만낭)- 오랑캐 아가씨. 우리 조선 처녀를 가리킴.  2) 珊瑚釵(산호
채)- 산호로 만든 비녀.  3) 詰(힐)- 구불구불하다, 주렁주렁 달리다.  4) 小
襟(소금)- 본시는 중국 옷의 옷섶을 가리키는 말. 저고리 옷섶을 가리킬 것
이다.  5) 截(절)- 자르다, 옷감을 마름질하는 것.  6) 春曉圖(춘효도)- 봄 새
벽의 그림. 봄 새벽에 외로움에 잠을 이루지 못한 것 같은 아름다운 궁녀의
모습이 그려져 있다.




서울에서 본 조선 처녀의 아름답고 화사한 모습을 읊고 있다.

(17)

성 밖의 봄 산처럼 눈썹 길게 화장한 여자가 있고
어느 집 젊은이인지 자주 비단 주머니 차고 있네.
계집아이가 낮은 목소리로 '맏누이'를 부르며
멋지기로는 '이 사람' 같은 이가 없다고 하네.

城外春山翠黛1)長이오, 誰家年少紫羅囊2)이라.
小鬟3)低喚鬘奴衛4)하고, 波峭5)無如伊薩郎6)이라.


|저자 주|

　봄날에 남녀가 산에 올라 노는데 다투어 뒤쫓아 다니며 장난을 치고,
서로 좋아하게 되면 바로 결혼을 한다. 언니를 '맏누이鬘奴衛'라 부르고,
'이伊'는 이것의 뜻이고, '살랑薩郎'은 사람의 뜻이어서 '이 사람'하고
말하는 것과 같다.

春日男女遊山이러니, 競逐爲戲라가, 相悅卽婚이라. 稱姉曰
鬘奴衛라. 伊는, 此야요, 薩郎은, 人也니, 猶言此人也니라.


|註解|

1) 翠黛(취대)- 새파란 빛으로 눈썹을 화장한 것. 여기서는 눈썹 화장을 한
이쁜 처녀를 뜻한다.  2) 紫羅囊(자라낭)- 자줏빛 비단으로 만든 주머니. 젊
은 총각이 허리에 차고 있는 것이다.  3) 小鬟(소환)- 계집애, 처녀, 작은 댕
기를 단 처녀.  4) 鬘奴衛(만노위)- 위의 〈저자 주〉에 "언니를 '만노위'라 부
른다"고 했으니, 작자가 들은 우리 말소리를 그대로 옮긴 것이다.  5) 波峭
(파초)- 멋지다, 아름답다.  6) 伊薩郎(이살랑)- 위의 〈저자 주〉에 의하면

'이 사람'이란 우리 말소리를 그대로 옮긴 것이다.

| 解說 |

작자가 교외에 나가서 조선의 젊은 남녀가 산에서 함께 어울리어 노는 것을 보고 읊은 것이다.


(18)

백악산 머리에는 풀이 도포처럼 자라 덮여있고
양화 나루 어귀에는 털 같은 버들 솜이 날리고 있네.
젊은이들 들판에 나와 노니는데 구슬 장식 재갈 물린 말 탔고
여인들은 나와 물놀이 하는데 목란 노 달린 배 타고 있네.

白嶽[1]山頭草似袍요, 楊花渡[2]口絮[3]如毛로다.
郎來踏靑[4]珠勒[5]馬요, 妾來戲水木蘭橈[6]로다.


| 저자 주 |

'백악'과 '양화 나루'는 이 나라 사람들이 유람하는 곳이다.

白嶽楊花渡는, 國人遊覽之所라.


| 註解 |

1) 白嶽(백악)— 서울의 경복궁 바로 뒤쪽의 산 이름.  2) 楊花渡(양화도)— 지금의 마포 근처 한강에 있던 나루 이름.  3) 絮(서)— 솜처럼 생긴 버들 꽃씨. 4) 踏靑(답청)— 교외에 나가 거닐며 자연을 즐기는 것. 특히 청명절(淸明節) 무렵에 '답청'을 많이 하였다.  5) 珠勒(주륵)— 구슬로 장식한 말 재갈.  6) 木蘭橈(목란요)— 목란 나무를 깎아 만든 배의 노. 여기서는 목란 나무 노가 달

린 배를 뜻한다.



서울의 젊은 남녀들이 '백악'과 '양화 나루'에 나와 노는 모습을 보고 지은 것이
다.


(19)
먼저 신랑이 신부 집에 와서 머물던 옛날 일은 있었는지 없었
　　는지,
역시 풍속은 옛날과 지금이 다르다는 것을 알게 하네.
신방 새로 차리니 향기로움 넘치고
장가 든 예쁜 아가씨는 양귀비楊貴妃인 것만 같네.


婿屋[1]當年事有無니,　也知風俗古今殊라.
洞房[2]新闢麝蕪徑[3]이오,　娶得姬人似玉奴[4]라.


| 저자 주 |

　옛날 풍속으로 남녀의 혼인 의논이 결정되면, 여자 집에서는 큰 집 뒤
에 작은 집을 만들어 놓고 사윗감으로 하여금 여자에게로 와서 묵도록 하
였는데, 이를 '서옥'이라 하였으며 지금은 이런 풍습이 없어졌다. 그리고
사대부들이 첩을 얻으면 본부인과 함께 지내도록 하지 않고 반드시 다른
방을 하나 마련하였다.


　　　舊俗에, 男女議婚已定하면, 女家作小屋於大屋後하고, 令婿
就女宿하니, 曰婿屋이러니, 今無是矣니라. 第士大夫納妾하면,

불 여 정 실 동 거　　필 영 치 일 실<br>**不與正室同居**하고, **必另置**[5]**一室**이라.



1) 婿屋(서옥)- 앞의 〈저자 주〉에 자세히 설명되어 있다. 이 풍습은 고구려에서 시작하여 조선시대 초기까지도 이어졌었다고 한다.  2) 洞房(동방)- 막 결혼한 이들의 신방.  3) 蘼蕪徑(미무경)- '미무'는 궁궁이라는 향기로운 풀의 싹. 이 풀이 어릴 적에는 넝쿨처럼 자란다 한다. '미무경'은 향기로운 풀로 덮인 길, 향기로운 분위기를 말한다.  4) 玉奴(옥노)- 당(唐)나라 현종(玄宗)의 비(妃) 양귀비(楊貴妃)는 자가 옥환(玉環)인데, 옥녀(玉女) 또는 옥노(玉奴)라고도 불렀다.  5) 另置(영치)- 달리 두다, 달리 마련해 놓다.



작자는 조선의 결혼식을 구경한 것 같다. 자신이 듣고 본 결혼 풍습에 대하여 애기하고 있다.


(20)

이 나라 관리들은 예법에는 어두워

편을 갈라 주사위놀이를 관청 일 끝내고 하는데,

도와주던 아이가 좋으면 아무도 보지 못하는 사이에

빼앗아 데리고 가 차지한다니 그 주인은 약올라 죽을 지경이
　　었겠지.


이 국 반 료 예 법 소　　　분 조 쌍 륙 자 공 여<br>**異國**[1]**班寮**[2]**禮法疏**하여, **分曹**[3]**雙陸**[4]**自公餘**러니,<br>의 아 호 막 령 인 견　　　탈 작 전 방 뇌 쇄 거<br>**倚兒**[5]**好莫令人見**하고, **奪作專房**[6]**惱殺**[7]**渠**[8]라.




풍속으로 주사위놀이가 성행하고 있는데, 같은 관리들이 모여 잔치를

벌이고 놀 때 자기 첩들을 내보내어 술잔을 권하도록 하는데, 간혹 빼앗아 가버려도 괴상하게 여기지 않는다고 한다.

俗盛雙陸之戲러니, 同官讌集에, 出侍妾侑觴[9]할새, 或奪取
以去로되, 不以爲怪러라.




1) 異國(이국)- 다른 나라. 여기서는 조선을 가리킨다.  2) 班寮(반료)- 관료(官僚), 관리들.  3) 分曹(분조)- 편을 가르다, 편을 나누다.  4) 雙陸(쌍륙)- 주사위놀이, 주사위를 던져 이기고 지는 놀이.  5) 倚兒(의아)- 도와주던 아이, 〈저자 주〉를 보면 모임에 나와 심부름하던 바로 주인의 첩을 가리킨다.
6) 專房(전방)- 따로 방을 차지하고 함께 지내는 것. 주인의 첩을 데리고 나와 자기가 차지함을 말한다.  7) 惱殺(뇌쇄)- 약올라 죽을 지경인 것, 마음이 무척 불편한 것.  8) 渠(거)- 그 사람, 그이. 첩을 빼앗긴 주인을 가리킨다.
9) 侑觴(유상)- 술잔에 술을 따르며 술 심부름을 하는 것.




이 시는 작자가 직접 본 것이 아니라 어떤 사람에게 들은 얘기를 읊은 것일 것이다. 남의 첩을 뺏거나 훔쳐가지고 달아난다는 것은 조선 사회에서는 있을 수가 없었던 일일 것이다.


(21)

모화관 옆에서 임이 떠나가는 것을 전송하는데
서쪽 중국 땅으로 가는 길은 얼마나 먼 지 모른다네.
부드러운 말로 신신당부하는 말 꼭 기억하라고 하지만
왕래령 아래 정을 남겨 두지는 말게나.


慕華館[1]畔送郞行이러니,  西去中華不計程[2]이라.

연 어 정 녕　수 기 취　　　　　　왕 래 령 하 막 관 정
軟語丁寧[3]須記取[4]로되,　往來嶺下莫關情[5]하라.




　　모화관은 성 서쪽 십 리 정도 되는 곳에 있는데, 이 나라 사람들이 떠
나가는 사람을 전송하는 곳이라 한다. 왕래령은 평양에 속한 곳에 있다.
옛날에 한 선비가 기생과 오랜 동안 사귀다가 돌아갈 생각을 하지 않게
되었다 한다. 그의 집사람이 남편 뒤를 쫓아 찾아와 그에게 돌아가기를
재촉했는데, 갔다가 다시 오기를 여러 번 하여 그곳 고개가 '왕래령'이라
부르게 되었다 한다.


　　　　　　모 화 관 재 성 서 십 리 허　　　　위 국 인 송 행 지 소　　왕 래 령 속 평
　　　　慕華館在城西十里許러니, 爲國人送行之所라. 往來嶺屬平
양　　　　석 일 사 자　　여 청 루 압 구　　　　불 회 귀　　　기 가 인
壤이라. 昔一士子이, 與靑樓[6]狎久라가, 不懷歸러라. 其家人이,
종 적 촉 지　　　왕 이 부 래 자 삭　　　영 이 시 명
踪迹[7]促之[8]하여, 往而復來者數하니, 嶺以是名이라.




　　1) 慕華館(모화관)- 위의 〈저자 주〉 참조 바람.　2) 不計程(불계정)- 갈 거리
를 헤아리지 못한다, 갈 곳이 얼마나 먼 지 알 수가 없다.　3) 丁寧(정녕)- 신
신당부하다, 간절히 부탁하다.　4) 記取(기취)- 기억하다, 명심하다.　5) 莫
關情(막관정)- 깊은 정을 두지 마라, 정을 붙여두지 마라.　6) 靑樓(청루)-
기생 집, 여기서는 기생. 7) 踪迹(종적)- 발자취, 지나간 길. 지나간 길을 뒤
쫓아가는 것.　8) 促之(촉지)- 남편에게 돌아갈 것을 재촉하는 것.




　　평양의 모화관과 왕래령을 보면서 작자가 들은 얘기를 바탕으로 읊은 것이다. 〈저
자 주〉에서 모화관은 "이 나라 사람들이 떠나가는 사람을 전송하는 곳"이라 하였
지만, 그 이름으로 보아 주로 나라의 일로 중국으로 가는 사람들을 전송하는 곳이
었을 것이다. 그리고 작자가 귀국하는 길에 본 정경일 것이다.

(22)

검은 모자 쓰고 푸른 도포 입은 이들은 모두가 벼슬아치들이고,

육조 삼부 관료가 모두 유학자들이라네.

그중에는 역시 재능이 많은 친구들도 있는데

시는 당시를 배우고 글씨는 진晉나라 사람들을 본뜨네.


조 모 　청 포 총 진 신　　　　　 육 조 삼 부　 속 유 신
皂帽1)靑袍總縉紳2)이오, 六曹三府3)屬儒臣이라.

취 중 역 유 다 재 자　　　 시 학 당 인 자 진 인
就中亦有多才者니, 詩學唐人字晉人4)이라.

　이 나라에서는 시로써 관리를 뽑기 때문에 삼부와 육조에는 과거科擧에 급제한 사람이 아니면 끼어들 수가 없다. 시에 있어서는 당시를 높이 받들고 붓글씨도 매우 빼어난다.


국 이 시 취 사　　　　　 삼 부 육 조　　　비 유 과 목 　출 신 자 부 득 여
國以詩取士하여, 三府六曹는, 非由科目5)出身者不得與니라.

시 종 삼 당　　　 자 학 우 정
詩宗三唐6)이오, 字學尤精이라.

|註解|

1) 皂帽(조모)- 검은 모자, 검은 관. 2) 縉紳(진신)- 벼슬아치의 총칭. 본시는 넓은 띠를 허리에 매고 신분을 상징하는 홀(笏)을 거기에 꽂은 것을 뜻한다. 3) 六曹三府(육조삼부)- 조선의 정부조직. '육조'는 이조(吏曹)·호조(戶曹)·예조(禮曹)·병조(兵曹)·형조(刑曹)·공조(工曹), '삼부'는 영의정(領議政)·좌의정(左議政)·우의정(右議政)을 말한다. 4) 字晉人(자진인)- 글씨는 진나라 사람들을 본떴다. 진나라에는 왕희지(王羲之) 같은 명필이 나와 강유위(康有爲) 같은 사람들도 서예를 논한 『광예주쌍즙(廣藝舟雙楫)』 권 3에서 "글씨는 진나라 사람들이 가장 잘 썼다(書以晉人爲最工)."라고 말하고

있다.  **5)** 科目(과목)- 과거시험.  **6)** 三唐(삼당)- 당대의 시 발전의 시기는
일반적으로는 초당(初唐)·성당(盛唐)·중당(中唐)·만당(晚唐)의 네 시기로
구분한다. 그러나 청(淸)대의 왕사정(王士禎) 같은 일부 문인은 '중당'을 나
누어 반은 '성당', 반은 '만당'에 붙여 '초' '성' '만'의 세 시기로 구분하며
당대를 '삼당'이라 불렀다.


| 解說 |

작자가 조선에 와서 본 조선 관리와 지식인들의 인상을 읊은 것이다. 중국 사람
들도 조선의 지식인들을 가벼이 볼 수가 없었음을 알게 된다.


## (23)

관청 주방의 안주와 요리는 괜찮았지만

오직 생선찌개에 바다 맛이 강한 것이 각별하였네.

유리잔에 가득 부어 향기와 색깔 모두 특이한데

술이라며 따라 내놓는 것이 붉은 과일즙 같기만 하네.


관 주 효 찬 역 심 상　　지 수 선 갱 해 미 강<br>
官廚[1]殽饌[2]亦尋常[3]이로되,  只數[4]鮮羹[5]海味强이라.<br>
만 주 파 려 향 색 이　　수 아 짐 출 사 홍 장<br>
滿注玻瓈[6]香色異러니,  酥兒[7]斟[8]出似紅漿[9]이라.

| 저자 주 |

'수아'를 번역하면 술의 뜻이며 빛깔은 붉다.

역 수 아　　주　　색 홍<br>
譯酥兒면,  酒야요,  色紅이라.

| 註解 |

**1)** 官廚(관주)- 관청의 주방.  **2)** 殽饌(효찬)- 술안주와 요리.  **3)** 尋常(심

상)- 보통인 것, 괜찮은 것, 그저 그렇고 그런 것.   4) 只數(지수)- 오직
－－－이 각별하다, 다만 －－－을 셈하여야 한다.   5) 鮮羹(선갱)- 생선국, 생
선찌개.   6) 玻瓈(파려)- 유리, 유리 술잔.   7) 酥兒(수아)- 우리 말 '술'을
한자로 옮긴 것. 앞의 〈저자 주〉 참조.   8) 斟(짐)- 술을 따르다.   9) 漿(장)-
과일즙, 쥬스.


| 解說 |

사신들을 대접할 적의 음식에 관한 시이다. 먼저 생선국이나 생선찌개는 중국 사
람들이 별로 먹지 않기 때문에 "바다 맛이 강하다."는 평을 했을 것이다. 술은 매
일 대접했을 것인데 색깔이 붉다니 무슨 술인지 알 수가 없다.


(24)

끓여 내오는 작설차는 녹색으로 자욱한데,

구리잔이고 자기 주발에 멋대로 따라주네.

따로 옥잔에 따른 것을 위 손에게 올리는데

맑은 향기 이빨 가득해지는 이것이 바로 인삼이라네.


烹來雀舌[1]綠沈沈[2]이러니,   銅碗[3]瓷甌[4]任意斟이라.

別有玉杯供上客하니,   淡香染齒是人參이라.


| 저자 주 |

토산의 인삼은 극히 좋은 것이어서
그것을 차 대신 귀한 손님에게 대접한다.

土産人葠[5]絕佳하여,   用以代茶餉[6]貴客이라.

| 註解 |

1) 雀舌(작설)- 우리나라에서 나는 좋은 차 이름.  2) 沈沈(침침)- 색깔이 자욱한 모양.  3) 銅碗(동완)-동 찻잔. '완'은 완(盌)과 같은 자로, '주발' 또는 큰 잔.  4) 瓷甌(자구)- 자기 주발.  5) 人葠(인삼)- 인삼. '삼'은 삼(參)·삼(蓼) 모두 쓰임.  6) 餉(향)- 먹이다, 음식을 대접하다.

| 解說 |

조선에 와서 대접을 받은 작설차와 인삼에 대하여 읊은 시이다. 인삼을 차 대신 귀한 손님에게 대접한다고 한 것은 잘못 안 것이다. 한 나라의 사신이기에 차도 대접하고 인삼도 대접하였을 것이다.

(25)

무명을 붉은빛 푸른빛으로 물들여 옷을 지어서
어린 여자 어린 남자에게 똑같이 입히고 있네.
간혹 비단옷으로 귀족임을 뽐내는 이가 있는데,
역시 그 생산지는 소주蘇州와 항주杭州임을 알겠네.

木棉紅綠染衣裳하여, 弱女[1]雛兒[2]一樣妝[3]이라.
間有綾羅[4]誇貴族이나, 也知出處是蘇杭[5]이라.

|저자 주|

남녀 아이들의 옷은 조금도 다르지 않다. 높은 관리가 되어야 비로소 비단옷을 입는데 중국에서 사온 것이다.

兒女服飾不少異니라. 縉紳始衣綾羅하니, 購之中國이라.

1) 弱女(약녀)- 약한 여자, 어린 여자.  2) 雛兒(추아)- 어린 남자 아이.  3) 妝 (장)- 단장하다, 옷을 입다.  4) 綾羅(능라)- 비단의 일종.  5) 蘇杭(소항)- 중국의 소주(蘇州)와 항주(杭州). 옛날부터 비단의 명산지로도 유명하였던 곳이다.

| 解說 |

조선 사람들의 옷 입은 모양을 보고 읊은 것이다. 별로 그의 관찰이 정확한 것 같 지 않다.


## (26)

지방의 특산품을 해마다 우리 조정에 바치는데
자주색 담비와 얼룩무늬 표범과 검은 독수리 깃 같은 거라네.
요동의 노란 새매는 기이하기 짝이 없다고 하나
결국은 바쳐오는 검은 해청海靑에는 뒤진다네.

方物[1]年年貢內廷[2]하니,  紫貂[3]華豹[4]皂雕翎[5]이라.
遼東[6]黃鷂[7]奇無敵이라 하나,  畢竟[8]輸[9]他黑海靑[10]이라.


| 註解 |

1) 方物(방물)- 지방의 특산품.  2) 貢內廷(공내정)- 자기 나라 조정에 공물 로 바쳤다는 뜻.  3) 紫貂(자초)- 자주색 담비.  4) 華豹(화표)- 얼룩무늬 표 범.  5) 皂雕翎(조조령)- 검은 독수리 깃. 화살 깃을 만드는 데 썼다.  6) 遼 東(요동)- 요녕(遼寧)성의 요하(遼河) 동쪽 지역, 요녕반도.  7) 黃鷂(황요)- 노란 새매.  8) 畢竟(필경)- 결국에는, 마침내는, 끝에 가서는.  9) 輸(수)- 지다, 못하다.  10) 黑海靑(흑해청)- 검은 해청. '해청'은 새 이름으로 해동 청(海東靑)이라고도 하며, 독수리의 일종이라고 한다. 이 해청의 깃으로는

갖옷을 만들었는데 매우 진귀한 물건으로 대접을 받았다 한다. 해청 중에서
도 더욱 뛰어났던 것이 우리나라에서 나는 '검은 해청'이었던 것 같다.



조선에서 명나라에 공물로 진귀한 물건을 바치던 얘기를 읊은 것이다. 이 시의
작자가 얻어들은 내용일 것이다.


(27)

아리따운 부녀자들의 볼에는 분 바르고 연지 찍었고
봄바람 부는 정자 뜰에는 해당화가 피어있네.
가벼운 적삼 입고 가냘픈 말을 타고 꽃가지 사이 뚫고 가는데
성묘를 하고 산골 마을로 돌아오고 있는 모습이라네.

粉膩脂凝<sup>1)</sup>艶婦腮<sup>2)</sup>하고,　東風亭院海棠開로다.

輕衫細馬穿花去하니,　也向山村上塚<sup>3)</sup>來로다.


|저자 주|

　예 땅은 말의 키가 세 자여서 과일나무 밑도 다닐 수가 있어서 '과하
마'라고 부른다. 지금은 조선 땅 안에 속해 있다.

濊<sup>4)</sup>地馬高三尺하여, 能於果樹下行하니, 謂果下馬<sup>5)</sup>라. 今屬
朝鮮境內라.


|註解|

　1) 粉膩脂凝(분니지응)- 분과 연지를 짙게 바른 것, 화장을 짙게 한 모양.

2) 腮(시)- 볼.  3) 上塚(상총)- 성묘(省墓)를 하는 것, 무덤을 찾아가 뵙는 것.  4) 濊(예)- 동예(東濊). 한반도 중동부에 있던 상고시대 부족국가의 하나. 지금의 강원도 북부와 함경도 남부의 일부지역이었던 것 같다. 혹은 중국 동북 변경 밖에 걸쳐 살았던 예맥(濊貊)을 가리키는 것으로 볼 수도 있다. 5) 果下馬(과하마)- 이 조랑말은 고구려와 동예에서 났다고 알려져 있다.

| 解說 |

봄날 짙게 화장을 한 부인이 조랑말을 타고 꽃나무 밑을 가고 있는 모습을 보고 지은 시이다. 아무리 조랑말이라 하더라도 말의 키가 석 자라는 것은 지나친 과장인 것 같다.


(28)

역시 가족들이 모여 사는 인가가 있고,

성문 위의 아침 해가 초가집에 비치고 있네.

말머리 쪽이 무척 시끄러워 이상하다 했더니

비린내 길 가득한 바다 생선 파는 시장이라네.


역 유 인 가 취 족 거　　　성 문 초 일 조 봉 려
亦有人家聚族居하고,　城門初日照蓬廬<sup>1)</sup>라.

마 두 괴 도 훤 여 비　　　일 로 성 풍 시 해 어
馬頭怪道<sup>2)</sup>喧如沸<sup>3)</sup>러니,　一路腥風<sup>4)</sup>市海魚라.


| 註解 |

1) 蓬廬(봉려)- 쑥대로 엮어놓은 움막, 초가집을 가리킴.  2) 怪道(괴도)- 괴상하다고 했다, 이상하다고 생각하다.  3) 喧如沸(훤여비)- 물 끓듯이 시끄럽다, 매우 시끄러운 모양.  4) 腥風(성풍)- 비린내가 나는 바람, 비린내가 풍기는 것.


| 解說 |

아침에 성문을 나와 초가집을 구경하고 생선시장 근처를 지나면서 본 광경을 읊

은 것이다.

(29)

조선 팔도는 중간에서 나뉘어져 풍속이 서로 다른데,
동쪽은 일본으로 이어지고 북쪽은 어피魚皮로 이어지기 때문
　　　이네.
맑고 그윽한 남쪽 경계에는 전라도가 있는데,
집둘레에는 매화가 둘러있고 파란 대나무 울타리로 쌓여 있네.


八道中分俗異宜[1]하니,　東連日本北魚皮[2][北方國名]라.
清幽南界全羅道니,　繞屋梅花綠竹籬라.




　　나라 안은 경기 · 황해 등 팔도로 나뉘어져 있다. 그중 남쪽이 전라도인
데 풍토가 뛰어나게 좋고, 땅에서는 대나무와 매화가 특히 많이 나고 있다.


國中分京畿黃海等八道라.　其南日全羅道러니,　風土絶佳요,
地産竹梅花尤多라.


|註解|

1) 異宜(이의)- 제각각 다르다.　2) 魚皮(어피)- 작자가 "북쪽의 나라 이름이
다."라고 주를 달고 있다. 지금의 지린[吉林]성 동북쪽의 혼동강(混同江) 유
역에 살던 종족으로, 흑진(黑津) · 혁근(赫斤) · 혁철(赫哲) 등 여러 가지 다른
이름으로도 불리었다. 물고기 가죽으로 흔히 옷과 신발을 만들어 써서 어피
부(魚皮部)라 부르게 되었고, 그 종족을 '어피' 라고도 부르게 되었다 한다.

조선 팔도에 대한 얻어들은 지식을 읊은 것이다. 전라도를 읊은 뒤 대목은 괜찮지만, 조선 팔도가 중간에서 둘로 나뉘어져 풍속이 서로 다르고 동쪽은 일본과 이어져 있고, 북쪽은 어피라는 나라와 이어져 있기 때문이라는 앞 대목은 문제가 있다.


(30)

쪽문마다 맑은 밤에 둥근 별 같은 초롱 등불이 찬란하고,

사람들은 팔짱 끼고 노래하고 다니면서 어지럽게 섞여 놓네.

사월 초파일에 옛 풍습 전하고 있는데

중국 양주의 연등 행사가 아닌지 의심될 지경이네.


閤門[1]淸夜爛星毬[2]하고,　聯臂[3]行歌雜沓[4]遊라.

四月上弦[5]傳舊俗하니,　却疑鐙火[6]是揚州[7]라.


| 저자 주 |

사월 팔일은 온 나라가 등불을 내걸고 북을 두드리며 노래하고 다니면서 즐긴다.

四月八日은, 國中張鐙擊鼓하고, 行歌爲樂이라.


| 註解 |

1) 閤門(합문)- 쪽문, 작은 문.  2) 星毬(성구)- 둥근 공 같은 별. 공중에 달아놓은 초롱 등불을 가리킴.  3) 聯臂(연비)- 두 사람이 팔짱을 끼는 것, 팔을 서로 끼는 것.  4) 雜沓(잡답)- 북적북적한 것. 어지럽게 어울리는 것.

5) 上弦(상현)- 달이 활 모양으로 굽어있는 것. 매월 음력 초파일 전후 달의

모양이어서 초파일을 뜻하기도 한다.  6) 鐙火(등화)- 등불. '등'은 등(燈)과
같은 글자.  7) 揚州(양주)- 장수[江蘇]성에 있는 도시 이름. 청대에는 교통
의 요지여서 민간의 놀이가 매우 발전했던 고장이다. 따라서 등불놀이도 대
단히 성행했다. 중국에서는 정월 보름을 전후하여 등불놀이가 성행한다.




사월 초파일 등불놀이를 하는 모습을 보고 읊은 시이다.


(31)
머리를 늘어뜨린 잘 생긴 사내아이는 빼어난 여자아이보다도
　　더 아름답고
광대는 춤을 막 끝내어 얼굴엔 노을이 서린 듯하네.
곁의 사람들 손뼉 치며 한목소리로 함께 창하며
"노래 불러!" 하고 큰 소리 지르네.


　　　　수 발 요 동　압 준 왜　　　　　　선 재　무 파 검 응 하
　　　　垂髮妖童1)壓俊娃2)하고,　善才3)舞罷臉凝霞4)로다.
　　　　방 인 박 수 제 성 화　　　　　과 쇄　나 래 백 이 라
　　　　傍人拍手齊聲和하고,　誇殺5)那來百爾囉6)로다.


| 저자 주 |

함께 노래 부르자는 것을 "노래 불러!"라고 한다.

　　　　협 창 가 왈　나 래 백 이 라
　　　　叶唱歌曰, 那來百爾囉로다.


| 註解 |

　1) 妖童(요동)- 잘생긴 사내아이.  2) 壓俊娃(압준왜)- 빼어난 아름다운 여
자아이를 누르다, 매우 아름다운 여자아이보다 더 이쁘다.  3) 善才(선재)-

본시는 당(唐)나라 때 비파(琵琶)를 잘 연주하던 악공. 여기서는 악공 또는 광대를 뜻하는 말로 쓰였다.  4) 凝霞(응하)- 노을이 서리다. 땀을 흘리며 김까지 서린 것.  5) 誇殺(과쇄)- 매우 큰 소리를 치다. ‘쇄’는 쇄(煞)로도 쓰며, 형용사 뒤에 붙어 강조의 뜻을 나타낸다.  6) 那來百爾囉(나래백이라)- ‘노래 불러’ 라는 우리말을 한자로 옮겨 놓은 것.



광대놀이 하는 것을 보고 지은 시이다. 특히 춤을 춘 사내아이가 매우 이뻐서 인상적이었던 것 같다.


(32)

옥봉의 시는 석주의 정교함만은 못하다 하나

외국의 시인으로는 이 두 노인이 최고일세.

뜻밖에도 버들가지 시를 지어 화를 당하였으니

저승에서도 원한을 봄바람에 실어 읊고 있으리라.


옥 봉    시 손  석 주  공              이 국 사 인 차 량 옹
玉峰[1]詩遜[2]石洲[3]工이로되,  異國詞人此兩翁이라.

부 도  류 지 능 가 화              구 원  유 한 영 동 풍
不道[4]柳枝能賈禍[5]하니,  九原[6]遺恨詠東風이리라.




백옥봉과 권석주는 시를 잘 지었고 시집이 세상에 나와 있다. 권석주의 시가 약간 뛰어났는데 일찍이 새 버드나무를 읊었다가 표현에 풍자적인 뜻이 담겨있다 하여 결국은 죽음을 당하여 나라 사람들이 그를 슬퍼하였다.


백 옥 봉 권 석 주    공 시        유 집 행 세      권 작 초 승      상
白玉峰權石洲는, 工詩하여, 有集行世라. 權作稍勝[7]이오, 嘗

賦新柳러니, 語涉<sup>8)</sup>譏諷<sup>9)</sup>하여, 竟論死하니, 國人哀之라.

부 신 류　　　어 섭　기 풍　　　　경 론 사　　국 인 애 지

## | 註解 |

1) 玉峰(옥봉)- 조선시대의 시인 백광훈(白光勳, 1537-1582)의 호. 13세에 이미 시를 잘 지어 이름이 알려졌으나 선조(宣祖) 10년(1577)에야 선릉참봉(宣陵參奉) 벼슬을 함. 최경창(崔慶昌)·이달(李達)과 함께 삼당시인(三唐詩人)이라 일컬어짐. 2) 遜(손)- 손색이 있다, 못하다. 3) 石洲(석주)- 조선시대의 시인 권필(權韠, 1569-1612)의 호. 광해군(光海君)의 비(妃) 유씨(柳氏)의 아우 유희분(柳希奮) 등 처족들의 방종함을 궁류시(宮柳詩)로써 비방하자, 광해군의 노여움을 사 결국 잡혀 귀양길을 떠나다가 죽었다고 한다. 4) 不道(부도)- 뜻밖에도, 생각하지 못한. 5) 賈禍(가화)- 화를 사게 되다, 화를 입다. 6) 九原(구원)- 구천(九泉), 저승. 7) 稍勝(초승)- 약간 뛰어나다, 약간 우수하다. 8) 語涉(어섭)- 말이 관계되다, 표현이 걸리다. 9) 譏諷(기풍)- 풍자하다, 비꼬다.

## | 解說 |

조선시대 시인 백광훈과 권필에 대하여 읊은 내용이다. 이 두 시인은 각각 명나라 사신이 조선에 왔을 적에 명나라 사람들과 어울릴 기회가 있었음으로 작자가 특히 이 두 분에 대하여 보다 잘 알았던 게 아닌가 한다.


(33)

화장을 한 맑은 재주 있는 여자가 한때 시를 잘 지었으니
오랑캐 곡조 시들을 오사 종이에 썼다네.
붉은 용마루에 푸른 기와 얹은 깊숙하기 바다 같은 집 속에서도
정정공주의 시가 널리 읊어지고 있다네.


홍 분　청 재 묘 일 시　　　　마 가　잡 구 사 오 사

紅粉<sup>1)</sup>淸才妙一時<sup>2)</sup>하여, 摩訶<sup>3)</sup>雜句寫烏絲<sup>4)</sup>라.

주 맹　벽 와 심 여 해　　　음 편 정 정 공 주　시

朱甍<sup>5)</sup>碧瓦深如海로되, 吟遍婷婷公主<sup>6)</sup>詩라.

손개사 검토가 일찍이 조선에 사신을 따라 와서 손수 『채풍집探風集』
을 엮었는데, 조선 선비와 여자들의 시를 실은 것이었고, 그 속에 정정공
주의 「피서시」가 있다.

孫愷似<sup>7)</sup>檢討이, 曾陪使朝鮮하여, 手編採風集하여, 載東國
士女歌詩러니, 有婷婷公主避暑詩라.

| 註解 |

1) 紅粉(홍분)- 붉은 분. 화장을 한 것, 화장을 한 여자를 가리킴. 2) 妙一時
(묘일시)- 한때 유명했다, 한때 시를 잘 지어 유명했음을 말한다. 3) 摩訶
(마가)- 본시는 불교 용어로, 크다·많다·뛰어나다 등의 뜻이 있다. 일찍이
중국에 마가두륵(摩訶兜勒)이라는 서쪽의 호악(胡樂)이 들어와 악부시로 유
행하였다. 여기에서는 호악, 곧 외국풍의 음악 또는 시를 뜻하는 말로 쓰고
있다. 4) 烏絲(오사)- 오사란(烏絲欄)이라고도 하는 종이의 일종. 검은 줄무
늬, 곧 흑괘(黑罫)가 들어 있어 흑괘지(黑罫紙)라고도 불렀다. 여자들이 주로
사랑의 편지를 쓸 적에 사용하여 유명한데, 흑괘 무늬가 들은 비단을 쓰기도
하였다. 5) 朱甍(주맹)- 붉은 용마루. 뒤의 푸른 기와인 벽와(碧瓦)와 함께
크고 좋은 집을 형용하는 말이다. 6) 婷婷公主(정정공주)- 청나라 손치미
(孫致彌)가 조선에 와서 시를 수집한 것은 현종(顯宗, 1659-1674) 때이니 그
앞의 효종(孝宗)의 공주가 아닐까? 7) 孫愷似(손개사)- 손치미(孫致彌, 1671
전후 사람), 그의 자가 '개사'이며, 호는 송평(松坪). 강희(康熙) 연간(1662)
에 시험에 합격하여 1669년에 조선 채시사(採詩使)로 뽑히어 조선에 와서 조
선 시인들의 시를 모아 『채풍집(探風集)』을 편찬하였고, 그 속에 정정공주의
「피서시」도 들어 있었다. 그 뒤에 진사(進士)가 된 다음 시독학사(侍讀學士)
라는 벼슬까지 하였다.

| 解說 |

손개사 孫愷似 라는 사람이 조선에 와서 수집하여 편찬한 『채풍집』에 실린 정정공
주의 시에 대하여 읊은 것이다.

(34)

먼 나라에 와서 누구에게 고향 떠난 시름 얘기할건가?

땅바닥 긁어 글씨 써서 인사하고 나니 그대 뜻 매우 고맙네.

바닷물 끌어다가 붓 아래에 다 쏟으려 했지마는

시만 한 수 멋대로 읊어 유황주에게 주는 수밖에 없네.

遐方[1]誰與話離愁오?　畵地[2]通名[3]爾意優[4]로다.

欲挽滄溟[5]傾筆底라가,　放歌題贈[6]柳黃州[7]로다.



　　황해도에 속한 고을의 수령인 유선생이 내가 담벼락에 써놓은 시를 보고는 우정郵亭으로 찾아와서 땅바닥에 글씨를 쓰면서 서로 인사를 나누었다. 마침 우리 칙사가 말 위에 올라 떠나기를 재촉하는 바람에 아쉬움 속에 떠나왔다.

州屬黃海道의, 州守柳君이, 見余題壁句하고, 過訪[8]郵亭[9]하여, 畵地相起居[10]라. 會[11]勅使登騎促行하여, 悵然離去라.

**註解**

1) 遐方(하방)- 먼 고장, 먼 나라. 외국을 가리킴.　2) 畵地(획지)- 땅바닥에 긋다, 땅바닥에 글씨를 쓰는 것.　3) 通名(통명)- 서로 자기 이름을 밝히면서 인사를 하는 것.　4) 爾意優(이의우)- 당신의 뜻이 좋았다, 당신의 뜻이 고마웠다.　5) 滄溟(창명)- 바닷물. 자기가 마음속에 품고 있던 생각의 많음을 비유로 표현한 것임.　6) 題贈(제증)- 시를 지어 주다.　7) 柳黃州(유황주)- 황해도 어느 고을의 수령 유씨.　8) 過訪(과방)- 찾아오다.　9) 郵亭(우정)- 역정(驛亭) 또는 역사(驛舍). 중국 사신 일행이 길을 가다 잠시 머물던 곳임.

10) 起居(기거)- 인사를 나누다, 의견을 교환하면서 얘기하는 것.  11) 會 (회)- 마침, 바로 그때.



길을 가다 잠깐 머물던 역사에서 찾아준 황해도 어느 고을의 수령 유씨와 잠깐 필 담을 나눈 경험을 노래한 것이다.


(35)

다른 나라 관청의 우두머리들은 또 어떤 일을 하고 있는 것일까?
예악이 세상에 행해지고 있음은 정말 잘 알아볼 수가 있네.
가끔 성 밖의 산기슭을 지나다 보면
들꽃 붉은 꽃잎에 송덕비頌德碑가 덮여져 있다네.


수 방 　 관 장 역 하 위　　　예 악 류 풍 순 　 가 추<br>
殊方<sup>1)</sup>官長亦何爲오?　禮樂流風洵<sup>2)</sup>可追<sup>3)</sup>로다.<br>
왕 왕 경 과 산 곽 외　　　야 화 홍 복 거 사 비<br>
往往經過山郭外면,　野華紅覆去思碑<sup>4)</sup>라.

| 註解 |

1) 殊方(수방)- 다른 나라. 조선을 가리킴.  2) 洵(순)- 진실로, 정말.  3) 可 追(가추)- 추적할 수 있다, 알아볼 수 있다.  4) 去思碑(거사비)- 고을의 수령 이 그 지방을 다스리면서 은덕을 베풀고 떠나간 뒤에 그 고장 사람들이 떠난 수령의 은덕을 되새기는 추모비를 세운 것을 말한다. 송덕비(頌德碑)의 일종 이다.


| 解說 |

작자가 성 밖을 여행하다가 길가에 서 있는 옛날 수령의 거사비去思碑를 보고 지 은 시이다. 우리나라 시골에는 이러한 거사비가 곳곳에 있다.

(36)

해외의 글 잘 짓는 사람을 어디에서 찾아볼 수 있을까?
웃으면서 심부름하는 아이 바라보니 머리는 너풀너풀 쳐져
　　있는데,
그중에는 한자를 아는 아이가 있으니
술 취하여 종이를 갖다놓고 필담을 하자고 하게 되네.

海外文章[1]何處探고?　笑看通引[2]髮鬖鬖[3]이라.
內中有解中朝字하니,　醉索霜華[4][紙名]倩[5]筆談이라.



심부름하는 아이를 통인이라 한다.

供應小童曰, 通引이라.

|註解|

1) 文章(문장)- 문장가. 글을 잘 짓는 사람.　2) 通引(통인)- 위의 〈저자 주〉
에 "심부름하는 아이를 통인이라 한다."고 설명되어 있다.　3) 鬖鬖(삼삼)-
머리가 쳐져 있는 모양.　4) 霜華(상화)- 작자가 본문에 "종이 이름"이라 주
를 달고 있다.　5) 倩(청)- 요청하다. 원음은 '천'이나 청(請)의 뜻으로, 쓸
적에는 '청'이라 읽는다.

|解說|

심부름하는 아이 중에도 한자를 아는 아이가 있어서 아이와 종이를 갖다놓고 필
담을 한 경험을 읊은 것이다. 속으로 감탄했던 것 같다.

(37)

시골 아이들이 잔뜩 모여 시끄럽게 떠드는데

조잘조잘 찍찍짹짹 어찌 알아들을 수 있겠는가?

손님들 향하여 몸 굽히고 있는 것은 무슨 일 때문일까?

영감님들 앞에 좋은 담배를 구걸하기 위해서라네.


山童簇簇[1]話喃喃[2]하니, 嘲哳[3]鉤輈[4]那得語고?

向客蹲身緣底事[5]오? 令監前乞樻枝三[6]이라.


### 저자 주

　지방 백성들이 관청의 우두머리를 길에서 만나면 반드시 길가에 몸을 굽히고 서서 존경을 표시한다. 관청의 우두머리를 영감이라 부른다. 조선 땅에서 나는 담배는 아주 좋은데 '궤지삼'은 그중에서도 특히 좋은 것이어서 보통 사람들은 쉽게 손에 넣지 못한다. 나라 임금이 그걸 가지고 손님들을 대접하는데 역시 별로 많은 것은 아니기 때문에 지방 백성들이 다투어 그것을 구걸하고 있는 것이다.


部民[7]遇官長於道면, 必蹲踞[8]道旁以爲敬이라. 稱官長曰, 令監이라. 土産菸草[9]絶佳러니, 樻枝三은, 尤佳者로, 常人不恒得이라. 國王用以餉客이나, 亦不甚多하니, 故로, 土人爭乞之하니라.


### 註解

1) 簇簇(족족)― 많이 모여있는 모양.　2) 喃喃(남남)― 말이 많은 모양, 시끄러운 모양.　3) 嘲哳(조찰)― 새가 우는 모양. 조잘거리는 모양.　4) 鉤輈(구주)― 새가 시끄럽게 우는 모양. 찍찍짹짹.　5) 緣底事(연저사)― 무슨 일 때문인가?

6) 檜枝三(궤지삼)- 좋은 담배 이름. 앞의 〈저자 주〉 참조 바람.  7) 部民(부민)- 그 고장의 백성들.  8) 蹲踞(준거)- 몸을 굽히고 있는 것, 허리를 굽히고 있는 것.  9) 菸草(연초)- 연초. '연'은 연(煙)·연(烟) 등으로도 쓴다.

| 解說 |

작자가 높은 벼슬아치가 길을 갈 적에 백성들이 길가에서 존경을 표시하는 모습을 보고 읊은 것이다. 다만 모든 사람들이 매우 좋은 담배를 구걸하기 위하여 길가에 허리를 굽히고 서서 지나가는 높은 관원에게 경의를 표했다고 볼 수는 없을 것이다.

## (38)

큰 비석에 공덕을 새겨 청 태종太宗을 칭송하였는데,
기이한 돌은 번쩍번쩍 찬란한 빛을 발하네.
아름다운 섬돌에 옥돌 난간 두르고 벽은 붉은 분을 발랐는데,
사람들 와서 줄지어 절하며 모두 향불을 피우네.

풍 비 공 덕 송 선 황
豐碑1)功德頌先皇2)하니,　異石琅琅3)爛有光이라.
이 석 랑 랑 란 유 광

금 체 옥 란 홍 분 벽
錦砌4)玉闌5)紅粉壁이오,　到來羅拜6)一焚香이라.
도 래 라 배 일 분 향

| 저자 주 |

돌은 밝기가 거울 같아서 세상에서는 투령비라 부른다. 청나라 태종 문황제가 일찍이 덕으로 조선을 달래어 그 임금과 신하들은 감화를 받은 나머지 남한산南漢山 아래 비석을 새겨 세우고 이름을 공덕비라 하면서 정자를 만들어 비석을 보호하고 때에 따라 근무자가 문을 열고 닫고 하고 있다.

석 명 여 경　　속 위 투 령 비　　태 종 문 황 제　　상 이 덕 수 조
石明如鏡하니, 俗謂透靈碑라. 太宗文皇帝이, 嘗以德綏朝

鮮하니, 其君臣感化하여, 勒石漢山下하되, 顔曰功德碑하고, 作
亭護之하며, 時勤<sup>7)</sup>啓閉焉이라.



**| 註解 |**

1) 豐碑(풍비)- 본시는 장례 때 관을 땅속에 내릴 때 쓰던 장치. 그러나 여기
서는 '커다란 비석'의 뜻으로 쓰고 있다.  2) 先皇(선황)- 이전의 황제. 청나
라 태종 황태극(皇太極, 1627-1643 재위)을 가리킴. 조선에서는 청나라를 오
랑캐 나라라고 무시하였음으로 청 태종은 1636년(인조 10년)에 용골대(龍骨
大) 등을 파견하여 조선을 쳤다. 이것이 병자호란(丙子胡亂)이다. 청나라는
무력으로 조선을 굴복시킨 뒤 1639년에 우리나라에 강요하여 청 태종의 송
덕비를 세우도록 하였다. 곧 삼전도비이다.  3) 琅琅(랑랑)- 보통은 돌이 부
딪히어 나는 소리를 형용하는 말로 쓰인다. 그러나 여기서는 돌 빛을 읊고
있음으로 '번쩍번쩍'이라 옮겼다.  4) 錦砌(금체)- 아름다운 섬돌.  5) 闌
(란)- 난간. 난(欄)과 같은 뜻으로 쓰임.  6) 羅拜(라배)- 줄 서서 절하다.
7) 時勤(시근)- 때를 정해놓고 사람들이 근무하는 것.

**| 解說 |**

청 태종의 강요에 의하여 세운 삼전도비를 보고 읊은 시이다. 아마도 청나라 사
신들이 왔기에 사람들을 동원하여 삼전도비에 찾아와 절을 하게 하였을 것이다.


(39)

층층이 쌓은 백 척이나 되는 누대는 하늘에 닿을 것 같은 형
　　세이어서
산천의 모든 곳이 한눈에 들어오네.
온 세상이 한집안처럼 꺼리는 것이 없고,
벽도나무 꽃 저쪽으로 임금의 궁전도 보이네.


層臺百尺勢摩空<sup>1)</sup>이오,  處處山川在眼中이라.

<sup>육 합 일 가 무 피 기</sup>　　　　<sup>벽 도 화 외 인 왕 궁</sup><br>
六合<sup>2)</sup>一家無避忌하고,　碧桃<sup>3)</sup>花外認<sup>4)</sup>王宮이라.

## |저자 주|

나무를 엮어 여러 길의 누대를 만들어 놓고 중국 사신들을 불러 멋대로 구경하도록 함으로써 감추는 것이 없음을 표시하였다.

<sup>가 목 위 대</sup>　　　<sup>고 수 인</sup>　　　<sup>요 칙 사 종 관</sup>　　　<sup>이 시 무 은</sup><br>
架木爲臺하니, 高數仞이오, 邀敕使縱觀하여, 以示無隱이라.

## |註解|

1) 摩空(마공)- 하늘을 만지다, 하늘에 닿다.  2) 六合(육합)- 천지 사방, 온 세상.  3) 碧桃(벽도)- 복숭아나무의 일종. 꽃이 희며 열매는 먹지 못한다. 4) 認(인)- 알 수 있다, 볼 수 있다.

## |解說|

중국 사신들이 온 세상을 한눈에 볼 수 있도록 만든 높은 누대에 올랐던 감상을 읊은 시이다. 작자의 눈에도 조선은 온 세상 사람들이 한집안 사람들처럼 지내는 평화로운 나라로 보였던 것 같다.

(40)

채색 옷을 입은 이가 가벼운 발로 장대 잡고 노는데,

장대를 오르내리는 재주를 온갖 가지 다 부리네.

문관 선생인 나는 무얼 하였는가?

역시 관청 말을 타고 나아가 구경하였지.

<sup>채 의 경 족 박 당 간</sup>　　　<sup>정 진 도 로 기 백 반</sup><br>
綵衣輕足撲撞竿<sup>1)</sup>하니,　呈盡都盧<sup>2)</sup>伎百般<sup>3)</sup>이라.<br>
<sup>문 관 선 생 하 소 사</sup>　　　<sup>야 기 관 마 향 전 간</sup><br>
門館先生<sup>4)</sup>何所事오?　也騎官馬向前看이라.

따르는 관원이 나를 문관선생이라 불렀다.

從官稱子曰, 門館先生이라.



1) 撲撞竿(박당간)- 장대를 잡고 놀다, 장대에 부딪치며 오르락내리락하다.
2) 都盧(도로)- 가벼운 발로 세워 놓은 긴 장대를 오르내리며 재주를 부리는
것.  3) 百般(백반)- 여러 가지. 온갖 종류.  4) 門館先生(문관선생)-〈저자
주〉에 "작자 자신을 따라다니는 관원이 자신을 부르는 말"이라 설명하고 있
다.



역시 밖에 나가 광대놀이를 구경한 감상을 읊은 것이다.



'죽지竹枝'는 본시가 악부樂府의 곡명으로 서역西域 나라로부터 들어온 것이다.
당나라 때 민간에 유행하여 유우석劉禹錫·백거이白居易 등이 죽지사竹枝詞를 지
었다. 후세 시인들은 그 시체를 써서 토속적인 여러 가지 일을 읊어 '죽지사'라는
시체의 특징으로 발전하였다. 작자 서진도 '죽지사'라는 시체를 이용하여 자신이
조선에 와서 보고, 듣고, 느낀 일들을 시로 읊은 것이 이「조선죽지사」이다. 자세
히 읽어보면 그 당시 조선 사람들과 청나라 사람들의 이해관계를 알 수 있게 됨
으로 우리로서는 음미해볼만한 작품이다.
이 시를 선택하고 또 번역하는 데에는 이화여대 신하윤 교수의 논문「서진徐振
'조선죽지사朝鮮竹枝詞'에 나타난 청인淸人의 조선朝鮮 인식」(『中國文學』 제52집,
한국중국어문학회, 2007. 8.)에 크게 힘입었음을 밝혀둔다. 그리고 그 논문을 읽
으면 이 시의 내용과 특징 및 성격에 대하여 보다 상세히 알 수 있게 될 것이다.

# 2. 청 중엽의 시

# 조집신

趙執信　● 1662-1744

자는 신부伸符, 호는 추곡秋谷, 산동성山東省 익도益都(지금의 博山) 사람. 진사가 된 뒤 벼슬은 우춘방우찬선右春坊右贊善 겸 한림원검토翰林院檢討에 올랐으나, 국상國喪 때 연극 『장생전長生殿』을 구경했다 하여 파직되었다. 그 뒤로는 벼슬하지 않고 자유로이 살았다. 시는 왕사정의 시론에서 출발하여 뒤에는 수사修辭를 중시한 끝에 만당晚唐 시를 내세웠다. 문집으로 『이산당집飴山堂集』이 있다.

# 시골 집(村舍)

여러 산봉우리 겹쳐진 중에 강물 빗겨 흐르고,

시골집이 아련히 약야산 若耶山 에 있네.

늙어가면서 차차 콩과 보리도 분별할 줄 알게 되었으니

온 집안 옮기어 안개와 노을 속에 사는 것이 좋겠네.

바람에 몰리어 죽순은 머리 숙인 데로 자라고

해를 따르느라 해바라기는 위족화 衛足花 되어 피네.

비가 산의 모습 어루만지다가 개이자 달이 나오니

한가하고 조용히 평생 사는 일 거부하지 말게나!

난 봉 중 첩 수 횡 사　　　　촌 사 의 희　재 약 야
亂峯重疊水橫斜하고,　村舍依稀<sup>1)</sup>在若耶<sup>2)</sup>라.

수 로　점 능 분 숙 맥　　　전 가 합 득 주 연 하
垂老<sup>3)</sup>漸能分菽麥하니,　全家合得住烟霞<sup>4)</sup>라.

최 풍 순 작 저 두 죽　　　경 일 규　개 위 족 화
催風筍作低頭竹이오,　傾日葵<sup>5)</sup>開衛足花<sup>6)</sup>라.

우 완 산 자 청 대 월　　　막 사 한 담　송 생 애
雨玩山姿晴對月하니,　莫辭閒澹<sup>7)</sup>送生涯하라!

| 註解 |

1) 依稀(의희)－ 아련히 보이는 모양, 비슷이 보이는 모양.　2) 若耶(약야)－
절강성(浙江省) 회계현(會稽縣) 남쪽에 있는 산 이름. 서시(西施)가 완사(浣
紗)하였다는 약야계(若耶溪)도 여기에 있으며, 많은 명사들이 숨어 살았던
곳이다.　3) 垂老(수로)－ 늙어가는 것.　4) 烟霞(연하)－ 안개와 노을. 산속을
가리킨다.　5) 葵(규)－ 해바라기.　6) 衛足花(위족화)－ 해바라기의 별명(『左
傳』成公 17年). 해바라기는 해를 따라가면서 자기 뿌리를 가려주어 '위족
화'라 부르기도 한다.　7) 閒澹(한담)－ 한가하고 담담한 것, 한적하고 조용
한 것.

| 解說 |

만년에 벼슬을 그만두고 지내면서 산수를 즐기는 그의 마음을 노래한 것이다. 무고로 두 형제를 모두 잃은 한도 산수의 사랑 속에 깃들여있는 듯하다.

# 반딋불(螢火)

비가 오자 문을 뚫고 들어오더니
바람이 불자 문득 담을 지나가 버리네.
비록 풀로 말미암아 이루어진 몸이라 하지만
달의 힘 빌리지 않고도 빛을 내네.
숨어 지내는 사람 뜻 이해할 것이니
이제 잠시 주머니 속으로 들어와 지내주게.
자네 저 드넓은 하늘 보게!
큰 별빛과 다를 게 무엇인가?

　　　　화 우 　환 천 호　　　　　　경 풍 홀 과 장
　　和雨[1]還穿戶하고, 　經風忽過牆이라.

　　　　수 연 초 성 질　　　　　　　불 차 월 위 광
　　雖緣草成質[2]이나, 　不借月爲光이라.

　　　　해 식 유 인 의　　　　　　　청 금 요 처 낭
　　解識幽人意하니, 　請今聊處囊[3]하라.

　　　　군 간 낙 공 활　　　　　　　하 이 대 성 망
　　君看落空[4]闊하라! 　何異大星芒[5]고?

| 註解 |

1) 和雨(화우)- 빗속에 다니는 것, 비를 맞는 것.　2) 草成質(초성질)- 풀이
바탕을 이루다. 썩은 풀이 반딋불이 된다는 말(『禮記』月令)을 근거로 한 말

이다.  3) 處囊(처낭)- 진(晉)나라 차윤(車胤)이 가난하여 여름밤이면 얇은 비단 주머니에 반딧불을 잡아 모아 넣고 밝히면서 책을 읽었던 일을 근거로 한 표현이다(『晉書』 車胤傳).  4) 落空(낙공)- 벽락(碧落). 드넓은 하늘.  5) 芒 (망)- 광망(光芒), 빛.

| 解說 |

반딧불을 빌어 올바른 처세를 노래한 시이다. 비록 지위가 낮아도 자기 힘을 다하여 노력하면 큰 성과를 거둘 수가 있다는 것이다. 반딧불은 보잘 것 없지만 모아져 비단 주머니 안에 담겨지면 책을 읽는 사람들을 위하여 하늘의 별빛보다도 더 큰 공헌을 하게 된다는 것이다.


# 길가의 비석(道旁碑)

길가에는 서 있는 비석들이 얼마나 많은가?
십 리마다 오 리마다 가도 가도 이어지네.
자세히 보면 글자가 다 지워지지 않고 있는데
그 글들이 모두 한 사람 손에서 나온 듯하네.
모두 어떤 장관이 은혜로운 정치를 펴서
끼쳐진 사랑이 천 년을 두고 드리워질 듯이 여겨지네.
거기에 쓰인 행적이 극히 하찮은 일들이고
앞뒤 표현이 어긋나니 식자들이 비웃을 것도 꺼리지 않은 듯
　　하네.
세금은 일찍이 다 거두어 바치고 도적들은 끝내 다 잡았으며
학당學堂을 수리하고 성의 담장도 이어 손질했다네.
옛 성인이 명성을 추구하기 위한 도구가 되었으니
이 밑의 백성들이 더욱 슬퍼지네.

지나가는 그 고장 사람들에게 잠시 물어보니,

"그 사람 성명은 까마득히 알지를 못하겠고,

이전에 나에게 아무런 은혜도 베푼 일이 없는데

지난 뒤에 우리가 어떻게 그를 생각하고 있겠나요?

떠난 장관 생각해주지 않는다면 뒤에 온 장관이 노여워할 것
　　　이니

뒷사람도 앞사람 같은 푸대접 받을까 하여 겁을 낼 것이기 때
　　　문이지요.

깊은 산에 가서 가을비 속에 미끄러운 바위를 깨어내어

밭 갈던 소의 힘 빌어 노고를 다해 끌어온 뒤,

마을에서 돈을 거두고 비문을 글 아는 이에게 써 받은 다음

글방 훈장의 턱짓을 따라 일을 했지요.

보세요, 비석은 벽돌을 받쳐 잘 세웠지만

우리나 처자들은 몸에 두를 온전한 옷도 없어요!

다만 바라기를 태행산太行山의 바위들이

모두 호타하滹沱河 물속의 진흙으로 변해버리는 것이에요!

그렇지 않으면 길가에는 빈 땅이 한없이 많으니

어찌 해마다 계속 비석을 세울 수가 있겠어요?"

<br>

도 방 비 석 하 류 류　　　　십 리 오 리 행 상 추
道旁碑石何纍纍[1]오?　　十里五里行相追[2]라.

세 관 문 자 미 마 멸　　　　기 사 여 출 일 수 위
細觀文字未磨滅이니,　　其詞如出一手爲라.

성 칭 장 리 유 혜 정　　　　유 애 상 상 천 추 수
盛稱長吏[3]有惠政하여,　　遺愛想像千秋垂라.

취 중 행 사 극 쇄 세　　　　저 어 불 고 식 자 치
就中行事極瑣細[4]하고,　　齟齬[5]不顧識者嗤[6]라.

徵輸早畢[7]盜終獲하고,　黌宮[8]旣茸[9]城堞[10]隨라.

先聖且爲要名[11]具하니,　下此黎庶[12]吁[13]可悲라.

居人過者聊借問하니,　姓名恍惚[14]云不知요,

往者於我本無恩이어늘,　去後遣[15]我如何思오?

去者不思來者怒리니,　後車[16]恐蹈前車危라.

深山鑿石[17]秋雨滑이러니,　耕時牛力勞挽推[18]라.

里社[19]合錢乞作記하고,　兎園[20]老叟頤指揮[21]라.

請看碑石俱磚瓽[22]나,　身及妻子無完衣라.

但願太行山[23]上石이,　化爲滹沱[24]水中泥라.

不然道旁隙地正無限하니,　那得年年常立碑아?

---

| 註解 |

1) 纍纍(류류)- 많이 쌓여있는 모양.　2) 相追(상추)- 계속 연이어 있는 것.
3) 長吏(장리)- 높은 관리, 장관.　4) 瑣細(쇄세)- 자잘하고 보잘 것이 없는 것.　5) 齟齬(저어)- 앞뒤가 맞지 않는 것, 앞뒤가 모순되는 것.　6) 嗤(치)- 비웃는 것.　7) 徵輸早畢(징수조필)- 세금을 거두어 바치는 일을 일찍이 끝낸 것.　8) 黌宮(횡궁)- 학궁(學宮), 학당(學堂).　9) 茸(용)- 수리하다.　10) 城堞(성첩)- 성벽.　11) 要名(요명)- 명성을 추구하는 것.　12) 黎庶(려서)- 백성들, 서민들.　13) 吁(우)- 한탄스러운 것.　14) 恍惚(황홀)- 까마득한 것, 잘 알 수 없는 것.　15) 遣(견)- 사(使). 사역(使役)을 나타냄.　16) 後車(후거)- 이 구절은 "앞 수레가 넘어진 것은 뒤 수레의 훈계가 된다(前車覆, 後車誡)."는 옛말(『漢書』賈誼傳)을 원용한 표현이다.　17) 鑿石(착석)- 돌을 깨다, 바위를 쪼개다.　18) 挽推(만추)- 끌고 오는 것.　19) 里社(이사)- 여러

마을.  **20)** 兎園(토원)- 당(唐) 두사선(杜嗣先)이 편찬한 『토원책(兎園册)』,
옛날 아이들에게 글을 가르치던 교본이었다. 따라서 '토원노수'는 글방 영
감, 글방 훈장을 뜻한다.  **21)** 頤指揮(이지휘)- 턱짓으로 지휘하다, 턱짓으
로 남을 부리는 것.  **22)** 磚甃(전추)- 벽돌. 흙을 구워 만든 벽돌 종류.  **23)** 太
行山(태행산)- 산서성(山西省)·하북성(河北省)·하남성(河南省)에 걸쳐있
는 큰 산 이름.  **24)** 滹沱(호타)- 호타하(滹沱河). 산서성에서 시작하여 동쪽
으로 흘러 하북성을 거쳐 천진(天津)에서 바다로 흘러든다.


| 解說 |

길가에 서 있는 송덕비頌德碑 종류의 비석을 보고 읊은 시. 실은 송덕비 뒤에 있
는 관리들의 거짓과 횡포를 고발한 내용이다. 권력을 미끼로 백성들과는 상관없
는 이런 일들이 얼마나 자행되고 있는지 모를 일이다. 작자의 감각이 날카롭다.

# 심덕잠

 沈德潛　● 1673-1769

자는 학사碻士, 호는 귀우歸愚, 강소성江蘇省 장주長洲(지금은 蘇州) 사람. 집이 가난하여 어렵게 진사가 된 뒤 벼슬은 편수력관編修歷官을 거쳐 예부시랑禮部侍郎에 올랐으며, 뒤에 예부상서禮部尚書까지 가함可銜되었다. 시인으로도 명성을 날리고, 성당盛唐의 시를 바탕으로 한 격조설格調說을 주장하여 유명하다. 격조란 시의 표현 양식(格)과 언어의 음조(調) 같은 시의 형식적 외면적 요소를 뜻한다. 문집으로『귀우시문집歸愚詩文集』을 남겼다.

# 보리 베는 노래(刈麥行)

재작년엔 보리밭에 석 자 깊이의 물이 들었고

작년엔 보리밭이 반은 말라죽었는데,

올해엔 보리와 밀이 모두 제대로 여물어서

위아래로 누런 구름 같은 보리가 천 리 들판에 펼쳐 있네.

낫을 싹싹 갈아가지고 밭에 나가 보리 베고

부녀자들은 타작하고 말리고 하느라 온 농가가 바쁜데,

어지러이 날아 떨어지는 보리 껍질은 눈보다도 희고

시루에서는 시시로 떡 찌는 향내가 나네.

늙은 농부가 밥을 먹고 나서는 소리를 삼키며 우는데

삼 년 만에 겨우 올해에야 곡식 제대로 익은 것 보게 되었다

    하네.


前年麥田三尺水하고,　去年麥田半枯死라.

今年二麥<sup>1)</sup>俱有秋<sup>2)</sup>하니,　高下黃雲遍千里라.

磨鎌<sup>3)</sup>霍霍<sup>4)</sup>割<sup>5)</sup>上場<sup>6)</sup>하고,　婦子打曬<sup>7)</sup>田家忙이라.

紛紛落磑<sup>8)</sup>白於雪하고,　瓦甑<sup>9)</sup>時聞餠餌<sup>10)</sup>香이라.

老農食罷吞聲<sup>11)</sup>哭하되,　三年乍見<sup>12)</sup>今年熟이라 하네.


| 註解 |

1) 二麥(이맥)— 두 가지 보리. 대맥(大麥)과 소맥(小麥), 밀과 보리.　2) 俱有
秋(구유추)— 모두 함께 가을이 있게 되었다. 곡식이 모두 잘 되어 추수를 할

수 있게 되었다.  3) 磨鎌(마겸)- 숫돌에 낫을 가는 것.  4) 霍霍(곽곽)- 숫돌에 낫을 싹싹 가는 모양.  5) 割(할)- 보리를 베는 것.  6) 上場(상장)- 보리밭으로 나가는 것.  7) 打曬(타쇄)- 타작을 하여 햇볕에 말리는 것.  8) 落磑(락애)- 보리를 타작한 다음 불리자 '부스러기와 쭉정이가 날라 떨어지는 것.' '애'는 맷돌 또는 부서진 물건을 뜻함.  9) 瓦甑(와증)- 떡시루, 도기(陶器)로 만든 시루.  10) 餅餌(병이)- 떡.  11) 呑聲(탄성)- 소리를 죽이다.  12) 乍見(사견)- 겨우 보게 되다.

| 解說 |

삼 년 만에 풍년이 들어 농민들은 떡까지 만들어 먹으면서 즐긴다. 그러나 늙은 농부는 삼 년 만에 풍년을 맞이하고도 소리 죽여 통곡을 하고 있다. 풍년이 감격스럽기보다는 앞으로 닥쳐올 고난이 더 걱정되기 때문이다.


# 황산의 소나무 노래(黃山[1]松歌)

### 옹제당을 위하여 지음(爲翁霽堂[2]作)

낡은 항아리 속에 용이 서려 있는 듯한 모습 문득 보니

비늘은 다 떨어져 나가고 푸른 이끼에 쌓여있네.

꾸불꾸불한 가지 석 자 가량 옆으로 뻗어있으니,

어쩌면 아미산峨嵋山의 꼭대기에서

만년을 두고도 자라지 못한 외톨이 소나무란 말인가?

소나무에게 묻기를 "그대는 어디에 뿌리를 내리고 있다가 왔는가?"고 하니,

곧 황산 삼십육 개 봉우리 중 가장 기이한 봉우리 위에 있었다네.

황산은 산이 높아서 봉우리가 하늘에 닿아 있고

늙은 소나무가 꾸불꾸불 바위 절벽 가에 걸려 있었다네.

노한 듯 바위틈을 찢고 자란 소나무는 흙 거름과는 멀리 떨어
　　졌으나
햇빛과 달빛이 줄기와 가지를 윤택케 해 주었다네.
징으로 바위를 잘 쪼는 공인이
긴 밧줄로 자기 몸을 묶고
아래로 깊은 계곡을 내려다보며 내려가
만 길이나 되는 공중에 매달리어
각별히 산의 바위를 교묘히 쪼아
한 덩어리의 괴이한 돌 속에 소나무 뿌리와 줄기를 한꺼번에
　　캐내어
멀리 신선 세상의 가장 깊은 고장 같은 곳으로부터
먼 거리를 옮기어 숨어 사는 이 움막에 갖다 놓았다네.
빈집 안에는 때때로 안개와 구름이 일어
천도봉天都峰의 구름 기운이 마치 뜰 모퉁이로 몰려오는 것 같
　　다 하네.
내가 황산의 소나무를 대하고
황산 꼭대기를 상상해 보건데,
부구공浮丘公과 용성자容成子가
구름 가에 때때로 왔다갔다할 것이네.
어찌하면 이 몸 흰 사슴 타고 푸른 절벽 사이를 다니며
송진을 먹고 나서 몸이 가벼워져
손을 들어 올리고 여러 산봉우리들과 신선들을 마중할 수 있
　　을꼬?


고　앙　　숙　　견반규룡　　　　　인갑　　박락창태봉
古盎3)條4)見盤虯龍5)하니,　鱗甲6)剝落蒼苔封7)이라.

規지 언복 삼 척 허　　　　기시아 미 정 상　　　만 년부 장고 생 송
蝌枝<sup>8)</sup>偃伏<sup>9)</sup>三尺許<sup>10)</sup>하니, 豈是峨嵋<sup>11)</sup>頂上의, 萬年不長孤生松가?

문 송 탁 근　　내 하 종　　　내 재 황 산 륙 륙　　지 기 봉
問松托根<sup>12)</sup>來何從고? 乃在黃山六六<sup>13)</sup>之奇峰이러니,

황 산 산 고 접 소 한　　　　고 송 연 권　 괘 암 반
黃山山高接霄漢<sup>14)</sup>하고, 古松連蜷<sup>15)</sup>卦巖畔이라.

노 렬 석 하　 단 토 고　　　　일 월 광 화 윤 지 간
怒裂石罅<sup>16)</sup>斷土膏<sup>17)</sup>로되, 日月光華潤枝榦이라.

공 인 선 추 착　　　　장 궁　 계 기 구
工人善鎚鑿<sup>18)</sup>이, 長絚<sup>19)</sup>繫其軀하고,

하 추　 부 절 간　　　　만 장 현 공 허
下絚<sup>20)</sup>俯絕澗하고, 萬丈懸空虛하여,

뇌 가　 산 골　 교　　　　착 파　 일 권　 괴 석 연 근 주
磊砢<sup>21)</sup>山骨<sup>22)</sup>巧하여, 斲破<sup>23)</sup>一卷<sup>24)</sup>怪石連根株라.

원 종 동 부　 최 심 처　　　　천 리 이 치 유 인 려
遠從洞府<sup>25)</sup>最深處로, 千里移置幽人廬라.

공 당 시 유 연 애　 기　　　　천 도　 운 기 방 불　 래 정 우
空堂時有煙靄<sup>26)</sup>氣하니, 天都<sup>27)</sup>雲氣髣髴<sup>28)</sup>來庭隅라.

아 대 황 산 송　　　　상 상 황 산 전
我對黃山松하여, 想象黃山巔하나니

부 구　 여 용 성　　　　운 제 시 왕 환
浮丘<sup>29)</sup>與容成<sup>30)</sup>이, 雲際時往還이라.

안 득 신 기 백 록 창 애 간
安得身騎白鹿蒼崖閒하고,

송 방　 식 파 체 경 거　　　　항 수　 군 봉 영 열 선
松肪<sup>31)</sup>食罷體輕擧하여, 抗手<sup>32)</sup>羣峰迎列仙고?


| 註解 |

1) 黃山(황산)- 안휘성(安徽省) 섭현(歙縣) 서북쪽에 있는 명산 이름. 2) 翁霽堂(옹제당)- 어떤 사람인지 알 수 없음. 다만 이 시는 그가 갖고 있던 분재 소나무를 보고 지은 것이다. 3) 盎(앙)- 동이, 항아리. 4) 倐(숙)- 문득, 갑자기. 5) 盤虬龍(반규룡)- 용이 서리어 있는 듯한 모양의 분재(盆栽) 소나무를 형용한 말. 6) 鱗甲(인갑)- 용의 껍질과 비늘. 7) 蒼苔封(창태봉)- 푸른 이끼

로 쌓이다.  8) 蟉枝(규지)- 용이 꿈틀거리듯 비뚤비뚤한 나뭇가지.  9) 偃伏
(언복)- 엎드리다. 밑으로 뻗어 있는 것.  10) 許(허)- 정도, 가량.  11) 峨嵋
(아미)- 아미산(蛾眉山). 사천성(四川省) 아미현(娥眉縣) 서남쪽에 있는 명산
이름.  12) 托根(탁근)- 뿌리를 의탁하다, 뿌리를 박고 있는 것.  13) 六六(륙
륙)- 삼십육. 황산에는 36의 기봉(奇峰)이 있다 한다.  14) 霄漢(소한)- 하
늘, 하늘가.  15) 連蜷(연권)- 길게 꾸불꾸불한 모양.  16) 石罅(석하)- 바위
틈.  17) 土膏(토고)- 흙의 비료성분.  18) 鎚鑿(추착)- 망치와 징. 징으로 돌
을 깨는 것.  19) 絙(긍)- 밧줄.  20) 下縋(하추)- 밑으로 줄에 매어달리는
것.  21) 磊砢(뇌가)- 특출한 모양.  22) 山骨(산골)- 산에 드러나있는 바위.
23) 斲破(착파)- 징으로 쪼아 깨어내는 것.  24) 一卷(일권)- 한 덩어리.
25) 洞府(동부)- 신선이 사는 고장.  26) 煙靄(연애)- 안개와 구름.  27) 天
都(천도)- 황산 36 봉우리 중 최고봉의 이름.  28) 髣髴(방불)- 흡사 ---하
는 듯하다.  29) 浮丘(부구)- 부구공(浮丘公). 황제(黃帝) 때의 신선.  30) 容
成(용성)- 용성자(容成子). 황제의 사관(史官)이었으며 역시 신선임.  31) 松
肪(송방)- 소나무 진.  32) 抗手(항수)- 두 손을 번쩍 드는 것.




황산의 소나무를 가져다 분재로 만들어놓은 것을 보고 지은 시이다. 필자도 전
에 시골에서 깊은 산에 가 바위틈에 자란 나무들을 캐어다가 분재를 만드는 사람
을 보고 그런 짓 하지 말라고 말린 일이 있다. 열 개를 뽑아다가 분재를 만들면
성공하는 것은 하나 정도인 듯하다. 얼마나 크게 아름다운 자연을 망치는 짓인가!


# 달밤에 강을 내려가며(月夜渡江)

만 리 금빛 물결 위에 눈이 환하도록 달빛 밝게 비치고
배 돛은 바람을 잔뜩 받고 공중을 가르듯 달리네.
자욱한 밤빛 속에 삼산의 그림자가 지워져 가고 있고
호탕하게 아직도 흐르며 육조六朝 시대나 같은 소리를 내고
    있네.

물밑의 고기나 용도 고요한 밤이라 놀랄 듯하고
하늘가의 별자리들은 밤이 깊어졌음을 알려주네.
시원한 바람 타고 순식간에 경구를 지나니
초楚나라와 오吳나라의 접경이던 고향땅이 한없는 정을 일게
　　하네.


萬里金波[1]照眼明하고,　　布帆十幅[2]破空行이라.

微茫[3]欲沒三山[4]影이오,　　浩蕩[5]還流六代[6]聲이라.

水底魚龍驚靜夜하고,　　天邊牛斗[7]轉深更[8]이라.

長風瞬息過京口[9]하니,　　楚尾吳頭[10]無限情이라.


| 註解 |

1) 金波(금파)- 달빛이 비친 강 물결.　2) 布帆十幅(포범십폭)- 천으로 만든 돛에 바람을 잔뜩 받은 것.　3) 微茫(미망)- 자욱한 것. 분명치 않은 모양. 4) 三山(삼산)- 남경(南京) 서남쪽 장강(長江) 가에 있는 산. 세 봉우리가 연이어 솟아있어 삼산이라 부른다.　5) 浩蕩(호탕)- 넓고 장대한 모양.　6) 六代(육대)- 육조(六朝). 오(吳)·동진(東晉)·송(宋)·제(齊)·양(梁)·진(陳)의 여섯 나라가 앞서거니 뒤서거니 모두 남경(당시의 建康)을 도읍으로 삼고 있었다.　7) 牛斗(우두)- 우수(牛宿)와 두수(斗宿). 별자리의 이름임.　8) 更(경)- 시각.　9) 京口(경구)-지금의 강소성(江蘇省) 진강(鎭江). 남경의 장강 하류에 있다.　10) 楚尾吳頭(초미오두)- 초나라 꼬리와 오나라 머리가 맞대어 있는 지방. 전국(戰國)시대 초나라와 오나라의 접경지대. 작자의 고향인 장강 하류지방을 가리킨다.


| 解說 |

작자가 달밝은 밤에 배를 타고 지금의 남경 지방에서 출발하여 고향 소주蘇州 쪽

을 향해가는 도중 진강鎭江을 지나면서 읊은 시이다. 달 밝은 강변 풍경도 아름
다우려니와 바람을 타고 장강을 쏜살같이 내려가는 기세가 호쾌하다. 고향을 향
한 한없는 정도 고향이 가까워지고 있어서 더욱 상쾌했을 것이다.

# 여악

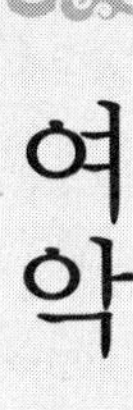

● 1692-1753

자는 태홍太鴻, 호는 번사樊榭이며, 절강성浙江省 전당錢塘 사람이다. 거인擧人이 된 뒤 박학홍사博學鴻詞로 추거推擧되었으나 시험에 실패하여 시문詩文으로 세월을 보냈다. 그의 문집으로 「번사산방집樊榭山房集」이 있다. 그는 사詞에 있어서도 대가라 부를 만하다.

# 새벽에 도광 절정에 올라가(曉登韜光[1]絶頂)

산에 들어온 지 삼 일이 되었는데

산에 올라와서야 마침내 산을 제대로 보게 되었네.

서리 내린 돌 비탈길은 미끄러워 밟고 가기도 어려운데

양지 비탈에만 햇빛이 겨우 비치기 시작하네.

무성한 대나무 숲을 뚫고 햇빛이 새어나와

차가운 푸른 잎이 외로이 가는 길을 이끌어주네.

마음 가라앉히고 찾아보아도 여러 가지 들리던 소리들 다 잠
　　잠한데

많은 샘물만이 똑같은 소리 내며 울리고 있네.

가려진 골짜기 경치 모두가 어둑어둑 하더니

꼭대기에 올라가자 시야가 비로소 탁 트이네.

작은 정자에서 강호를 내려다보니

눈길 닿는 대로 온통 푸르른 세상일세.

오래 앉아 있으려니 정자 밖에서 향기가 풍기고

푸른 얇은 구름이 연못 위에 내려앉고 있네.

오래도록 백거이 白居易 를 흠모하는 것은

티끌세상의 속박으로부터 벗어나고 싶기 때문이네.


入山已三日에,　登頓[2]遂眞賞[3]이라.

霜磴[4]滑難踐[5]이나,　陽崖[6]曦[7]乍晃[8]이라.

穿漏深竹[9]光하여,　冷翠[10]引孤往이라.

冥搜[11]滅衆聞이나, 百泉同一響이라.

蔽谷境盡幽러니, 躋巓[12]矚[13]始爽[14]이라.

小閣俯江湖하니, 目極但莽蒼[15]이라.

坐深[16]香出院하고, 靑靄[17]落池上이라.

永懷白侍郎[18]하니, 願言脫塵鞅[19]이라.



## | 註解 |

1) 韜光(도광)- 항주(杭州)의 서호(西湖) 가에 있는 영은산(靈隱山) 북고봉(北高峰) 남쪽 영암사 서북쪽의 소구오(巢枸塢)를 말한다. 당(唐)대의 고승 도광(韜光)이 이곳에 암자를 짓고 설법(說法)을 하여 그런 이름이 생겼다.
2) 登頓(등돈)- 올라가 잠시 머무는 것. 3) 眞賞(진상)- 진실한 모양을 알게 되는 것. 4) 磴(등)- 돌비탈 길. 5) 踐(천)- 밟고 걷는 것. 6) 陽崖(양애)- 양지 비탈. 7) 曦(희)- 햇빛. 8) 晃(황)- 비치다, 밝히다. 9) 深竹(심죽)- 무성한 대나무. 10) 冷翠(냉취)- 차가운 푸른 대 잎. 11) 冥搜(명수)- 어둠 속에 찾다, 마음을 가라앉히고 찾아보다. 12) 躋巓(제전)- 정상에 오르다, 꼭대기를 밟다. 13) 矚(촉)- 보는 것. 시야. 14) 爽(상)- 밝아지다, 훤해지다. 15) 莽蒼(망창)- 푸름이 자욱한 것, 온통 푸른 것. 16) 坐深(좌심)- 오래 앉아있는 것. 17) 靄(애)- 구름 기운. 18) 白侍郎(백시랑)- 당(唐)대의 시인 백거이(白居易), 형부시랑(刑部侍郎) 벼슬을 지냈다. 일찍이 항주자사(杭州刺史)로 있으면서 도광에 올라 스님과 시를 창화(唱和)한 일이 있다.
19) 塵鞅(진앙)- 진세(塵世)의 속박.

## | 解說 |

아름다운 항주의 서호 가에 있는 영은산에 새벽에 오른 감회를 읊은 시이다. 정말 선경이어서 가만히 있어도 진세의 속박으로부터 벗어나게 될 듯하다.

# 영은사의 달밤(靈隱寺<sup>1)</sup>月夜)

싸늘한 밤 향기로운 세계는 흰 달빛에 쌓였고

구부러진 계곡으로 절 문이 통하네.

달은 여러 산봉우리 위에 떠있고

샘물은 어지러운 나무 잎사귀 사이에 흐르네.

한 등불 아래 만물의 움직임이 멎어 있고

경쇠 소리 외로운데 넓은 하늘은 고요하네.

돌아오는 길에는 호랑이 만날까 두려운데,

더욱이 바위 밑에선 바람이 일고 있음에랴!


夜寒香界<sup>2)</sup>白이오, 澗曲<sup>3)</sup>寺門通이라.

月在衆峰頂하고, 泉流亂葉中이라.

一燈群動<sup>4)</sup>息이오, 孤磬<sup>5)</sup>四天空이라.

歸路畏逢虎러니, 況聞巖下風이랴!


| 註解 |

1) 靈隱寺(영은사)- 항주 영은산에 있는 절 이름.  2) 香界(향계)- 향기로운
세계. 절의 경내를 가리킴.  3) 澗曲(간곡)- 계곡이 굽은 곳.  4) 群動(군동)-
만물의 움직임.  5) 磬(경)- 경쇠. 중들이 경을 읽을 적에 흔드는 작은 종.


| 解說 |

작자 여악은 항주 사람이며 산수를 특히 좋아하는 지라, 서호 가의 영은사는 여
러 번 찾아갔을 것이다. 앞의 시나 마찬가지로 역시 이 세상이 아닌 선계를 노래
한 것 같다.

# 봄 추위(春寒)

아무렇게나 봄옷을 벗어 술 자국을 빨려는데
강남의 삼월은 바람이 가장 많이 부는 철일세.
눈 같은 배꽃이 진 뒤에 눈처럼 흰 넝쿨장미가 피었는데
사람은 두터운 발이 쳐진 방안에서 얕은 꿈속에 있네.

漫脫春衣浣[1]酒紅[2]이러니,  江南三月最多風이라.
梨花雪後酴醾[3]雪이나,  人在重簾[4]淺夢中이라.

| 註解 |

1) 浣(완)- 빨래하다.  2) 酒紅(주홍)- 술이 묻은 자국.  3) 酴醾(도미)- 넝쿨
장미의 일종.  4) 重簾(중렴)- 두터운 발이 쳐진 방 안.

| 解說 |

강남은 습기가 많아 기온이 약간 낮아도 쌀쌀하게 느껴진다. 쌀쌀한 봄날의 감상
을 가볍게 노래한 시이다.


# 장강을 배를 타고 돌아오면서 연자기를 바라보고 지음(歸舟江行望燕子磯[1]作)

바위 형세가 마치 제비가 물을 스쳐 나는 듯한데,
고기 그물이 맑은 햇살을 받고 절벽 위에 걸려있네.
강물을 굽어보는 정자 위에는 어떤 사람들이 앉아있는가?

내가 조각배 위에서 푸른 산자락 바라보고 있는 것 보고들 있네.


石勢渾如掠水<sup>2)</sup>飛하고,　漁罾<sup>3)</sup>絶壁掛清暉라.

俯江亭<sup>4)</sup>上何人坐오?　看我扁舟望翠微<sup>5)</sup>라.




1) 燕子磯(연자기)- 남경(南京) 북쪽 교외 관음문(觀音門) 밖에 있는데, 장강(長江) 가에 제비가 나래를 펴고 나는 듯한 모양의 바위가 있다.　2) 掠水(약수)- 물 위를 스치며 나는 것.　3) 罾(증)- 그물, 어망.　4) 俯江亭(부강정)- 강물을 굽어보는 정자. 연자기 위에 있는 관음각(觀音閣)을 말한다.　5) 翠微(취미)- 산의 푸른빛. 여기서는 연자기 저편의 산자락을 뜻한다.




작자의 경치를 읊은 명작 중의 하나라 일컬어지는 작품이다. 친구들과 배를 타고 남경에서 연자기 옆을 지나면서 읊은 것이다. 끝 구절의 남들이 경치를 감상하고 있는 자기를 바라보고 있다고 읊은 시각에 묘미가 있다.


# 죽은 애희를 애도함(悼亡姬<sup>1)</sup>)

건성건성 시간은 흘러가지만 모든 일들은 전과 같은데,

작년 이런 계절에 매실梅實을 떨어뜨린 바람 불어 그대를 데려
　　가 버렸지.

적항荻港으로 조각배 타고 돌아오던 일 생각하면서

아름다운 당신의 방이 하루 저녁에 텅 비게 된 것을 어떻게 믿
　　겠는가?

당신의 오(吳) 지방 말씨가 창 안으로부터 들려오는 듯한데,
아름다운 혼은 정처 없이 빗소리 속에 날아가 버렸네!
내 이 삶은 아름다운 이불 속의 꿈만이 그립건만
봄추위로 꿈나라로 통하지도 못함을 어이하랴!

約略²⁾流光³⁾事事同⁴⁾이로되, 去年天氣⁵⁾落梅風⁶⁾이라.
〔약 략 류 광 사 사 동〕 〔거 년 천 기 낙 매 풍〕

思乘荻港⁷⁾扁舟返하며, 肯⁸⁾信妝樓⁹⁾一夕空고?
〔사 승 적 항 편 주 반〕 〔긍 신 장 루 일 석 공〕

吳語¹⁰⁾似來窓眼裏러니, 楚魂¹¹⁾無定雨聲中이라.
〔오 어 사 래 창 안 리〕 〔초 혼 무 정 우 성 중〕

此生只有蘭衾¹²⁾夢이어늘, 其奈¹³⁾春寒夢不通이라!
〔차 생 지 유 난 금 몽〕 〔기 내 춘 한 몽 불 통〕

| 註解 |

1) 亡姬(망희) – 죽은 애희(愛姬). 작자가 오흥(吳興)을 여행하다가 만나 집으로 데리고 돌아온 애희 주씨(朱氏).  2) 約略(약략) – 대략, 건성건성.  3) 流光(류광) – 흘러가는 시간.  4) 事事同(사사동) – 모든 일이 똑같다.  5) 天氣(천기) – 날씨, 계절.  6) 落梅風(낙매풍) – 매실을 떨어뜨리는 바람. 아름다운 자기의 애희를 빼앗아 간 바람. 애희 주씨가 죽을 때와 똑같은 계절에 똑같은 풍경 속에 똑같은 바람이 분다는 것이다.  7) 荻港(적항) – 절강성(浙江省) 오흥현(吳興縣) 남쪽 초계(苕溪)에 붙어 있으며, 작자는 오흥을 여행하다가 애희 주씨를 만나 이곳에서 배에 태워 집으로 데려왔던 것이다.  8) 肯(긍) – 어찌.  9) 妝樓(장루) – 여인이 화장하는 누각. 여인의 거처, 주씨의 거처를 가리킴.  10) 吳語(오어) – 오 지방의 말. 주씨는 오정(烏程, 지금의 浙江省 吳興縣) 사람이어서 '오어'로 말하였던 것이다.  11) 楚魂(초혼) – 선녀 같은 주씨의 혼. 무산(巫山) 신녀(神女)의 얘기를 인용하여 표현한 말임.  12) 蘭衾(난금) – 둘이서 사랑을 나누던 이불을 아름답게 표현한 말.  13) 其奈(기내) – 그것을 어이하랴!

| 解說 |

이는 작자가 정실부인이 아닌 사랑하는 애첩愛妾의 죽음을 애도한 시이다. 작자

여악은 오흥을 여행하는 도중 애희愛姬 주씨朱氏를 만나 함께 배를 타고 집으로 돌아왔던 것이다. 그는 이 주씨를 무척 사랑했던 듯하다. 그는 주씨가 죽자, 절절한 애도의 정을 노래한 「도망희」시 12수를 짓고 있다. 여기에 소개한 것은 그 중 열한 번째의 시이다.


## 호숫가 누각 벽에 적음(湖樓題壁)

물은 줄어들고 산 기운 싸늘한 곳에
산뜻한 기분으로 봄놀이하며 시를 적네.
화려한 난간은 지금 이미 썩어버렸으니
하물며 난간에 기대어 놀던 사람들이랴!


水落山寒處에,　盈盈[1]記踏春[2]이라.
朱欄[3]今已朽니,　何況倚欄人고?


| 註解 |

1) 盈盈(영영)- 아름다운 모양, 산뜻한 모양.　2) 踏春(답춘)- 봄놀이를 하는 것.　3) 朱欄(주란)- 붉은 난간, 화려한 난간.


| 解說 |

아름다운 풍경을 즐기면서 덧없는 인생을 되새기고 있다. 자연은 예나 같은데 사람들이 세운 누각이나 사람들 자신은 한시도 그대로 있지 못한다.

# 정섭

鄭 燮 ● 1693-1765

자는 극유克柔, 호를 판교板橋라 하였고, 강소성江蘇省 흥화興化 사람이다. 진사가 된 뒤 산동성山東省 범현范縣·유현濰縣 등의 지현知縣을 하다가 흉년에 백성들에게 양식을 너무 많이 나누어주었다고 파면되었다. 그는 글과 그림으로 나날을 보냈고, 만년에는 양주揚州로 물러나 그림을 그려 팔면서 자유로운 생활을 하였다. 그의 문집으로 「판교전집板橋全集」이 있다.

## 고기잡이(漁家)

생선 팔아 백이 전 받아
양식 사서 밥 지으려고 배 돌려 돌아오네.
젖은 갈대 뽑아오니 불이 잘 붙지 않아
버들가지 늘어진 낡은 언덕가에 널어 말리네.


賣得鮮魚百二錢하여, 糴糧<sup>1)</sup>炊飯放歸船이라.

拔來濕葦<sup>2)</sup>燒難著<sup>3)</sup>하니, 曬<sup>4)</sup>在垂楊古岸邊이라.


| 註解 |

1) 糴糧(적량)– 식량을 사들이는 것.  2) 葦(위)– 갈대.  3) 著(착)– 불이 붙
다.  4) 曬(쇄)– 햇볕에 말리는 것.


| 解說 |

고기 잡이 하며 살아가는 사람들의 어려움을 노래한 시이다. 고기 잡기가 힘들다
느니, 밥도 제대로 찾아먹기 힘들다느니 하고 늘어놓은 것보다 그들의 어려움이
더 절실히 느껴진다.


## 고약한 사사로운 형벌(私刑惡)

[서문] 위충현이 많은 현명한 사람들을 잡아다가 고문한 이래
로 그릇된 형벌이 무수히 생기어 그 해독은 여전히 세상에 끼쳐지
고 있다. 낮은 관리들은 혹독한 고문을 하면서 돈을 갈취하는데도
상관은 전혀 알지도 못하고 있다. 어진 군자들이 지극히 가슴 아

파 하는 일이다.


자 위 충 현　고 략　군 현　　　음 형　백 출　　　기 유 독　유
自魏忠賢<sup>1)</sup>拷掠<sup>2)</sup>群賢으로, 淫刑<sup>3)</sup>百出하여, 其遺毒<sup>4)</sup>猶

재 인 간　　　서 리　이 참 략　취 전　　　관 장 혹 불 지 야
在人間이라. 胥吏<sup>5)</sup>以慘掠<sup>6)</sup>取錢이로되, 官長或不知也라.

인 인 군 자　　　유 지 통 언
仁人君子이, 有至痛焉이라.

| 註解 |

1) 魏忠賢(위충현)- 명나라 신종(神宗, 1573-1620) 때 환관으로 궁전에 들어가 희종(熹宗, 1621-1627) 때에는 멋대로 세도를 부리며 자기 뜻에 거슬리는 많은 사람들을 사사로이 잡아다가 고문하고 처형하였다. 사종(思宗)이 즉위하자(1628) 쫓겨나 죄가 두려워 자살하였다. 2) 拷掠(고략)- 잡아다 고문하는 것. 3) 淫刑(음형)- 잘못된 형벌, 혹독한 형벌. 4) 遺毒(유독)- 끼친 해독. 5) 胥吏(서리)- 관청 서기. 관청에서 문서를 관장하는 관리. 6) 慘掠(참략)- 혹독한 고문.


관청의 형벌은 사사로운 형벌만큼 악하지는 않으니,

멋대로 관원들이 사람을 돼지 잡듯이 묶어 가서는

힘줄을 자르고 골수를 파내기도 하고 머리털을 뽑기도 하는
　　것이

도적을 심문하고 장물을 찾을 때보다도 더 가혹하네.

소리 지르며 땅에 엎어질 적에는 산 기색이라고는 없고

갑자기 조용히 소리도 없이 사지를 쭉 뻗네.

떨어진 넋은 떠다니다가도 죽지는 않고

겨우 되살아났지만 천지가 캄캄하네.

본시 헐벗음과 굶주림에 몰리어 그릇된 짓을 한 것인데,

또 간악한 자들을 만나 그들 살찌우기 위하여 착취당하게 되

었네.

실 한 자락 곡식 한 톨도 모두 들추어내고

겨우 가죽과 뼈만 남았는데도 심한 고문 가하네.

많은 부녀자와 아이들까지도

오라에 매이고 형틀에 묶이어 모두들 잡혀왔네.

죄 없는 십 칠팔 세 젊은이 얽어 들이더니

밤이 되자 이웃집 영감님도 묶여왔네.

이웃 영감님은 나이가 칠십인데

흰 막대기와 긴 몽둥이로 더욱 다급히 치네.

관원들 위세에 우레조차 겁이나 소리를 거두고

검은 구름에서 비 쏟아지니 하늘도 울고 계신 듯하네.

官刑不敵[1] 私刑惡하니, 掾吏[2] 搏[3] 人如豕搏하여,

斬筋抉[4] 髓剔[5] 毛髮하고, 督盜[6] 搜贓[7] 例苛虐이라.

吼聲[8] 突地[9] 無人色이오, 忽漫[10] 無聲四肢直이라.

游魂蕩漾[11] 不得死하고, 婉轉[12] 回蘇天地黑이라.

本因凍餒[13] 迫爲非[14]러니, 又値[15] 奸黠[16] 取自肥라.

一絲一粒盡搜索하고, 但凭[17] 皮骨當嚴威[18]라.

累累[19] 妻女小兒童을, 拘囚[20] 繫械[21] 網一空[22]이라.

牽累[23] 無辜十七八이러니, 夜來鎖[24] 得隣家翁이라.

隣家老翁年七十이어늘, 白梃[25] 長椎敲更急이라.

뇌 정　　수 성 겁 리 위　　　　　운 혼 우 암 창 천 읍
雷霆²⁶⁾收聲怯吏威하고,　雲昏雨暗蒼天泣이라.

1) 不敵(부적)- 대적이 못된다, 상대가 되지 않는다, 비교할 것이 못된다.
2) 掾吏(연리)- 아전. 관원 밑에서 일하는 자들.  3) 搏(박)- 치다, 묶어 잡아 가다.  4) 抉(결)- 후벼내는 것.  5) 剔(척)- 뽑다.  6) 督盜(독도)- 도적을 심문하는 것.  7) 搜贓(수장)- 부정한 장물을 찾는 것.  8) 吼聲(후성)- 소리를 지르는 것.  9) 突地(돌지)- 땅에 나자빠지는 것.  10) 忽漫(홀만)- 갑자기 조용해지다, 갑자기 움직이지 않다.  11) 蕩漾(탕양)- 둥둥 떠다니는 모양.  12) 婉轉(완전)- 얌전한 모양. 간신히.  13) 凍餒(동뇌)- 헐벗고 굶주리는 것.  14) 爲非(위비)- 그릇된 짓을 하는 것, 관원에게 잡혀올 짓을 하는 것.  15) 値(치)- 만나다.  16) 奸黠(간습)- 간악한 습성. 간악한 습성을 지닌 자들.  17) 凭(빙)- 의지하다, 지탱하다.  18) 嚴威(엄위)- 심한 고문.  19) 累累(누루)- 많이 있는 모양.  20) 拘囚(구수)- 오랏줄에 묶이는 것.  21) 繫械(계계)- 형틀에 묶이는 것.  22) 網一空(망일공)- 하나도 남기지 않고 다 잡아들이는 것.  23) 牽累(견루)- 잡혀 끌려오는 것.  24) 鎖(쇄)- 쇠사슬에 묶이는 것.  25) 梃(정)- 추(椎)와 함께 몽둥이, 매, 막대기.  26) 雷霆(뇌정)- 우레 소리.



관리들이 개인의 이익을 추구하기 위하여 백성들을 괴롭히는 참상을 고발한 시이다. 이민족의 지배 아래 이런 가렴주구苛斂誅求 하는 자들이 더 많았을 것이다. 작자는 이러한 낮은 백성들을 대변하는 작품을 많이 남기고 있다.


# 흉년으로 떠돌아다니는 사람들의 노래(逃荒¹⁾行)

열흘 만에 한 아이를 팔고

닷새 만에 한 마누라 팔고,

다음 날에는 한 몸만이 남아

2. 청 중엽의 시 · *253*

아득히 먼 길을 떠나게 되었네.
먼 길은 구불구불하고도 아득한데
산과 들에는 승냥이와 호랑이 버글버글하네.
흉년이 들어도 호랑이는 굶주리지 않으니
사람들을 살펴보고 있다가 험한 바위 있는 곳에서 노리고,
승냥이와 늑대는 대낮에도 나와
여러 마을에서는 어지러이 북을 쳐 알리네.
아아, 나는 살가죽이며 머리털이 말라버렸고
뼈는 다 부서져 허리와 등뼈까지도 부러져 버려
사람을 만나면 눈이 먼저 노려보게 되고
먹을 것이 생겨도 삼키려면 도리어 토하게 되니,
호랑이 주린 배를 채워줄 것도 못되어
호랑이도 버려둔 채 잡아먹지 않네.
길가에서 버려진 아이를 발견하여
불쌍히 여기고 주워서 짊어지고 있던 솥 안에 담으니,
자기 자식은 다 팔아버리고
오히려 남의 자식 돌보아 주게 되었네.
길을 함께 가던 부인이 있어
가엾이 여기고 그놈에게 젖을 물려주자,
꿀꺽꿀꺽 부인의 품 안에서 소리를 내고
쫑얼쫑얼 입으로는 말을 하는 듯한데,
마치 자기 부모를 부르는 것 같더니
말하고 웃게 되자 사람의 마음 쓰려지네.
천 리 떨어진 곳에 산해관山海關이 있고
만 리 떨어진 곳에 요양遼陽 수자리 터가 있는데,

위엄을 지닌 성은 솟아 밤의 별을 물으려는 듯하고
마을의 등불만이 가을 물가를 비치고 있네.
긴 다리가 물 위에 떠 있는데
바람 사나워 물결은 온통 성난 듯하니,
건너가야 하겠는데 감히 가까이 가지 못하는 것은
다리 위는 미끄러운데 발에는 신발도 없기 때문이네.
앞에서 끌어주고 또 뒷사람을 잡아주는데
한 번 넘어지면 다시 일어나지 못할 형편이네.
다리를 건너 낡은 묘당에서 쉬게 되자
귀에 요란하게 고향 말이 들려오는데,
부인은 자기 친척들 얘기를 하고
남자아이는 자기 집안 얘기일세.
기뻐서 얘기하느라 밤새 잠도 자지 않으니
마치 시름과 괴로움을 그걸로 잊으려는 듯하네.
새벽에 다시 일어나 길을 가는데
아침 햇빛에 그림자만 외로이 가고 있네.
변경의 장성이 점점 남쪽으로 보이게 되자
누런 모래만이 널리 한도 없이 펼쳐져 있네.
어떤 사람이 말하기를 당唐대의 설인귀薛仁貴가
요동遼東 정벌을 이곳으로부터 떠났다 하고,
어떤 사람은 말하기를 수隋나라 양제煬帝가 이곳에서 출정하여
고구려高句麗가 그의 영웅다움에 굴복하도록 하였다네.
처음 온 곳이지만 전에 와보았던 곳만 같아
고생스런 중에도 다시 옛일을 얘기하네.
다행히도 새로운 주인을 만나

토방土房이나마 잠잘 곳을 얻게 되었네.

긴 쟁기로 낡은 자갈밭을 일구어

봄밭을 갈게 되자 부슬비가 내리네.

말과 소양을 방목放牧하는데

지는 해 아래 그 수는 헤아릴 수도 없네.

몸이 편안해지자 마음은 도리어 슬퍼지니

하늘 아래 남쪽 땅은 얼마나 멀어졌는가?

모든 일 말로 할 수는 없고

바람 쏘이며 눈물만 쏟아내듯 흘리네.


십 일 매 일 아　　　　오 일 매 일 부
十日賣一兒하고,　五日賣一婦하니,

내 일 잉 일 신　　　　망 망 즉 장 로
來日剩2)一身하여,　茫茫卽長路라.

장 로 우 이 원　　　　관 산 잡 시 호
長路迂3)以遠하고,　關山4)雜豺虎러니,

천 황 호 불 기　　　　우 인 사 암 조
天荒虎不飢하니,　盱5)人伺6)巖阻요,

시 랑 백 주 출　　　　제 촌 난 격 고
豺狼白晝出하여,　諸村亂擊鼓7)라.

차 여 피 발 초　　　　골 단 절 요 려
嗟8)子皮髮焦9)하고,　骨斷折腰膂10)하여,

견 인 목 선 징　　　　득 식 열 　 반 토
見人目先瞪11)하고,　得食咽12)反吐하니,

불 감 충 호 아　　　　호 역 기 불 취
不堪充虎餓하여,　虎亦棄不取라.

도 방 견 유 영　　　　연 습 치 담 부
道旁見遺嬰13)하고,　憐拾置擔釜14)하니,

매 진 자 가 아　　　　반 위 타 인 무
賣盡自家兒하고,　反爲他人撫15)라.

路婦有同伴하여, 憐而與之乳라.

咽咽[16]懷中聲하고, 咿咿[17]口中語하니,

似欲呼爺娘[18]하고, 言笑令人楚[19]라.

千里山海關[20]이오, 萬里遼陽戍[21]라.

嚴城嚙[22]夜星하고, 村燈照秋滸[23]러니,

長橋浮水面하고, 風號浪偏怒[24]라.

欲渡不敢攖[25]하니, 橋滑足無屨[26]라.

前牽復後曳[27]로되, 一跌[28]不復擧라.

過橋歇古廟할새, 眠[29]耳聞鄕語하니,

婦人叙親姻[30]하고, 男兒說門戶라.

歡言夜不眠하니, 似欲忘愁苦라.

未明復起行하니, 霞光[31]影踽踽[32]라.

邊牆[33]漸以南하니, 黃沙浩無宇[34]라.

或云薛白衣[35]이, 征遼從此去하고,

或云隋煬皇[36]에, 高麗拜雄武라.

初到若夙經[37]하니, 艱辛更談古라.

幸遇新主人하여, 區脫[38]與眠處라.

長犁<sup>39)</sup>開古磧<sup>40)</sup>하여, 春田耕細雨하고,

字<sup>41)</sup>牧馬牛羊하여, 斜陽谷量數<sup>42)</sup>라.

身安心轉悲하니, 天南淼<sup>43)</sup>何許오?

萬事不可言이니, 臨風淚如注<sup>44)</sup>라.


| 註解 |

1) 逃荒(도황)- 흉년이 들어 고향으로부터 떠나가는 것.  2) 剩(잉)- 남다.
3) 迂(우)- 구불구불한 것, 먼 것.  4) 關山(관산)- 산과 들판.  5) 盱(우)- 눈
을 부릅뜨고 보는 것, 잘 살펴보는 것.  6) 伺(사)- 기회를 이용하다, 기회를
노려 목적을 이루다.  7) 鼓(고)- 승냥이나 늑대의 출현을 알리기 위하여 신
호용으로 치는 북.  8) 嗟(차)- 아아, 감탄사.  9) 焦(초)- 타들어가다, 바싹
마르다.  10) 膂(려)- 등뼈.  11) 瞪(징)- 째려보다. 놀라고 의심스러워하며
바라보는 것임.  12) 咽(열)- 목이 메는 것.  13) 嬰(영)- 어린아이.  14) 擔
釜(담부)- 짊어지고 있는 솥.  15) 撫(무)- 돌보아주다, 어루만져주다.  16) 咽
咽(열열)- 목이 메여 흐느끼며 우는 소리.  17) 咿咿(이이)- 중얼거리는 소
리.  18) 爺娘(야낭)- 부모.  19) 楚(초)- 마음이 쓰린 것, 마음이 아픈 것.
20) 山海關(산해관)- 하북성(河北省) 진황도시(秦皇島市) 동쪽 만리장성이
바다에 닿는 지점에 있는 관문(關門). 중국 본토에서 만주를 드나드는 요해
(要害)의 지점이다.  21) 遼陽戍(요양수)- 요양의 수자리 터. 요녕성(遼寧省)
요양시(遼陽市)에 있다.  22) 嚙(교)- 씹다, 깨물다.  23) 滸(호)- 물가.  24) 偏
怒(편노)- 매우 성난 듯하다.  25) 攖(영)- 가까이 가다, 다가서다.  26) 屨
(구)- 신, 신발.  27) 曳(예)- 끌다.  28) 跌(질)- 넘어지다.  29) 聒(괄)- 시
끄러운 것, 요란한 것.  30) 親姻(친인)- 친척들.  31) 霞光(하광)- 아침에 떠
오른 햇빛.  32) 踽踽(우우)- 외롭게 길을 가는 모양(『詩經』 小雅 杕杜).
33) 邊牆(변장)- 변경의 담. 만리장성(萬里長城)을 가리킴.  34) 無宇(무우)-
한이 없는 것. '우' 는 사방의 한계를 뜻함.  35) 薛白衣(설백의)- 당(唐)나라
설인귀(薛仁貴). 본시 농부였으나 당 태종(太宗) 때 부름을 받아 요동(遼東)
을 원정하여 흰옷을 입고 적과 싸워 그 공으로 우령군중랑장(右領軍中郎將)
이 되었고, 다시 고구려(高句麗)와 거란(契丹)을 쳐부스는 데 큰 공을 세웠

다.  **36)** 隋煬皇(수양황)- 수양제. 그는 대업(大業) 8년(612) 고구려 정벌에 나섰으나 실패하고 만다. "고구려가 그의 영웅다움에 굴복하였다"는 것은 중국인의 표현이다.  **37)** 夙經(숙경)- 일찍이 전에 경험하다, 전에도 지나다.  **38)** 區脫(구탈)- 만주 지방의 토방(土房,『漢書』蘇武傳 注).  **39)** 長犁(장리)- 긴 쟁기.  **40)** 磧(적)- 돌이 많은 밭.  **41)** 字(자)- 길러주다, 돌보아주다.  **42)** 谷量數(곡량수)- 곡량으로 헤아리다. '곡량'은 골짜기를 단위로 쓰는 것. 가축 수가 너무 많아 일일이 헤아릴 수 없음을 뜻한다(『史記』貨殖傳).  **43)** 渺(묘)- 아득히 먼 것.  **44)** 注(주)- 그릇의 물을 쏟는 것.

| 解說 |

건륭 乾隆) 11년(1746) 작자가 산동성 유현 濰縣의 지현 知縣으로 있을 적에 그 지방에 큰 흉년이 들었다. 이때 먹을 것을 찾아 북쪽 오랑캐 땅으로 떠나는 백성들의 참상을 노래한 것이 이 시이다. 작자는 상부에 제대로 허락도 받지 않고 이런 참상을 그대로 보고만 있을 수가 없어서 나라의 창고를 열고 백성들에게 차용서 借用書 만을 받고 곡식을 나누어주고, 또 토목공사를 크게 일으키어 난민들에게 일자리를 마련해 주고 그 고을 부자들에게 번갈아가며 죽을 쑤어 일하는 사람들을 먹이게 하여 만 명 이상의 목숨을 살렸다 한다. 그러나 정섭은 이처럼 멋대로 나라 창고 문을 열었다는 죄목으로 건륭 18년(1753)에는 12년간의 산동의 벼슬생활에서 쫓겨나 남쪽 양주 揚州로 내려와 시와 그림을 즐기며 살게 되었다.


# 소흥(紹興)

승상은 어지러이 많은 조칙 詔勅만 내리고
소흥천자 紹興天子는 오직 술 마시며 노래나 즐기고 있네.
금나라 사람들이 휘종 徽宗과 흠종 欽宗 돌려보내주고자 해도
중국에서는 필요하지 않은 모양이니 어찌할 것인가?

丞相¹⁾紛紛詔勅多하고,　紹興²⁾天子只酣³⁾歌로다.

金人欲送徽欽⁴⁾返이로되,　其奈中原⁵⁾不要何오?

1) 丞相(승상)- 이때의 승상은 화의(和議)를 주장하던 진회(秦檜)이다.  2) 紹興(소흥)- 남송(南宋)의 첫째 임금 고종(高宗)의 연호(年號).  3) 酣(감)- 즐기다. 술에 얼큰히 취해있는 것.  4) 徽欽(휘흠)- 북송(北宋)의 끝머리 임금인 휘종(徽宗)과 흠종(欽宗).  5) 中原(중원)- 중국. 한족의 나라 남송(南宋)을 가리킴.

| 解說 |

천자와 승상이 나라는 돌보지 않고 환락만을 추구하다 나라를 망친 남송을 노래한 것이다. 금나라가 북쪽으로 잡아간 북송의 황제 휘종과 흠종을 돌려보내 주려했으나 고종은 자기 황제 자리가 위태로워질까 하여 반기지 않았다. 오랑캐들 앞에 형편없던 자기네 한족을 노래하여 이민족의 지배를 받고 있는 한족들의 반성을 재촉하려는 뜻이 있었을 것이다.


# 도정(道情)


## 기일(其一)

늙은 고기잡이 영감
낚싯대 하나 들고
산자락 의지하여
물굽이 곁에서 지내네.
조각배 타고 아무 거리낌 없이 왔다갔다하니
백사장의 갈매기 여기저기서 놀고 아득히 가벼운 물결 치고
　　　있는데,
쓸쓸한 갈대 우거진 나루터는 대낮인데도 쌀쌀하고
높이 부르는 한 곡조 노래 속에 기운 해 저물고 있네.

잠깐 지난 사이에
물결 금빛으로 출렁이고,
문득 머리 드니
달이 동산 위에 떠 있네.

老漁翁이, 一釣竿으로,
靠山涯하고, 傍水灣이라.
扁舟來往無牽絆[1]하고, 沙鷗[2]點點輕波遠하며,
荻[3]港蕭蕭[4]白晝寒하고, 高歌一曲斜陽晚이라.
一霎時[5]에, 波搖金影하고,
驀[6]擡頭[7]하니, 月上東山이라.

| 註解 |

1) 牽絆(견반)- 끌리고 매이는 것, 거리끼는 것.  2) 鷗(구)- 갈매기.  3) 荻
(적)- 갈대.  4) 蕭蕭(소소)- 쓸쓸한 모양.  5) 一霎時(일삽시)- 잠깐 동안,
짧은 시간.  6) 驀(맥)- 문득, 갑자기.  7) 擡頭(대두)- 머리를 드는 것.

## 기이(其二)

늙은 나무꾼이
나무를 했는데,
파란 솔가지를 묶고
푸른 홰나무도 끼어놓았네.

아득히 들풀은 가을 산 밖까지 우거져 있는데,

하관下棺 받침 자리는 거친 무덤 되었고

넓은 묘문墓門은 푸른 이끼 덮인 채 누워있으며

무덤 앞 돌 말은 칼 가는 바람에 개어져 버렸네.

차라리 나무꾼처럼

남는 돈으로 술 받아다가

얼큰히 취하여

산길 따라 돌아가는 것이 더 좋지.

<br>

老樵夫[1]이,　自砍[2]柴[3]러니,

緄[4]靑松하고,　夾綠槐[5]라.

茫茫野草秋[6]山外러니,　豐碑[7]是處成荒塚[8]하여,

華表[9]千尋[10]臥碧苔하고,　墳前石馬磨刀壞라.

倒不如는,　閒錢沽酒[11]하여,

醉醺醺[12]하여,　山徑歸來라.


| 註解 |

1) 樵夫(초부)- 나무꾼.　2) 砍(감)- 나무를 베다, 자르다.　3) 柴(시)- 땔나무.　4) 緄(곤)- 새끼줄로 묶는 것.　5) 槐(괴)- 홰나무.　6) 秋(추)- 가을, 추(秋).　7) 豐碑(풍비)- 엣날 하관(下棺)을 할 때 받침대로 쓰던 나무로 만든 큰 비석 모양의 물건.　8) 塚(총)- 무덤.　9) 華表(화표)- 무덤 앞에 세우는 문.　10) 千尋(천심)- 넓이가 무척 넓은 것을 형용한 말. '심'은 한 발로 7자 또는 8자 넓이라 한다.　11) 沽酒(고주)- 술을 사는 것.　12) 醺醺(훈훈)- 술이 얼큰히 취한 모양.

| 解說 |

'도정'은 옛날부터 중국민간에 널리 유행하는 민요이다. 특히 연화락蓮花落과 함께 거지들의 장타령으로 전국 각지에 유행하였다. 그리고 지금도 민간에는 단순한 노래뿐만이 아니라 서사敍事적인 도정과 희곡적인 연출을 하는 도정 등이 있다. 작자 전섭은 민간가요에도 관심이 있어 이 민간가요 형식의 '도정' 10수를 짓고 있다. 여기에는 그 중 앞머리의 두 수를 번역하였다.

# 유현의 관서에서 대를 그리어 장배이신 포괄 중승에게 드리며(濰縣署中<sup>1)</sup>畫竹呈年伯<sup>2)</sup>包大中丞括<sup>3)</sup>)

관청 방에 누워 살랑살랑 댓잎 소리 들으니
마치 백성들의 괴로운 소리 같네.
나는 낮은 고을의 관리이지만
한 가지 한 잎에 모두 마음이 걸리네.

衙齋<sup>4)</sup>臥聽蕭蕭<sup>5)</sup>竹하니,　疑是民間疾苦聲이라.
些小<sup>6)</sup>吾曹<sup>7)</sup>州縣吏이,　一枝一葉總關情<sup>8)</sup>이라.

| 註解 |

1) 署中(서중) — 관청 안, 사무실 안.　2) 年伯(연백) — 자기보다 나이가 위인 장배(長輩)에 대한 존칭. 포괄은 작자의 아버지와 같은 해 진사가 되었다. 3) 包大中丞括(포대중승괄) — 포괄(包括). 그는 전당(錢塘, 지금의 杭州) 사람으로 그때 산동(山東)의 포정사(布政使)로 있으면서 서리(署理)로 순무(巡撫)의 일도 맡고 있었다. 청대에는 '순무'를 '중승'이라 높여 불렀고, 자기 아버지 연배라 '대'자까지 붙인 것이다.　4) 衙齋(아재) — 관청의 사무실.　5) 蕭蕭(소소) — 찬바람에 댓잎이 내는 소리.　6) 些小(사소) — 작은, 낮은, 보잘 것

없는.  7) 吾曹(오조)- 우리들, 나 같은 사람.  8) 關情(관정)- 정이 끌리다,
마음이 걸리다.


| 解說 |

앞의 「도황행」이나 마찬가지로 작자가 산동 유현의 현령으로 있을 적에 지은 시
이다. 정섭은 대나무를 좋아하고 또 개성있는 대나무를 잘 그리어 유명하다. 특히
그림에 쓴 제화시題畵詩도 많이 지었다. 그러나 이 시를 통하여 작자는 순수한 예
술만을 추구하기 위하여 그림을 그리고 그림을 감상했던 것이 아님을 알게 된다.

# 원매

袁 枚  ● 1716-1797

자가 자재子才, 호는 간재簡齋 또는 수원隨園이라 하였으며 절강성浙江省 전당
錢塘(지금의 杭州) 사람이다. 진사가 된 뒤 강녕江寧(지금의 南京) 지현知縣이 되었으
나 40세 때에 벼슬을 그만두고 강녕 소창산小倉山에 수원隨園이란 장원을 건축
하고 만년을 시를 즐기면서 살았다. 시에 있어서는 성령性靈을 시 속에 살릴 것
을 주장하여 유명하다. 그에게는 「소창산방집小倉山房集」과 「수원시화隨園詩話」
가 있다.

# 마외(馬嵬[1])

옛날 장한가를 노래 부르지 마라,
인간 세상에도 본시 은하가 있는 거니.
석호촌의 부부의 이별은
장생전의 눈물보다도 훨씬 많이 흘렸으리.

莫唱當年長恨歌[2]하라! 人間亦自有銀河라.
石壕村[3]裏夫婦別은, 涙比長生殿上多라.

| 註解 |

1) 馬嵬(마외)— 섬서성(陝西省) 흥평현(興平縣) 서쪽 25리 되는 곳에 있는 지명. 당나라 현종(玄宗) 때 안록산(安祿山)이 난을 일으키어 장안(長安)으로 쳐들어오자 현종은 사천성(四川省)으로 피난을 떠났다. 이때 임금을 호위하던 군대가 마외에 와서 반란을 일으키어 나라를 망친 장본인인 양귀비(楊貴妃)와 그 일당들을 죽일 것을 요구하여, 황제도 하는 수없이 사랑하는 여인을 무지한 군인들에게 내주어 마외에서 죽게 하였다.  2) 長恨歌(장한가)— 당(唐)대의 백거이(白居易)가 지은 시. 당나라 현종과 양귀비의 사랑 얘기를 노래한 시이다. 7월 7석 날 두 사람은 장생전에서 비익연리(比翼連理)가 되자는 영원한 사랑을 약속한다.  3) 石壕村(석호촌)— 당나라 두보(杜甫)의 시 「석호리(石壕吏)」에 나오는 마을 이름. 이 시에서는 안록산(安祿山)의 난이 일어나자 관리들이 마을에 나와 젊은이들은 모두 전쟁터로 끌고나가 대부분이 죽고, 늙은이들까지도 그대로 두지 않는 관리들의 횡포와 처참한 백성들의 처지를 고발한 시이다.

| 解說 |

이 시는 4수 중의 제2수이다. 작자는 마외라는 곳을 지나면서 이곳에서 최후를 마친 양귀비라는 일세의 미인을 슬퍼하면서도, 그보다도 더 절실한 것이 민생임

을 노래하고 있다. 이민족의 지배 아래 백성들은 말할 수 없는 압박을 받으면서
살아가고 있었음을 짐작케 한다.


# 다시 마외역에 적음(再題馬嵬驛)


## 기일(其一)

만세소리 촉도蜀道 동편에서 들려오고
군사들의 협박은 너무나 갑작스러웠네.
장군이 손에 황금도끼 들고
군대를 통솔치 않고 왕비를 다스렸네.


萬歲傳呼蜀道[1]東하니,　鬻拳兵諫[2]太匆匆[3]이라.

將軍[4]手把黃金鉞[5]하고,　不管三軍[6]管六宮[7]이라.


| 註解 |

1) 蜀道(촉도)- 장안에서 촉(四川省)으로 가는 길.　2) 鬻拳兵諫(육권병간)-
'육권'은 춘추(春秋)시대 초(楚)나라 사람. 그는 초나라 임금에게 말로 강력
히 간하였으나 들어주지 않자 무기로 위협하여 간하는 말을 따르게 하였다
(『左傳』莊公 19年).　3) 匆匆(총총)- 갑작스런 모양, 급히 서두르는 모양.
4) 將軍(장군)- 이때의 장군은 진현례(陳玄禮)였음.　5) 黃金鉞(황금월)- 황
금도끼. 장군의 지휘권을 상징하는 무기였다.　6) 三軍(삼군)- 전군의 통칭.
7) 六宮(육궁)- 임금의 비빈(妃嬪)들이 거처하던 궁전. 여기서는 임금의 후
비(后妃)를 가리킴.

## 기이(其二)

결국 임금은 옛날의 맹세 어겼으니
강산에 대한 정은 중하고 미인에 대하여는 가벼웠네.
양귀비는 부부의 맛을 다 깨달았을 것이니
이제는 이 세상에 다시 태어나지 않으리라.


도 저 군 왕 부 구 맹
**到底<sup>1)</sup>君王負舊盟<sup>2)</sup>**하니,　江山情重美人輕이라.
강 산 정 중 미 인 경

옥 환 령 략 부 부 미
**玉環<sup>3)</sup>領略<sup>4)</sup>夫婦味**리니,　從此人間不再生하리라.
종 차 인 간 부 재 생

| 註解 |

1) 到底(도저)– 결국은.  2) 舊盟(구맹)– 옛날 맹서, 영원히 사랑하겠다던 맹서.  3) 玉環(옥환)– 양귀비의 본시 이름.  4) 領略(령략)– 이해하다, 깨닫다, 알다.


| 解說 |

앞의 「마외」 시와 같은 때 지은 것이다. 아무래도 앞 시에서는 양귀비의 비극을 너무 가벼이 노래했다고 생각되어 다시 양귀비의 비극을 노래한 듯하다. 특히 양귀비 자신보다도 사랑의 맹서를 지키지 못한 현종에게 일침을 가하고 있는 것이 특징이라 할 것이다. 이것도 4수 중에서 두 수를 뽑은 것이다.


# 봄날의 잡시(春日雜詩)

## 기일(其一)

수많은 가지에서 꽃잎 비 오듯 떨어지고 안개는 짙으니,

그려내기에 시인들은 득의한 계절.

산 위 봄 구름은 나처럼 게을러서

해가 높이 솟도록 산봉우리 위에 머물러 있다.


천 지 홍 우 만 중 연　　　화 출 시 인 득 의 천
千枝紅雨1)萬重2)烟이니,　畵出詩人得意天이라.

산 상 춘 운 여 아 란　　　일 고 유 숙 취 미 전
山上春雲如我懶3)하여,　日高猶宿翠微4)巓이라.


| 註解 |

1) 紅雨(홍우)- 붉은 꽃잎이 비 오듯 떨어지는 것.  2) 萬重(만중)- 만 겹. 안개가 짙은 것을 형용한 말.  3) 懶(란)- 게으름 피는 것.  4) 翠微(취미)- 산의 푸르름. 푸른 산을 가리킨다.


## 기이(其二)

청명 철인데도 연일 비가 어지러이 내리고

깊어가는 봄 자취가 버들가지로 오르는 것을 보면서 보내고 있네.

밝은 달은 정이 많아 또 나와의 약속을 따라

밤이 되자 살구나무 꽃가지 위로 얼굴을 보여주네.


청 명 련 일 우 소 소　　　간 송 춘 흔 상 류 지
淸明1)連日雨瀟瀟2)하고,　看送春痕3)上柳枝라.

명 월 유 정 환 약 아　　　야 래 상 견 행 화 소
明月有情還約我하여,　夜來相見杏花梢4)라.


| 註解 |

1) 淸明(청명)- 동짓(冬至)날로부터 105일째인 한식(寒食) 다음 날.  2) 瀟瀟

(소소)- 비바람이 사나운 모양(『詩經』鄭風 風雨).  **3)** 春痕(춘흔)- 봄의 흔적. 나무 싹이 파랗게 돋아남을 말한다.  **4)** 梢(소)- 나무 끝, 가지 끝.

| 解說 |

본시 12수로 이루어져 있으나 그 중 첫째 수와 넷째 수를 골라 번역하였다. 봄의 정취를 가볍게 노래한 시이다. 작자가 주장한 '성령性靈'이란 말은 애매하기 짝이 없다. 개성적인 서정을 뜻하는 듯하고, 평론가들은 이런 시들이 작자가 추구한 성령이 담겨있는 시라고 생각하고 있다.


# 섣달 보름 밤(十二月十五夜)

두웅두웅 밤의 북소리 다급하니
점점 인기척 끊어지네.
등불 불어 끄자 창이 더욱 밝아지니
달이 온 천지의 눈을 비추고 있네.


침 침 경 고 급　　　점 점 인 성 절
沈沈¹⁾更鼓²⁾急하니,　漸漸人聲絕이라.
취 등 창 갱 명　　　월 조 일 천 설
吹燈窓更明하니,　月照一天³⁾雪이라.


| 註解 |

**1)** 沈沈(침침)- 소리가 멀리서 들려오는 모양.  **2)** 更鼓(경고)- 밤의 시각을 알리는 북소리. 중국의 도시에는 고루(鼓樓)가 있어 밤이면 그 북을 쳐서 밤의 시각을 알렸다.  **3)** 一天(일천)- 온 하늘. 온 하늘 아래, 곧 온 천지를 가리킴.


| 解說 |

달 밝은 겨울밤의 정취를 가볍게 노래하고 있다. 고요한 밤 창 밖 눈 위에 비치는

달빛이 무척이나 아름답다.

# 감회를 적음(書懷)

나는 이 삶을 즐기지도 않았는데
문득 이 세상에 태어나 있네.
나는 이제 이 삶을 즐기려 하는데
갑자기 죽음이 다가오고 있네.
이미 죽은 뒤와 아직 태어나지 않았을 적은
이러한 맛이 본시 다른 것이 아니었으리라.
끝내 싫은 것은 이 천지 간에
이런 쓸데 없는 일이 한 가지 더 있는 것이네.

아 불 락 차 생　　　　홀 연 생 재 세
我不樂此生이로되,　忽然生在世라.

아 역 낙 차 생　　　　홀 연 사 우 지
我亦樂此生이러니,　忽然死又至라.

이 사 여 미 생　　　　차 미 원 무 이
已死1)與未生은,　此味原無二리라.

종 혐 천 지 간　　　　다 차 일 반 사
終嫌2)天地間에,　多此一番事라.

| 註解 |

1) 已死(이사)- 이미 죽은 것, 죽은 뒤.  2) 嫌(혐)- 싫어하다.

| 解說 |

사람의 삶과 죽음의 문제를 가볍게 노래한 시이다. 원매 다운 착상이라 여겨진다.

# 적벽(赤壁[1])

강물 위에 불어온 동풍에 백만 대군 무너져

옛날 이곳에서 천하가 셋으로 나누어진 형세 갖추어졌네.

한나라의 화덕火德이 끝내는 적을 불살라 버려

연못 속의 용이 마침내 구름을 타게 되었네.

강물은 그대로 흐르고 있어 가을 물 아득한데

고기잡이배의 등불 비치는 중에 갈대만이 어지럽네.

나는 통소 부는 손과 함께 오지 않아

까막까치의 차가운 소리만이 고요한 밤에 들리네.


일면동풍 백만군　　당년차처정삼분
一面東風[2]百萬軍이,　當年此處定三分[3]이라.

한가화덕 종소적　　지상교룡 종득운
漢家火德[4]終燒賊하니,　池上蛟龍[5]終得雲이라.

강수자류추묘묘　　어등유조적 분분
江水自流秋渺渺[6]하고,　漁燈猶照荻[7]紛紛이라.

아래불공취소객　　오작한성정야문
我來不共吹簫客[8]하여,　烏鵲寒聲靜夜聞이라.

| 註解 |

**1)** 赤壁(적벽)— 지금의 호북성(湖北省) 경계 가어현(嘉魚縣) 동북쪽 장강(長江)의 남쪽 기슭에 있다. 삼국(三國)시대 오(吳)나라 손권(孫權)의 장수 주유(周瑜)가 위(魏)나라 조조(曹操)의 대군을 불로 공격하여 무찌른 곳이다. 또 그곳에서 멀지 않은 황강현(黃岡縣) 성 밖 장강의 좌안(左岸)에는 송(宋)대의 문호 소식(蘇軾)이 놀러가 적벽전(赤壁戰)을 떠올리며 지은 명문 「적벽부(赤壁賦)」를 읊은 곳이 있다. **2)** 一面東風(일면동풍)— 오나라 주유가 촉(蜀) 유비(劉備)의 군대와 손을 잡고 적벽에서 80만의 조조의 군대를 맞아 싸웠는데, 동남풍을 이용하여 불로 공격하여 조조의 수군(水軍)을 전멸시켰던 일을

가리킨다.  3) 三分(삼분)- 그때 삼국(三國)으로 나뉘어 있던 형세가 안정되
었다는 뜻. 이전까지는 조조의 위나라 세력이 압도적이었다.   4) 漢家火德
(한가화덕)- 한나라 고조(高祖)는 화덕(火德)으로 나라를 일으켰다고 하는데
(劉向 父子의 주장, 『漢書』 郊祀志贊 注), 유비(劉備)는 한나라 왕실 자손이
라 화덕의 임금이라 한 것이다.  5) 池上蛟龍(지상교룡)- 적벽의 싸움 뒤에
주유가 그의 임금 손권에게 올린 상소문에 유비를 교룡(蛟龍)에 비유하며,
"만약 비구름만 만나면 연못 속에서 벗어나게 될 것"이라 말하였다.  6) 渺
渺(묘묘)- 물이 아득히 흐르는 모양.  7) 荻(적)- 갈대.  8) 吹簫客(취소객)-
소식의 「적벽부」를 보면 통소를 슬픈 가락으로 부는 손이 등장하고 있다.


| 解說 |

적벽에 가서 삼국시대의 적벽전과 송대의 소식의 「적벽부」를 아울러 떠올리며 느
낀 정회를 읊은 시이다. 소식 뒤로 많은 시인들이 적벽에 나가 이런 시를 읊고 있
다.

조익

趙 翼　● 1727-1814

자가 운송耘松, 호가 구북甌北이며, 강소성江蘇省 양호陽湖(지금의 常州) 사람이다. 진사가 된 뒤 벼슬은 한림편수翰林編修를 거쳐 귀서도貴西道 도태道台까지 되었으나 벼슬을 버리고 집으로 돌아와 저술로 세월을 보냈다. 그는 「구북시집甌北詩集」이외에 「구북시화甌北詩話」 12권을 남기고 있다.

# 한가히 지내며 책 읽기(閒居讀書)

후세인이 옛 책을 봄에 있어서는

언제나 자기 입장을 따른다.

보기를 들면 넓은 마당에

빙 둘러서서 높은 무대의 놀이를 구경하는 거와 같다.

난장이는 평지에 서서

머리를 들어 발돋움하고 쳐다본다.

높은 누각에 난간이 있는데

유정은 기대서서 수평으로 보고 있다.

놀이에는 별다른 게 없지만

구경하는 방법이 각기 다르다.

난장이는 놀이 구경하고 돌아와

자세히 보았노라고 스스로 자랑하지만,

누각 위에 있던 사람은 그 말을 듣고

자기도 모르게 코웃음 친다.


後人觀古書에, 每隨己境地[1]라.

譬如廣場中에, 環看高臺[2]戲라.

矮人[3]在平地하여, 擧頭仰而企[4]라.

危樓[5]有憑檻[6]하니, 劉楨[7]方平視라.

做戲非有殊나, 看戲乃各異라.

왜 인 간 희 귀
矮人看戲歸하여,　自謂見仔細나,
자 위 견 자 세

루 상 인 문 지
樓上人聞之하고,　不覺笑歕鼻<sup>8)</sup>라.
불 각 소 분 비



1) 己境地(기경지)- 자기의 경지, 자기의 입장.　2) 高臺(고대)- 높은 무대.
3) 矮人(왜인)- 난장이.　4) 企(기)- 발돋음을 하는 것, 발뒤꿈치를 들고 서
는 것.　5) 危樓(위루)- 높은 누각.　6) 檻(함)- 난간.　7) 劉楨(유정)- 한(漢)
나라 말엽 건안칠자(建安七子) 중의 한 사람. 조비(曹丕)가 태자로 있을 적에
잔치를 벌이고 자기 부인 진씨(甄氏)가 나와서 손님들에게 인사를 하도록 하
였다. 손님들은 모두 엎드렸으나 유정만은 꼿꼿한 자세로 곧 평시(平視)하며
진씨에게 인사하였다. 결국 유정은 불경함으로 죄를 얻어 벌을 받았다(『三
國志』魏志 王粲傳).　8) 歕鼻(분비)- 콧방귀를 뀌는 것, 코웃음을 치는 것.

| 解說 |

똑같은 책이라 할지라도 보는 이에 따라 그 책을 이해하는 정도가 크게 다름을
읊은 것이다.


# 시를 논함(論詩)


## 기일(其一)


이백李白과 두보杜甫의 시는 여러 사람들 입을 통하여 전해지나
지금 와서는 이미 신선하지 않다고 느껴지네.
우리나라 땅에는 대대로 재주있는 사람들이 나와
제각기 시단詩壇을 수백 년간 이끌어왔네.

李杜詩篇萬口傳이나, 至今已覺不新鮮이라.

江山<sup>1)</sup>代有才人出하여, 各領<sup>2)</sup>風騷<sup>3)</sup>數百年이라.



## | 註解 |

1) 江山(강산)- 중국 땅을 가리킴.  2) 領(령)- 영도하다, 거느리다.  3) 風騷
(풍소)-『시경(詩經)』국풍(國風)과『초사(楚辭)』의 이소(離騷). 시 또는 시단
(詩壇)을 나타내는 말임.


# 기이(其二)

외짝 눈으로 본다 하더라도 반드시 자기주장이 있어야 할 것
　　이니
어지러이 문단에서는 함부로 남의 글 고치며 비평하네.
난장이가 놀이를 구경한다 한들 무얼 보겠는가?
모두 남들을 따라 좋다 나쁘다 얘기한다네.


隻眼<sup>1)</sup>須憑自主張이니, 紛紛藝苑<sup>2)</sup>漫雌黃이라.

矮人<sup>3)</sup>看戲何曾見고? 都是隨人說長短이라.



## | 註解 |

1) 隻眼(척안)- 외짝의 눈.  2) 藝苑(예원)- 예림(藝林). 문단, 문학세계.  3) 矮
人(왜인)- 난장이.


## | 解說 |

시를 짓는 것에 대하여 읊은 시이다. 5수 중 두 수를 뽑아 번역하였다. 시에 있어

서는 이백이나 두보의 시도 지금 보면 신선하지 않다고 여길 정도로 큰 포부의 소
유자였음을 알게 한다. 그는 『구북시화甌北詩話』에서 당唐의 이백·두보·한유韓愈
·백거이白居易와 송宋의 소식蘇軾·육유陸游, 금金의 원호문元好問, 명明의 고계
高啓, 청대로 들어와서는 오위업吳偉業과 사신행査愼行을 합쳐 10가家의 시를 평하
고 있는데, "대대로 재주 있는 사람들이 나와" 시단을 영도했다고 읊은 그의 뜻을
짐작할 수 있을 것이다.


# 비싼 쌀(米貴)


쌀 비싸기가 진주나 같으니 어찌 쉽사리 값을 헤아릴 수 있으랴?
점심밥을 흔히 해가 기울어진 뒤에야 짓는다네.
이 늙은이 근래에 양식 아끼는 법 터득하였으니
새로 지은 시 씹으면서 굶주린 창자 속이는 것일세.


米貴如珠豈易量<sup>1)</sup>이리오?　午炊往往<sup>2)</sup>到斜陽이라.

老夫近得休糧<sup>3)</sup>法하니,　咀嚼<sup>4)</sup>新詩誆<sup>5)</sup>餓腸이라.


| 註解 |

1) 量(량)- 헤아리다, 쌀값을 헤아리는 것.  2) 往往(왕왕)- 가끔, 자주.  3) 休
糧(휴량)- 양식을 아끼는 것.  4) 咀嚼(저작)- 입으로 씹다, 음미(吟味)하다.
5) 誆(광)- 속이다.


| 解說 |

그때 쌀값이 비싸기도 했겠지만 아무것도 않고 시나 지으며 사는 시인에게는 더욱
쌀값이 비싸게 느껴졌을 것이다.

# 후원거시(後園居詩[1])

어느 손님이 갑자기 문을 두드리고 찾아와

글 값을 보내주면서

내게 묘지墓誌를 써달라고 부탁을 하는데

나더러 교묘하게 아첨을 잘해 달라 하네.

정치한 것을 말할 적에는 반드시 한漢나라 공수龔遂와 황패黃
　　覇 같았다 하고

학문을 얘기할 적에는 반드시 송宋나라 정자程子와 주자朱子
　　같았다 하라네.

나는 짐짓 장난을 쳐 보려고

그가 바라는 대로 써주기로 하고,

옛글을 뜯어 맞추며 한 편의 글을 이루고 보니

의젓한 군자가 생겨났네.

그의 평소의 행실에 비추어 보니

천 가지 중에 하나도 들어맞는 게 없네.

이 글이 만약 후세에 전해진다면

누가 다시 현명한 이와 어리석은 자를 제대로 알게 되겠는가?

간혹 또 그것을 근거로 인용하여

마침내 역사책에 그대로 베껴 넣는 이가 있을 지도 모르니,

오랜 역사상의 기록은

대부분이 거짓임을 알겠네.


有客忽叩門하여,　乃送潤筆需[2]하고,

걸 아 작 묘 지　　　　요 아 공 위 유
乞我作墓誌하며,　要我工爲諛[3]라.

언 정 필 공 황　　　　언 학 필 정 주
言政必龔黃[4]이오,　言學必程朱[5]라.

오 료 이 위 희　　　　여 기 의 소 수
吾聊以爲戲하여,　如其意所須[6]하여,

보 철 성 일 편　　　　거 연 군 자 도
補綴[7]成一篇하니,　居然[8]君子徒라.

핵 저 기 소 행　　　　십 균 무 일 수
核[9]諸其素行하니,　十鈞[10]無一銖라.

차 문 당 전 후　　　　수 부 지 현 우
此文倘[11]傳後면,　誰復知賢愚리오?

혹 차 인 위 거　　　　경 입 사 책 모
或且引爲據하여,　竟入史册摹[12]리니,

내 지 청 사 상　　　　대 반 역 속 무
乃知靑史[13]上에,　大半亦屬誣[14]라.

| 註解 |

1) 後園居詩(후원거시)— 작자에게는 전(1755)에 쓴 「원거시(園居詩)」 7수가 있어 뒤(1764)에 지은 이 시에 '후'자를 앞에 붙인 것이다.　2) 潤筆需(윤필수)— 글의 대가, 글을 써준 대가.　3) 諛(유)— 아첨하다. 묘지(墓誌) 주인공의 업적을 사실보다 크고 훌륭하게 쓰는 것을 말한다.　4) 龔黃(공황)— 한(漢)나라 때의 공수(龔遂)와 황패(黃覇). 공수는 선제(宣帝) 때의 발해태수(勃海太守)로 도적을 막고 스스로 절검하며 백성들을 도와 농촌을 부유하게 만들었던 사람. 황패는 무제(武帝) 말엽에 태수(太守)를 거쳐 승상(丞相)이 되어 큰 치적을 올렸다.　5) 程朱(정주)— 북송(北宋)의 학자 정호(程顥)·정이(程頤) 형제와 주희(朱熹), 모두 성리학(性理學)의 대가임.　6) 所須(소수)— 바라는 바, 필요로 하는 것.　7) 補綴(보철)— 옛사람들의 글을 이것저것 주워모아 짜맞추어 글을 만드는 것.　8) 居然(거연)— 의젓한 모양.　9) 核(핵)— 사실을 대조하는 것.　10) 鈞(균)— 수(銖)와 함께 무게의 단위. 1균은 30근(斤), 1근은 16량(兩)이어서 1균은 480량, 1수는 24분의 1량, 곧 24수가 1량. 따라서 10균은 4800량, 1152수, 비교가 되지 않는다.　11) 倘(당)— 혹시, 만약.　12) 摹(모)— 그대로 베끼는 것.　13) 靑史(청사)— 오랜 역사. 옛날엔 대쪽에 글을

적었기 때문에 '청사'란 말이 생겨났다.  14) 誣(무)- 속이다. 거짓말.

| 解說 |

조익은 뛰어난 역사가이기도 하다. 그러나 그가 돈을 받고 묘지를 써주면서, 과장된 말을 쓰지 않을 수 없음을 고백하고 있다. 이런 글이 후세에 역사자료가 될 것이니 역사 기록도 그대로 믿기 어렵다는 것이다. 중국에서도 그러하였지만 우리나라에서도 거의 모든 문인들이 돈을 받고 남의 묘지명墓誌銘 · 비문碑文 · 행장行狀 따위를 써주었다. 남의 청탁과 돈을 받고 그의 조상에 대하여 쓰는 글이니 객관적으로 공정하게 쓰는 수가 없었을 것이다. 조익은 역사가이면서도 시인다운 반성을 하고 있다.


# 세속적인 연예에 대하여 나는 모르는 것이 많은데, 하인들에게 물어보면 도리어 잘 알고 있어서, 그것을 써놓고 한바탕 웃다(里俗戲劇余多不知問之僮僕轉有熟悉¹⁾者書以一笑)

민간 연극의 유행은 본시 근거도 없는 것이라 하나
시골 배우는 아름다운 목소리로 공연을 하네.
이 늙은이 가슴에는 천 권의 읽은 책 들어있다 하나
오히려 고금 일에 대한 넓은 지식은 하인만 못하네.

焰段²⁾流傳本不經³⁾이로되,   村伶⁴⁾演作繞梁音⁵⁾이라.

老夫胸有書千卷이나,   翻讓⁶⁾僮奴⁷⁾博古今⁸⁾이라.


| 註解 |

1) 熟悉(숙실)- 익히 잘 아는 것.   2) 焰段(염단)- 염단(艷段)이라고도 쓰며,

송(宋)나라 때 잡극(雜劇)과 금(金)나라의 원본(院本)이란 연극 또는 연희 일
장(一場)으로 여기서는 민간연극을 뜻함.  3) 不經(불경)- 바르지 않은 것,
근거가 없는 것, 제대로 되지 않은 것.  4) 村伶(촌령)- 시골 배우들, 시골의
풍각쟁이들.  5) 繞梁音(요량음)- 무척 아름다운 소리. 기가 막히도록 뛰어
난 음악.『열자(列子)』 탕문(湯問)편에 보면, 옛날 한아(韓娥)라는 거지가 장
타령을 하면서 구걸을 하다가 천대를 받고 쫓겨났는데, 그의 슬픈 노래가 집
'들보에 서리어(繞梁)' 3일 동안이나 노랫소리가 끊이지 않아 온 동리 사람
들이 슬퍼하는 바람에 사람을 보내어 다시 그 거지를 모셔왔다는 얘기가 있
다. 역에서 나온 고사성어임.  6) 翻讓(번양)- 오히려 양보하다. 하인들에게
옛날 일에 대한 지식은 그들만 못하다고 양보한다는 뜻.  7) 僮奴(동노)- 밑
에 부리는 하인들.  8) 博古今(박고금)- 옛날부터의 일에 박식하다, 고금의
일을 널리 아는 것.


| 解說 |

중국에는 어디를 가나 마을마다 신묘 神廟 가 있고, 거기에서는 철을 따라 신에게
제사를 지내면서 여러 가지 그 지방의 연극과 놀이를 공연하며 여러 사람들이 함
께 모여 즐긴다. 때문에 무식한 천한 사람들도 연극 구경을 많이 하게 되는데, 중
국의 전통 연극은『삼국지』 얘기와 같은 그들의 역사를 소재로 한 것들이 많아서
하류 계층의 사람들도 자기네 역사에 유식하게 되는 것이다. 그뿐 아니라 지금
중국 정부는 이러한 전통 연극의 공연을 통하여 온 백성들을 교육시키어 자기들
이 바라는 사회주의 방향으로 인민을 이끌고도 있다. 때문에 중국은 하류층이 가
난하면서도 매우 튼튼하다.

# 옹방강

 翁方綱　● 1733-1818

자는 정삼正三, 호는 담계覃溪, 순천順天(지금의 北京市 大興縣) 사람. 진사가 된 뒤 벼슬은 편수編修를 거쳐 내각학사內閣學士에까지 올랐다. 고증학에 있어서도 대가라 일컬어지며, 시에 있어서는 기리肌理를 주장하였다. 문집으로『복초재시문집 復初齋詩文集』을 남겼다.

# 나부산을 바라보며(望羅浮[1])

오직 자욱하기만 한 중에
인가와 낚시터가 있네.
절 문에서 종소리 갑자기 울려오는데
나무꾼은 길도 아직 분별 못하겠네.
사백 봉우리의 층층이 있는 샘물 흘러 떨어지는 것이
삼천 장丈의 폭포 되어 물보라를 날리네.
누구와 더불어 그림 같은 이 경치 음미해야 하나?
산 반쪽이 온통 저녁 햇빛 아래 있네.

지 유 몽 몽  의　　　　인 가 여 조 기
秪有濛濛[2]意하고,　人家與釣磯[3]라.

사 문 종 사 기　　　　초 객　경 유 비
寺門鐘乍起로되,　樵客[4]徑猶非[5]라.

사 백 층　천 락　　　　삼 천 장 취 비
四百層[6]泉落하니,　三千丈翠飛[7]라.

여 수 참　화 리　　　　반 면 진 사 휘
與誰參[8]畵理[9]리오?　半面盡斜暉[10]라.

| 註解 |

1) 羅浮(나부)− 광동성(廣東省) 동강(東江) 북쪽 기슭에 있는 산 이름. 옛날 진(晉)나라 갈홍(葛洪)이 여기에서 도를 닦아 신선이 되었다고 전해지는 도교의 제칠동천(第七洞天)이다.  2) 濛濛(몽몽)− 안개가 자욱한 모양.  3) 釣磯(조기)− 낚시터.  4) 樵客(초객)− 나무꾼.  5) 徑猶非(경유비)− 길을 제대로 분별 못하는 것, 길을 제대로 찾을 수 없는 것.  6) 四百層(사백층)− 나부산은 높고 낮은 400여 봉우리로 이루어져 있다고 한다. 그래서 나부산의 높은 봉우리를 ‘사백층’ 이라 표현한 것이다.  7) 翠飛(취비)− 폭포물이 떨어지면서 비취 같은 물이 나는 것.  8) 參(참)− 참획(參劃)하다. 음미하며 논하다.

9) 畵理(화리)- 그림처럼 아름다운 경치의 실상.  10) 斜暉(사휘)- 저녁 햇빛.



고증학자로 알려진 작자라서 이러한 아름다운 서경敍景이 더욱 값지게 느껴진다. 나부산의 선경이 잘 드러나 있다.


# 한장갑(韓莊閘[1])  2수(二首)


## 기일(其一)

가을빛이 짙은 넓고 밝은 하늘의 달이 온 물굽이에 비치는 중에
몇 채의 초가가 운하의 갑문閘門을 베고 있는 듯하네.
미산호의 물은 잘 닦아놓은 거울 같아서
강 남쪽과 북쪽의 산들을 되비치고 있네.


추침공명월일만
秋浸空明月一灣이오,　數椽[2]茆店[3]枕江關이라.
수 연 　묘 점 　침 강 관

미 산 호 수 여 마 경
微山湖水如磨鏡하니,　照出江南江北山이라.
조 출 강 남 강 북 산

| 註解 |

1) 韓莊閘(한장갑)- 산동성(山東省) 미산현(微山縣) 동남쪽 미산호(微山湖) 동쪽 기슭에 있는 갑문(閘門) 이름. 대운하(大運河)의 물을 조절하는 갑문이며, 운항(運航)의 요지이고, 주변 호수와 산이 무척 아름다운 곳이라 한다.
2) 椽(연)- 집을 가리키는 말.  3) 茆店(묘점)- 모옥(茅屋), 초가집.

# 기이(其二)

문밖엔 어엿이 만 리의 운하가 흐르고 있어서
늘어선 인가들은 마치 매어놓은 배 같네.
산 빛과 호수 기운이 서로 삼키고 뱉고 하여
모두가 짙은 구름 일어서 나루터를 감싸게 하네.

문 외 거 연 만 리 류　　　　인 가 일 대 사 유 주
門外居然萬里流하니,　人家一帶似維舟<sup>1)</sup>라.

산 광 호 기 상 탄 토　　　　병 작 농 운 옹 　도 두
山光湖氣相吞吐<sup>2)</sup>하여,　并作濃雲擁<sup>3)</sup>渡頭라.

| 註解 |

1) 維舟(유주)- 물가에 배를 대고 밧줄로 매어놓은 것.　2) 吞吐(탄토)- 삼키고 뱉고 하는 것.　3) 擁(옹)- 감싸다, 둘러싸다.

| 解說 |

대운하와 연결되는 갑문 근처의 풍경이 산뜻하게 묘사되어 있다. 더욱이 그 근처의 호수와 산이 그림보다도 아름답게 느껴진다.

# 황경인

黄景仁  ● 1749-1783

자를 한용漢鏞 또는 중칙仲則이라 했으며, 강소성江蘇省 무진武進(지금의 常州) 사람이다. 그는 가난에 쪼들리다가 건륭乾隆 41년(1776) 황제가 동유東遊할 적에 소시召試에 응하여 합격하였으나 벼슬이 주어지기 전에 죽었다. 전형적인 재능을 지니고도 낙백落魄하여 멋대로 산 재자才子이며, 그의 문집으로 「양당헌집兩當軒集」이 있다.

# 어린 딸(幼女)

네 아비 근년에 실로 기쁜 일 적었는데,
옷자락 부여잡으니 더욱 떠나기 어렵게 만드누나!
이번 가는 길이 서울로 가는 것은 아니니
뜬구름 떠있는 북쪽 바라보며 애비 생각 말아라!

여 부 년 래 실 선 환
汝父年來實鮮歡<sup>1)</sup>이니,　견 의 고 작 별 리 난
牽衣故作別離難이라!

차 행 부 시 장 안 객
此行不是長安<sup>2)</sup>客이니,　막 향 부 운 직 북 간
莫向浮雲直北看하라!

| 註解 |

1) 鮮歡(선환)- 기쁜 일이 드물다.　2) 長安(장안)- 이때의 서울은 북경(北京)임.

| 解說 |

어린 딸을 집에 두고 여행을 떠나면서 지은 시이다. 어린 딸과 집안을 걱정하는 진정이 느껴진다.


# 젊은이의 노래(少年行)

남아라면 분발하여 전쟁터로 나갈 것이며,
누대樓臺에 오른다 해도 고향생각 않아야 하네.
태백산 높이 솟아 하늘에 닿아있고,
보배로운 내 칼은 달과 함께 빛을 발하네.

男兒作健[1]向沙場[2]이오,  自愛登臺不望鄉이라.

太白[3]高高天尺五[4]요,  寶刀明月共輝光이라.

| 註解 |

1) 作健(작건)- 분발하는 것, 떨치고 일어나는 것.  2) 沙場(사장)- 모래밭.
전쟁터를 가리킴.  3) 太白(태백)- 산 이름. 섬서성(陝西省) 미현(郿縣) 동남
쪽에 있다.  4) 天尺五(천척오)- 하늘이 한 자 다섯 치, 곧 하늘에 닿아있음
을 뜻하는 말.

| 解說 |

이민족의 지배 아래 살아가는 한족 지식인의 울분이 느껴진다. 자기가 만약 젊다
면 칼을 들고 민족을 위해 일해보고 싶다는 뜻을 담은 듯하다.


# 늙은 어머님과의 작별(別老母)

장막 걷고 들어가 어머님께 절하고 멀리 떠나려는데,
흰 머리의 어머니 시름겨워 바라보노라니 눈의 눈물도 말라
　버리네.
처참한 싸리문 안에 눈보라치는 밤,
이런 때 아들놈은 없는 것만도 못하네.


搴幃[1]拜母河梁去[2]러니,  白髮愁看淚眼枯라.

慘慘[3]柴門[4]風雪夜에,  此時有子不如無라.

1) 搴幃(건위)- 장막을 걷어 올리다, 커텐을 걷다.  2) 河梁去(하량거)- 멀리 떠나가다. '하량'은 본시 강물 위의 다리. 한(漢) 이릉(李陵)의 「여소무시(與蘇武詩)」에서 "손을 잡고 다리 위로 올라가(攜手上河梁)"하고 이별을 읊어 이별을 나타내는 말로 쓰이게 되었다.  3) 慘慘(참참)- 극히 가난하여 처참한 모양.  4) 柴門(시문)- 싸리문을 단 초라한 집.



작자는 네 살 때 아버지를 여의고 홀어머니와 어려운 생활을 하였다. 어려운 생활 속에 노모를 작별하는 작자의 쓰라린 마음이 잘 드러나 있다.


# 우리 안 호랑이 노래(圈[1]虎行)

도성 성문 안에서 새해 초에 잡기雜技를 연출하는데
물고기며 용이며 괴상한 짐승들 갖추어있지 않은 것이 드물
　　다네.
시장의 놀이꾼은 어떤 인간이기에
산신령을 부리어 아이들 놀이를 하는가?
처음 호랑이 우리를 광장으로 메어 내오자
온 성 안의 구경꾼들이 담 치듯 둘러싸네.
사방 둘레에 울을 세우고 호랑이를 끌어내자
털 몸 웅크리고 귀를 내려뜨린 기죽은 모양이네.
먼저 호랑이 수염을 건드리자 호랑이는 그제야 따르며
막대기를 땅에 세우자 호랑이가 사람처럼 일어서네.
사람들이 소리치자 호랑이도 울부짖으니 소리가 우레 같고,
이빨과 발톱 날카로운 몸 가까이로 놀이꾼 몸을 날려 다가가서

호랑이가 커다란 입을 딱 벌리자

놀이꾼은 몸을 돌려 천천히 입안을 만지고,

다시 모자를 벗더니 머리를 호랑이 입에 갖다 대는데

머리를 호랑이에게 먹이려 해도 호랑이는 먹지 않고

호랑이 혀로 사람 핥기를 아기가 젖핥듯 하네.

갑자기 호랑이 등 누르고 소리치며 가라고 하자

호랑이는 곧 우물쭈물 난간을 돌면서 걷네.

몸을 날려 땅에 웅크렸다가는 언 땅을 걷어차고 뛰어오르니

온 몸으로 마치 화려한 털가죽 자리를 까는 것 같네.

빙빙 돌며 춤추는 형세는 호선무胡旋舞를 흉내 내는 듯하고,

호랑이의 위세를 발휘하는 듯하지만 실은 사람들에게 잘 보
　　　이려는 것이네.

조금 뒤엔 벌렁 누워 죽은 체하고 있다가

고기를 던져주자 후다닥 일어나네.

구경꾼들이 크게 웃고 서로 다투며 돈을 내주고

놀이꾼이 돈을 다 거둬들이자 호랑이는 꼬리를 흔드네.

다시 우리 안으로 몰아넣자 뒷걸음쳐 들어가는데,

여기에서의 즐거움으로 산속 생활 잊은 듯하네.

사람이 시키는 대로 호랑이는 따르고 사람은 턱짓으로 부리니

놀이꾼들 모두 호랑이 덕에 먹고살고 있네.

내가 이 꼴 보아도 기운이 빠져버리는 형편인데

한심스런 얼룩무늬 머슴 놈아, 무엇 때문에 고생을 하는가?

발목을 자르고라도 도망가지 못하니 너는 지혜가 모자라고

우리를 부스지도 못 하니 너는 용기가 없는 것이네.

이들은 일생동안 너에 의지하여 먹고 살지만,

그들이 어찌 중황中黃 같은 힘이나 있고

또 양앙梁鴦처럼 너를 기쁘거나 노엽게 하는 재주가 있다더냐?

너는 찌꺼기 음식이나 얻어먹고 지내니 결국 무엇이 되겠느냐?

창귀倀鬼도 낯이 부끄러워 주인을 바꿀 거라!

옛 산의 친구들을 만약 만나게 된다면

너의 행실이 쥐만도 못하다고 비웃으리라!


도 문 세 수 진 백 희　　　　어 룡 괴 수 한 불 비
都門[2]歲首陳百戲하니,　魚龍怪獸[3]罕不備라.

하 물 시 상 유 수 아　　　역 사 산 군 작 아 희
何物市上游手兒[4]로,　役使山君[5]作兒戲오?

초 여 호 권 내 광 장　　　경 성 관 자 여 도 장
初舁[6]虎圈來廣場할새,　傾城觀者如堵墻[7]이라.

사 주 립 책 견 호 출　　　모 권 이 즙 기 불 양
四周立柵[8]牽虎出하니,　毛拳[9]耳戢[10]氣不揚이라.

선 료 호 수 호 유 첩　　　이 봉 탁 지 호 인 립
先撩[11]虎須[12]虎猶帖[13]하고,　以棒卓地[14]虎人立이라.

인 호 호 후 성 여 뢰　　　아 조 총 중 분 신 입
人呼虎吼[15]聲如雷러니,　牙爪叢[16]中奮身入하여,

호 구 아 개 대 여 두　　　인 전 종 용 탐 이 수
虎口呀開[17]大如斗러니,　人轉從容[18]探以手하고,

갱 탈 두 로 저 호 구　　　이 두 사 호 호 불 수　　　호 설 지 인
更脫頭顱[19]抵虎口하여,　以頭飼虎虎不受하고, 虎舌舐[20]人

여 지 구
如舐穀[21]라.

홀 안 호 척 질 사 행　　　호 변 준 순 요 란 주
忽按虎脊叱[22]使行하니,　虎便逡巡[23]繞闌[24]走라.

번 신 거 지 축 동 진　　　혼 신 두 개 화 금 인
翻身踞地[25]蹴凍塵[26]하니,　渾身[27]抖開[28]花錦茵[29]이라.

반 회 무 세 학 호 선　　　사 장 호 위 실 미 인
盤回[30]舞勢學胡旋[31]하니,　似張虎威實媚[32]人이라.

少焉仰臥<sup>33)</sup>若佯<sup>34)</sup>死러니, 投之以肉霍然<sup>35)</sup>起라.

觀者一笑爭醵錢<sup>36)</sup>하고, 人旣得錢虎搖尾라.

仍驅入圈負<sup>37)</sup>以趨하니, 此間樂亦忘山居라.

依人虎任<sup>38)</sup>人頤使<sup>39)</sup>하니, 伴虎人皆虎唾餘<sup>40)</sup>라.

我觀此狀氣消沮<sup>41)</sup>어늘, 嗟爾斑奴<sup>42)</sup>亦何苦아?

不能決踤<sup>43)</sup>爾不智요, 不能破檻<sup>44)</sup>爾不武라.

此曹一生衣食汝나, 彼豈有力如中黃<sup>45)</sup>하며, 復似梁鴦<sup>46)</sup>

能喜怒아?

汝得殘餐究奚補<sup>47)</sup>아? 倀鬼<sup>48)</sup>羞顔亦更主리라.

舊山同伴倘相逢하면, 笑爾行藏<sup>49)</sup>不如鼠리라!

---

**│註解│**

1) 圈(권)– 짐승을 가두어 두는 우리. 2) 都門(도문)– 도성(都城)의 문. 북경의 성문 안을 가리킴. 3) 魚龍怪獸(어룡괴수)– 중국에서는 옛날부터 잡기(雜技) 연출에 물고기와 용 및 괴상한 짐승들이 등장하였다(보기; 漢 張衡의 「西京賦」). 4) 游手兒(유수아)– 잡기를 연출하는 사람. 놀이꾼. 5) 山君(산군)– 호랑이를 가리키는 말. 6) 舁(여)–어깨 위에 메는 것. 7) 堵墻(도장)– 둘러쌓아 놓은 담. 8) 柵(책)– 나무를 세워 만든 울. 9) 毛拳(모권)– 털이 말리다. 호랑이 몸이 움츠려 드는 것. 10) 耳戢(이즙)– 귀가 힘없이 쳐지는 것. 11) 撩(료)– 건드리는 것. 12) 須(수)– 수염, 수(鬚). 13) 帖(첩)– 순종하는 것, 잘 따르는 것. 14) 卓地(탁지)– 땅 위에 세우는 것. 15) 吼(후)– 울부짖는 것. 16) 牙爪叢(아조총)– 이빨과 발톱이 있는 호랑이 몸 가까이를 가리킴. 17) 呀開(아개)– 입을 크게 벌리는 것. 18) 從容(종용)– 여유가 있

는 모양.　**19)** 頭顱(두로)- 머리에 쓴 모자.　**20)** 舐(지)- 혀로 핥는 것.
**21)** 彀(구)- 젖먹이, 젖.　**22)** 叱(질)- 소리치다, 꾸짖다.　**23)** 逡巡(준순)-
우물쭈물하며 가는 것.　**24)** 繞闌(요란)- 막아놓은 울을 도는 것.　**25)** 踞地
(거지)- 땅바닥에 웅크리고 앉는 것.　**26)** 凍塵(동진)- 언 먼지, 언 땅.　**27)** 渾
身(혼신)- 온몸.　**28)** 抖開(두개)- 들어서 펴는 것.　**29)** 花錦茵(화금인)- 꽃
을 수놓은 비단 자리. 화려한 모피. 호랑이 가죽을 형용한 말.　**30)** 盤回(반
회)- 빙빙 도는 것.　**31)** 胡旋(호선)- 호선무(胡旋舞). 서역 쪽에서 들어온
빙빙 돌면서 추는 동작이 무척 빠른 춤의 일종.　**32)** 媚(미)- 잘 보이다, 아
첨하다.　**33)** 仰臥(앙와)- 벌렁 드러눕는 것.　**34)** 佯(양)- 거짓, ---체하
다.　**35)** 霍然(곽연)- 벌떡, 갑자기.　**36)** 釀錢(갹전)- 돈을 추렴하는 것.
**37)** 負(부)- 반대로, 뒤쪽으로.　**38)** 虎任(호임)- 호랑이가 시키는대로 따르
는 것.　**39)** 頤使(이사)- 턱짓으로 부리는 것.　**40)** 虎唾餘(호타여)- 호랑이
가 침 뱉은 찌꺼기. 호랑이 덕에 먹고 살아감을 뜻한다.　**41)** 消沮(소저)- 없
어져 버리는 것.　**42)** 斑奴(반노)- 얼룩얼룩한 놈, 얼룩얼룩한 하인. 호랑이
를 가리킴.　**43)** 決蹯(결번)- 발꿈치를 떼어내 버리는 것. 옛날에 어느 사람
이 호랑이를 잡아 발을 묶어 놓았는데, 호랑이가 성이 나자 발목을 스스로
잘라내어 버리고 도망쳤다 한다(『戰國策』). '번'은 짐승의 발바닥이 본 뜻
임.　**44)** 檻(함)- 우리.　**45)** 中黃(중황)- 옛날의 힘이 센 용사의 이름(『尸
子』).　**46)** 梁鴦(양앙)- 주(周)나라 선왕(宣王)의 짐승 치는 관리. 그는 목정
(牧正)이란 벼슬을 하였는데 모든 사나운 짐승들도 잘 따르게 만들었다 한다
(『列子』黃帝).　**47)** 奚補(해보)- 무슨 보탬이 되는가?　**48)** 倀鬼(창귀)- 호
랑이에게 물려죽은 사람이 창귀가 되는데, 다시 호랑이를 인도하여 다른 사
람을 잡아먹도록 해준다고 한다(『正字通』).　**49)** 行藏(행장)- 행실, 거동.


| 解說 |

중국에는 옛날부터 잡기雜技가 발달하고 성행하였다. 사람들의 묘기뿐만이 아니
라 짐승들의 묘기도 늘 함께 연출되었다. 지금의 서커스나 비슷한 연예이다. 작자
는 북경에서 본 서커스에 출현한 호랑이를 노래하고 있다. 그러나 이처럼 긴 시
를 읊은 저의는 이족의 지배 아래 벼슬이나 얻어 하면서 속 편히 지내고 있는 한
족의 지식인들에 호랑이를 빗대고 있는 것 같다.

# 장문도

 ● 1764-1814

자가 중야仲冶, 호가 선산船山이며, 사천성四川省 수녕현遂寧縣 사람이다. 진사가 된 뒤 벼슬은 검토檢討를 거쳐 내주지부萊州知府에 이르렀다. 만년엔 벼슬을 그만두고 고향에 돌아와 살다 죽었다. 그에게는 시집으로 「선산시초船山詩草」가 있다.

# 황주를 지나면서(過黃州[1])

잠자리 같은 한 척 홀로 돌아오는 배 타고 있으려니
추위는 봄옷으로 스며들고 밤 강물은 고요하네.
나는 강물을 가로질러 서쪽으로 날아가는 학처럼
밝은 달 아래 꿈꾸듯이 황주를 지나가고 있네.

청 령 일 엽 독 귀 주　　　　한 침 춘 의 야 수 유
蜻蛉[2]一葉獨歸舟에,　　寒浸春衣夜水幽[3]라.
아 사 횡 강 서 거 학　　　　월 명 여 몽 과 황 주
我似橫江西去鶴[4]하니,　　月明如夢過黃州라.


**| 註解 |**

1) 黃州(황주)— 호북성(湖北省) 황강현(黃岡縣). 송(宋)나라 소식(蘇軾)이 귀
양살이를 하면서 「적벽부(赤壁賦)」를 읊은 곳이다.　2) 蜻蛉(청령)— 잠자리.
3) 幽(유)— 어두운 것, 고요한 것.　4) 西去鶴(서거학)— 서쪽으로 날아가는
학. 소식의 「후적벽부(後赤壁賦)」에 "마침 외로운 학이 한 마리 있어 강을 가
로질러 동쪽으로부터 날아오고 있다(適有孤鶴, 橫江東來.)."하고 읊은 표현
을 빌려 쓴 것이다.


**| 解說 |**

배 타고 황주를 지나면서 밤의 정서를 읊고 있다. 그리고 직접 표현은 않고 있지
만 옛날 그곳에서 「적벽부」를 읊었던 소식蘇軾에 대한 흠모의 정이 문외文外에
넘치고 있다.


# 노구(蘆溝)

노구에서 남쪽을 바라보니 먼지만이 자욱한데,

나뭇잎 지고 찬 서리 내린 큰 벌판 펼쳐져 있네.

하늘과 바다처럼 넓은 시정을 나귀 등에 앉아 얻었는데,

산과 들의 가을빛이 빗속에 찾아오고 있네.

셀 수 없이 많은 세상일 겪었지만 이룬 것이란 없고

별 볼일 없이 남에게만 의존하고 있으니 쓸데없는 인간일세.

옛날의 영웅들은 불러도 일어서 나오지 않으니

큰 소리로 노래하며 부질없이 옛 황금대를 조상弔喪하네.


노 구   남 망 진 진 애　　　목 탈　상 한 대 막　 개
蘆溝¹⁾南望盡塵埃요,　木脫²⁾霜寒大漠³⁾開라.

천 해 시 정 려 배 득　　　관 산 추 색 우 중 래
天海詩情驢背得하니,　關山秋色雨中來라.

망 망 열 세 무 성 국　　　녹 록 인 인 시 폐 재
茫茫⁴⁾閱世⁵⁾無成局이오,　碌碌⁶⁾因人⁷⁾是廢才라.

왕 일 영 웅 호 불 기　　　방 가 공 조 고 금 대
往日英雄呼不起하니,　放歌空弔古金臺⁸⁾라.


**| 註解 |**

1) 蘆溝(노구)- 북경(北京)시 서남쪽 교외의 하북성(河北省)과의 경계에 있는 강물 이름. 지금은 영정하(永定河)라 부르며, 거기에 걸려있는 노구교(蘆溝橋)가 유명하다.　2) 木脫(목탈)- 나뭇잎이 다 떨어지는 것.　3) 大漠(대막)- 아득히 넓은 들판.　4) 茫茫(망망)- 아득한 것, 셀 수도 없이 많은 것. 5) 閱世(열세)- 세상일을 경험하는 것.　6) 碌碌(녹록)- 못난 것, 용열한 것. 7) 因人(인인)- 남에게 의존하는 것.　8) 金臺(금대)- 황금대(黃金臺). 옛터가 하북성 역현(易縣) 동남쪽에 있는데, 전국(戰國)시대의 연(燕)나라 소왕(昭王)이 쌓았고, 그 위에 천금(千金)을 놓고 천하의 현명한 사람들을 불러들였다 한다.


**| 解說 |**

늦은 가을 여행을 하다가 노구를 지나면서 본 풍경과 감상을 노래한 것이다. 조

국을 위하여 공헌 못하는 자신이 무척이나 한심하게 느껴진 모양이다.


# 열엿새 날 밤 눈 속에 강을 건너며(十六夜雪中渡江)

친구가 근래 편지를 보내어 초청을 해주어
배를 타고 강을 가로질러 멀지 않은 곳 갔다 오네.
좋은 술 마시어 경구京口의 눈도 자신도 모르게 즐겁고
큰 돛은 해문산海門山 기슭의 물결을 쉽게 타넘고 가네.
양주揚州의 등불 밝아 달도 빛을 발하지 못하고
오시吳市의 요란한 풍악 뒤에 오직 외로운 퉁소 소리만이 남았네.
저 멀리까지 바람불고 물결치지만 무슨 상관있으랴?
금산金山과 초산焦山이 아름다운 두 송이 연꽃 같네.


故人折簡¹⁾近相招하니,　一舸²⁾橫江路不謠라.

醇酒³⁾暗消⁴⁾京口⁵⁾雪이오,　大帆平壓⁶⁾海門⁷⁾潮라.

揚州燈火難爲月⁸⁾이오,　吳市⁹⁾笙歌¹⁰⁾剩此簫¹¹⁾라.

那管風濤千萬里리오?　妙蓮¹²⁾兩朶是金焦¹³⁾라.


| 註解 |

1) 折簡(절간)- 편지를 써 보내는 것.　2) 舸(가)- 큰 배, 배.　3) 醇酒(순주)-
잘 익은 술, 맛있는 술.　4) 暗消(암소)- 모르는 새에 녹는다. 자기도 모르게
찬 눈을 이겨내며 즐김을 뜻한다.　5) 京口(경구)- 강소성(江蘇省) 진강시(鎭
江市)의 옛 이름.　6) 平壓(평압)- 쉽게 이겨내다, 쉽게 물결을 타넘어 가는
것.　7) 海門(해문)- 장강(長江) 가의 초산(焦山) 가까이 있는 산 이름.　8) 難

爲月(난위월)- 달도 어쩌지 못한다. 눈 오는 밤이라 달이 없는 것은 당연한 일이지만 양주의 찬란한 등불을 강조하기 위하여 이런 표현을 쓰고 있다. 9) 吳市(오시)- 본시는 오나라 도성인 소주(蘇州)를 뜻하나, 여기서는 진강을 가리킨다.  10) 笙歌(생가)- 생을 불며 노래하다. 풍악을 즐김을 뜻한다. 11) 剩此簫(잉차소)- 춘추(春秋)시대 초(楚)나라의 오자서(伍子胥)가 아버지가 억울한 주검을 당하자, 오나라로 도망쳐 나와 한때 통소를 불며 거지노릇을 하였다. 그래서 후세에 거지처럼 어렵게 사는 것을 '오시취소(吳市吹簫)'라 일컫게 되었다.  12) 妙蓮(묘련)- 미묘한 연꽃, 아름다운 연꽃.  13) 金焦(금초)- 금산(金山)과 초산(焦山). 진강에서 멀지 않은 장강 기슭에 있다.

| 解說 |

친구의 초청을 받아 술을 마시고 다시 자기가 살고 있던 소주蘇州로 돌아오면서 감회를 읊은 시이다. 좋은 술을 얻어 마시고 양주와 진강을 지날 적에는 기분이 무척 좋다. 그러나 소주로 가까이 오면서 다시 어려운 자기 형편이 떠오르지만 이를 극복하려 애쓴다.

# 3. 청 말엽의 시

# 공자진

龔自珍 ● 1792-1841

자는 슬인瑟人, 호는 정암 定庵, 절강성浙江省 인화仁和(지금의 杭州) 사람. 진사가
된 뒤 내각중서內閣中書·예부주사禮部主事 등의 벼슬을 하였으나 만년은 벼슬
을 그만두고 물러나와 살았다. 아편전쟁阿片戰爭 전후 시대의 진보적인 사상가
로 뒤에 큰 영향을 끼쳤다. 그의 문집으로 『공자진전집龔自珍全集』이 있다.

# 만감(漫感[1])

서북쪽 먼 지역으로 종군하려니 방법이 막연하고
동남 일대의 일로 서린 한 만이 시 속에 가득 차네.
한 손에 퉁소 들고 한 손엔 칼 들고 평생 일하려는 뜻 지녔으나,
모두 어긋나 십오 년의 세월 광객狂客이란 이름만 얻었구나!

절역 종군계망연
絶域[2]從軍計惘然[3]하고,　東南幽恨[4]滿詞箋[5]이라.
동남유한 만사전

일소일검 평생의
一簫一劍[6]平生意러니,　負盡[7]狂名十五年[8]이라.
부진 광명십오년

| 註解 |

1) 漫感(만감)– 특별한 의도 없이 평소에 느낀 것.　2) 絶域(절역)– 변경 지역. 여기서는 중국의 서북쪽 변경을 뜻한다.　3) 惘然(망연)– 막연한 것, 잘 알 수 없는 것.　4) 東南幽恨(동남유한)– 동남쪽의 서린 한. 동남쪽이란 장강(長江) 하류 지방을 가리키며, 제국주의자들이 아편을 들여와 밀매를 자행하며 경제적인 약탈을 일삼고 있는 것을 가리킴.　5) 詞箋(사전)– 시를 쓴 종이. 6) 一簫一劍(일소일검)– 작자가 잘 쓰던 말. 퉁소는 문재(文才)를 뜻하고, 칼은 무재(武才)를 나타낸다.　7) 負盡(부진)– 모두 어긋난 것.　8) 十五年(십오년)– 작자는 1806년부터 편년시(編年詩)를 쓰기 시작하였는데, 그때 나이 15세였고, 이 시는 17년 뒤 1823년에 쓴 것이다.

| 解說 |

공자진은 문무의 재능을 다하여 조국을 위하여 일하리라는 뜻을 세웠으나 30이 넘도록 아직도 뜻을 못 이루고 있다는 것이다. 어지러운 조국을 바라보며 겨우 광객狂客이란 말 밖에 듣지 못하는 스스로를 한하고 있다.

# 사람 허수아비(人草稿[1])

질그릇 장이가 여와女媧를 본받아

흙을 다져 장난삼아 사람을 만드는데,

어떤 놈은 머리를 숙이고 있고

어떤 놈은 머리가 커다라며,

거기에 붉은 칠 노란 칠 흰 칠 검은 칠을 하여

몸엔 여러 가지 옷을 걸치게 하네.

그래서 조물주에 대하여 생각해 보니

어찌 그분인들 처음 만들 때가 없었으랴?

이처럼 크지만 헛되이 다 갖추어지지 않았으니

여와도 어렵고 힘드는 것을 알고

위대한 장인의 마음을 반만 쓰고 버려두어

얼룩얼룩 흙 속에서 오랜 세월 부식腐蝕이 된 것일세.

꼭둑각시 놀이터에서도 거두어주지 않으니

나는 진실로 그들의 실체를 동정하게 되었네.

시호諡號를 사람 허수아비라 하고

그들을 귀빈貴賓 대우하기로 하였네.

도 사 사 와 황　　　단 토 희 위 인
陶師[2]師[3]媧皇[4]하여,　搏[5]土戲爲人하니,

혹 즉 두 첩 첩　　　혹 즉 두 군 군
或則頭帖帖[6]하고,　或者頭頵頵[7]한데,

단 황 분 묵 지　　　의 상 백 천 신
丹黃粉墨之하고,　衣裳百千身이라.

인 념 조 물 자　　　기 무 촉 고 신
因念造物者하니,　豈無屬稿辰[8]이리오?

$$\text{茲大僞未具}^{9)}\text{하니,} \quad \text{媧也知艱辛}^{10)}\text{하고}$$

자 대 위 미 구 / 와 야 지 간 신

茲大僞未具<sup>9)</sup>하니,　媧也知艱辛<sup>10)</sup>하고

磅礡<sup>11)</sup>匠心半<sup>12)</sup>하여,　爛斑<sup>13)</sup>土花春<sup>14)</sup>이라.

劇場<sup>15)</sup>不見收하니,　我固憐其眞이라.

謚<sup>16)</sup>曰人草稿요,　禮之用上賓<sup>17)</sup>이라.

<br>

## | 註解 |

1) 人草稿(인초고)— 처음 만들어놓고 제대로 다듬지는 않은 사람. 몸만 만들어지고 제대로 된 마음이나 정신은 없는 인간이다. 편의상 '사람 허수아비'라 번역하였다.　2) 陶師(도사)— 질그릇 장이.　3) 師(사)— 배우다, 본뜨다.　4) 媧皇(와황)— 중국의 전설적인 여신인 여와씨(女媧氏). 그는 사람 머리에 뱀 몸을 지녔는데, 태초에 진흙을 빚어 사람을 만들었다 한다(『風俗通義』).　5) 搏(단)— 둥글게 뭉치다. 흙을 이기는 것.　6) 帖帖(첩첩)— 얌전히 밑으로 쳐져있는 모양.　7) 頵頵(군군)— 머리가 커다란 모양.　8) 屬稿辰(촉고신)— 처음 시험 삼아 만들었을 때.　9) 僞未具(위미구)— 제대로 다 갖춰지지 못하여 불완전한 것.　10) 知艱辛(지간신)— 사람을 제대로 완성하는 일이 어렵고 힘든 일임을 알다.　11) 磅礡(방박)— 넓고 큰 모양. 위대한 것.　12) 匠心半(장심반)— 장인(匠人)의 마음을 반만 쓰고 마는 것.　13) 爛斑(난반)— 얼룩얼룩한 것.　14) 土花春(토화춘)— 흙에 부식(腐蝕)되어 봄에 꽃이 피듯 얼룩이 생긴 것.　15) 劇場(극장)— 여기서는 인형극장(人形劇場).　16) 謚(시)— 사람이 죽은 뒤에 붙여주는 시호(謚號).　17) 上賓(상빈)— 귀빈(貴賓).

<br>

## | 解說 |

우언(寓言) 형식의 풍자시이다. 당시에 사람들은 많지만 모두 제대로 된 정신이나 마음은 없음을 풍자한 것이다. 별로 올바른 저항도 못하고 열강(列强)에게 유린당하고 있는 자기 나라를 보고 위정자들과 백성들에게 경각심을 심어주려는 뜻에서 지었을 것이다. 이 시의 앞쪽에서는 작자가 질그릇장이가 진흙으로 인형을 만드는 것을 보고, 옛날 인간을 창조했다는 여와女媧의 창조과정을 상상하는 것이다. 이처럼 자기 나라에 정신없는 인간들이 많은 것은 여와가 진흙으로 사람 모양만 만들어놓고 올바른 정신이나 마음은 만들기가 어려워 내버려둔 인간들이라고 생

각하는 것이다. 모두가 '사람 허수아비'라는 것이다.


## 호떡 노래(餺飥[1]謠)

영감님 시절엔 동전 한 푼으로
달처럼 둥근 호떡을 샀는데,
지금 아이들은 동전 두 푼으로
동전만한 크기의 호떡을 사네.
쟁반 속의 호떡은 한 푼보다 비싼데,
하늘의 달은 한 편이 일그러졌네.
아아! 시중의 음식과 하늘의 달이어!
나는 너희 두 물건이 찼다 기울었다 하는 것을 예측하는데,
두 물건은 나를 지나가는 길손이라 여기고 빛을 비치고 있구나!
달이 호떡에게 말하기를
"둥근 것은 언제 건 기울어진다" 하고
호떡이 달에게 말하기를
"둥글둥글 끝없이 돌아간다"고 하네.
크기가 동전만 하지만
언젠가는 다시 달처럼 둥글어질 것이라는 거지.
아이를 불러 말해주리니,
오백 년 뒤에는 너의 손자들이 배부르게 될 것이라는 걸세.


父老[2]一靑錢[3]으로, 餺飥如月圓이러니,

兒童兩靑錢으로, 餺飥大如錢이라.

盤中餺飥貴一錢이오,　天上明月瘦4)一邊이라.

噫5)!　市中之餕6)兮와,　天上月이어!

吾能料汝二物之盈虛兮어늘,　二物照我爲過客이라.

月語餺飥하되,　圓者當缺7)이오,

餺飥語月하되,　循環無極이라.

大如錢이나,　當復如月圓이리라.

呼兒語若8)하리니,　後五百歲俾9)飽而元孫하리라.


| 註解 |

1) 餺飥(박탁)- 밀가루로 둥글게 만들어 철판 위에 굽는 일종의 호.  2) 父老
(부로)- 아버지와 할아버지 시절.  3) 靑錢(청전)- 동전(銅錢).  4) 瘦(수)-
야위다, 이그러지는 것.  5) 噫(희)- 감탄사. 아아!  6) 餕(준)- 음식 찌꺼기,
음식.  7) 缺(결)-기울다, 이그러지다.  8) 若(약)- 너.  9) 俾(비)- ---하게
하다, 사(使).


| 解說 |

중국의 아편전쟁阿片戰爭 무렵 폭등하는 물가를 걱정하면서 희학戲謔적인 수법으
로 지은 시이다. 작자는 늘 시국의 추이에 신경을 곤두세우면서 조국의 장래를
걱정하고 있었다.


# 기해잡시(己亥雜詩)

[제목 해설] 이 시는 모두 315수로 이루어진 보기 힘든 대형의

조시組詩이다. '기해'는 도광道光 19년(1839), 공자진은 이 해 벼슬을 그만두고 북경을 떠나 고향 항주杭州로 돌아왔다. 그리고 얼마 안 있다가 다시 북쪽으로 가서 가족들을 데려왔는데, 그러느라 남북을 8, 9개월에 걸쳐 9000리 길을 내왕하면서 하북河北·산동山東·강소江蘇·절강浙江의 네 성省을 거쳤다. 작자는 그때 조정을 떠나오면 다시는 돌아가기 어려울 것으로 여겼음으로 여행길에 느끼는 감회가 복잡하고 각별하였다. 그러한 복잡한 감회를 여행길에 느끼는 대로 칠언절구七言絶句의 형식으로 읊어 여행 바구니에 던져 넣어둔 것이 도합 315수가 된 것이다.

따라서 이 시 속에는 작자의 여러 가지 생각과 사상이 실려 있어 그의 생애와 시를 연구하는 데 있어서 없어서는 안될 자료가 되고 있다. 작자가 북경을 그 해 처음 떠난 것은 음력 4월 23일이며, 7월 9일 항주에 도착했다가 다시 9월 15일 가족을 데리러 북쪽으로 출발하여 12월 26일에 가족을 데리고 강소성江蘇省 곤산崑山의 우릉산관羽琌山館에 도착하였다.

## 제5수

한없는 여수旅愁 속에 밝은 해는 기우는데,
채찍 휘두르며 동쪽 하늘 끝 멀리 향해 가네.
떨어지는 꽃잎은 무정한 물건 아니니
봄 진흙에 섞이어 다시 꽃나무 길러주네.

호 탕 리 수 백 일 사　　음 편 동 지 즉 천 애
浩蕩[1]離愁白日斜러니,　吟鞭[2]東指卽天涯라.

낙 홍 불 시 무 정 물　　화 작 춘 니 갱 호 화
落紅[3]不是無情物이니,　化作春泥更護花라.

1) 浩蕩(호탕)– 깊고 넓은 모양, 한없이 넓고 큰 모양.  2) 吟鞭(음편)– 시인
의 말채찍. 말채찍을 휘두르다.  3) 落紅(낙홍)– 떨어지는 붉은 꽃잎.

| 解說 |

여기에서 "떨어지는 꽃잎"은 바로 작자 자신이다. 그는 벼슬을 버리고 조정을 떠
나오기는 하지만 언젠가는 다시 나라와 민족을 위하여 뜻있는 일을 해야겠다고
벼르고 있는 것이다. 꽃잎이 땅에 떨어져 "봄 진흙에 섞이어 다시 꽃나무를 길러
주듯이" 자기도 자신이 의탁하고 있는 이 나라를 위하여 자신을 바치겠다는 것이
다.

## 제 4 4 수

다 쓴 붓을 내던진 뒤 추운 날씨에 몸을 맡기고
내 글을 축축이 젖은 다른 답안지나 같이 보도록 하였네.
어찌 감히 나라의 병 고칠 의원이라 스스로 뽐내겠는가?
약방문으로 오직 옛날의 단약丹藥 을 팔았을 따름이었네.

기축년의 전시에 답안을 왕안석王安石의 「상인종황제서」를 바탕으로 요지를
썼었다.

상 호　척 파　의 천 한　　　　임 작 임 리 담 묵 간<br>
霜毫1)擲罷倚天寒2)하고,　任作淋漓3)淡墨4)看이라.

하 감 자 긍　의 국 수　　　　약 방　지 판 고 시 단<br>
何敢自矜5)醫國手리오?　藥方6)只販古時丹7)이라.

기 축 전 시　　대 지　조 왕 형 공　상 인 종 황 제 서<br>
己丑8)殿試9)에,　大指10)祖王荊公11)上仁宗皇帝書라.

| 註解 |

1) 霜毫(상호)– 붓을 이르는 말.  2) 倚天寒(의천한)– 추운 날씨에 몸을 맡기

다, 송옥(宋玉)이 「대언부(大言賦)」에서 "긴 칼이 번쩍번쩍하는데 머나먼 곳
에 뜻을 두고 있다(長劍耿耿, 倚天之外.)."고 한 표현을 빌린 것이다.  3) 淋
漓(임리)- 축축한 모양.  4) 淡墨(담묵)- 과거의 답안으로 쓴 문장을 가리키
는 말.  5) 自矜(자긍)- 스스로 뽐내다.  6) 藥方(약방)- 약방문. 여기서는 자
신의 과거 답안지에서 나라의 문제를 해결할 방안으로 제시한 글을 가리킴.
7) 古時丹(고시단)- 옛적의 단약(丹藥). 뒤에 보이는 왕안석(王安石)의 「상인
종황제언사서(上仁宗皇帝言事書)」를 가리킴.  8) 己丑(기축)- 도광(道光) 9
년(1829).  9) 殿試(전시)- 명 · 청대에는 성시(省試)에 통과한 거자(擧子)들
을 경사(京師)로 불러 모아 다시 회시(會試)를 보는데, 회시 뒤에 다시 황제
가 직접 참여하여 성적을 매기는 전시를 보았다. 전시는 정치 · 사회에 관한
시무(時務)를 주제로 하는데, 황제가 내준 문제에 조목조목 답안을 씀으로
대책(對策)이라 불렀다.  10) 大指(대지)- 대체적인 주지(主旨).  11) 王荊公
(왕형공)- 송(宋)대에 신법(新法)을 추진했던 왕안석(王安石). 그는 「상인종
황제언사서」라는 상서를 올리어 정치개혁을 주장하였다.


| 解說 |

이 시는 지난 날 자신이 전시殿試를 볼 적을 회고하며 지은 시이다. 그때에는 대
책對策으로 시국을 바로잡을 개혁방안을 제시했는데, 지금은 아무것도 이루지 못
하고 물러나고 있음을 스스로 뉘우치고 있는 것이다.


## 제62수

고인이 문자 창제하니 귀신이 밤에 울었고,
후세 사람은 글자를 알자 온갖 근심 모였네.
나는 귀신 두렵지 않고 근심도 없으니,
영묘한 문자를 밤에 보충하느라 가을 등불 파랗게 밝히고 있네.


일찍이 허신은 옛 글자를 본 것이 적다고 한이 되어, 상나라와 주나라의 동기
銅器에 쓰여 있는 특별한 글자로 글자의 모양과 뜻을 해설하여 『설문해자說文
解字』에 147자를 보충하였는데, 무술년 4월에 책을 완성하였다.

古人<sup>1)</sup>製字鬼夜泣하니,  後人<sup>2)</sup>識字百憂集이라.

我不畏鬼復不憂니,  靈文<sup>3)</sup>夜補秋燈碧이라.

嘗恨許叔重<sup>4)</sup>見古文少<sup>5)</sup>하여,  據商周彝器<sup>6)</sup>秘文<sup>7)</sup>說其形義하여,  補

說文<sup>8)</sup>一百四十七字하니,  戊戌<sup>9)</sup>四月書成이라.


| 註解 |

1) 古人(고인)-「회남자(淮南子)」 본경훈(本經訓)에 "옛날에 창힐(蒼頡)이 글자를 만들자, 하늘에선 곡식이 비처럼 내렸고, 밤에는 귀신이 울었다(昔者蒼頡作書, 天雨粟, 鬼夜泣.)."이라 하였다. 중국에서는 황제(黃帝)의 사관(史官) 창힐이 한자를 만들었다는 전설이 전해지고 있다.  2) 後人(후인)- 송대의 소식(蘇軾)이 「석창서취묵당(石蒼舒醉墨堂)」 시에서 "인생은 글자를 알면서 우환이 시작된다(人生識字憂患始)." 하였다.  3) 靈文(영문)- 영묘(靈妙)한 문자, 한자를 가리킴.  4) 許叔重(허숙중)- 동한(東漢)의 허신(許愼),「설문해자(說文解字)」의 작자임.  5) 見古文少(견고문소)- 허신은 한나라 때 통용된 예서(隷書)를 근거로 한자의 형음의(形音義)를 해설하는 최초의 부수에 따라 한자를 배열한 사전을 저작하였음. 여기의 '고문'은 예서 이전의 옛 글자들을 가리킨다.  6) 彝器(이기)- 옛날 종묘(宗廟)에서 쓰던 예기(禮器). 상나라와 주나라 시대의 동기(銅器)를 주로 가리킨다.  7) 秘文(비문)- 사람들이 잘 알지 못한 글자. 8) 說文(설문)-「설문해자」. 9) 戊戌(무술)- 도광 18년(1838).


| 解說 |

작자는 그처럼 바쁜 중에도 문자학 공부와 저술을 하고 있다. 공자진은 허신의 「설문해자」에 147자의 해설을 보충하는 저술을 완성하고 나서 그 감회를 읊은 것이다. 불행히도 지금 이 작자의 저서는 전해지지 않고 있는 듯하다.

제83수

끄는 줄 하나에는 열 사람의 많은 일꾼이 있어야 하는데,
자세히 계산해보니 천 척의 배가 이 강물을 지나고 있네.
나도 일찍이 나라 창고의 곡식을 축내 온지라
밤에 어여차 소리 듣자 눈물 줄줄 쏟아지네.

5월 12일 회포淮浦에 도착하여 지음.


只籌[1]一纜[2]十夫多어늘, 細算千艘[3]渡此河라.

我亦曾靡[4]太倉[5]粟이니, 夜門邪許[6]淚滂沱[7]라.


五月十二日에, 抵淮浦[8]作이라.


| 註解 |

1) 籌(주)- 준비하다, 기획하다.  2) 纜(람)- 배를 끄는 밧줄.  3) 艘(소)- 배. 배를 세는 단위.  4) 靡(미)- 소비하다.  5) 太倉(태창)- 나라의 곡식 창고. 6) 邪許(야허)- 일하며 여러 사람들이 함께 힘줄 적에 내는 소리. 어여차! 7) 滂沱(방타)- 눈물이 비 오듯 쏟아지는 모양.  8) 淮浦(회포)- 지금의 강소성(江蘇省) 회안현(淮安縣)에 있던 회성(淮城). 북쪽으로 물건을 실어나르는 배가 꼭 지나야 할 곳으로 갑문(閘門)도 있었다.


| 解說 |

이 시는 작자가 도광道光 19년(1839) 북경을 떠나 청강포 淸江浦 에 도착하여 지은 시이다. 그곳에는 갑문閘門 이 있어 지나가는 배를 갑문 위로 끌어올리자면 배 한 척에 수십 명의 인부가 필요하였다. 위정자들은 남쪽의 쌀을 북쪽으로 운반하기 위하여 수많은 사람들을 강제 동원하여 부당한 노동착취를 하고 있었다. 그런 사실을 눈으로 보면서 작자는 눈물을 흘린 것이다.

제123수

소금이나 철의 생산 제대로 하지 않고 황하 다스려 잘 쓰지도
　　않고
오직 동남지방만 의지하니 눈물만 펑펑 쏟아지네.
나라에서 정한 세금이 석 되라면 백성들은 한 말을 내야 되니,
소 잡아먹는 것이 어찌 벼 심는 것보다 낫지 않겠는가?


　　불 론 염 철　불 주 하　　　　독 의 동 남　체 루 다
不論鹽鐵¹⁾不籌河²⁾하고,　獨倚東南³⁾涕淚多라.
　　국 부　삼 승 민 일 두　　　도 우　나 불 승 재 화
國賦⁴⁾三升民一斗니,　屠牛⁵⁾那不勝栽禾⁶⁾아?


| 註解 |

1) 鹽鐵(염철)– 소금과 철. 한(漢)나라 때부터 국가가 그 생산과 판매를 관장
하던 가장 중요한 나라의 생산품이었다. 따라서 이 두 가지 물건의 생산 판
매는 국가의 재정에 큰 영향을 끼치게 된다.　2) 籌河(주하)– 황하(黃河)의
홍수를 잘 다스리어 잘 활용하는 것.　3) 獨倚東南(독의동남)– 오로지 동남
지역에 의지하다. 경제적으로 북쪽지방까지도 강소(江蘇)·절강(浙江)의 동
남지방 쌀 생산에 의존하는 것.　4) 國賦(국부)– 나라의 부세(賦稅). 나라에
서 백성들에게 3승의 부세를 과하였다면 관리들은 한 말, 곧 10승을 빼앗아
간다는 것이다.　5) 屠牛(도우)– 밭 가는 소를 잡아먹는 것, 곧 농사를 짓지
않는 것.　6) 栽禾(재화)– 벼를 심다. 농사를 짓는 것.


| 解說 |

청나라는 만주족의 나라라서 북쪽지방보다 남쪽지방에 대한 착취가 더 가혹했던
것 같다. 나라와 관리들에게 착취당하여 살아가기 조차도 힘든 자기 고향 근처
농민들의 고통을 가슴아파하고 있는 것이다.

## 제125수

나라의 생기가 바람과 우뢰에 의지하여 일어나야 하는데,
그저 잠잠한 벙어리 같기만 하니 정말 슬프도다.
내가 하나님께 간구하노니 다시금 분발하사,
파격적으로 많은 인재 내려 주옵소서!

진강을 지나다가 옥황과 풍신·뇌신을 제사지내는 것을 보았는데, 제사지내면
서 기도드리는 사람들이 무척 많았다. 그곳의 도사가 축문祝文을 지어달라고
간청하였다.

구 주　생 기 시 풍 뢰　　　　만 마 제 음 구 가 애
九州[1]生氣恃風雷어늘,　　萬馬齊瘖[2]究[3]可哀라.

아 권 천 공 중 두 수　　　　불 구 일 격 강 인 재
我勸天公重抖擻[4]하노니,　不拘一格[5]降人才하소서!

과 진 강　　　견 새 옥 황 급 풍 신 뢰 신 자　　도 사 만 수　　도 사 걸 찬 청 사
過鎭江[6],　見賽[7]玉皇[8]及風神雷神者,　禱祠[9]萬數.　道士乞撰靑詞[10].

| 註解 |

1) 九州(구주)- 중국을 이르는 말. 『서경(書經)』 우공(禹貢)편에 중국이 아홉
주(州)로 나뉘어 있음.　2) 萬馬齊瘖(만마제음)- 모두가 벙어리가 된 것처럼
잠잠한 것.　3) 究(구)- 궁극적으로, 정말.　4) 抖擻(두수)- 분발하다, 진작
(振作)하다.　5) 不拘一格(불구일격)- 한 가지 격식에 얽매이지 않는 것, 파
격적인 것.　6) 鎭江(진강)- 강소성(江蘇省)의 도시 이름.　7) 賽(새)- 신을
제사지내는 것, 대개 도사(道士)들이 주관함.　8) 玉皇(옥황)- 도교의 최고
신의 하나. 옥황상제(玉皇上帝).　9) 禱祠(도사)- 제사지내면서 기도드리는
것.　10) 靑詞(청사)- 제사지낼 적에 도사가 신에게 읽는 축문(祝文).

| 解說 |

민간에서 옥황상제와 바람의 신 및 우레의 신에게 제사지내는 것을 보고, 마침

도사가 축문을 지어달라고 간청하여 작자도 자기 소원을 비는 시를 지었다. 나라의 생기가 다시 떨치고 일어나고 침략자들을 물리칠 인재를 내려달라는 것이 그의 소원이다.

## 제130수

도연명陶淵明은 마치 누워있는 용이라던 호걸 제갈량諸葛亮 닮
　　았으니
오래된 심양에는 소나무와 국화 높이 자라있네.
이 시인의 시취詩趣가 결국 담담하다고 믿지는 말게!
삼 분의 이는 「양보음梁父吟」 정취이고 삼분의 일이 「이소離騷」
　　정취일세.


도 잠 혹 사 와 룡 호　　　　만 고 심 양　송 국 고
陶潛酷似臥龍[1]豪니,　萬古潯陽[2]松菊[3]高라.
막 신 시 인 경 평 담　　　　이 분　양 보　일 분 소
莫信詩人竟平淡[4]하라!　二分[5]梁父[6]一分騷라.


| 註解 |

1) 臥龍(와룡)— 제갈량(諸葛亮)을 가리키는 말. 이 구절 아래 "말뜻은 신기질에게 근거를 둔 것이다(語意本辛棄疾)."고 스스로 주를 달고 있다. 신기질의 사(詞) 「하신랑(賀新郎)」에 "도연명을 보면 풍류가 마치 와룡 제갈량 같네(看淵明, 風流酷似, 臥龍諸葛.)."라고 읊고 있다. 2) 潯陽(심양)— 지금의 강서성(江西省) 구강(九江) 남쪽 도연명의 고향. 그는 심양 채상(柴桑) 사람이었다. 3) 松菊(송국)— 소나무와 국화. 도연명이 특히 좋아했고 동시에 그의 고결한 인격을 나타낸다. 4) 平淡(평담)— 그는 속세를 떠나 영리를 멀리하고 살았기 때문에 그의 시취는 평평하고 담담하다고 보는 이도 있다. 5) 二分(이분)— 삼 분의 이. '일 분'은 삼 분의 일. 6) 梁父(양보)— 양보음(梁父吟). 옛날 악부(樂府) 제명. 지금 제갈량이 지었다는 「양보음」이 전하는데, 본시 장송곡(葬送曲)이어서 가사와 곡조가 슬프면서도 강개(慷慨)하다고 한다. 이

는 제갈량이 어려운 나랏일을 걱정했기 때문이다.


## | 解說 |

이 앞 제129수에 "배 안에서 도연명 시를 읽고 3수의 시를 지었다(舟中讀陶詩三首)."고 스스로 주를 달고 있다. 도연명을 나라를 위하여 뜻과 몸을 다 바친 제갈량에 비기면서 자신이 시를 읊는 비분강개 悲憤慷慨 를 표현하고 있다.


## 제231수

옛날 학파의 저술이 무척이나 많아서

촛불 밝히고 책상 앞에 앉는 열정 일으켜 주네.

만약 해 지는 것 막았다는 노양공 魯陽公 의 창이 정말 내 손에
　　있다면

지는 해 오직 내 서재를 비치게 하리라.


구 류 촉 수 서 종 횡 　　　　극 권 당 연 병 촉 정
九流<sup>1)</sup>觸手<sup>2)</sup>緖縱橫하니,　極勸<sup>3)</sup>當筵<sup>4)</sup>炳燭情이라.

약 사 노 과 진 재 수 　　　　사 양 지 걸 조 서 성
若使魯戈<sup>5)</sup>眞在手면,　斜陽只乞照書城<sup>6)</sup>이라.

## | 註解 |

1) 九流(구류)- 제자(諸子) 구류. 『한서(漢書)』 예문지(藝文志) 제자략(諸子略)에는 10가(家)가 수록되어 있으나, 흔히 소설가(小說家)는 제외하고 9가를 들어 구류라 한다. 여기서는 여러 학파들을 총칭한 것이다.　2) 觸手(촉수)- 여기서는 각 학파의 서로 다른 학설을 가리킨다.　3) 極勸(극권)- 적극적으로 권하다, 매우 ---을 하도록 하다.　4) 當筵(당연)- 공부하는 자리에 앉는 것, 책상 앞에 앉는 것.　5) 魯戈(노과)- 노양공(魯陽公)의 창. 춘추(春秋)시대 노양공이 한(韓)나라와 싸우다가 해가 지려 하자, 그의 창을 휘두르니 해가 다시 뒤로 물러서 뜻대로 싸웠다 한다(『淮南子』 覽冥).　6) 書城(서성)- 서재.

| 解說 |

공부에 대한 열정을 노래한 시이다. 시국에 대한 불만 속에서도 공자진은 쉬지 않고 책을 읽으며 공부를 하였다.

## 제307수

이제부터는 푸른 산속으로 우리 부부 작은 수레 타고 돌아가
　　게 되었으니
두 사람 각각 하늘가에 멀리 떨어져 외로이 꿈꾸며 자는 일
　　없으리라!
한 놈은 황매黃梅처럼 의젓하고 한 놈은 산반山礬처럼 안존하니
두 깨끗한 자식 데리고 집에 잘 돌아가게 되었네.

식구들은 동지 뒤 닷새 되는 날에 도성을 떠나왔다.

　　종 차 청 산 공 록 거　　　　단 무 척 몽　타 천 애
　從此青山共鹿車[1]하니,　斷無隻夢[2]墮天涯리라.

　　황 매　담 야　산 반　정　　　유 급 쌍 청　호 도 가
　黃梅[3]淡冶[4]山礬[5]靚[6]하니,　猶及雙淸[7]好到家라.

　　권 속 우 동 지 후 오 일 출 도
　眷屬于冬至後五日出都라.

| 註解 |

1) 鹿車(록거)- 작고 간단한 수레. 동한(東漢) 때 포선(鮑宣)이 부잣집 딸과 결혼을 하였지만 처가의 도움은 사절하고 두 부부가 초라한 녹거를 타고 고향 집을 방문하였다(『後漢書』列女傳).　2) 隻夢(척몽)- 홀로 외롭게 자면서 꿈을 꾸는 것.　3) 黃梅(황매)- 납매(蠟梅)라고도 부르는 매화의 일종.　4) 淡冶(담야)- 산뜻하고 의젓한 것.　5) 山礬(산반)- 강남땅에 흔히 자라는 풀의 일종. 꽃이 피면 매우 향기롭다 한다. 여기에서 '황매'와 '산반'은 작자의

두 아들 공등(龔橙)과 공도(龔陶)의 두 아들을 상징한다.  6) 靚(정)- 고요하
다, 안존하다.  7) 雙淸(쌍청)- 두 아들을 가리킴.

| 解說 |

가족을 데리고 집으로 돌아오는 기쁨과 안도감을 노래하고 있다. 그리고 작자는
자기 두 아들에 대하여 적지 않은 기대를 걸고 있었음이 분명하다.

# 정진

鄭 珍 ● 1806-1864

자는 자윤子尹이며, 만년에 호를 채옹柴翁이라 하였고, 귀주성貴州省 준의遵義 사람이다. 거인擧人은 되었으나 회시會試에는 계속 실패하여 여파현학荔波縣學의 훈도訓導 노릇을 얼마간 했을 뿐 대부분의 생활을 학문과 시에 몰두하며 농촌생활로 보냈다. 그는 학자이고 송시파宋詩派에 속하는 인물이며, 현실을 반영하는 작품도 적지 않다. 문집으로는 「소경당전집巢經堂全集」이 있다.

# 목매어 죽는 슬픔(經死[1]哀)

호랑이 같은 관리가 돌아가기도 전에 호랑이 같은 졸개들이 또
    와서
밀린 세금 내라고 재촉하는 소리 우레와 같네.
우레 같은 소리 잠잠해지기도 전에 곡하는 소리가 일더니
달려와 알리기를 그의 집 영감이 이미 목매어 죽어버렸다 하네.
높은 관리가 이를 갈고 눈을 부라리며 성을 내면서 말하기를;
"나는 목숨은 필요 없고 돈이 필요한거야!
만약 귀신이 된다고 보아주기로 한다면
아마도 이 고을에는 살아있을 사람이란 없을 거야!"
재촉하여 그 아들놈을 불러오도록 해 가지고
곤장 일백 대를 치고는
"아비를 불의에 빠뜨렸으니 그 죄가 얼마나 큰가?
아비가 매달려있는 것 풀려 하거든 속히 세금을 채워 내거라!"
    하네.
아아! 북쪽 성 안에서는 세금 내려고 집을 팔았는데 구더기가
    집문 밖까지 기어 나오고,
남쪽 성 안에서는 또 너덧 명이 목매어 죽었다는 소식 전해오네!

호 졸 미 거 호 례 래　　최 납 연 흠 성 여 뢰
虎卒[2]未去虎隷來하여,　催納捐欠[3]聲如雷라.

뇌 성 부 주 곡 성 기　　주 보 기 옹 이 경 사
雷聲不住哭聲起하고,　走報其翁已經死라.

장 관 절 치 목 노 진　　오 불 요 명 지 요 은
長官切齒目怒瞋[4]하되,　吾不要命只要銀이라!

若圖作鬼卽寬減<sup>5)</sup>이면,  恐此一縣無生人이리라!

促呼捉子<sup>6)</sup>來하여,  且與杖一百하되;

陷父不義罪何極고?  欲解父懸<sup>7)</sup>速足陌<sup>8)</sup>하라!

嗚呼라!  北城賣屋蟲出戶러니,  南城又報縊<sup>9)</sup>三五라!


| 註解 |

1) 經死(경사)- 목을 매어 죽는 것.  2) 卒(졸)- 세금을 받으러 나온 관리. 뒤의 '예(隷)'도 같음.  3) 捐欠(연흠)- 덜 낸 것을 내라고 하는 것.  4) 瞋(진)- 성을 내며 눈을 부릅뜨는 것.  5) 寬減(관감)- 감면(減免)해 주는 것.  6) 捉子(착자)- 죽은 영감 아들을 잡는 것.  7) 懸(현)- 목을 매어 줄에 매달려 있는 것.  8) 足陌(족맥)- 옛날 돈의 단위로 100문(文)이 1맥. 따라서 100문의 돈을 다 채워서 내라. 밀린 세금을 다 내라는 뜻.  9) 縊(이)- 목매어 죽는 것.


| 解說 |

처참한 농촌의 실상을 고발한 시이다. 세금을 다 내지 않으면 심지어 목매달아 죽은 사람의 시체도 못 내리게 하고 있다. 그 결과 살 수가 없어서 파는 집에서는 시체에 자라난 구더기들이 문밖까지 기어 나오는 실정이다. 이민족의 핍박은 상상을 초월한다.


# 무릉에서 책을 태우면서 탄식함(武陵<sup>1)</sup>燒書歎)


[작자 서문] 십이월 초하루에 도원에 배를 대었는데, 밤중에 뱃전이 깨져서 배가 물에 반쯤 잠겼다. 다음 날 무릉에 도착하여 짐 궤짝을 열어보니 모두 흠뻑 젖어있었다. 사흘 밤낮 동안 책을 불에 말렸는데, 전에 베끼고 저술한 것들이 혹은 타기도 하고, 혹

은 그슬리어 반 정도의 책이 겨우 남으니 그 때문에 크게 탄식한 것이다.

十二月朔²⁾에, 泊桃源³⁾이러니, 夜半舷⁴⁾破하여, 水沒半船이라. 翌⁵⁾抵武陵하여, 啓箱簏⁶⁾하니, 皆透漬⁷⁾하니, 烘⁸⁾書三晝夜라. 凡前所述者이, 或燒或焦하고, 半成殘稿하니, 爲之浩歎⁹⁾이라.


| 註解 |

1) 武陵(무릉)— 지금의 호남성(湖南省) 상덕시(常德市).  2) 朔(삭)— 음력 초하루.  3) 桃源(도원)— 지금의 호남성에 속해있는 현(縣) 이름.  4) 舷(현)— 뱃전.  5) 翌(익)— 다음 날.  6) 箱簏(상록)— 책 상자. '록'은 대나무로 만든 상자.  7) 透漬(투지)— 물에 푹 젖은 것.  8) 烘(홍)— 불에 말리다.  9) 浩歎(호탄)— 크게 탄식하는 것.


책을 불에 쬐여 말리는 심정 어떠하겠는가?
마치 늙은 영감이 병든 자식 돌보는 것 같으니,
마음속으로는 그의 원기가 회복될 수 없음을 잘 알고 있으면서
오직 죽지만 않으면 좋겠다고 간구하는 것일세.
책이 불탈 적에는 또 어떠하겠는가?
마치 자애로운 아비가 울고 있는 자식에 성이 나고
그가 죽는 것이 한이 되어 내버리고 돌아다보지도 않다가
서서히 되돌아와 스스로 자식을 어루만지는 거나 같다네.
이러한 심정이 스스로 바보같이 느껴지면서도 스스로가 우스
　　워서

그 때문에 마음과 피를 다 말리고도 번뇌로 변하네.
여든 살까지 장수를 하는 사람 몇이나 되는가?
너 때문에 고통을 당한 사람들은 얼마나 많을 것인가?


烘書之情何所似오?　有如老翁撫1)病子니,

心知元氣不可復이나,　但求無死斯足矣라.

書燒之時又何其2)오?　有如慈父怒啼兒하여,

恨死擲去不回顧라가,　徐徐復自摩撫3)之라.

此情自痴4)還自笑니,　心血旣乾轉煩惱라.

上壽5)八十能幾何오?　爲爾所累何其多오?


| 註解 |

1) 撫(무)- 어루만지다, 돌보다.　2) 何其(하기)- 어떠했는가? 여하(如何)?
3) 摩撫(마무)- 어루만지는 것.　4) 痴(치)- 바보.　5) 上壽(상수)- 장수(長壽)하는 것. 나이를 많이 먹는 것.


| 解說 |

작자는 시인이면서도 학자요, 애서가愛書家이다. 여행 중에 흠뻑 적신 책을 불에 말리느라 책을 그슬리고 태워 반은 못쓰게 된 심정을 읊은 것이다. 책을 죽어가는 자식에 비기고 있는데, 그의 절실한 심정이 잘 드러나 있다. 그는 이미 늙도록 책 때문에 자신의 정력을 적지않이 소모시키고 있으면서도 여전히 책에 대하여 깊은 애착을 지니고 있는 것이다.

# 저녁 풍경(晩望)

저녁 무렵 오랜 들판 위에 서니

아득히 태곳적 봄처럼 느껴지네.

푸른 구름은 날아가는 새들을 빨아들이고

파란 벼 밭에선 길 가는 사람 나오네.

물빛은 가을이 멀어 고요하기만 하고

산 모습은 비온 뒤라 더욱 산뜻하네.

오직 가엾은 것은 계곡 좌우의 집들,

열 집에 아홉 집은 가난해 보이네.


향 만　 고 원 상　　　 유 연 태 고 춘
嚮晚[1]古原上하니,　悠然太古春[2]이라.

벽 운 수 거 조　　　 취 도 출 행 인
碧雲收去鳥하고,　翠稻出行人이라.

수 색 추 전　 정　　　 산 용 우 후 신
水色秋前[3]靜하고,　山容雨後新이라.

독 련 계 좌 우　　　 십 실 구 가 빈
獨憐溪左右하노니,　十室九家貧이라.


| 註解 |

1) 嚮晚(향만)― 저녁이 되어가는 것. 저녁 무렵.  2) 太古春(태고춘)― 태곳적 봄. 그곳의 봄빛이 태고로부터 변하지 않았음을 말한다.  3) 秋前(추전)― 가을이 되기 전. 가을에는 물이 불어 강물이 넘실거리지만 지금은 봄이라 가을이 멀어 강물이 고요하다는 것이다.


| 解說 |

저녁 무렵 작자가 들판을 산책하다가 보고 느낀 소감을 읊은 것이다. 작자는 아름다운 주변 풍경에만 마음을 빼앗기지 아니하고 주변 마을의 가난한 농민들에게

깊은 관심을 기울이고 있다.


# 구실보의 청명하상도에 적음(題仇實父[1] 淸明河上圖[2])

남쪽 북쪽의 와사瓦肆에는 새로운 여러 가지 기예技藝가 연출
　　되고 있고
용진교 밖에는 붉은 먼지가 자욱하네.
여지요자 · 연화압 같은 요리 즐기고 있으니
태평시대에 술 취하고 배불리 먹는 이들이 부럽기만 하네.


南北瓦頭[3]諸伎新하고,　龍津橋[4]外漲紅塵[5]이라.
荔枝腰子[6]蓮花鴨[7]이니,　羨爾承平醉飽人이라.


| 註解 |

1) 仇實父(구실보)─ 명대의 유명한 화가인 구영(仇英). 호가 십주(十洲)였고, 심주(沈周) · 문징명(文徵明) · 당인(唐寅)과 함께 명사가(明四家)라 일컬어지고 있다.　2) 淸明河上圖(청명하상도)─ 송(宋)나라 장택단(張擇端)이 그린 북송(北宋)의 수도 변경(汴京, 지금의 開封)의 황하가의 화려한 풍경을 그린 길이 2장(丈), 폭은 한 자에 못 미치는 비단에 그린 긴 그림. 그림도 잘 그렸지만 송나라 때의 여러 가지 풍경이 그려져 있어 더욱 유명하다.　3) 瓦頭(와두)─ 와사(瓦肆) · 와사(瓦舍) · 와시(瓦市) 등으로도 불리는 송나라 때의 희장(戲場), 그곳에 여러 가지 연극과 기예(技藝)가 공연되었다.　4) 龍津橋(용진교)─ 송대 변경의 시내에 있던 다리 이름.　5) 紅塵(홍진)─ 붉은 먼지. 번잡하고 화려한 속에 일어나는 먼지를 뜻한다.　6) 荔枝腰子(여지요자)─ 여러 가지 고기에 여지를 넣어 요리한 음식 이름.　7) 蓮花鴨(연화압)─ 연꽃 향기를 섞어 요리한 오리고기 음식 이름. 모두 송나라 때 유명했던 요리 이름이다.

'청명하상도'에는 상당히 많은 여러 가지 풍경이 그려져 있다. 그러나 작자는 구영이 모사한 그림을 보고 특히 와사瓦舍에서 놀이를 공연하는 장면과 붉은 먼지를 일게 하고 있는 번화한 거리에 관심을 집중하고 있다. 뒤에 좋은 음식을 마음껏 먹고 술에 취하여 노는 태평성세의 사람들과 작자 당시의 혼란한 세상을 견주기 위해서일 것이다. 따라서 이 시의 뜻은 끝머리 '부럽기만 하다'는 한 마디 말로 요약되고 있다.

# 한단(邯鄲[1])

한단의 노래하고 춤추던 곳이 굉장했다고 모두들 말하는데,
이 나그네의 수레가 머문 곳엔 담까지 들풀로 덮여있네.
젊었던 사람들은 늙었고 예인들은 시집가 버렸으니
홀로 봄의 한단 성에서 저녁 해만 바라보네.

진 설 한 단 가 무 장
盡說邯鄲歌舞場[2]이러니,　客車停處草遮牆이라.
객 거 정 처 초 차 장

소 년 로 거 재 인 가
少年[3]老去才人嫁하니,　獨對春城看夕陽이라.
독 대 춘 성 간 석 양

1) 邯鄲(한단)- 지금의 하북성(河北省) 한단시(邯鄲市).　2) 歌舞場(가무장)- 노래하고 춤추는 곳. 한단은 전국(戰國)시대 조(趙)나라의 도성으로, 한때는 번영하여 아름다운 여자들이 많고 즐기고 놀기 좋은 곳으로 유명하였다. 3) 少年(소년)- 그곳에서 즐기며 놀던 젊은이들.



몰락한 한단의 거리 풍경을 통하여 몰락해가는 청나라의 실정을 은근히 드러내고 있다. 이 시는 비교적 시인이 젊었을 적에 지은 것이다.

# 김화

金 和　● 1818-1885

자가 아포亞匏이고, 강소江蘇 상원上元(지금의 南京) 사람이다. 그는 함풍咸豊 3년 (1853), 태평천국太平天國의 난 때 난군이 남경을 함락시킬 적에 경험을 직접 긴 시로 읊어 당시의 사회상을 잘 반영하고 있다. 그의 시집으로 「추혜음관시초秋 蟪吟館詩鈔」가 있다.

# 난릉 여인의 노래(蘭陵<sup>1)</sup>女兒行)

장군은 선주宣州의 포위를 풀은 뒤
군가를 불으며 줄곧 나는 듯이 행군하여
계속 달리어 동쪽 뇌수瀨水 가에 이르러
금으로 장식한 집을 짓고 옥으로 문을 달고 안착하였네.
열 겹의 가리개 병풍은 화려한 비단으로 만들었고
늘어진 색실 술 가리개엔 수백 개의 여러 가지 구슬이 달려있
　　으며,
바닥 깔개에는 천오天吳와 자봉紫鳳이 가득히 수 놓여있고
산호와 옥 나무가 등불 아래 서로 빛을 발하고 있네.
큰 거북껍질로 만든 쟁반과 소라로 만든 잔에는
산초 꽃 띄워 빚은 술과 삶은 살찐 양고기 담겨 있네.
자리에는 담비 갓옷과 비단옷 입은 당시의 귀인들이 태반이고
눈앞의 화려함은 이 세상에서 보기 어려울 지경이네.
듣건대 장군께서 혼례를 끝마치고
이전에 정혼한 귀족 규수를 오늘 데려 온다네.

난릉은 이곳으로부터 멀리 있으나 중매쟁이를 보내어
봄 강물 위의 배는 지휘하는 데 따라 달려가니,
좋은 날 풍광은 더욱 밝고 아름다우며
눈이 녹은 모래밭은 따스하고 맑은 물결은 비취빛인데,
쌍교雙橋 부근의 아이들은 모두 좋아서 소리 지르고
새해의 매화나무와 버드나무엔 봄기운이 배어있네.
정오가 되자 멀리서 북소리 피리소리 요란하더니

앞 나루터에서는 이미 부인이 도착했음을 알려오네.
장군이 웃음을 머금고 섬돌을 내려가니
여러 손님들은 조용히 주변을 빙 둘러싸고 기다리네.

신부의 아름다운 배가 장군의 집 문 앞에 당도하자마자
배 속의 여자는 날쌔게 뭍으로 올라와 잽싸게 움직이는데,
옷차림 소박하나 우아하고 아무런 장식도 하지 않았으며
풍채가 아름다워 하늘의 선녀처럼 존귀하게 보이니,
만약  요지瑤池에서  서왕모西王母와  수레를  함께  타던  공주가
　　아니라면
꼭 선궁璇宮에서 베를 짜던 천제天帝의 손녀 직녀織女일 듯하네.
훤칠한 키로 우뚝이 서 있는데
옥 같은 모습은 참담하고 따스한 기운이라곤 없는데,
소매 거두며 여러 손님들에게 말하네.
"여기에 오신 분들은 모두가 귀하신 분들이고
저 또한 나라의 은택에서 벗어나 있는 사람이 아니니
처음부터 끝까지 제가 분명히 하는 말을 들어주십시오!
저는 난릉의 벼슬하는 집안 딸인데
세상이 어지러워져 인정은 매우 험악해졌습니다.
집에는 어머님과 두 오라버님이 계시는데
시골집 궁벽한 곳에 살고 있습니다.
전날에 싸늘한 밭 채소에 물을 주고 있을 적에
장군께서 지나다가 여러 번 서서 바라보신 적이 있으나,
나는 물 항아리를 들고 집으로 돌아와 급히 문을 닫고
장군님과는 전혀 한 마디 말도 주고받은 적이 없습니다.

어저께 두 사람의 병사를 보내어
금과 비단을 광주리에 넘치도록 담아 가지고 와서,
나와 장군님은 이미 정혼을 하였으니
우리 어머님께서 옛날에 허혼을 한 것이라서
이번에 배를 타고 친영親迎을 하러 온 것인데
기일도 되었으니 절대로 거절 말라는 겁니다.
저의 오라버님께서 약간 물어보시더니
큰 소리를 기둥과 주춧돌이 흔들릴 정도의 소리를 지르자,
칼을 빼드는 자들 수십 명이 있었으니
이리와 호랑이 같은 자들이 많은 무리를 이끌고 온 거지요.
한 번 소리치자 갑자기 모여들어
집 밖의 길 가는 사람들을 놀라게 하고,
그들 형세가 어찌나 흉흉한지
날아갈 수가 있다 해도 멀리 가기 어려운 지경이었고,
내가 만약 함께 가지 않는다면
온 집안사람들 놀란 영혼은 당장 죽게 될 판이었습니다.
나 지금 이제는 따라왔으니
장군님께 이것은 어떻게 된 사정인가 여쭙고자 합니다."

여인의 말은 한 마디 한 마디가 창자 속에서 불붙어 나오는
    것이었으니,
갑자기 한 손을 내밀어 장군을 부여잡고
다른 한 손으로는 칼집의 칼을 빼려고 하면서 말하였네.
"내 말이 사실인지 거짓인지 당신은 귀로 들었소 못 들었소?
나는 오직 당신을 잡아 고소성姑蘇城으로 끌고 가서

순무아문巡撫衙門으로 가서 사실대로 고소하여
서민을 위하여 요순堯舜 같은 천자님께 사실을 아뢰도록 요청
　　할 것이오!
예부터 많은 명장들이 청사靑史에 향기로운 업적과 이름을 남
　　기며
제후諸侯로 봉해지고 식읍食邑을 받고 돈을 하사받고 비단을
　　하사받는 등 나라의 은사恩賜를 받는 이외에
또 양가의 규수를 약탈한 공로로 포상을 받은 일이 있다는 말
　　을 들은 일이 있는가요?
조서를 내리는 궁전은 가까운 곳에 있고 오색구름에 쌓여있
　　어요!
만일 내가 당신에게 시집간다면
당신은 어찌 기쁘지 않겠어요?
그러나 천자의 명이 없다면
절대로 이 분규는 해결할 수가 없습니다!
당신이 만약 저에게 성이 난다면 바로 저를 죽이시지요.
마치 가볍고 간단하게 한 마리의 벼룩이나 모기를 흙먼지 속
　　에 쳐서 떨어뜨리는 것이나 같은 일일 테니까요!
그러지 않으면 내가 내 칼로 당신의 목숨을 빼앗아
다섯 발걸음 안에 당신의 목 자른 피로 푸른 비단 치마를 흠
　　뻑 적실 것입니다.
문밖의 긴 방축에는 많은 아가위나무가 서 있는데
나무 밑 빈 땅에 내일 호색장군의 무덤을 만들어 드리지요.
살든 죽든 빨리 결정하세요!
어째서 고개를 숙인 채 말없이 서생書生처럼 움츠려들어 있나

요?"

장군은 평일에 군을 우레 소리처럼 큰 소리로 호령하였고
두 팔로는 무려 백 근 천 근이 넘는 돌을 내던질 힘이 있었으나,
이때엔 얼굴에 죽은 재 무늬가 떠오르고
붉게 술에 취한 것처럼 얼굴빛이 붉디붉어졌네.
장막 아래 건장한 병사들도 분위기가 갑자기 고약해지자
주먹을 쥐고 손톱이나 뜯고 어금니만 깨물고 있었네.
장군이 남의 손에 잡히었으나
갑자기 벗어날 수가 없었으니,
쥐에게 물건 던지려면 옆의 그릇들 조심하라고 할 형편이니
무기를 써서 대항할 수도 없네.
장군은 좌우로 손을 흔들어 그의 부하들을 물러나게 하고
눈으로 여러 손님들 바라보는데 마치 누그러뜨리는 한 마디
　　　말이라도 해달라는 듯한 눈치였네.

여러 손님들의 놀라움이 약간 진정되자
한 사람이 여인에게 읍을 하고 앞으로 나아가 말하였네.
"아가씨의 말씀 들어보니
우리도 화가 나서 머리가 위로 뻗습니다.
그러나 장군님의 본심은
처음부터 이렇게 되기를 바란 것이 아닙니다!
구혼을 한 일은 진실로 있던 일이나
약탈결혼이란 비리야 어찌 저지르겠습니까?
어리석은 아랫사람들이 사리를 몰랐으니

죄는 심부름한 사람들에게 있습니다.
심부름 갔던 두 병사는
명령을 그르쳤으니 반드시 호되게 매질을 당할 것입니다.
이제 다른 말 하지 않고
다시 고향 동리로 돌려보내 드릴 것이며
장군께서 친히 댁으로 찾아가
웃통을 벗고 매를 자청하며 죽을 죄의 용서를 빌 것입니다.
삼가 변변치 못한 예물을 올리고
어머님께는 따로 맛있는 음식을 마련해 올리겠습니다.
이 일 지나고 나면 안개와 구름 걷히어
하늘에 본시 아무런 흠집도 없듯이 될 것입니다.
아가씨께서 어서 배에 올라 돌아가십시오,
공연한 말 않고 반드시 약속 지키겠습니다!"

여인은 여러 손님들 돌아보면서 웃음을 띠는 한편 눈썹을 찌
　　푸리며 말하였네.
"여러분은 저를 어린아이로 아십니다!
저분은 지금 크게 실망을 하였는데
거친 성품을 어떻게 다스릴 수 있겠습니까?
산의 귀신이 원수를 찾아 갚으려 할 때에는
지닌 마음이 더욱 악독해집니다.
한탄스러운 것은 전쟁이 일어난 뒤로
곳곳에서 병사들이 백성들을 죽인 것입니다.
백성 죽이기를 적을 죽이듯 하여
그 해독이 온 땅에 넘칩니다.

난릉으로 가는 국도 國道에는
이런 사람들의 내왕이 빈번하여
서리가 내리는 저녁에도
비 내리는 아침에도 있습니다.
몇 칸의 우리 집은
바람에 살랑거리는 땔나무 감이나 같고,
우리 집의 몇 식구 목숨은
솥 안의 물고기나 같이 처참한 신세이어서
손가락 튀기는 사이에 풍파가 일어나기만 하면
눈 깜박하는 사이에 재가 되고 말 처지입니다.
지금 뒤의 화근 禍根을 심어놓는다면
마침내는 원귀 寃鬼가 되고 말 것인데,
염라대왕은 있는지 없는지 모르지만
저승에서 그 누가 원한을 풀어주겠습니까?
천자님께 호소하는 것이 어떻겠습니까?
하늘은 절대로 사사로움이 없을 테니까요.
혹 마침내 악독한 손으로 그를 죽인다면
공론이 자연 진실을 가려줄 것입니다.
내가 여기에 온 것이
사마귀가 두 다리를 벌리고 큰 수레바퀴를 막으려는 것이나
　　　같음을 잘 알지요.
그러나 어찌 목숨을 부지하려고
이 보잘 것 없는 몸 아끼겠습니까?
여러분들의 화해시키려는 말씀은
너무 복잡하여 저는 따르지 못하겠습니다.”

여러 손님들이 다시 앞으로 나서며 읍하고 말하였네.

"제발 노여워 마십시오!

장군께선 현명하다는 명성이 대단하시고

명예를 전부터 소중히 여기고 계시며,

오직 한마음으로 유장儒將이 되기를 바라서

가벼운 갖옷과 느슨한 띠를 띠고 근신謹愼하고 계십니다.

이번 일이 크게 옳지 못하였음이

하루아침에 소문으로 새롭게 퍼진다면,

모든 사람들이 불만스러운 소리를 낼 것이고

틀림없이 거듭거듭 비난을 하게 될 것인데,

이 추악한 평판은 나온 근거가 있는 것이니

장군께서 변명을 하려 해도 입이 움직여지지 않을 것입니다.

깨끗한 백옥에 더러움이 묻으면

돈 몇 문文의 가치도 없게 될 것입니다.

잘못을 뉘우친다 해도 어쩔 수가 없고

한스럽게도 얼굴 가릴 수건도 없음 한탄하게 될 것입니다.

강동江東의 어르신네들은

장군을 만나게 되면 장군과 친한 것을 부끄러워할 것인데,

하물며 감히 여러 사람들의 노여움을 사면서

화단禍端을 일으키며 스스로 혼인을 하겠습니까?

죄를 지고 명교名敎를 다 망치게 되어

다시는 사람노릇도 못하게 될 것입니다.

장군께선 범상한 분이 아니시고

사방에서 적과 싸우느라 고난도 많이 겪으셨으며

큰 재목으로 비록 관중管仲이나 악의樂毅에 견줄 사람이라 할

수는 없지만
영웅의 풍도는 조사趙奢와 염파廉頗에 비길만한 분입니다.
아가씨께서는 올바른 집안의 후손이시니
조정의 용맹스런 신하를 너그러이 용서하시면 다행이겠습니다.
뒷날의 일은 우리 모두의 입으로 보증하겠습니다!
저는 관청 사람이고 저들은 이 고장 유지들입니다.”
한꺼번에 무릎을 꿇고 대신 살려줄 것을 빌면서 칭송하였네.
“아가씨는 신선이오 부처님이오 하늘의 신이십니다!”

여인도 여러 손님들의 뜻은 어기기 어렵다는 것을 알고서
말하였네; “저는 여러분들 뜻에 따르겠으니
여러분들은 앞서 하신 말씀은 잠시 접어두시고,
제게 여러분들이 한 가지 물건을 빌려 주십시오!
제가 듣건대 저분에게는 백어白魚라는 이름의 좋은 말이 있는데
하루 천 리를 달리고도 여유가 있다고 하였습니다.
저는 난릉을 출발하여
집을 떠난 지 이미 나흘이 넘었습니다.
늙은 어머님은 괴로워하시면서 늘 대문에 기대어 서 계실 것
　　이고
두 오라버님은 마당 가운데에서 손을 잡고 공연한 한숨만 쉬
　　고 계실 것입니다.
만약 이 말을 타고 집으로 돌아간다면
오늘 해질 무렵에는 집에 도착하게 될 것입니다.
이제부터는 저도 해어진 움막은 버리고
다른 고장의 도화원桃花源에 살 곳을 장만하여

복사꽃 숲 속에서 어머님을 봉양하고
오라버님들 따라서 태공병법 太公兵法 이나 읽을 것이니,
무릉 같은 그곳은 고기잡이 하는 멍청한 이들은 찾지도 못할
　　곳입니다.
사흘이나 닷새 안으로
살던 집에서 이사를 한 뒤에
말릉 秣陵 의 장위사에서
말을 돌려드리면 어떻겠습니까?”

장군의 그 말은 자주 타지도 않고 아끼던 것이나
이 상황에서는 오직 여인이 떠나지 않을까 두려운지라
급히 아랫사람 불러 말을 앞으로 끌어오게 하니,
말 네 발목은 눈처럼 희고 귀에는 솜 같은 흰 털이 났네.
여인은 이 말을 한 번 둘러보자
미간에 언 듯 기쁜 빛이 떠올랐네.
그제야 손을 풀어 잡았던 장군의 옷을 놓고
몸은 돌릴 사이도 없이 이미 안장 위에 올라앉네.
한 마디 긴 작별인사를 남기면서 공중을 가르듯 달려가는데
번개 치고 별똥 떨어지듯 가는 곳을 모르게 되네.
여인이 떠나간 뒤 며칠 동안 군대에는 아무런 소동도 없었고
장군은 군대를 거느리며 호기 豪氣 를 키웠네.
종산 鍾山 근처 군영 軍營 주변에서
여러 관원들이 장군을 마중하고 수고를 위로하게 되었는데
새 포도로 빚은 큰 잔의 술을 권하고
징이며 피리로 음악 연주하며 기뻐 떠드는 소리 요란하였네.

구름 속에서 나온듯한 한 마리 말이 먼지를 날리며 오는데

아무 탈 없는 맑은 빛을 뿜으며 기세 좋게 당도하네.

천금같은 약속을 그대로 실현하니

장군은 고삐를 잡고 이를 맞아 말의 무리 속으로 돌려보냈네.

말은 피 같은 땀을 흘리고 길게 울부짖는데

그 등 위에는 울퉁불퉁 이리저리 꽁꽁 묶은 석 자 높이의 물
    건이 있는데,

바로 병사들이 전에 갖다 주었던 정혼 예물로

봉해진 채로 조금도 틀림없이 그대로 돌아왔네.

정혼 예물 다 내리자

거기에 또 편지와 칼이 있는데,

칼 빛은 번쩍번쩍 그날은 불어 날리는 터럭도 잘릴 듯하네.

장군은 이 때문에 며칠 밤잠을 제대로 이루지 못하였다네.


장군 기해 선주 위　　　　요 가 일 로 행 여 비
將軍[2]旣解宣州[3]圍하고,　鐃歌[4]一路行如飛라.

행 행 동 지 뇌 수 상　　　　내 영 금 옥 안 옥 비
行行東至瀨水[5]上하여,　乃營金屋安玉扉[6]하니,

보 장 십 중 열 환 기　　　　유 소 백 결 수 주 기
步障[7]十重列紈綺[8]하고,　流蘇[9]百結垂珠璣[10]하며,

천 오 자 봉 첩 지 만　　　　산 호 옥 수 등 상 휘
天吳[11]紫鳳[12]貼地滿하고,　珊瑚玉樹燈相輝라.

영 휴 지 반 대 라 잔　　　　초 화 양 숙 양 고 비
靈蠵[13]之柈[14]大蠡[15]琖[16]엔,　椒花釀熟羊羔肥라.

좌 중 초 금 반 시 귀　　　　안 하 번 화 당 세 희
坐中貂錦[17]半時貴요,　眼下繁華當世稀라.

도 시 장 군 필 혼 례　　　　희 강　구 빙 금 우 귀
道是將軍畢婚禮하고,　姬姜[18]舊聘今于歸[19]라.

蘭陵道遠蹇修<sup>20)</sup>往할새, 春水吳船憑指揮라.

良辰風日最明媚하니, 雪消沙暖晴波翠라.

雙橋兒女競歡聲하고, 新年梅柳含春意라.

卓午<sup>21)</sup>遙聞鼓吹喧할새, 前津已報夫人至라.

將軍含笑下階行하고, 衆客無聲環堵<sup>22)</sup>侍라.


綵船剛艤<sup>23)</sup>將軍門하니, 船中之女隼入<sup>24)</sup>而猱奔<sup>25)</sup>이라.

結束雅素謝雕飾하고, 神光綽約<sup>26)</sup>天人尊하니,

若非瑤池<sup>27)</sup>陪輦<sup>28)</sup>之貴主면, 定是璇宮<sup>29)</sup>宵織<sup>30)</sup>之帝孫이라.

頎<sup>31)</sup>身屹<sup>32)</sup>以立하니, 玉貌慘不溫이라.

斂袖<sup>33)</sup>向衆客하고 가로되,

"來此堂者皆高軒<sup>34)</sup>이라.

我亦非化外<sup>35)</sup>니, 從頭聽我分明言하라!

我是蘭陵宦家女나, 世亂人情多險阻라.

一母而兩兄으로, 村舍聊僻處러라.

前者冰畦自灌蔬할새, 將軍過之屢延佇<sup>36)</sup>로되,

提甕還家急閉門하고, 曾無一字相爾汝<sup>37)</sup>라.

昨來兩材官<sup>38)</sup>이러니, 金幣溢筐筥<sup>39)</sup>하고,

謂有赤繩繫[40]하니, 我母昔口許라 하고,

茲用打槳迎하니, 期近愼勿拒하라 하여

我兄稍誰何하고, 大聲震柱礎라.

露刃數十輩이, 狼虎紛伴侶로,

一呼遽[41]坌集[42]하여, 戸外駭行旅러라.

其勢殊訌訌[43]하니, 奮飛難遠擧하고,

我如不偕來면, 盡室驚魂無死所리라.

我今已偕來니, 要問將軍此何語니라."

女言縷縷[44]中腸焚한데, 突前一手搨[45]將軍하되,

一手有劍欲出且未出하고 가로되;

"我言是眞是假汝耳聞不聞가?

我惟捉汝姑蘇[46]去하여, 中丞[47]臺下陳訴所云云하여,

請爲庶人上達堯舜君하리니, 古來多少名將鐘鼎留奇芬[48]하고,

一切封侯食邑賜錢賜絹種種國恩外에, 是否聽其劫掠良閨[49]

弱息[50]爲策勳[51]고?

詔書咫尺下五雲[52]하니,

萬一我嫁汝면, 汝意豈不欣이리오?

불유천자명　단단불능해차분
不有天子命이면, 斷斷不能解此紛이라!

여여노아즉살아　비저요마　세쇄박락　분토일조
汝如怒我則殺我하라! 譬諸幺麼53)細瑣撲落54)糞土一蚤

문
蟁55)이리라.

불즉아이아검탈여명　오보지내경혈립천청시　군
不則我以我劍奪汝命하며, 五步之內頸血立靑繝絗56)裙하리라.

문외장제무수야당　수　수하여지명일여축호색장군분
門外長隄無數野棠57)樹니, 樹下餘地明日與築好色將軍墳하리라.

일생일사속작계　해용부수불어국촉　동사문
一生一死速作計하라! 奚用俯首不語局促58)同斯文59)고?"

장군평일질타　뢰거은　양비발석무려천백근
將軍平日叱咤60)雷車殷61)하고, 兩臂發石無慮千百斤이러니,

차시면목회사문　정　여중주안훈훈
此時面目灰死紋62)이오, 頳63)如中酒顔熏熏64)이라.

장하건아등악분　악권투조　치요은
帳下健兒騰惡氛하니, 握拳透爪65)齒齩齦66)이라.

장군재인수　창졸　부득분
將軍在人手로되, 倉猝67)不得分하니,

투서사기기　무계시과근
投鼠斯忌器68)라, 無計施戈矜69)이라.

장군좌우요수휘기군　목시중객사걸편언통은근
將軍左右搖手揮其群하고, 目視衆客似乞片言通殷勤이라.

중객경보정　전읍여공자
衆客驚甫定하니, 前揖女公子하고 가로되;

영녀공자언　노발각상지
"聆女公子言하니, 怒髮各上指로다.

요지장군심　시원부도차
要之將軍心은, 始願不到此라.

구혼고유지　찬취　감비리
求婚固有之나, 篡取70)敢非理오?

鹵莽<sup>71)</sup>不解事하니, 罪在使人耳라.

若兩材官者는, 矯命必重箠<sup>72)</sup>하리라.

如今無他言하고, 仍送還鄉里하리다.

將軍親造門<sup>73)</sup>하여, 肉袒<sup>74)</sup>謝萬死하리다.

敬奉不腆儀<sup>75)</sup>하고, 堂上<sup>76)</sup>佐甘旨<sup>77)</sup>하리다.

事過如煙雲하고, 太空本無滓<sup>78)</sup>리라.

請卽回舟行이니, 食言如白水<sup>79)</sup>로다."


女視衆客笑且顰<sup>80)</sup>하고 가로되;

"諸君視我黃口侲<sup>81)</sup>이로다.

彼今大失望하니, 野性詎<sup>82)</sup>肯馴고?

山魈<sup>83)</sup>尋仇讐면, 蓄念愈不仁이라.

慨從軍興<sup>84)</sup>來로, 處處兵殺民이라.

殺民當殺賊하니, 流毒滋<sup>85)</sup>垓垠<sup>86)</sup>이라.

蘭陵官道上엔, 若輩來往頻하여,

不在霜之夕이면, 則在雨之晨이라.

我家數間屋은, 獵獵<sup>87)</sup>原上薪이오,

我家數口命은, 慘慘<sup>88)</sup>釜內鱗<sup>89)</sup>이니,

彈指<sup>90)</sup>起風波면, 轉眼成灰塵이라.

與其種後禍면, 終作銜哀磷<sup>91)</sup>이리니,

閻羅知有無나, 夜臺<sup>92)</sup>寃誰伸고?

何如叫九重<sup>93)</sup>고? 天必無私綸<sup>94)</sup>이리라.

或竟辣手作이면, 公論自有眞이리라.

明知我此來는, 螳斧<sup>95)</sup>當巨輪이라.

寧猶計瓦全<sup>96)</sup>하여, 惜此區區身이리오?

諸君調停詞는, 蔓甚<sup>97)</sup>我弗遵이리다!"


衆客更前揖하고 가로되;

"請勿變色嗔<sup>98)</sup>하라!

將軍負賢名하여, 毛羽<sup>99)</sup>夙所珍하고,

壹意希儒風하여, 裘帶<sup>100)</sup>殊恂恂<sup>101)</sup>이라.

此舉大不韙<sup>102)</sup>니, 一旦傳聞新하면,

萬口鳴不平하여, 可知罟申申<sup>103)</sup>이리니,

惡聲來有由하여, 欲辨難鼓脣이리다.

白璧自汚之면, 罔值錢一緡<sup>104)</sup>이라.

悔過方不遑<sup>105)</sup>이니, 恨無障面巾이리라.

江東[106]諸父老는, 相見慭相親하리니,

況敢犯衆怒하여, 興戎[107]自婚姻이리오?

得罪名敎[108]盡이리니, 不能復爲人이라.

斯人非尋常하니, 四方戰賊多苦辛이오,

大才雖非管樂[109]匹이나, 英風猶自奢頗[110]倫[111]이라.

女公子旣世家裔[112]니, 幸爲朝廷寬假[113]熊羆臣[114]하라.

他日之事願以百口保요, 某也官府某也鄕縉紳[115]이로라."

翕然[116]長跪[117]代請命하되; "惟女公子爲仙爲佛爲天神이라!" 하니라.


女知衆客意難拂[118]하고,

乃曰; "我爲諸君屈하리니,

諸君前說姑置之면, 我與諸君借一物하리라.

我聞彼有善馬名白魚니, 日行千里猶徐徐라.

我之發蘭陵하여, 辭家計已四日餘라,

老母痛苦常倚閭[119]하고, 兩兄中庭握手空唏噓[120]리라.

若乘此馬歸到家면, 加及今日日落初리라.

自今我亦棄敝廬[121]하고, 卜鄰[122]別有秦人墟[123]하리니,

桃花林中奉板輿[124]하고, 從兄去讀黃石書[125]하며,

武陵<sup>126)</sup>隔絶癡兒<sup>127)</sup>漁하리라.

三日五日間에, 我旣遷所居하고,

秣陵<sup>128)</sup>蔣尉祠<sup>129)</sup>에서, 歸馬其何如오?"


將軍此馬不數馭<sup>130)</sup>로되, 至此惟恐女不去하여,

急呼從者牽馬前하니, 四足霏霜<sup>131)</sup>耳披絮<sup>132)</sup>로다.

女一顧此馬하고, 眉宇<sup>133)</sup>色差豫<sup>134)</sup>라.

撒手<sup>135)</sup>始釋將軍衣하고, 身未及騰鞍已據하여,

一聲長謝破空行하니, 電掣<sup>136)</sup>星流不知處러라.

女行數日軍無騷하고, 將軍振旅<sup>137)</sup>膽氣豪라.

鍾山<sup>138)</sup>之旁營周遭<sup>139)</sup>하고, 賓僚迎拜將軍勞할새,

斗酒勸釂<sup>140)</sup>新蒲萄<sup>141)</sup>하고, 鉦笳<sup>142)</sup>雜奏聲歡呶<sup>143)</sup>라.


雲中匹馬塵甚囂<sup>144)</sup>하고, 淸光<sup>145)</sup>無恙來滔滔<sup>146)</sup>하니,

千金一諾<sup>147)</sup>券<sup>148)</sup>果操<sup>149)</sup>라, 將軍迎褻<sup>150)</sup>歸其曹<sup>151)</sup>라.

馬汗如血<sup>152)</sup>長嘶號로니, 背上有物臃腫拳曲<sup>153)</sup>縱橫束縛三

尺高한대,

乃是材官當日將去之聘禮니, 封還<sup>154)</sup>不失分厘毫라.

빙 례 탈 진 처　　　해 엽　다 일 도
聘禮脫盡處에,　薤葉<sup>155)</sup>多一刀하니,

도 광 요 요 기 봉 능 취 모　　　장 군 좌 차　　기 일 야 수 수 불 로
刀光搖搖其鋒能吹毛라.　將軍坐此<sup>156)</sup>幾日夜睡睡不牢라.


| 註解 |

1) 蘭陵(난릉)- 지금의 강소성(江蘇省) 상주시(常州市)에 있던 옛 고을 이름.
2) 將軍(장군)- 태평천국(太平天國)의 난 때 선주(宣州)를 점령했던 난군을
쳐부순 장군. 누구인지는 알 수 없다.　3) 宣州(선주)- 지금의 안휘성(安徽
省) 선성(宣城)의 옛 이름.　4) 鐃歌(요가)- 한(漢)대의 군악(軍樂). 악부(樂
府) 고취곡(鼓吹曲)으로 18곡이 전해지고 있다. 여기서는 일반적인 군악을
가리킨다.　5) 瀨水(뇌수)-지금의 강소성(江蘇省) 율수현(溧水縣)에 흐르고
있는 율수(溧水).　6) 玉扉(옥비)- 옥으로 만든 화려한 문.　7) 步障(보장)-
병장(屛障). 가리개 병풍.　8) 紈綺(환기)- '환'은 흰 비단, '기'는 무늬가 있
는 비단.　9) 流蘇(유소)- 끈목으로 매듭을 맺어 그 끝에 색실로 술을 드리운
것, 수레나 깃발의 가리개나 장식으로 늘어뜨렸음.　10) 璣(기)- 구슬의 일
종.　11) 天吳(천오)- 수신(水神) 이름. 호랑이 몸에 사람 얼굴이고, 각각 여
덟 개의 머리와 발과 꼬리가 있다 한다.　12) 紫鳳(자봉)- 새 몸에 사람 얼굴
이며 아홉 개의 머리가 달린 신수(神獸, 『山海經』에 보임). 모두 바다 깔개에
수놓인 것임.　13) 蠵(휴)- 큰 거북이.　14) 柈(반)- 쟁반, 반(盤).　15) 蠡
(라)- 소라. 라(螺)와 통함.　16) 琖(잔)- 옥잔, 술잔. 잔(盞)과 통함.　17) 貂
錦(초금)- 담비 갖옷과 비단옷을 입은 사람들. 귀인(貴人)들.　18) 姬姜(희
강)- 귀족 집안의 여자를 가리킴. '희'는 주(周)나라 왕실의 성이고, '강'은
제(齊)나라 임금의 성임.　19) 于歸(우귀)- 출가하는 것. 『시경』 주남(周南)
도요(桃夭) 시에서 "지자우귀(之子于歸)"라 한데서 나온 말임.　20) 蹇修(건
수)- 중매쟁이(「離騷」에 보이는 말).　21) 卓午(탁오)- 정오(正午).　22) 環堵
(환도)- 담처럼 빙 둘러서는 것.　23) 艤(의)- 배를 물가에 대는 것.　24) 隼
入(준입)- 새매처럼 날쌔게 들어오는 것.　25) 猱奔(노분)- 원숭이처럼 날랜
동작으로 달리는 것.　26) 綽約(작약)- 자태가 아릿따운 것.　27) 瑤池(요
지)- 전설 중 서왕모(西王母)가 산다는 곳으로, 곤륜산(崑崙山) 위에 있다 한
다.　28) 陪輦(배련)- 수레를 함께 타는 것.　29) 璇宮(선궁)- 직녀(織女)가
살고 있다는 하늘의 궁전.　30) 宵織(소직)- 밤에 길쌈을 하는 것.　31) 頎
(기)- 키가 큰 것, 훤칠한 것.　32) 屹(흘)- 우둑히 선 것, 위로 솟은 것.

33) 斂袖(염수)- 옷소매를 거두다. 몸가짐을 단정히 하는 것을 뜻함.  34) 高軒(고헌)- 높은 수레. 신분이 귀한 사람을 가리킴.  35) 化外(화외)- 조정의 지시를 받지 않는 곳을 가리킴.  36) 延佇(연저)- 오래 서 있는 것.  37) 爾汝(이여)- 너니 나니 하고 친근히 사귀는 것.  38) 材官(재관)- 용감한 병사, 병졸.  39) 筐筥(광거)- 폐물을 담은 광주리. '광'은 네모가 난 것, '거'는 둥근 광주리.  40) 赤繩繫(적승계)- 붉은 실로 매다. 옛날에는 부부가 될 남녀를 신이 붉은 실로 두 사람 발을 함께 매어 인연을 이루게 하였다고 믿었다(李復言『續幽怪錄』).  41) 遽(거)- 갑자기.  42) 奔集(분집)- 모여들다. 43) 訌訌(홍홍)- 형세가 흉흉한 모양.  44) 縷縷(루루)- 한 가닥 한 가닥이, 한 마디 한 마디 모두.  45) 揕(침)- 찌르다, 부여잡다.  46) 姑蘇(고소)- 지금의 강소성(江蘇省) 소주(蘇州). 청대에는 양강총독(兩江總督)은 남경(南京), 강소순무(江蘇巡撫)는 소주에 주재(駐在)하였다.  47) 中丞(중승)- 강소순무(江蘇巡撫)를 가리킴. 옛날에 어사중승(御史中丞)이 있었는데, 청대에는 우부도어사(右副都御史)가 순무(巡撫)직도 겸하여, 여기서 '순무'를 중승이라 부르고 있는 것이다.  48) 鍾鼎留奇芬(종정류기분)- '종정' 같은 동기(銅器)에 이름이 새겨져 특이한 향기로운 이름이 남다. 명수청사(名垂靑史) 또는 유방천고(留芳千古)의 뜻임.  49) 良閨(량규)- 양가의 규수(閨秀).  50) 弱息(약식)- 약한 여자. 소녀.  51) 策勳(책훈)- 공로에 상을 주는 것, 공로를 드러내는 것.  52) 五雲(오운)- 오색의 상서로운 구름, 황제의 궁전이 있는 곳을 가리킴.  53) 么麼(요마)- 가늘고 작은 것, 보잘 것 없는 것.  54) 撲落(박락)- 뚝 떨어지는 것.  55) 蚤蟁(조문)- 벼룩과 모기. '문'은 문(蚊)과 같은 자.  56) 絁(시)- 비단, 거친 비단.  57) 棠(당)- 아가위나무, 산사나무. 58) 局促(국촉)- 불안하여 어쩔줄 모르는 것, 우물쭈물하는 것.  59) 斯文(사문)- 글공부 밖에 모르는 사람.  60) 叱咤(질타)- 꾸짖다, 호령하다.  61) 殷(은)- 소리가 크게 나는 것.  62) 灰死紋(회사문)- 죽은 재 무늬, 죽은 재 꼴. 63) 頳(정)- 붉은 빛.  64) 熏熏(훈훈)- 얼큰한 것, 불그레한 것.  65) 透爪(투조)- 손톱을 잡아 뜯는 것.  66) 齩齦(요은)- 어금니를 악무는 것.  67) 倉猝(창졸)- 갑자기.  68) 投鼠斯忌器(투서사기기)- 옛날 속담. 쥐에게 물건을 던져 쥐를 쫓으려다가 그릇이나 깰까 겁난다는 뜻.  69) 戈矜(과근)- 창. '근'은 창자루.  70) 篡取(찬취)- 찬탈(篡奪).  71) 鹵莽(노망)- 거칠고 야한, 함부로 행동하는 것.  72) 箠(추)- 채찍, 매, 매질을 하다.  73) 造門(조문)- 집을 찾아가다, 방문하다.  74) 肉袒(육단)- 잘못에 대하여 옷을 벗고 매를 쳐주기를 청하는 것.  75) 不腆儀(부전의)- 풍부하지 못한 예물.  76) 堂上(당상)- 노모(老母)를 가리킴.  77) 佐甘旨(좌감지)- 맛있는 음식에 보탬을

주다.  78) 滓(재)- 찌꺼기, 더러운 것.  79) 食言如白水(식언여백수)- 절대
로 식언은 하지 않겠다는 뜻. '백수'는 맹세를 할 적에 늘 인용하는 말임
(『左傳』僖公 24年).  80) 顰(빈)- 눈살을 찌푸리는 것.  81) 黃口侲(황구진)-
어린아이. '황구'는 어린 것, '진'은 아이.  82) 詎(거)- 어찌, 어떻게.  83) 山
魈(산허)- 산 귀신, 도깨비.  84) 軍興(군흥)- 군사들을 일으키다, 전쟁을
시작하다. 청나라에서 태평군(太平軍)을 토벌한 것을 가리킴.  85) 滋(자)-
번지다, 퍼지다.  86) 垓垠(해은)- 온 땅, 온 천하.  87) 獵獵(엽렵)-바람에
날리는 소리, 바람에 마른 풀이 살랑거리는 것.  88) 慘慘(참참)- 비참한 모
양.  89) 鱗(린)- 고기 비늘, 물고기.  90) 彈指(탄지)- 손가락을 튀기는 사
이, 극히 짧은 사이.  91) 銜哀磷(함애린)- 슬픔을 머금은 귀신, 원귀(冤鬼).
'린'은 도깨비불, 귀신을 뜻함.  92) 夜臺(야대)- 분묘, 묘혈(墓穴).  93) 九
重(구중)- 구중궁궐(九重宮闕). 임금의 궁전.  94) 私綸(사륜)- 사사로운 이
치, 사리(私理).  95) 螳斧(당부)- 버마잽이의 앞 찌깨. '당'은 당랑(螳螂),
버마잽이. '부'는 도끼처럼 생긴 앞의 두 팔 같은 찌깨. 『장자(莊子)』천지
(天地)편에 "당비당거(螳臂當車)" 얘기가 보인다.  96) 瓦全(와전)- 계책대로
온전히 이루는 것.  97) 蔓甚(만심)- 쓸데 없는 말이 너무 많은 것.  98) 嗔
(진)- 노하다, 성을 내다.  99) 毛羽(모우)- 명성(名聲), 명예.  100) 裘帶(구
대)- 가벼운 갖옷에 띠는 느슨히 맨 것을 가리킴.  101) 恂恂(순순)- 성실히
근신하는 모양.  102) 大不韙(대불위)- 크게 옳지 못하다, 매우 옳지 못한
일이라 여기다.  103) 詈申申(리신신)- 거듭거듭 꾸짖는 것, 거듭하여 욕하
는 것.  104) 緡(민)- 돈의 단위, 1민은 1000문전(文錢), 동전을 꿰는 실. 따
라서 일민(一緡)은 '한 꾸러미의 동전'이라 볼 수도 있다.  105) 不遑(불황)-
겨를이 없다, 어찌할 겨를이 없다.  106) 江東(강동)- 장군의 고향 지방을
가리킴.  107) 興戎(흥융)- 화단(禍端)을 일으키다.  108) 名敎(명교)- 바른
명분과 예교(禮敎).  109) 管樂(관악)- 춘추(春秋)시대 제(齊)나라 환공(桓公)
때의 재상인 관중(管仲)과 전국(戰國)시대 연(燕)나라의 명장인 악의(樂毅),
두 사람은 임금을 잘 보좌한 명장임.  110) 奢頗(사파)- 전국시대 조(趙)나라
의 명장인 조사(趙奢)와 염파(廉頗).  111) 倫(륜)- 같은 무리, 같은 종류.
112) 世家裔(세가예)- 훌륭한 집안의 후손.  113) 寬假(관가)- 너그러이 용
서하다.  114) 熊羆臣(웅비신)- 무장(武將), 용맹스런 신하.  115) 縉紳(진
신)- 사대부, 유명인사. 본시는 넓은 띠에 홀(笏)을 꽂고 있는 벼슬하는 귀한
신분의 사람.  116) 翕然(흡연)- 한꺼번에 움직이는 모양.  117) 長跪(장
궤)- 무릎을 꿇는 것.  118) 拂(불)- 거스르다.  119) 倚閭(의려)- 마을 문에
기대어 서 있는 것. 딸이 돌아오기를 바라고 있는 것이다.  120) 唏噓(희

허)- 탄식하는 소리.  121) 敝廬(폐려)- 해진 움막. 자기 집을 이르는 말.
122) 卜鄰(복린)- 이웃을 골라 살다.  123) 秦人墟(진인허)- 도화원(桃花源)
을 가리킴. 도연명(陶淵明)의 「도화원기(桃花源記)」에 의하면, 도화원은 진
(秦)나라 때의 사람들이 전란을 피하여 와서 살고있는 곳이다.  124) 板輿(판
여)- 옛날 사람들이 쓰던 가벼운 수레. 노인들이 늘 이 수레를 타고 다녀 뒤
에는 '부모를 봉양하는 것'을 뜻하는 말이 되었다.  125) 黃石書(황석서)-
병서(兵書). 한(漢)나라 장량(張良)이 젊었을 적에 하비(下邳)에서 황석공(黃
石公)을 만나 『태공병법(太公兵法)』을 전수받았다(『史記』 留侯世家). 황석서
는 이 책을 말한다.  126) 武陵(무릉)- 자기가 살 곳을 가리킨다.  127) 癡兒
(치아)- 바보 아이, 멍청한 아이. 도화원을 찾아갔던 어부를 빗대어 이르는
말임.  128) 秣陵(말릉)- 옛 고을 이름. 지금의 강소성(江蘇省) 남경시(南京
市).  129) 장위사(蔣尉祠)- '장위'는 삼국(三國)시대 오(吳)나라 장자문(蔣
子文), 손권(孫權) 때 말릉위(秣陵尉)가 되었다. 종산(鍾山) 아래에서 죽었는
데, 그곳 토지신(土地神)이 되어 사당에 모셔지고, 종산을 장산(蔣山)이라 고
쳐 불렀다.  130) 數馭(삭어)- 자주 타다.  131) 四足霏霜(사족비상)- 네 발
이 눈과 서리처럼 흰 것.  132) 披絮(피서)- 솜으로 덮여있듯이 하얀 것.
133) 眉宇(미우)- 두 눈썹 사이.  134) 差豫(차예)- 약간 기쁜 모습을 드러
내는 것.  135) 撒手(살수)- 손을 놓다, 손을 뿌리치다.  136) 電掣(전체)-
번개가 번쩍하는 것.  137) 振旅(진려)- 군대를 정비하는 것.  138) 鍾山(종
산)- 지금의 남경시(南京市) 중산문(中山門) 밖에 있는 산 이름.  139) 周遭
(주조)- 주변(周邊), 주위.  140) 釂(조)- 술잔의 술을 쭉 마시는 것.  141) 蒲
萄(포도)- 포도(葡萄). 여기서는 포도로 빚은 술, 포도주.  142) 鉦笳(정
가)- 징과 피리. 군에서 쓰는 악기들을 가리킴.  143) 歡呶(환노)- 떠들썩한
것, 시끄러운 것.  144) 塵甚囂(진심효)- 먼지가 일고 매우 시끄러운 것.
145) 淸光(청광)- 백어마(白魚馬)의 맑게 빛나는 광채를 형용한 말.  146) 滔
滔(도도)- 큰 강물이 흐르는 모양, 아무런 거침도 없이 움직이는 모양.
147) 千金一諾(천금일락)- 한 번의 약속을 귀중히 여기는 것.  148) 券(권)-
계약, 약속.  149) 果操(과조)- 마침내 실행하는 것.  150) 馽(집)- 말 굴레,
말을 가리킴.  151) 曹(조)- 무리, 말의 무리.  152) 馬汗如血(마한여혈)- 말
의 땀이 피 같다. 한(漢)대에 서역(西域) 대완국(大宛國)에서 천리마(千里馬)
를 들여왔는데, 붉은 피 같은 땀을 흘렸다 한다.  153) 臃腫拳曲(옹종권곡)-
불룩불룩하고 이리저리 굽은 것.  154) 封還(봉환)- 잘 봉하여 돌려보내는
것.  155) 薤葉(해엽)- 부추 잎. 편지를 이르는 말. 옛날에 글씨 모양을 부추
잎에 비유한데서 유래한 말(梁 庚肩吾 『書品序』).  156) 坐此(좌차)- 이로 인

하여, 이 일 때문에.


| 解說 |

　이 시는 김화의 대표작으로 알려진 1500여 자의 장편 시이다. 청나라 말엽 전란으로 어지러운 시대에 권세가 하늘을 찌르는 한 장군의 횡포에 맞서 싸워 이긴 난릉의 여인 얘기이다. 이 시에 등장하는 인물이며 분위기 모두 가장 중국적이라 할 수 있다.
시가 너무 길어 이해하기 쉽지 않을 것 같아 여러 단락으로 나누어 놓았다. 좀 더 내용을 파악하기 쉬우리라 믿는다.

조
함

趙 函

자는 간보艮甫, 진택震澤(지금의 江蘇 吳縣) 사람. 벼슬은 제생諸生에 그치고, 자세
한 생애에 대하여는 알 수가 없다. 저서로 『낙잠당시집樂潛堂詩集』과 『국잠암잉
고菊潛庵剩稿』가 있다.

# 십애시(十哀詩)

애경구(哀京口[1]) ; 진강이 적에게 함락된 것을 슬퍼함(弔鎭江陷賊[2]也)

[서문] 6월 13일, 적의 배가 천산문으로 들어오자 우리 군대는 도망쳤다. 부도통副都統은 성문을 닫고 감히 나오지 못하였고 진강을 방위해야 할 참찬參贊과 제도提都도 물러나 신풍新豐을 지키고 있었다. 14일 저녁에 적이 대포로 북문을 공격하고 가죽 사다리를 이용하여 성 위로 올라오니 사람들은 모두 함께 도망치려 하였으나 성문이 잠겨있어 나갈 수가 없었다. 적군은 성문을 열어 이들을 놓아주고는 바로 방위군영으로 가서는 대대적인 살육을 감행하였다. 도통은 숨어 있다가 도망쳤는데 어찌 되었는지 알 수가 없다. 그 고장을 수비하던 관리와 군인 중에는 목숨을 바쳐 방위를 하는 이가 하나도 없었다. 적은 도성을 2개월 넘게 점령하고 있었는데 주민들의 시체가 쌓이는 지경이었다. 부녀자들은 욕을 당하지 않으려고 칼로 목숨을 끊기도 하고 목을 매거나 샘물에 뛰어들어 죽은 이들이 헤아릴 수 없을 정도로 많았다.

六月十三日[3]에, 夷船[4]入圌山門[5]하니, 官兵遁이라. 副都統[6]閉城不敢出하고, 參贊提都防鎭江者도, 亦退守新豐[7]이라. 十四之夕에, 賊以大炮攻北門하고, 用皮梯登城하니, 民人相挈逃竄[8]이로되, 而城鎖不得出이라. 賊開門縱[9]之하고, 旋[10]至駐防旗營[11]하여, 大肆屠殺이라. 都統匿避하여,

不知所終하고, 守土官無一拒賊死事者라. 賊据都城兩月

餘러니, 居民死者枕藉[12]라. 婦女不辱嬰刃[13]投繯[14]入井死

者이, 尤不可以勝計라.


장강 어귀 갈대 뿌리 밑에 전함들이 묻혀 있다가
불로 바퀴 돌리며 천산문으로 날라 들어왔네.
쇠사슬로 강을 가로질러 막아 놓았다는 것은 빨간 거짓말
물결치듯 금산金山과 초산焦山을 치는데 하나도 거침이 없었네.


도통都統은 성문을 닫고서 자물쇠까지 채워놓고
늙은이고 병든 이고 성문 밖으로 나가지 못하게 하였네.
곧 적군이 북문으로 쳐들어와서
백성들을 모두 남쪽 성곽 쪽으로 쫓아냈네.


적은 성곽 문을 크게 열어놓고 밤에도 멋대로 다니게 하고는
몸을 돌려 바로 몽고영蒙古營으로 갔네.
몽고 군인들은 잠에 푹 빠져 있다가
꿈속에 머리 잘리어 피를 줄줄 흘렸네.
도통은 얼떨결에 도망쳐 숨어서
얼굴 찢기고 수염 잘렸지만 목숨만은 건졌다네.


아아! 슬픈지고!
적군은 두 달 넘게 성을 점령하고 있었는데
온 성의 장교와 관리들이 모두 도망쳤다네.

관청은 마구간으로 쓰이고
민가는 취사장으로 쓰였네.

자식이 있으면 그의 아비는 멀리 보내고
부인이 있으면 그의 남편은 쫓아버렸네.
여인들은 잠자리 시중하고 남자들은 나무하고 풀 베어오게
　　　하는데
조금이라도 뜻에 어긋나면 모두 죽여 버렸네.
살아남은 사람들은 상처투성이로 길에 가득한데
우리 군인들은 검색많을 때 없이 하고 있네.

江頭戰艦埋蘆根이라가,　火輪[15]飛入圖山門이라.

橫江鐵鎖[16]虛語耳니,　浪打金焦[17]無一二라.

都統閉城兼下鑰[18]하고,　不許城門出老弱이라.

須臾賊破北門來하여,　盡逐民人向南郭[19]이라.

郭門大開縱夜行하고,　翻身乃至蒙古營[20]이라.

蒙古官兵睡方熟이라가,　夢裏人頭血漉漉[21]이라.

都統倉皇[22]走且伏하여,　劈面[23]割須[24]逃鬼錄[25]이라.

吁嗟乎!　夷人據城兩月餘어늘,　一城將吏俱亡遭[26]라.

官廨²⁷⁾作馬廄하고,　民舍作行廚²⁸⁾라.

有子遣²⁹⁾其父하고,　有婦逐其夫라.

女使薦寢³⁰⁾男樵蘇³¹⁾러니,　稍不遂意悉就屠라.

餘者創痍³²⁾滿道途로되,　官兵盤詰³³⁾無時無라.



| 註解 |



1) 京口(경구)- 강소(江蘇)성 진강(鎮江)시의 옛 이름. 진강시는 장강을 바다로부터 250키로 거슬러 올라간 지점에 있는 장강 일대를 지키는 요충지이다.　2) 賊(적)- 도적, 적군. 아편전쟁 때의 영국군을 가리킨다.　3) 六月十三日(육월십삼일)- 도광(道光) 22년(1842)의 6월 13일임.　4) 夷船(이선)- 오랑캐 배. 영국 군함을 가리킴.　5) 圌山門(천산문)- '천산'은 진강시 장강 가에 절벽으로 솟아있는 산. 그곳에 관문이 있어 천산문이라 부른다.　6) 副都統(부도통)- '도통'은 7,500명의 부하를 거느리는 사단장급 장교로 진강의 방위책임자이다. 도통 바로 밑의 장교. 참찬(參贊)과 제도(提都)도 바로 그 밑의 방위책임자들임.　7) 新豐(신풍)- 진강 서북쪽의 도시 이름.　8) 逃竄(도찬)- 도망치다.　9) 縱(종)- 자유롭게 풀어놓는 것.　10) 旋(선)- 얼마 안 있어, 곧.　11) 駐防旗營(주방기영)- 그 지역을 방위하는 군영.　12) 枕藉(침자)- 사람들 몸이 서로 포개지면서 땅 위에 널려있는 것.　13) 嬰刃(영인)- 칼로 잘리는 것, 칼에 찔려 죽는 것.　14) 投繯(투환)- 목을 매어 죽는 것.　15) 火輪(화륜)- 화륜선. 옛날 석탄을 때어 바퀴를 돌려 움직이던 배. 영국 군함을 가리킴.　16) 鐵鎖(철쇄)- 쇠사슬. 작자가 이 구절에 다음과 같은 주석을 달고 있다. "적군이 경구에 이르기 전에 총독(總督)이 상주부(常州府) 소속의 8현(縣)에 격문을 띄워 각 현에서는 쇠사슬 1000줄을 사서 여러 진군(鎮郡)에 보내어 쓸 수 있도록 하라고 하였다. 그러나 이 물건이 도착했을 때에는 성이 이미 함락된 뒤였다."　17) 金焦(금초)- 진강의 서북쪽에 장강을 마주보고 있는 금산과 초산. 이 두 산에는 포대(砲臺)가 설치되어 있었다.　18) 下鑰(하약)- 자물쇠로 채워 놓는 것.　19) 郭(곽)- 성 밖에 다시 쌓은 성.　20) 蒙古營(몽고영)- 청나라 군대는 팔기제도(八旗制度)를 바탕으로 하

고 있었는데, 만주팔기 이외에 몽고팔기와 한족팔기가 있었다. 몽고 기병(旗兵)들이 방어하던 군영이 몽고영이다.  21) 漉漉(록록)- 물이 뚝뚝 떨어지는 모양, 줄줄 흐르는 모양.  22) 倉皇(창황)- 허겁지겁하는 모양.  23) 劓面(이면)- 얼굴에 칼 상처가 나는 것.  24) 割須(할수)- 수염이 잘리는 것. '수'는 수(鬚)와 같은 자.  25) 鬼錄(귀록)- 귀신 명부. 귀신 명부로부터 도망쳤다는 것은 죽음을 면한 것을 뜻함.  26) 亡逋(망포)- 도망치다.  27) 官廨(관해)- 관청 건물.  28) 行廚(행주)- 취사하는 곳.  29) 遣(견)- 쫓아버리는 것.  30) 薦寢(천침)- 잠자리를 같이해 주는 것.  31) 樵蘇(초소)- 나무를 베고 풀을 베는 것.  32) 創痍(창이)- 부상을 입은 것, 상처.  33) 盤詰(반힐)- 검문을 하는 것.

## 애금릉(哀金陵[1]) ; 남경의 주민들과 장강 연변 부락들이 적군에게 유린 당한 것을 슬퍼함(弔省城居民及沿江村落被賊蹂躪[2]也)

적군이 장강으로 들어와 과주瓜州의 나루를 봉쇄하고 의징儀徵의 배를 불태운 뒤 200리를 달리어 관음문觀音門에 다다랐다. 그 때 총독總督은 이미 남경으로 돌아와 있었고, 이절상伊節相과 기장군耆將軍도 뒤이어 도착하여 사절의 신분으로 화해를 교섭하였다. 적군은 온갖 협박을 하면서 갑자기 싸우다가 갑자기 화의에 응하기도 하였다. 화의를 교섭을 하던 사람들은 그들의 농락을 당하였다. 갑자기 종산鍾山의 꼭대기에 대포를 갖다 놓았다고 거짓말을 하여 군인이고 백성들이고 간담이 서늘해져서 그들이 바라는 대로 모두 따라주고 일이 끝났다. 8월에 화의가 이루어져 세 사절들은 적의 우두머리들에게 정해사靜海寺에서 잔치를 벌여 주었고 적군도 대오를 정비하여 떠나갔다. 그러나 적의 배는 오랫동안 강가에 머물러 있어서 성 밖의 주민들은 고통을 크게 당하였다. 또 그들은 거룻배로 멋대로 강포江浦와 육합六合 지역까지 놀러 다니어 그들이 가는 곳의 마을은 텅 비게 되는 실정이었다.

夷入大江<sup>3)</sup>하여, 封瓜州<sup>4)</sup>之渡하고, 焚儀徵<sup>5)</sup>之船하고, 疾
驅二百里하여, 抵觀音門<sup>6)</sup>이라. 時總督<sup>7)</sup>已回省城하고, 伊
節相<sup>8)</sup>耆將軍<sup>9)</sup>相繼至하여, 通使議和라. 夷人要挾<sup>10)</sup>百端하
며, 忽戰忽和라. 當事受其顚倒<sup>11)</sup>라. 忽詭言架炮鍾山<sup>12)</sup>之
頂하니, 官民膽落하여, 悉從其所欲而後已라. 八月和議成하
여, 三節使<sup>13)</sup>宴夷酋于靜海寺하고, 夷人亦整隊伍相送이라.
然夷船久泊江干<sup>14)</sup>하여, 城外居民大受荼毒<sup>15)</sup>이라. 且縱三板
船<sup>16)</sup>游奕江浦<sup>17)</sup>六合<sup>18)</sup>之境하여, 所至村落一空이라.

적군의 배가 장강으로 들어와
먼저 과주의 나루를 점령했는데,
진주眞州 성 밖은 안개처럼 연기 자욱하도록
무수한 소금 나르는 배들을 한꺼번에 태워버렸네.
천연의 요새를 날듯이 넘어오니 물속의 용조차 놀랐을 것이고
돛을 펴고 곧장 남경까지 쳐들어왔네.

성 안의 군대 세력은 흩어져버리고
상부에서는 화의를 내세우며 싸우려 하지 않네.
이절상이 와서 승리할 계획을 세워야 할 것인데
자비로운 마음으로 이전의 원한 모두 털어버리려 하네.
적군의 마음은 탐욕스럽고 흉악한 위에 돈만을 좋아해서
싸움 깃발과 화의 깃발을 양손에 들고 농락하네.

갑자기 대포를 종산 꼭대기에 올려다 놓고
돌로 쌓은 성 내려다보기를 우물 들여다 보듯 하고 있다네.
온 성 안 사람들 통곡하며 몰래 성 밖으로 나와
반 이상 도망쳐서 고깃배를 탔네.
가을바람 불자 추위 두려워 화의가 이루어졌는데
조정의 정책은 먼 곳의 사람들 달래어 전쟁을 멈추려는 것이
　　라네.
우리와 적은 정해사에서 예절을 갖추고
의젓이 굳게 우의를 맹세하였다네.

아아, 슬픈지고!
성 안에서는 노래하고 춤추면서 태평을 축하하는데
성 밖에는 도적들이 여전히 횡행하고 있네.
적군은 강 한가운데를 손뼉 치면서 떠나가고 있는데
삼월 달 장강에는 왕래하는 사람 하나 없네.

이 선 입 강 래　　　선 절 과 주 도
夷船入江來하여,　先截瓜州渡라.

진 주　성 외 생 연 무　　일 거 염 소 부 지 수
眞州[19]城外生烟霧하니,　一炬鹽艘不知數라.

천 참　비 과 교 룡 경　　양 범 직 저 금 릉 성
天塹[20]飛過蛟龍驚이오,　揚帆直抵金陵城이라.

성 중 군 세 환　　대 부　주 화 부 주 전
城中軍勢渙[21]하고,　大府[22]主和不主戰이라.

이 상 국 래 조 승 산　　욕 이 자 비 미　숙 원
伊相國來操勝算이로되,　欲以慈悲彌[23]宿怨이라.

이 정 탐 한　유 애 전　　홍 기 백 기 지 량 단
夷情貪狠[24]惟愛錢하여,　紅旗白旗持兩端이라.

홀 연 여　포 종 산 정　　　　　부 감　석 성 여 감 정
忽然舁<sup>25)</sup>炮鍾山頂하고, 俯瞰<sup>26)</sup>石城如瞰井이라.

합　성 통 곡 잠 출 성　　　　일 반 류 망 입 어 정
闔<sup>27)</sup>城慟哭潛出城하여, 一半流亡入魚艇이라.

추 풍 계 한 화 의 성　　　　묘 모　유 원　사 휴 병
秋風戒寒和議成하니, 廟謨<sup>28)</sup>柔遠<sup>29)</sup>思休兵이라.

화 이 항 례 정 해 사　　　　엄 연　백 견 단 계 맹
華夷抗禮靜海寺하고, 儼然<sup>30)</sup>白犬丹鷄盟<sup>31)</sup>이라.


우 차 호　성 중 가 무 경 태 평　　　성 외 도 적 잉 종 횡
吁嗟乎! 城中歌舞慶太平이나, 城外盜賊仍縱橫이라.

이 인 중 류 고 장 거　　　삼 월 장 강 단 행 려
夷人中流鼓掌去로되, 三月長江斷行旅라.


| 註解 |

1) 金陵(금릉)- 남경(南京)의 옛 이름.　2) 蹂躪(유린)- 짓밟히는 것.　3) 大江(대강)- 장강(長江)을 가리킴.　4) 瓜州(과주)- 진강의 북쪽 장강 건너쪽에 있는 도시.　5) 儀徵(의징)- 과주로부터 30키로 정도 장강을 더 거슬러 올라가 있는 도시.　6) 觀音門(관음문)- 남경에 들어가기 전에 있는 관문(關門).　7) 總督(총독)- 그때 우감(牛鑑)이 양강총독(兩江總督)으로 그 지방의 방위 책임자였다.　8) 伊節相(이절상)- 이리포(伊里布), '절상'은 재상이나 같은 존칭. 만주사람으로 양강총독으로 있다가 흠채대신(欽差大臣)으로 절강(浙江)의 군무를 맡고 있었다.　9) 耆將軍(기장군)- 기영(耆英). 만주사람으로 항주장군(杭州將軍)으로 있다가 이때 흠채대신(欽差大臣)이 되어 영국군과 화의를 진행시키었다.　10) 要挾(요협)- 강요하다, 협박하다.　11) 顚倒(전도)- 뒤바뀌다. 착란을 일으키다. 농락하다.　12) 鍾山(종산)- 남경 서남쪽에 있는 산 이름.　13) 三節使(삼절사)- 세 사절. 우감과 이리포·기영.　14) 江干(강간)- 장강 가.　15) 荼毒(도독)- 피해, 해독.　16) 三板船(삼판선)- 거룻배. 돛을 달지 않은 간편한 배.　17) 江浦(강포)- 남경 서쪽 20키로 거리에 있는 도시.　18) 六合(육합)- 남경 북쪽 60키로 거리에 있는 도시.　19) 眞州(진주)- 의징현(儀徵縣)의 옛 이름.　20) 天塹(천참)- 천연의 요새. 장강의 진강 일대는 옛날부터 천연의 요새로 알려져 왔다.　21) 渙(환)- 흩어지는 것.　22) 大府(대부)- 위의 관청, 상부.　23) 彌(미)- 그치다, 없애다.　24) 貪狠(탐한)- 탐욕스럽고 흉악한 것.　25) 舁(여)- 들어 올리다, 올려다

놓다.  26) 俯瞰(부감)- 몸을 숙여 내려다 보는 것.  27) 闔(합)- 전체, 온.
28) 廟謨(묘모)- 조정의 계책.  29) 柔遠(유원)- 먼 곳의 사람들을 달래는
것.  30) 儼然(엄연)- 의젓한 모양. 점잖고 품위가 있는 것.  31) 白犬丹鷄盟
(백견단계맹)- 중국 남쪽에서는 사랑이나 우의를 맹세할 적에 흰 개와 붉은
닭을 잡아놓고 제사지내는 풍습이 있었다(『風土記』).


| 解說 |

이 「십애시」는 청 말 아편전쟁 당시 여러 도시가 영국군에게 함락되고 백성들이
겪었던 참상을 노래한 것이다.

청 말엽에는 중국 사람들 사이에 아편중독자가 무척 늘어나 아편은 큰 사회문제
로 발전하였다. 가경嘉慶 5년(1800) 무렵에는 연간 아편 수입량이 4000 내지
4500 상자(1 상자는 120근)였는데, 도광道光 17년(1837)년에는 34000 상자로
늘어났다. 이에 청나라 조정에서는 임칙서林則徐 를 흠채대신欽差大臣으로 임명하
여 광동廣東으로 파견하여 아편의 수입을 막도록 하였다. 임칙서는 1839년 외국
의 상관商館을 닫게 하고 영국 상인들이 갖고 들어온 아편 2만 여 상자를 불태우
고 영국과의 무역을 금지하였다. 아편을 중국에 팔아 막대한 이익을 보고 있던
영국은 이권 보호를 위하여 1840년에 유명한 아편전쟁을 시작하였다.

6월에 영국해군은 광동 앞바다에 집결한 뒤 주강珠江 어귀를 봉쇄하고 전쟁을 시
작하였다. 그리고 영국군의 위협이 강해지자 청나라 조정에서는 화의를 하려 하
였으나 영국군은 1841년에도 침략전쟁을 확대하여 아모이(廈門)에 이어 절강浙江
의 정해定海 · 영파寧波 등지를 함락시켰다. 1842년 6월에는 청나라를 더욱 압박
하기 위하여 장강 쪽을 공격하여 6월에는 오송吳淞을 함락시키고, 7월에는 진강
鎭江을 점령하고, 8월에는 남경에까지 이르렀다. 여기에서 영국군은 청나라의 화
의를 받아들여 남경조약南京條約 을 맺은 뒤 전쟁을 끝낸다.

「십애시」 10수는 이 아편전쟁의 실상을 읊은 것이다. 제1수 「애호문哀虎門」은
1941년 2월 영국군이 광동廣東을 공격할 때의 실상과 관천배關天培 장군의 전사
를 노래하고 있고, 제2수 「애아모이哀廈門」는 1941년 7월 아모이를 공격 점령할
때 강계운江繼芸 4등 여러 장교들의 전사를, 제3수 「애주산哀舟山」 · 제4수 「애교
문哀蛟門」 · 제5수 「애용동哀涌東」은 1941년 10월 영국군이 절강성의 정해定海 ·
진해鎭海 · 영파寧波를 점령할 때의 일과 대신 유겸裕謙 의 전사등을 노래한 것이
며, 제6수 「애사포哀乍浦」 · 제7수 「애오송哀吳淞」은 1842년 4월과 5월에 영국군
이 장강 일대를 공격하기 시작하여 장강 어귀의 요충을 점령하는 모습과 제독提
督 진화성陳化成 의 전사를 노래한 것이고, 제8수 「애호독哀滬瀆」은 상해 함락 때

의 실상을 노래한 것이다.

여기에 소개한 제9수 「애경구哀京口」는 강소성 진강鎭江이 영국군에게 함락되던 모양을 노래한 것이고, 마지막 제10수 「애금릉哀金陵」은 남경이 적에게 유린당하고 청나라 조정에서는 세 명의 사절을 파견하여 화의를 구걸하여 남경의 장강 위 영국 군함에서 굴욕적인 남경조약南京條約을 맺고 아편전쟁을 끝내기 직전까지의 상황을 노래한 것이다. 처음부터 끝까지 아편전쟁 때 청나라의 중요한 지역에서 있었던 전쟁을 통하여 영국군의 포학한 행위와 청나라 정부와 군대의 무능함과 함께 적지 않은 애국적인 군인들의 분전과 희생 및 무고한 백성들의 엄청난 수난을 노래하고 있다. 시마다 앞머리에 서문이 있어 그 고장에서의 전쟁 경과를 자세히 먼저 서술하고 있다. 먼저 서문을 자세히 읽고 시를 읽어주기 바란다.

# 왕개운

 王闓運 ● 1832-1916

자는 임추壬秋, 또는 임보壬父, 호는 상기湘綺, 호남성湖南省 상담湘潭 사람이다. 향시鄕試에 급제하여 거인擧人이 된 뒤 태평천국太平天國의 난이 일어나자, 증국번曾國藩의 평정군으로 들어가 활약하였고, 뒤에는 사천성四川省으로 들어가 여러 곳에서 강학講學을 하였다. 청 말에 한림원翰林院 검토檢討가 되기도 하였고, 신해혁명辛亥革命 뒤에는 청사관淸史館 관장을 한 일도 있다. 시문으로 알려졌고, 문집으로 『상기루전집湘綺樓全集』을 남기고 있다.

# 원명원사(圓明園[1]詞)

진秦대의 의춘원宜春園 같은 궁성 안에는 반딧불이 날고 있고
한漢대의 건장궁建章宮 장락궁長樂宮 같은 궁전 옆엔 열 아름
　　의 버드나무 늙었네.
이궁離宮은 옛날부터 놀고 즐길 때 쓰던 것이었는데
황제의 거처가 어찌하여 또 교외郊外에 있게 되었는가?
옛 서호西湖의 맑고 파란 물은 연燕 계薊 지방에 흐르고 있고,
세마구洗馬溝 고량수高粱水가 흐르는 지역은 유목遊牧의 고장
　　이네.
명明 초에는 북쪽 번진藩鎭이었고 옛날 원元나라 도읍이었던
　　이곳은
호수 옆 서산西山이 제왕이 일어나는 기운을 안고 있는 고장
　　이네.
이곳 길거리를 이는 먼지로 하늘까지도 어둑어둑해지도록 만
　　들고는
북극성北極星 같은 천자께서 북두성北斗星 모양의 북경北京으
　　로 옮겨오신 때문이네.
밭도랑 물에 메이고 더럽혀져 썩은 땅이 된 곳도 있어
궁정에 어울릴 샘물의 근원을 찾아 나서서
맑은 물이 고여 있는 단릉반丹稜沜을 겨우 찾아
강희황제康熙皇帝께서 언덕이 진 곳에 먼저 창춘원暢春園을 만
　　들었네.


창춘원의 풍광은 남원南苑보다 빼어나서

천자께서 수레를 타고 납시어 늘 잔치하고 놀았네.
땅의 신령께서는 옛 옹산호瓮山湖를 아끼지 않으시어
그 자리에 천자께서 다시 원명전圓明殿을 지어 액자를 달게 하
　　셨네.
원명전은 처음엔 세자였던 옹정제雍正帝에게 내려졌기 때문에
옹정제는 뒤에 이곳으로 다시 돌아와 교외의 이궁離宮으로 건
　　설하였네.
열여덟 개의 대문이 구불구불한 호숫물 따라 세워지고
그 속에 일곱 기둥 전전正殿이 큰 소나무들 옆에 이룩되었네.
사십경四十景에는 모두 호수 따라 경치 감상하는 장랑長廊이
　　세워지고
산과 바위는 울쑥불쑥 솟아 바람은 그 밑에서만 일고 있네.
감천궁甘泉宮처럼 피서를 하다가 그대로 계속 머물러 있게도
　　되었고,
이궁에 천자를 따라온 사람들은 사냥을 즐기기도 하였네.
건륭황제乾隆皇帝께서 왕위를 계승하여 전성시대를 이루니
온 천하 태평하여 황제께서 놀러 나오시기 고대하였네.
행행行幸하다가 머물던 안란원安瀾園·첨원瞻園·사자림獅子
　　林·소유천원小有天園을 감상하시고
화공畵工에게 그곳 경치를 그리게 하여 갖고 와서 똑같은 경
　　치를 원명원에 만들었네.
누가 강남 풍경 빼어난다 하였는가?
천지를 축소시켜 옮겨다 놓아 임금님 품 안에도 모두 있게 된
　　것을!

당시의 천자께서는 주周 문왕文王의 영유靈囿처럼 만들고자
　　한 것이니
노대露臺를 만드는 것 같은 적은 경비야 셈이나 했겠는가?
부지런히 안일하게 지내지 않고 교만하고 사치스런 생각을
　　경계하셨으나
가경황제嘉慶皇帝가 공경스럽고 검소하지 않을 줄이야 어찌
　　알았으랴?
도광황제道光皇帝에 와서는 가을 사냥의 의식도 그만두게 되
　　었고,
요상한 병란兵亂의 기운이 어느덧 남북으로 전파되고 있었네.
관리들의 정치가 문란해지자 백성들은 곤경에 빠지고
큰 고래 같은 서양 전함이 물결 헤치고 나타나자 바다 물결도
　　말라 버렸네.
도광道光·함풍咸豊의 이재理財 관리들은 비로소 놀라며 재정
　　을 걱정하여
천자의 행궁行宮을 팔아 자금 유통을 도우려 하였네.

오십 년 전의 일 골똘히 생각해보니
땔나무 곁에 불을 두어 이미 불이 타오른 셈이네.
태평천국太平天國의 군대가 북경을 침범하려 하였고
협기俠氣 있는 난군들은 탐관오리를 찾아 죽였네.
이때 함풍황제咸豊皇帝는 걱정스럽고 위태로운 실상을 알고
칙명勅命으로 세 신하를 뽑아 군대를 나가 돌보도록 하였는데,
황제의 궁전에는 앞자리에 앉아 시중해주는 이도 없게 되었
　　으니

황제는 교외의 재궁齋宮으로 나가 제단 앞에서 한을 품고 어
　　려운 백성들을 위하여 곡하였네.
해마다 천자의 수레 다니던 길 위에는 봄풀만이 자랐고
모든 것들이 가슴 아프게 하니 아름다운 꽃과 새조차도 슬프
　　게 하네.
이쁜 여인들과 투호投壺 나 하며 억지로 웃고 노래하고
금 술잔 던져주며 술 권하기를 저녁부터 새벽까지 이어 하네.
함풍황제는 원명원의 사철 풍경 좋아하여 교외로 나와 지내
　　다가
동지冬至가 되어서야 궁전 안으로 들어가서는 또 봄이 시작되
　　기를 바랐네.
날씬한 네 명의 궁녀가 천자의 수레 따라다니며
한밤이 다가도록 궁관宮館 문 드나들었네.
함풍황제의 궁녀들은 한漢나라 때 최씨崔氏 머리 쪽을 흉내
　　내었고,
황후께서는 한나라 선왕宣王의 강후姜后처럼 귀고리 떼어놓고
　　임금 잘못을 간하였네.
황제의 수레가 다니던 길에 외국 군대가 쳐들어와 곧 슬퍼해
　　야 하게 되었는데
따져볼 사이도 없이 황제께서 돌아가시어 동치(同治)황제가
　　즉위하셨네.
황제가 열하熱河에서 돌아가시어 활과 칼만이 한을 안고 공연
　　히 돌아왔는데,
교외의 원명원은 한 자루 횃불에 타 연기되어 날아가 버렸네.

옥 같은 샘물 슬프게 오열하고 곤명호昆明湖는 메워졌는데
오직 구리로 만든 외뿔소 만이 가시덤불 지키고 있네.
청지수靑芝岫 안에서는 밤이면 여우가 울고 있고
수의교繡漪橋 아래에서는 물고기가 부질없이 울고 있네.
복원문福園門 지키던 늙은 태감太監은 어떤 사람인가?
일찍이 조정의 반열班列에 끼어 황제를 받들던 이라고 하는데,
옛날에는 시끄러워 조정의 귀한 이들 오는 것 싫어했으나
지금 와서는 쓸쓸하여 놀러 오는 사람도 좋아한다네.
놀러오는 사람 시절과 조정의 귀한 이들의 시절이 적적하고
　　시끄러운 것이 달라졌지만
우연히 오는 사람들 중엔 다시는 글 잘하는 관원은 없는 형편
　　되었다네.
현량문賢良門은 닫혀지고 부서져 벽돌 조각만이 남았고
광명전光明殿은 불에 타 무너진 벽이나 찾아야 했네.


함풍황제는 새로이 청휘당淸輝堂을 지었는데
전호前湖 가까이의 새벽빛을 받아들이기 위해서였네.
요상하게 황제의 꿈에 원신園神이 나타났는데 이품二品의 벼
　　슬도 마다하고 떠나버렸다 하고,
불교의 나라를 본떠 지은 사위성舍衛城 등도 부서져 사방으로
　　흩어졌네.
호수 속에는 창포와 피가 쑥쑥 자라있고
섬돌 앞에는 쑥대가 버석버석 소리 내고 있네.
말라죽은 나무에 다시 솟은 움은 땔나무 감으로 훔쳐가고
헤엄치는 물고기는 잠시 뛰어올라보기도 하지만 그물이 던져

져 놀라네.

그밖에 개운루월대 開雲鏤月臺 가 있는데

태평성대의 강희康熙 · 옹정雍正 · 건륭乾隆 의 세 황제가 함께
　　오셨던 곳이네.

그곳에 어지러이 대나무가 이끼를 뚫고 솟아나고

봄꽃이 이슬에 젖어 눈물 흘리듯 피는 것 보지 못하게 될 줄
　　이야 어찌 알았으랴!

평호平湖 서쪽으로 가면 건물과 정자들이 있는데

벽에는 멋진 필체로 연이어 글이 적혀 있었네.

황금 사다리에는 한 걸음 한 걸음 연꽃을 피웠다는 미인들이
　　걸어갔을 것이고,

푸른 창 앞에는 곳곳이 눈썹까지도 화장한 미인들이 있었으
　　리라!


옛날 함풍황제가 영불英佛 군대의 침입으로 갑자기 낙타를 타
　　고 열하熱河 로 도망갈 때

숙직하는 궁녀들과 여관女官 들도 남겨놓은 채,

갈잎피리 짧게 부는 소리 들으며 가을 달 따라가면서

콩죽으로 허기 달래며 열하를 향해 가야만 하였네.

북경의 상동문上東門이 열리어 영불 연합군 장교들이 들어오자

바로 왕공王公 들은 영접하느라 길가에 늘어서게 되었고,

적군이 옹문雍門의 가래나무에 불을 지르기도 전에

이 원명원은 불에 타 버렸네.

봉도蓬島 를 지키던 한 외로운 신하 문풍文豊 만이 가련하니

그는 고결한 뜻을 지키고자 굴원屈原 처럼 복해福海 에 몸을 던

졌네.

승상丞相들은 적병을 피한 뒤 사절使節 표시를 갖고 그들을
　　맞아들였는데,
낮은 사람들은 적을 막다가 문 앞에서 죽었네.
지금까지도 복해에는 원한이 바다처럼 깊으니
신주神洲라는 이 땅에 아직도 신이 있다고 누가 믿겠는가?


백 년 동안에 이루어지고 무너진 것이 얼마나 갑작스런 일이
　　있는가?
온 세상이 황폐해지고 부서져서 눈앞에 있는 듯하네.
단봉성丹鳳城이나 자금성紫禁城으로도 돌아갈 수 있을 터인데
강남의 제비가 돌아와 숲 속 나무에 집을 지었다는 얘기를 듣
　　게 될 줄이야!
무너진 건물과 기울어진 집터를 그대들 잘 보게!
어렵고 위태로워져야 나라의 중흥이 어렵다는 것을 비로소
　　알게 되네.
어사御史 중에 원명원의 보수를 말하였다가 징계를 받은 이가
　　있으니
환관宦官을 보내어 비단을 짜오도록 하지 말아야 하네!
비단은 공연히 강남의 부세賦稅만 다 짜내어 소비하게 되고,
원앙 무늬나 용 발톱의 무늬는 새것에 옛것들이 섞이게 될 따
　　름이네.
궁성문의 결채結綵를 전체적으로 늘인다 하더라도
옛날 서호西湖 둘레 길가의 아름다움만 하겠는가?

서호의 땅은 땅이 척박하기 순하 郇瑕와 비슷하여

명明 대에 무청후武淸侯가 잠시 그곳에 살았는데 바로 집안이
　　망했네.

오직 물고기 잡고 벼를 심어 백성들의 이익이 되도록 하여야
　　할 곳이니,

버드나무에 꾀꼬리 날며 궁원의 꽃과 아름다움 다투도록 하
　　지 말아야 했네.

글 짓는 문신이 도성都城을 논하는 부의 뜻을 알겠는가?

수레 앞 손잡이 끌어서는 낙양洛陽으로 놀러 나가는 황제의
　　수레는 못 움직이네.

한漢나라 사마상여司馬相如도 부질없이 상림부上林賦 읊었으니

좋은 때 만나지 못하면 공연히 스스로만 탄식하게 되네.


의 춘 원 중 형 화 비　　　　건 장　장 락 류 십 위
宜春苑[2]中螢火飛[3]하고,　建章[4]長樂柳十圍[5]라.

이 궁 종 래 봉 유 예　　　　황 거 나 부 재 교 기
離宮[6]從來奉游豫[7]니,　皇居那復在郊圻[8]리오?

구 지 징 록 유 연 계　　　　세 마　고 량 유 목 지
舊池[9]澄綠流燕薊[10]하고,　洗馬[11]高梁游牧地라.

북 번　본 진 고 원 도　　　　서 산　자 옹 홍 왕 기
北藩[12]本鎭故元都요,　西山[13]自擁興王氣라.

구 구　진 기　암 련 천　　　　진 극 성　이 북 두　변
九衢[14]塵起[15]暗連天하니,　辰極星[16]移北斗[17]邊이라.

구 혁　전 어 성 척 로　　　　궁 정 영 대　멱 천 원
溝洫[18]塡淤成斥鹵[19]하여,　宮庭映帶[20]覓泉原이라.

정 홍　초 견 단 릉 반　　　　파 타　선 기 창 춘 원
渟泓[21]稍見丹稜沜[22]하니,　陂陀[23]先起暢春園이라.


창 춘 풍 광 수 남 원　　　　예 정　봉 개　장 유 연
暢春風光秀南苑[24]하니,　蜺旌[25]鳳蓋[26]長游宴이라.

地靈不惜邑山湖[27]하여, 天題[28]更刱圓明殿이라.

圓明始賜在潛龍[29]이러니, 因回邸第[30]作郊宮이라.

十八籬門[31]隨曲澗하고, 七楹正殿[32]倚喬松이라.

軒堂四十[33]皆依水요, 山石參差[34]盡亞風이라.

甘泉[35]避暑因留蹕[36]하고, 長楊[37]扈從[38]且彉弓[39]이라.

純皇[40]纘業[41]當全盛하니, 江海無波待游幸이라.

行所[42]留連[43]賞四園[44]하고, 畫師寫放[45]開雙境[46]이라.

誰道江南風景佳오? 移天縮地在君懷라.


當時只擬成靈囿[47]니, 小費何曾數露臺[48]리오?

殷勤[49]毋佚[50]箴[51]驕念이러니, 豈意元皇[52]失恭儉이리오?

秋獮[53]俄聞罷木蘭[54]하고, 妖氛[55]暗已傳離坎[56]이라.

吏治陵遲[57]民困痛[58]하니, 長鯨[59]跋浪[60]海波枯라.

始驚計吏[61]憂財賦하여, 欲賣行宮助轉輸[62]라.


沈吟[63]五十年前事[64]하니, 厝[65]火薪邊然[66]已至라.

揭竿[67]敢欲犯阿房[68]하고, 探丸[69]早見誅文吏라.

此時先帝[70]見憂危하고, 詔選三臣[71]出視師[72]나,

宣室[73]無人侍前席하고, 郊壇[74]有恨哭遺黎[75]라.

年年輦路[76]看春草하고, 處處傷心對花鳥라.

玉女[77]投壺[78]強笑歌하고, 金杯擲酒連昏曉라.

四時景物愛郊居하여, 玄冬[79]入內望春初러라.

裊裊[80]四春[81]隨鳳輦하고, 沈沈[82]五夜[83]遞銅魚[84]라.

內裝[85]頗學崔家髻[86]요, 諷諫頻除姜后珥[87]라.

玉路[88]旋悲車轂鳴[89]하고, 金鑾[90]莫問殘鐙事[91]라.

鼎湖[92]弓劍恨空還하니, 郊壘[93]風煙一炬間이라.


玉泉[94]悲咽昆明[95]塞하고, 惟有銅犀[96]守荊棘이라.

靑芝岫[97]裏狐夜啼하고, 繡漪橋[98]下魚空泣이라.

何人老監[99]福園門고? 曾綴[100]朝班[101]奉至尊으로,

昔日喧闐[102]厭朝貴[103]터니, 於今寂寞喜游人이라.

游人朝貴殊喧寂[104]하고, 偶來無復金閨客[105]이라.

賢良門[106]閉有殘磚하고, 光明殿[107]毀尋頹壁이라.


文宗新構淸輝堂[108]하니, 爲近前湖[109]納曉光이라.

妖夢[110]林神辭二品하고, 佛城舍衛[111]散諸方이라.

호중포패 의의 장　　계전호애 소소 향
湖中蒲稗[112]依依[113]長하고, 階前蒿艾[114]蕭蕭[115]響이라.

고수중추 도작신　　유린잠약경봉망
枯樹重抽[116]盜作薪하고, 游鱗暫躍驚逢網이라.

별유개운누월 대　　태평삼성 석동래
別有開雲鏤月臺[117]하니, 太平三聖[118]昔同來러라.

영 지란죽침태출　　불견춘화읍로개
寧[119]知亂竹侵苔出고? 不見春花泣露開라.

평호 서거헌정재　　제벽 은구 련도해
平湖[120]西去軒亭在하니, 題壁[121]銀鉤[122]連倒薤라.

금제 보보도련화　　녹창 처처류라대
金梯[123]步步度蓮花[124]하고, 綠窓[125]處處留嬴黛[126]라.

당시 창종동령타　　수궁상직 여빈아
當時[127]倉卒動鈴駝[128]하여, 守宮上直[129]餘嬪娥[130]라.

노가 단취수추월　　두죽 장기망열하
蘆笳[131]短吹隨秋月이러니, 豆粥[132]長飢望熱河라.

상동문 개호추 과　　정유왕공반도좌
上東門[133]開胡雛[134]過하니, 正有王公班道左[135]라.

적병미열 옹문추　　목동 이견려산화
敵兵未爇[136]雍門萩[137]러니, 牧童[138]已見驪山火라.

응련봉도 일고신　　욕지고결 비령균
應憐蓬島[139]一孤臣[140]이니, 欲持高挈[141]比靈均[142]이라.

승상 피병생취절　　도인 거구사당문
丞相[143]避兵生取節[144]이나, 徒人[145]拒寇死當門이라.

즉금복해 원여해　　수신신주 상유신
卽今福海[146]寃如海하니, 誰信神州[147]尙有神이리오?

백년성훼 하총촉　　사 해 황 잔 여 재 목
百年成毁[148]何恩促[149]고? 四海荒殘如在目이라.

단성자금 유가귀　　기문강연소림목
丹城紫禁[150]猶可歸어늘, 豈聞江燕巢林木[151]고?

폐 우 경 기 군 호 간　　간 위 시 식 중 흥 난
廢宇傾基君好看하라! 艱危始識中興難이라.

已懲[152]御史言修復하니,  休遣中官[153]織錦紈하라!

錦紈[154]枉竭江南賦[155]요,  鴛文龍爪[156]新還故라.

總饒[157]結綵[158]大宮門이나,  何如[159]舊日西湖路[160]아?


西湖地薄[161]比郁瑕[162]니,  武淸[163]暫住已傾家라.

惟應魚稻資民利니,  莫敎鶯柳鬪宮花[164]하라!

詞臣詎[165]解論都賦리오?  挽輅[166]難移幸雒車[167]라.

相如[168]徒有上林頌하니,  不遇良時空自嗟라.


## 註解

1) 圓明園(원명원)- 북경의 만수산(萬壽山) 동쪽에 있는 청나라 황실의 화원 (花園). 강희(康熙) 48년(1709)에 짓기 시작하여 건륭(乾隆) 9년에 기본이 완 성되었고, 이후로도 억만의 경비를 드려 수건(修建)하였다. 그러나 함풍(咸 豐) 10년(1860) 영불(英佛) 연합군이 북경에 쳐들어왔을 적에 불에 타버렸다. 이후로도 약탈과 파괴가 이어져 지금까지 폐허인 채로 공원으로 보존되고 있다. 동치(同治) 10년(1871) 작자가 이곳을 찾았다가 이 시를 지었다. 시 앞 머리에는 서수균(徐樹均)의 서문이 있으나 편폭이 너무 길어 번역하지 않았 다.  2) 宜春苑(의춘원)- 진(秦)나라 때 황궁 동편에 있던 궁원(宮苑) 이름. 원명원에 견주어 말한 것임.  3) 螢火飛(형화비)- 반딧불이 날게 되다. 황폐 해진 것을 뜻함.  4) 建章(건장)- 장락(長樂)과 함께 한(漢)나라의 궁전 이름. 모두 장안(長安)에 있었으나 역시 원명원을 비겨 말한 것임.  5) 柳十圍(류십 위)- 버드나무가 열 아름이나 되다. 세월이 많이 흘렀음을 뜻함.  6) 離宮(이 궁)- 정궁(正宮) 이외의 별궁(別宮).  7) 游豫(유예)- 놀며 즐기는 것.  8) 郊 圻(교기)- 황성(皇城)의 교외. '기'는 기(畿)와 통함.  9) 舊池(구지)- 서호 (西湖). 원명원은 서호로 둘러싸여 있는데 '구지'라고도 불렀다(『水經注』). 10) 燕薊(연계)- 북경을 가리킨다. 춘추(春秋)시대 연(燕)나라는 도성이 계 (薊, 지금의 北京 서남지역)에 있었다.  11) 洗馬(세마)- 고량(高粱)과 함께

강물 이름. 서호의 물이 동쪽으로 흘러 세마구(洗馬溝)가 되고 다시 동남쪽으로 흐르면서 고량하(高粱河)에 합쳐진다.　12) 北藩(북번)- 북경은 명(明)대 초기에는 성조(成祖) 주체(朱棣)의 봉지(封地)였는데 뒤에 수도를 그곳으로 옮겼고, 원(元)나라 때에는 나라의 수도(首都)였다.　13) 西山(서산)- 지금의 북경 서쪽 교외에 있는 산들의 총칭(總稱).　14) 九衢(구구)- 사통팔달(四通八達)하는 길. 북경의 거리를 가리킴.　15) 塵起(진기)- 명 초에 혜제(惠帝)가 여러 번왕(藩王)들의 권세를 빼앗으려 하자 연왕(燕王) 주체(朱棣)가 군사를 일으키고 남하하여 그 일을 꾀한 자들을 처단하였는데, 이를 정난지역(靖難之役)이라 부른다. 이 구절은 이 사건을 뜻한다. 연왕은 곧 스스로 왕위에 올라 성조(成祖, 永樂帝)가 되고 수도를 남경(南京)으로부터 북경으로 옮긴다.　16) 辰極星(진극성)- 북극성. 황제를 상징함.　17) 北斗(북두)- 북경을 상징함.　18) 溝洫(구혁)- 밭도랑. 들판에 흐르는 물.　19) 斥鹵(척로)- 썩고 소금끼가 있는 땅.　20) 暎帶(영대)- 비쳐주고 둘러싸 주는 것. 강물과 호수가 궁정에 잘 어울리는 것.　21) 渟泓(정홍)- 물이 많이 고요히 고여있는 것.　22) 丹棱沜(단릉반)- 호수 이름. 명대 무청후(武淸侯) 이위(李偉)의 청화원(淸華園)이 있던 곳이며, 강희(康熙)황제도 서쪽 교외로 놀러 나와 이곳에 머물고 다시 창춘원(暢春園)을 여기에 만들었다 한다.　23) 陂陀(파타)- 지세가 울퉁불퉁한 것.　24) 南苑(남원)- 북경 영정문(永定門) 밖에 있는 명나라 성조가 건설한 정원이며, 남해자(南海子)라고도 부른다.　25) 蜺旌(예정)- 천자의 깃발. 오색(五色) 우모(羽毛) 장식이 무지개 빛을 띠워 그렇게 부른다.　26) 鳳蓋(봉개)- 수레 지붕을 봉황새 무늬로 장식한 것.　27) 甕山湖(옹산호)- 옹산은 옹산(甕山)이라고도 하며 지금의 만수산(萬壽山). '옹산호'는 서호(西湖)를 가리키는데, 수원이 옹산에 있기 때문에 그렇게 부른다.　28) 天題(천제)- 천자가 액제(額題)를 쓰는 것. 강희황제가 원명(圓明)이라는 액제를 썼다. 이 '창춘원'을 바탕으로 원명원이 만들어진 것이다. 29) 潛龍(잠룡)- 황자(皇子)를 가리킨다. 여기서는 제위에 오르기 전의 옹정(雍正)황제를 가리킨다.　30) 因回邸第(인회저제)- 그래서 이곳 궁전으로 되돌아와 옹정황제는 강희황제가 납시던 곳이라 하여 쓰지 않고 있다가, 황제가 된 다음 옹정 3년(1725)에야 다시 개수를 하고 피서청정(避暑聽政)하는 교궁(郊宮)으로 사용하였다.　31) 籬門(리문)- 행궁(行宮)의 문.　32) 七楹正殿(칠영정전)- 앞에 일곱 기둥이 있는 궁전. 원 안에 있던 정대광명전(正大光明殿)을 가리킨다.　33) 軒堂四十(헌당사십)- 원명원 안에는 사십경(四十景)이 있었는데, 모두 물가에 풍경을 감상할 장랑(長廊)과 건물이 세워져 있었다.　34) 參差(참치)- 들쑥날쑥한 것.　35) 甘泉(감천)- 진(秦) 한(漢)대의 이궁(離宮) 이름. 원명원을 가리킨다.  36) 留蹕(류필)- 황제의 수레가 머무는 것.  37) 長楊(장양)- 역시 진·한대의 이궁 이름. 원명원을 가리킴.  38) 扈從(호종)- 황제의 출행에 수행하는 사람들.  39) 弢弓(도궁)- 활집과 활. 활을 들고 사냥도 즐겼다는 뜻.  40) 純皇(순황)- 고종(高宗) 건륭(乾隆)황제의 시호(謚號).  41) 纘業(찬업)- 선제(先帝)의 사업을 계승하는 것.  42) 行所(행소)- 황제가 행행(行幸)하는 곳. 건륭황제가 강남 지방을 유람한 것을 가리킨다.  43) 留連(류련)- 노는데 정신이 팔리어 돌아갈 생각도 않는 것.  44) 四園(사원)- 해녕(海寧)의 안란원(安瀾園)·강녕(江寧, 南京)의 첨원(瞻園)·전당(錢塘, 杭州)의 소유천원(小有天園)·오현(吳縣, 蘇州)의 사자림(獅子林)의 네 곳 강남의 경치가 뛰어난 정원.  45) 寫放(사방)- 모방하여 그리는 것, 그대로 베끼는 것.  46) 雙境(쌍경)- 한 쌍이 되는 경치. 건륭황제는 강남의 유명한 네 정원의 설계와 풍경을 화공에게 그리게 한 다음, 북경으로 돌아와 원명원 안에 그것들과 똑같은 풍경의 정원을 건설케 하였다.  47) 靈囿(령유)- 주(周)나라 문왕(文王)이 사냥을 즐기던 원림(園林). 천자가 백성들과 함께 즐기는 원림을 가리킴(『詩經』 靈臺).  48) 露臺(로대)- 양대(凉臺).  49) 殷勤(은근)- 부지런히 힘쓰는 것.  50) 毋佚(무일)- 편히 놀면서 지내지 않는 것.  51) 箴(잠)-교훈을 따라 경계하는 것.  52) 元皇(원황)- 인종(仁宗) 가경(嘉慶)황제를 가리킴.  53) 秋獮(추선)- 가을 사냥.  54) 木蘭(목란)- 지금의 하북성(河北省) 위장현(圍場縣) 경계에 있던 사냥터 이름. 청대에는 강희(康熙)·옹정(雍正)·건륭(乾隆)·가경(嘉慶) 연간에 걸쳐 황제들은 가을이 되면 신하들을 거느리고 목란으로 가서 사냥을 하는 습관이 있어 이를 '목란추선(木蘭秋獮)'이라 하였다. 그러나 도광(道光) 이후로는 나라 안팎으로 어려운 일이 연이어 일어나 이 행사를 중지하였다.  55) 妖氛(요분)- 요상한 기운. 내란을 가리킨다.  56) 離坎(리감)-『역경』 설괘전(說卦傳)에 의하면 '이'는 남쪽, '감'은 북쪽을 가리킨다. 가경(嘉慶) 연간부터 백련교(白蓮敎)·천리교(天理敎)의 난 등이 일어나기 시작하여 도광(道光) 연간에 와서는 아편전쟁(阿片戰爭, 1838-1843)·태평천국(太平天國)의 난(1850-1864) 등이 일어난 것을 뜻한다.  57) 陵遲(릉지)- 무너지는 것.  58) 困痡(곤부)- 곤경에 빠지고 병이 나는 것.  59) 長鯨(장경)- 큰 고래. 서양 배를 가리킴.  60) 跋浪(발랑)- 물결을 헤치고 오는 것.  61) 計吏(계리)- 진(秦)·한(漢)대 나라의 회계를 맡았던 관리. 여기서는 도광(道光)·함풍(咸豊) 시대의 돈과 재물만을 좋아하던 이재대신(理財大臣)들을 가리킨다.  62) 轉輸(전수)- 재물의 운송. 자금의 운용.  63) 沈吟(침음)- 깊이 탄식하는 것.  64) 五十年前事(오십년전사)- 도광(道光) 황제 이후의 일. 이때의 50년 전은 꼭 도광 원년(1821)이다.  65) 厝(조)- 놓다.  66) 然(연)- 불타는 것. 연(燃).  67) 揭竿(계간)- 진(秦)나라 때 진섭(陳涉) 등이 막대기에 깃발을 달고 기의(起義)했던 일에서 나온 말. 여기에서는 함풍(咸豐) 3년(1853) 태평천국(太平天國)의 북벌군(北伐軍)이 천진(天津)을 진공(進攻)하여 조정을 놀라게 하였던 일을 가리킨다.  68) 阿房(아방)- 진시황(秦始皇)의 아방궁. 여기서는 청나라 조정을 뜻한다.  69) 探丸(탐환)- 한(漢)나라 때 장안(長安)에 탐관오리가 많다 하여 협기(俠氣)가 있는 젊은이들이 모여 여러 가지 색깔의 공을 잡아 그 색깔에 따라 각기 다른 역할을 담당하여 많은 관리들을 죽였던 일에서 나온 말이다(『漢書』尹賞傳). 여기서는 태평천국(太平天國)의 난을 비롯한 여러 가지 민란(民亂)이 일어났던 일을 가리킨다.  70) 先帝(선제)- 문종(文宗) 함풍(咸豐)황제를 가리킨다.  71) 三臣(삼신)- 증국번(曾國藩)·승보(勝保)·원갑삼(袁甲三)의 세 사람.  72) 視師(시사)- 군대를 돌보다. 세 사람에게 군사를 거느리고 출정케 한 것을 뜻함.  73) 宣室(선실)- 한(漢)나라 미앙궁(未央宮) 전전(殿前)의 정실(正室). 이하 두 구절은 함풍(咸豐)황제가 전란으로 피폐한 민생을 가엾이 여기고 함풍 9년(1859) 밤 재궁(齋宮)에 머물면서 통곡했던 일을 가리킨다.  74) 郊壇(교단)- 교외 재실의 제단(祭壇).  75) 遺黎(유려)- 전란을 겪고도 살아있는 백성들.  76) 輦路(련로)- 황제의 수레가 다니던 길.  77) 玉女(옥녀)- 동왕공(東王公)이 옥녀와 투호(投壺)를 하는데, 옥녀가 살가치를 던져 병 속에 그것이 들어가지 않으면 하늘이 웃었다는 얘기(『神異經』東荒經)를 근거로 한 표현. 여기서는 함풍황제가 주색으로 세월을 보내게 되었음을 표현한 것이다.  78) 投壺(투호)- 병을 앞에 놓고 살가치를 던져 그 속에 넣기를 겨루는 놀이의 일종.  79) 玄冬(현동)- 동지(冬至) 무렵.  80) 裊裊(요뇨)- 몸매가 부드럽고 아름다운 모양.  81) 四春(사춘)- 함풍황제가 원명원에 데리고 다니면서 총애하던 네 명의 희첩(姬妾), 곧 행화춘(杏花春)·무릉춘(武陵春)·모란춘(牡丹春)·해당춘(海棠春)의 네 여자.  82) 沈沈(침침)- 밤이 깊어가는 모양.  83) 五夜(오야)- 옛날에는 한 밤을 갑(甲)·을(乙)·병(丙)·정(丁)·무(戊)의 5단으로 나누어 북을 울려 시각을 알리고 경계를 하였다.  84) 遞銅魚(체동어)- '동어'는 밤에 문을 드나들 때 쓰는 부신(符信). 미인들이 밤새도록 번갈아가며 황제를 시중하였음을 뜻한다.  85) 內裝(내장)- 궁내 여자들의 치장.  86) 崔家髻(최가계)- 최씨는 한(漢)나라 때 유모로 궁중에 들어간 궁녀(自注).  87) 姜后珥(강후이)- 강후의 귀고리. '강후'는 주(周) 선왕(宣王)의 황후(皇后). 선왕이 아침에 늦게 일어나자 강후는 비녀와 귀고리를 풀어놓고 자기 잘못으로 황제가 조회(朝會)에 늦었다고 영항(永巷)에서 대죄(待罪)하여 선왕이 조회에 늦지 않고 부지런히 나랏일을 돌보게 하였다 한다(『列女傳』周宣姜后).　88) 玉路(옥로)- 황제의 수레가 다니던 길.　89) 車轂鳴(거곡명)- 수레 바퀴통이 울다. 함풍 10년(1860) 8월 영불 연합군이 북경으로 쳐들어와 황제가 급히 열하(熱河)로 도피하였던 일을 가리킨다.　90) 金鑾(금란)- 궁중의 비문(秘聞). 궁중의 알기 어려운 일(韓偓의 『金鑾密記』에서 따온 말).　91) 殘鐙事(잔등사)- 함풍황제가 함풍 11년(1861) 열하의 행궁(行宮)에서 죽은 뒤 분명치 않은 경위로 동치(同治)황제가 뒤를 이은 것을 가리킨다(釋文瑩의 『湘山野錄』에 실린 宋 太祖의 죽을 적 기록을 근거로 한 표현임).　92) 鼎湖(정호)- 옛날 황제(黃帝)가 형산(荊山) 기슭에서 구리로 솥(鼎)을 만들었는데, 곧 용이 내려와 황제를 등에 태우고 하늘로 올라갔다. 70여 명의 신하들이 따라갔으나 많은 신하들은 용의 수염을 잡고 올라가다 수염이 빠져 땅에 떨어졌는데 그때 활도 함께 떨어졌다. 그 이후 그곳을 ‘정호’라 부르게 되었다 한다(『史記』封禪書). 여기서는 문종(文宗) 함풍황제가 죽은 것을 읊고 있다.　93) 郊壘(교루)- 교외의 원명원을 가리킨다.　94) 玉泉(옥천)- 지금의 북경 해정구(海淀區)에 있는 이화원(頤和園) 서쪽 옥천산(玉泉山) 기슭에 있는 샘물 이름.　95) 昆明(곤명)- 이화원의 곤명호(昆明湖). 이화원을 유람한 뒤 원명원으로 갔던 것이다.　96) 銅犀(동서)- 동으로 만든 외뿔소. 이 시의 서문에 “저녁에 곤명호로부터 돌아와 보니 다리 옆에 동으로 만든 외뿔소가 가시덤불 속에 넘어져 있었는데, 외뿔소 등의 황제의 명문(銘文)을 분명히 읽을 수가 있었다”고 쓰고 있다.　97) 靑芝岫(청지수)- 곤명원 중에 있던 관상석(觀賞石). 그 빛깔이 푸르고 윤기가 나며, 지금은 이화원(頤和園)의 낙수당(樂壽堂) 정원에 옮겨져 있다.　98) 繡漪橋(수의교)- 원명원에 있던 다리 이름. 99) 老監(로감)- 동씨(董氏) 성을 가진 원명원 지기. 그때 나이는 70여 세, 도광(道光) 초년에 원명원 지기로 들어와 품계(品階)는 오품(五品)이 되었고 복원문(福園門) 옆에 살고 있었다(詩序 의거).　100) 綴(철)- 이어지다, 한몫 끼다.　101) 朝班(조반)- 조정의 반열(班列).　102) 喧闐(훤전)- 매우 시끄러운 것.　103) 朝貴(조귀)- 조정의 귀한 사람.　104) 殊喧寂(수훤적)- 시끄럽고 쓸쓸하고 한 것이 다르다.　105) 金閨客(금규객)- 글 잘하는 관원(江淹 「別賦」; 金閨之諸彦).　106) 賢良門(현량문)- 곤명원 중의 궁전 문.　107) 光明殿(광명전)- 원명원 중의 정대광명전(正大光明殿).　108) 淸輝堂(청휘당)- 청휘전(淸輝殿). 준공이 되자마자 불에 탔다.　109) 前湖(전호)- 정대광명전 뒤쪽에 있는 호수 이름.　110) 妖夢(요몽)- 원명원이 불에 타기 일 년 전에 이런 요언이 전해졌다. 황제(함풍)가 침전(寢殿)에 앉아있는데 머리가 흰 늙은이가 나타나 스스로 원신(園神)이라 하면서 떠나가겠다고 하였다. 황제는 꿈속에서 신에게 이품(二品)의 품계를 내려주고, 다음날 사당(祠堂)으로 가 제사를 지내도록 하였다는 것이다. 그 뒤 일 년도 못되어 원명원이 무너졌다. 111) 佛城舍衛(불성사위)- '사위'는 인도의 성 이름. 그곳에 기원정사(祇園精舍)가 있다. 부처님이 설법(說法)한 곳 중의 하나. 원명원 후호(後湖) 서북쪽의 사위성(舍衛城)을 말하는데, 인도의 성과 비슷하게 세웠다 한다. 112) 蒲稗(포패)- 창포와 피. 물속에 자라는 잡초. 113) 依依(의의)- 부드럽고 긴 모양. 114) 蒿艾(호애)- 쑥대, 쑥. 115) 蕭蕭(소소)- 풀이 버석거리는 소리. 116) 抽 (추)- 움이 돋아난 것. 117) 開雲鏤月臺(개운누월대)- 원명원 중의 누월개운(鏤月開雲)이라는 건축군(建築群). 118) 太平三聖(태평삼성)- 강희(康熙)·옹정(雍正)·건륭(乾隆)의 세 황제. 세종(世宗, 雍正)이 황자(皇子)였을 적에 원명원에 꽃이 만발하자 성조(聖祖, 康熙)를 그곳으로 모셨는데, 그때 고종(高宗, 乾隆)은 12세로 그 자리에 있었다. 세 천자는 수복(壽福)이 중국 역사상 유례가 없는 이들인데 한자리에 모였던 것이다. 건륭황제는 뒤에 시를 지어 늘 이것을 자랑하였다. 119) 寧(영)- 어찌. 120) 平湖(평호)- 원명원 40경(景) 중의 하나. 항주(杭州)의 서호(西湖)를 본 떠 만든 것이라 한다. 121) 題壁(제벽)- 벽에 시나 글을 적는 것. 122) 銀鉤(은구)- 도해(倒薤)와 함께 필법(筆法) 중의 하나(豐坊 『書訣』). '은구'는 힘있게 뻗힌 필획이고, '도해'는 부추 잎을 거꾸로 세운 듯이 쭉 뻗은 필획임. 123) 金梯(금제)- 황금 사다리. 124) 度蓮花(도련화)- 건너가면서 연꽃이 피어나게 하다. 아름다운 여자가 걸어가는 모습을 형용한 말(『南史』齊 東昏侯紀). 125) 綠窗(녹창)- 푸른 창. 궁전의 창을 아름답게 표현한 말. 126) 羸黛(라대)- 옛날 여자들이 눈썹 화장하는데 쓰던 청흑색(靑黑色)의 안료(顔料). 미녀들을 가리킴. 127) 當時(당시)- 함풍 10년(1860) 6월, 영불연합군이 천진(天津)을 함락하고 북경을 공격하자, 함풍황제는 황급히 열하(熱河)의 행궁(行宮)으로 도피하였던 것을 말함. 128) 動鈴駝(동령타)- 목에 방울을 단 낙타를 타고 움직이다. 129) 上直(상직)- 숙직(宿直)을 하는 것. 130) 嬪娥(빈아)- 여관(女官). 궁녀들. 131) 蘆笳(노가)- 갈잎 피리. 132) 豆粥(두죽)- 콩죽. 함풍황제가 열하로 도피할 적에는 워낙 창졸간에 떠난 것이라 식사 준비도 되어있지 않아 두유(豆乳)와 보리 죽을 먹으면서 열하로 갔다 한다(詩序). 133) 上東門(상동문)- 고대 낙양(洛陽)의 성문 이름. 도성문을 가리킴. 134) 胡雛(호추)- 영불연합군의 장교들. 135) 班道左(반도좌)- 길옆에 늘어서다. 왕공(王公)들이 화의(和議)를 위하여 연합군 장교들을 마중한 것이다. 136) 爇(열)- 불사르다, 불붙이다. 137) 雍門萩(옹문추)- '옹문'은 제(齊)나라 도성 서문 이름. '추'는 가래나무(『左傳』襄公 18

年의 글을 援用한 것임.)로 여기서는 원명원의 문을 가리킴.   138) 牧童(목동)- 진시황(秦始皇)은 죽은 뒤 여산(驪山) 기슭에 무덤을 크게 만들고 묻히었다. 뒤에 한 목동이 치던 양을 잃어 그것을 찾으려고 밤에 횃불을 들고 찾아다니다가 굴 속으로 들어가 잘못하여 그 속의 관을 태워버렸다 한다(『漢書』劉向傳). 여기서는 원명원이 타버린 것을 가리킨다.   139) 蓬島(봉도)- 원명원 40경(景) 중의 하나인 봉래요대(蓬萊瑤臺).   140) 一孤臣(일고신)- 관원대신(管園大臣)이던 문풍(文豐). 영불연합군이 원명원 문앞에 다다르자 문풍은 그들을 설복하여 들어오지 못하게 하였다. 그러나 결국 혼자의 힘으로는 어찌할 수 없음을 알고 복해(福海)로 가서 몸을 던져 죽었다. 그 뒤로 민간인들이 원명원으로 들어와 멋대로 약탈을 하고 불을 질렀다 한다. 그 뒤에 영불연합군이 그곳으로 왔다(詩序 의거).   141) 絜(결)- 결(潔)과 통함.   142) 靈均(령균)- 전국(戰國)시대 「이소(離騷)」의 작자 굴원(屈原). 그는 뜻이 이루어지지 않자 강호(江湖)를 유랑하다가 「이소」를 짓고는 강물에 몸을 던져 죽었다 한다.   143) 丞相(승상)- 대학사(大學士) 계량(桂良)의 무리들. 성문을 열어 영불연합군을 맞아들이어 화의(和議)를 이룩하고 천진조약(天津條約)을 맺은 인물임.   144) 生取節(생취절)- 살아서 사신(使臣)의 부절(符節)을 들고 화의를 맺은 것을 뜻함.   145) 徒人(도인)- 손에 아무것도 들지 않은 사람. 문풍(文豐)을 가리킴.   146) 福海(복해)- 원명원 중의 큰 호수 이름. 문풍이 죽은 곳임.   147) 神州(신주)- 중국 땅을 가리킴.   148) 百年成毁(백년성훼)- 원명원이 백 년 동안에 이루어졌다가 무너져버린 것. 옹정(雍正) 10년(1725) 원명원을 확장한 이래 함풍(咸豐) 10년(1860) 원명원이 타버리기까지 135년간이다.   149) 悤促(총촉)- 다급한 것.   150) 丹城紫禁(단성자금)- 북경의 궁성.   151) 江燕巢林木(강연소림목)- 강가에 사는 제비가 숲 속 나무에 둥지를 틀다. 이 구절은 백성들이 제대로 살만한 곳을 잃었음을 뜻한다(『資治通鑑』宋 元嘉 28年).   152) 已懲(이징)- 이미 징계를 받다. 동치(同治) 초년(1862) 어사(御史) 덕태(德泰)가 상주하여 원명원을 수건(修建)할 것을 제의하였는데, 여러 대신들이 너무나 사치스런 짓이라고 하며 귀양보낼 것을 주장하여 그는 분하고 화가 나서 죽어버렸다. 이로부터 아무도 다시 그런 제의를 못하였다.   153) 中官(중관)- 환관. 목종(穆宗)인 동치(同治)황제 때의 안득해(安得海)를 가리킨다. 그는 함풍황제가 죽을 무렵부터 상당한 권세를 지니고 있었는데, 동치 8년 7월 그는 강남으로 가서 태자(太子)의 옷감을 짜오겠다고 하면서 북경을 출발하여 강남으로 가면서 도처에서 뇌물을 긁어모았다. 그러나 8월에는 산동(山東)의 순무(巡撫) 정보정(丁寶楨)이 관리를 풀어 그를 잡아 처형하였다.   154) 錦紈(금환)- 비단. '환'은 흰 얇은 비단.  155) 賦(부)- 부세(賦稅).  156) 鴛文龍爪(원문용조)- 원앙새 무늬와 용 발톱. 비단의 무늬를 형용한 말.  157) 總饒(총요)- 매우 풍부하다. 전체적으로 많다.  158) 結綵(결채)- 여러 색깔의 천을 두르는 것. 동치황제의 대혼(大婚) 때엔 궁문에 결채를 한 것만도 비단 80여만 필로 10여만의 비용을 썼고, 전체 비용은 천만(千萬)을 써서 사치를 다하였다.  159) 何如(하여)- 견주어보면 어떻게 되겠는가?  160) 西湖路(서호로)- 원명원 서호 가의 길. 평화로웠던 원명원의 아름다운 길에는 비길 수도 없다는 뜻.  161) 地薄(지박)- 땅이 척박(瘠薄)한 것.  162) 郇瑕(순하)- 지금의 산서성(山西省) 해현(解縣) 부근에 있던 나라 이름.  163) 武淸(무청)-명(明)대 무청후(武淸侯) 이위(李偉). 그는 원명원 자리에 이가화원(李家花園)을 건설하였는데, 곧 집안이 망하였다.  164) 鶯柳鬪宮花(앵류투궁화)- 꾀꼬리와 버드나무가 궁전의 꽃과 다투다. 아름다운 별궁을 짓고 주색가무를 즐기는 것을 말함.  165) 詎(거)- 어찌.  166) 輅(핵)- 수레 앞에 가로 댄 나무.  167) 幸雒車(행락거)- 낙양(洛陽)으로 가는 황제의 수레. 함풍황제가 열하(熱河)로 도피하는 것을 말함.  168) 相如(상여)- 한(漢)대의 부(賦)의 대가 사마상여(司馬相如). 그는 「상림부(上林賦)」라는 천자의 유렵(遊獵)을 노래한 부를 지어 무제(武帝)에게 절검(節儉)을 권하였다.

| 解說 |

이 시는 1871년 봄 작자가 친구들과 원명원 폐지廢址에 놀러가 그때 느낀 감회를 읊은 것이다. 원명원의 흥폐를 바탕으로 역사적인 감상을 일게 하는 작품이어서 이 시가 이루어지자 한때 널리 전송傳誦 되었고, 서수균徐樹鈞이 지은 긴 이 시의 서문도 시와 함께 널리 읽히었다.
시의 의경意境이 매우 광대하고 깊은 감회가 쌓여있으며, 문장 표현에도 변화가 무쌍하여 번역이 힘들었다. 청나라 말엽을 대표하는 시사詩史라 할만한 작품이다.

# 황준헌

 黃遵憲　● 1848-1907

자가 공도公度이며, 광동廣東 가응주嘉應州(지금의 梅縣) 사람이다. 동치同治 12년 (1876) 향시鄕試에 합격 거인擧人이 된 뒤, 다음 해부터 해외로 나가 청나라 왕조의 주駐 일본 · 영국 · 미국 · 싱가폴 등지의 대사관 참찬參贊 · 총령사總領事 등의 직책을 19년간이나 역임하였다. 1894년에 귀국하여는 양계초梁啓超와 함께 무술변법戊戌變法에 참여하기도 하였고, 호남안찰사湖南按察使 벼슬을 지내기도 하였다. 외국에 오래 거주하여 안목이 넓고 진보적이다. 시에 있어서는 "자기 손으로 자기 말을 쓸 것(我手寫我口)" 하는 개성적인 자기 나름의 새로운 시를 쓸 것을 주장하였다. 시집으로는 「인경려시초人境廬詩草」가 있다.

# 산가(山歌)

## 기이(其二)

사람들 모두 후생後生의 인연을 맺으려 하지만

나는 오직 금생今生에 눈앞의 것을 맺고자 하네.

열두 시각 서로 떨어지지 않고

임이 길 가거나 임이 앉아 있거나 언제나 옆에 따라다니고 싶네.

인 인 요 결 후 생 연　　　농　지 금 생 결 목 전
人人要結後生緣이나,　儂<sup>1)</sup>只今生結目前이라.

일 십 이 시 불 리 별　　　낭 행 랑 좌 총 수 견
一十二時不離別하고,　郎行郎坐總隨肩<sup>2)</sup>이라.

| 註解 |

1) 儂(농)– 나.　2) 隨肩(수견)– 어깨를 따르다. 늘 옆에 붙어있는 것.

## 기사(其四)

임 문 나서기 재촉하는 닭 어지러이 울고

임 떠나보낼 강물은 서쪽에서 동쪽으로 흐른다.

물은 거꾸로 서쪽으로 되 흐르게 할 재주 없으나

이제부턴 새벽닭일랑 기르지 말자.

최 인 출 문 계 란 제　　　송 인 별 리 수 동 서
催人出門雞亂啼하고,　送人別離水東西라.

만 수 서 류 상 무 법　　　종 금 불 양 오 경 　계
挽水<sup>1)</sup>西流想無法이나,　從今不養五更<sup>2)</sup>雞하리라.

1) 挽水(만수)- 강물의 흐름을 잡아끄는 것.  2) 五更(오경)- 새벽 시각.


# 기육(其六)

한 집 딸이 새색시 되니
열 집 딸들은 거울 들여다본다.
거리에 쇠북 소리 둥둥 울리니
쇠북 소리 마음속 때리어 낭군 얘기만 하게 한다.

일 가 녀 아 주 신 낭
一家女兒做新娘<sup>1)</sup>하니,　十家女兒看鏡光이라.
십 가 녀 아 간 경 광

가 두 동 고　성 성 타
街頭銅鼓<sup>2)</sup>聲聲打하니,　打着中心只說郎이라.
타 착 중 심 지 설 랑


| 註解 |

1) 新娘(신낭)- 신부(新婦), 새색시.  2) 銅鼓(동고)- 징, 쇠북.


| 解說 |

9수의 「산가」 중에서 3수를 뽑아 번역하였다. '산가'는 옛날부터 중국 민간에 유
행하던 노래이다. 이 시들은 민간에 유행하는 노래 중에서 옮겨 적어도 좋을만한
것들을 고른 것이라고 앞의 작자 서문에서 밝히고 있다. 필자가 편역한 『명시선
明詩選』에는 뒤에 여러 편의 「산가」 번역이 실려 있으니 참고 바란다. 그것은 명
明 대의 풍몽룡 馮夢龍 이 수집하여 편찬한 책 중에서 뽑은 것이다. 작자는 생동하는
새로운 형식의 시를 추구하기 위하여 이러한 민요에 관심을 두었던 것이다.

# 평양을 슬퍼하다(悲平壤)

먹구름 덮인 풀 산은 우뚝이 솟았는데

성 안을 굽어보며 대포를 일제히 터뜨리니

불꽃 가는데 따라 우레 소리 우르릉

살점 비 오듯 뿌려지고 붉은 피 날리네.

비취 깃 단 화려한 관을 쓴 이가 성 위로부터 떨어지자

한 장수가 황급히 그를 말가죽으로 싸네.

하늘과 땅을 뒤흔드는 울음소리 구슬프고

성 남쪽엔 어느 사이에 항복 깃발 꽂혔으니,

삼십륙계 줄행랑이 제일이라

사람과 말이 함께 날뛰면서 서로를 짓밟네.

달리고 달리어 다급히 성을 빠져 나가니

뒤쪽에선 시끄러이 뒤쫓는 굶주린 솔개 소리 들리네.

먼 동쪽나라 사람들은 기뻐 춤추고 가까운 동쪽나라 사람들
　　은 원망하는 중에

걸핏하면 창을 반대 방향으로 돌리고 숨어서 화살을 날리네.

긴 창이며 짧은 칼과 철로 만든 화승총이

말할 수도 없이 어지러이 길가에 버려져 있네.

하룻밤을 미친 듯이 삼백 리나 달렸으나

적군은 이미 압록강을 건너가 있어서

한 장수는 포로가 되고 한 장수는 전사하니

만 오천 명의 군사들은 항복 졸개 되었네.

흑 운 초 산 산 돌 올　　　　　　부 감　일 성 포　제 발
黑雲草山山突兀[1]한데,　俯瞰[2]一城礮[3]齊發하니,

火光所到雷硠礚<sup>4)</sup>하니,　肉雨騰飛飛血紅이라.

翠翎<sup>5)</sup>鶴頂<sup>6)</sup>城頭墮하니,　一將倉皇<sup>7)</sup>馬革裹<sup>8)</sup>라.

天跳地踔<sup>9)</sup>哭聲悲하니,　南城早已懸降旗라.

三十六計<sup>10)</sup>莫如走니,　人馬奔騰相踐蹂<sup>11)</sup>라.

驅之驅之速出城하니,　尾追翻聞<sup>12)</sup>餓鴟<sup>13)</sup>聲이라.

大東<sup>14)</sup>喜舞小東<sup>15)</sup>怨하고,　每每倒戈<sup>16)</sup>飛暗箭<sup>17)</sup>이라.

長矛短劍磨鐵鎗<sup>18)</sup>이,　不堪狼藉<sup>19)</sup>委道旁이라.

一夕狂馳三百里러니,　敵軍便渡鴨綠水하여,

一將囚拘一將誅하고,　萬五千人作降奴라.

---

| 註解 |

1) 突兀(돌올) - 높이 우뚝 솟은 모양.　2) 俯瞰(부감) - 내려 보는 것.　3) 礮(포) - 대포, 포(砲).　4) 硠礚(홍륭) - 돌이 부딪치는 소리.　5) 翠翎(취령) - 관을 장식하는 비취 깃.　6) 학정(鶴頂) - 새 깃으로 장식한 투구. '취령'과 함께 신분이 높은 장군을 가리킨다. 여기서는 평양성에서 일본군과 용감히 싸우다가 죽은 산동(山東) 출신의 좌보귀(左寶貴)를 뜻한다.　7) 倉皇(창황) - 다급한 것. 창졸간.　8) 馬革裹(마혁과) - 말가죽으로 싸다. 동한(東漢) 때의 장수 마원(馬援)은 나라를 위하여 큰 공을 세워 신식후(新息侯)로 봉해지기까지 하였던 사람인데, 일찍이 "남자라면 전장에 나가 죽어 몸이 말가죽에 싸여 돌아와 묻혀야지, 어찌 침대 위에서 아녀들 수중에서 죽을 수 있겠는가?"고 말하였다 한다. 죽은 장군의 시신을 거두어주었음을 형용한 구절이다.　9) 天跳地踔(천도지탁) - 하늘도 뛰고 땅도 뛰다, 하늘과 땅이 뒤흔들리다.　10) 三十六計(삼십륙계) - "삼십륙계불여둔(三十六計不如遁)"(『冷齋夜話』)에서 나온 말. '삼십륙책주시상계(三十六策走是上計)'라고도 하는 고래

의 숙어로, '도망치는 것이 가장 좋은 방책'이라는 말.  11) 踐蹂(천유)- 짓
밟는 것.  12) 翻聞(번문)- 바로 들리다.  13) 餓鴟(아치)- 굶주린 솔개, 사람
의 고기를 먹으려는 솔개.  14) 大東(대동)- 큰 동쪽 나라. 일본을 가리킨다.
15) 小東(소동)- 작은 동쪽 나라. 조선을 가리킨다.  16) 倒戈(도과)- 전장에
서 창끝을 반대로 자기편 쪽으로 돌리어 서로 싸우는 것.  17) 暗箭(암전)-
남모르게 숨어서 쏘는 화살.  18) 磨鐵鎗(마철창)- 쇠로 만든 화승총.  19) 狼
藉(낭자)- 어지러이 놓여있는 것.

| 解說 |

중일갑오전쟁中日甲午戰爭이 벌어지자, 고종高宗 31년(1894) 9월 15일 청淸나라
군대와 일본 군대가 평양에서 만나 싸웠던 전쟁의 모습을 읊은 시이다. 먼저 청
나라 장수 좌보귀左寶貴 · 마옥곤馬玉崑 · 위여귀衛汝貴가 20,000여 명의 군사를
거느리고 평양을 지키고 있었는데, 일본군이 공격하여 청나라 군대에 큰 손실을
안겨주면서 평양을 점령하였다. 평양에서 패전한 청나라 군사들을 슬퍼하면서 작
자는 이 시를 썼겠지만, 필자는 우리나라의 중요 도시를 오국 군대가 지키고 공
격하고 하면서 전쟁을 벌였던 역사가 더 슬프기만 하다. 이 싸움에서 청나라 군
사들은 2,000여 명의 사상자를 내었다고 하지만 무고한 평양의 시민들은 또 얼
마나 희생을 당하였을까? 다시는 이런 일이 있어서는 안 될 것이다.


# 여순을 슬퍼함(哀旅順1))

바닷물 매우 깊고 넓은데 안개도 구주九州 따라 아홉 점이니
웅장하게도 이곳은 실로 천험의 땅일세.
포대가 우뚝우뚝 서 있는 것이 호랑이가 포효咆哮하고 있는
     듯하니
청나라의 대포는 위세가 장엄하네.
아래쪽에는 항구가 있는데 커다란 군함이 줄지어 있고
맑은 날에도 우레 소리 울리고 밤중이면 번갯불 번쩍이네.

가장 높은 산봉우리 위에서 멀리 바라보니

백 장丈이나 되는 청나라 용 깃발이 바람에 펄럭이네.

만리장성은 이곳을 해자로 삼고 있는데

고래와 붕鵬이 서로 밀치면서 한 입에 이곳을 삼키려 하였네.

머리를 들고 곁눈질하는 눈길 얼마나 날카로운가?

손을 뻗어 낚아채려 하면서도 끝내 하지 못하였네.

말하기를 바다는 메울 수 있고 산은 쉽사리 흔들 수 있을런지
　　모르지만

만 마리의 귀신이 모여서 꾀해보아도 이곳을 어찌할 담력膽力
　　은 없을 거라 하였네.

이런 곳이 하루아침에 와해되어 영원히 재가되어버렸는데

듣건대 적군은 등 뒤에서 쳐들어 왔다네.

<br>

해 수 일 홍　　연 구 점　　　　　　장 재 차 지 실 천 험
海水一泓²⁾煙九點³⁾하니,　壯哉此地實天險이라.

포 대 흘 립　여 호 함　　　　　　홍 의 대 장　위 망 엄
礮⁴⁾臺屹立⁵⁾如虎闞⁶⁾이오,　紅衣大將⁷⁾威望儼⁸⁾이라.

하 유 와 지　열 거 함　　　　　　청 천 뢰 굉　　야 전 섬
下有窪池⁹⁾列巨艦하니,　晴天雷轟¹⁰⁾夜電閃¹¹⁾이라.

최 고 봉 두 종 원 람　　　　　　용 기　　백 장 영 풍 점
最高峰頭縱遠覽하니,　龍旗¹²⁾百丈迎風颭¹³⁾이라.

장 성 만 리 차 위 참　　　　　　경 붕　　상 마　도 일 담
長城萬里此爲塹¹⁴⁾이러니,　鯨鵬¹⁵⁾相摩¹⁶⁾圖一噉¹⁷⁾이라.

앙 두 측 예　하 탐 탐　　　　　　신 수 욕 확　종 불 감
昂頭側睨¹⁸⁾何眈眈¹⁹⁾고?　伸手欲攫²⁰⁾終不敢이라.

위 해 가 전 산 이 감　　　　　　만 귀 취 모 무 차 담
謂海可塡山易撼²¹⁾이로되,　萬鬼聚謀無此膽이라.

일 조 와 해 성 겁 회　　　　　　문 도 적 군 도 배 래
一朝瓦解成劫灰²²⁾하니,　聞道敵軍蹈背來²³⁾라.

| 註解 |

1) 旅順(여순)- 요녕성(遼寧省) 요동반도(遼東半島) 남쪽 끝에 있는 항구로 황해(黃海) 북안 최고의 천혜(天惠)의 군항(軍港)이었다. 지금은 옆의 대련 (大連)과 합쳐 여대시(旅大市)가 되어있다.  2) 泓(홍)- 물이 깊고 넓은 것. 3) 煙九點(연구점)- 안개가 아홉 점임. 구주(九州)에 안개가 걸쳐 있다는 뜻. 4) 礮(포)- 대포, 포(砲).  5) 屹立(흘립)- 높이 우뚝 서 있는 것.  6) 闞(함)- 호랑이가 포효(咆哮)하는 것.  7) 紅衣大將(홍의대장)- 청나라의 대포를 가리킴. 청나라 태종(太宗)의 천총(天聰) 5년(1631)에 홍의대포(紅衣大炮)가 이루어지자, 황제가 '천우조위대장군(天祐助威大將軍)'이라 이름을 새기게 하였다 한다(『淸朝文獻通考』).  8) 儼(엄)- 점잖고 위엄이 있는 것.  9) 窪池(와지)- 깊이 파인 연못. 항구를 가리킴.  10) 轟(굉)- 소리가 크게 울리는 것. 11) 閃(섬)- 불빛이 번쩍이는 것.  12) 龍旗(용기)- 용이 그려진 깃발. 청나라 국기.  13) 颭(점)- 바람에 펄럭이는 것.  14) 塹(참)- 해자. 성 둘레의 연못.  15) 鯨鵬(경붕)- 큰 고래와 붕새. 열강(列强)을 가리킴.  16) 相摩(상마)- 서로 밀치는 것.  17) 噉(담)- 입으로 삼키는 것. 담(啖).  18) 睨(예)- 흘겨보다, 노려보다.  19) 眈眈(탐탐)- 노려보는 것, 무서운 눈길로 보는 것. 20) 攫(확)- 낚아채는 것.  21) 撼(감)- 흔들다.  22) 劫灰(겁회)- 영원한 재, 완전한 재.  23) 蹈背來(도배래)- 등을 밟고 오다. 배후에서 오다. 갑오전쟁 (甲午戰爭) 때 일본은 여순을 정면으로 공격해서는 안 된다고 생각하고 먼저 대련(大連) 쪽으로 상륙하였다. 이때 대련을 지키던 조회익(趙懷益)은 도망만 쳤고, 공성여(龔聖璵) 통솔하에 여순을 지키던 장수들 중 서방도(徐邦道)만이 나가 싸우다가 크게 패하여 일본군은 한 명의 군사의 손실도 없이 대련을 점령하였다. 열흘 뒤에 일본군이 다시 여순을 공격하자 공성여도 천진(天津)으로 도망치고 서방도 홀로 대항을 하다가 쉽게 여순도 함락되었다. '배후로부터 쳐들어왔다'는 것은 대련 쪽으로부터 쳐들어왔음을 뜻한다.

| 解說 |

여순은 요동반도의 남쪽 끝에 있으며 산동山東의 위해위威海衛와 마주보면서 함께 발해만渤海灣의 길목을 지키는 전략상의 요새이다. 청일갑오전쟁淸日甲午戰爭 당시 여순항 해안에는 13좌座의 포대砲臺가 있고, 또 육로포대陸路砲臺도 9좌가 있었으며, 대포 7, 80문과 많은 군사시설이 되어 있어서 북양수사北洋水師의 가장 중요한 기지였다. 그런데 1894년 11월에 일본군에게 이 여순이 쉽사리 함락되었던 것이다. 이 시는 다음 해 1895년에 지은 것이다.

작자는 이런 요새의 함락을 노래하면서 청나라 군사들의 잘못이나 실수에 대하여
는 한 마디도 하지 않고 있다. 그러나 이 침묵은 몇천 마디의 꾸짖음보다도 더 신
랄하고 피를 토하는 울음보다도 더 처절하게 느껴진다.


## 하늘 우러러보며(仰天)

하늘 우러러보며 항아리 두드리면서 어이어이 창을 하나니
난간 치면서 절박節拍하다 못하여 타호唾壺까지 두드려 부수네.
오랜 동안 병들어 있다보니 늘어난 넓적다리 비계 살 차마 못
    만지겠고,
난리 끝에도 살아있어 놀라워서 멀쩡한 머리 쓰다듬어 보네.
책장 속에 적혀있는 명사들 명단은 법에 걸릴 사람들인데,
벽에는 열강列强이 나라를 조각내어 가는 그림 걸려있네.
내 어찌 간악한 자들 의지하여 황제에게 봉사하겠는가?
스스로 하늘 문 열고 들어가 구름 제쳐내고서 소리쳐야지!


앙 천 격 부　창 오 오　　　　박 편 난 간　쇄 타 호
仰天擊缶<sup>1)</sup>唱烏烏<sup>2)</sup>하니,　拍遍干闌<sup>3)</sup>碎唾壺<sup>4)</sup>라.

병 구 인 마 신 비 육　　　　접 여　경 무 호 두 로
病久忍摩新髀肉<sup>5)</sup>하고,　劫餘<sup>6)</sup>驚撫好頭顱<sup>7)</sup>라.

협 장 명 사 주 련 적　　　　벽 괘 군 웅　두 부 도
篋<sup>8)</sup>藏名士株連<sup>9)</sup>籍이오,　壁掛群雄<sup>10)</sup>豆剖圖<sup>11)</sup>라.

감 탁 짐 매 종 봉 가　　　　자 배 창 합　발 운 호
敢托鴆<sup>12)</sup>媒從鳳駕<sup>13)</sup>아?　自排閶闔<sup>14)</sup>撥雲呼로다!

---

**│ 註解 │**

1) 缶(부)- 항아리 모양의 질그릇 타악기.　2) 烏烏(오오)- 창 하는 소리.

3) 拍遍闌干(박편난간)- 난간을 두드리며 절박하면서 창을 하는 것. 송(宋) 신기질(辛棄疾)이 「수룡음(水龍吟)」사에서 "난간박편(闌干拍遍)"을 노래하면서 아무도 자기의 장심(壯心)을 알아주는 이가 없음을 고민한 표현을 인용한 것이다.  4) 碎唾壺(쇄타호)- 타호를 부스다. 옛날에 왕처중(王處仲)이란 사람이 술만 마시면 타호를 두드리면서 자기의 장심(壯心)을 알아주는 이가 없음을 탄식했던 고사(『世說新語』 豪爽)를 인용한 것이다. '타호'는 방안에 놓고 침을 뱉는 그릇.  5) 新髀肉(신비육)- 새로 생긴 넓적다리 살. 삼국시대 유비(劉備)가 만년에 자기의 넓적다리에 늘어난 비계 살을 보고 "말을 타고 활동을 하지 못하여 이렇게 되었다"고 탄식했다는 고사(『三國志』 蜀書 先主傳 裴注)를 인용한 것이다.  6) 劫餘(겁여)- 겁후여생(劫後餘生). 난리 뒤에도 살아남은 것. 난리는 무술정변(戊戌政變)을 가리킴.  7) 好頭顱(호두로)- 멀쩡한 머리. 수(隋)나라 양제(煬帝)가 스스로 "이 멀쩡한 머리를 누가 자르겠는가?"고 한 말을 인용한 것임(『資治通鑑』 唐紀一).  8) 篋(협)- 상자, 책상자.  9) 株連(주련)- 한 사람의 범죄에 다른 사람이 연루(連累)되는 것. 10) 群雄(군웅)- 열강(列強)을 가리킴.  11) 豆剖圖(두부도)- '두부'는 잘게 여러 개로 나누는 것. 광서(光緒) 24년 무술(戊戌, 1898)에 흥중회(興中會) 회원 사찬태(謝纘泰)가 서양 열강들이 중국 땅을 각기 떼어 먹는 그림을 그렸다 한다. 이 시국전도(時局全圖)인 듯하다.  12) 鴆(짐)- 굴원(屈原)의 「이소(離騷)」에 보이는 독이 있는 새로, 간악한 인간에 견준 것이다.  13) 鳳駕(봉가)- 황제의 수레. 임금님의 일 또는 나랏일을 가리킨다.  14) 閶闔(창합)- 하늘 문.




 이 시는 작자가 무술정변戊戌政變에 참여했다가 실패하여 관직에서 쫓겨난 뒤 광서光緒 25년(1899)에 지은 것이다. 정변의 실패를 가슴 아파하는 작자의 마음이 잘 나타나 있다. 이런 것이 조국이 어려움에 처했을 적의 우국지사의 고민이라 할 것이다.


# 양임보에게 드림(贈梁任父1)同年2))

한 치 한 치의 나라 땅은 한 치 한 치의 황금이나 같은 것인데 떼어지고 찢어지고 하는 것을 누가 무슨 힘으로 막겠는가?

두견새 보고 재배하던 심정으로 하늘의 뜻 걱정되어 눈물 흘
    리고,

정위새가 동해 메울 뜻 버리지 않듯이 나라 위하는 마음 영원
    하리!


촌 촌 하 산 촌 촌 금      과 리 분 렬 력 수 임
寸寸河山寸寸金이어늘, 　佤離<sup>3)</sup>分裂力誰任<sup>4)</sup>고?

두 견 재 배 우 천 루      정 위 무 궁 전 해 심
杜鵑再拜<sup>5)</sup>憂天淚하고, 　精衛<sup>6)</sup>無窮塡海心이라.

| 註解 |

1) 梁任父(양임보)— 양계초(梁啓超, 1873-1929). 그의 호가 임공(任公)인데, 그 첫 자에 남자에 대한 존칭으로 이름 끝에 붙이던 '보(父)'자를 덧붙이어 '임보'라 부른 것이다. 2) 同年(동년)— 같은 해 향시(鄕試)나 과거에 합격한 사람을 이르는 말. 3) 佤離(과리)— 떨어지는 것, 떼어가는 것. 4) 力誰任(력수임)— 힘으로 누가 감당하겠는가? 5) 杜鵑再拜(두견재배)— 두견새에게 두 번 절하다. 촉(蜀)나라 망제(望帝) 두우(杜宇)가 죽어서 두견새가 되었다 한다(『寰宇記』). 당나라 두보(杜甫)가 "두견새가 늦봄에 와서 슬프게 울고 있어서, 나는 보기만 하면 늘 재배하는데 그가 옛 황제의 혼임을 존중해서이네(杜鵑暮春至, 哀哀叫其間, 我見常再拜, 重是古帝魂.)."이라 읊은 것을 빌린 표현이다. 6) 精衛(정위)— 전설적인 새 이름. 본시 염제(炎帝)의 딸 여와(女娃)였는데 동해(東海)에 놀러 나갔다가 물에 빠져 죽었다. 그 혼이 정위새가 되어 서산(西山)의 돌과 나무를 물어다가 동해를 메우려고 동해에 던졌다 한다(『山海經』北山經).


| 解說 |

1896년 양계초와 함께 무술정변戊戌政變을 일으키기 2년 전에 지은 시이다. 작자는 1894년에 귀국하여 강유위康有爲와 양계초가 이끄는 강학회强學會에 가입하고, 이때에는 상해上海로 와서 양계초와 함께 『시무보時務報』를 내고 있었다. 이

시는 열강에게 무참히 침략당하고 있는 조국을 생각하며 조국을 위해 목숨을 바칠 뜻을 동지에게 전하고 있다.


# 항복한 장군의 노래(降將軍[1]歌)

포위를 뚫고 한 척의 배가 나는 듯이 달려오자
군사들은 두드리던 북 손 놓고 모두 바라보는데,
뱃머리에 선 사람이 항복의 깃발 들고
제독提督께서 나를 보내어 말을 전하라 하였다네.

우리 군대 힘 다하여 지탱 못할 형세라서
의지할 곳 없는 외진 섬은 위태롭고 위태롭게 되었소.
거북이나 자라 같은 위인들이 무얼 할 수 있겠소?
섬 안의 남은 졸개들 모두 부상이라오.
그 밖의 죽은 자들의 처나 군사들 자식은
냄비 바닥엔 밥 톨도 없고 옷걸이엔 옷도 없는 형편이오.
눈 덮인 산의 언 참새처럼 헐벗고 굶주리는
육천 명의 목숨은 실처럼 겨우 달려만 있소.
지금 내가 죽기로 작정 싸운다면 그들은 어떻게 되겠소?
이 섬은 성과 같고 바다는 해자와 같은데
옆으로 늘어선 군함은 구슬을 엮어놓은 것처럼 많소.
대포는 백 대이고 총은 천 자루인데다가
또한 탄약은 산더미 같이 있소.
전군의 지휘권은 내게 있는 것인데
본시는 두 나라 군대가 죽기 살기로 싸우다가

죽어서 모래나 벌레가 되거나 육체가 썩어 문드러지더라도
배와 함께 목숨을 같이 하여 죽음도 불사하려 하였소.
오늘 모든 것을 거두어 상대 지휘 아래 바침으로써
목숨을 위하여 은총과 자비를 바라는 것이오.
하늘을 두고 맹세하는 것이니 하늘이 돌보아주실 것이오.

일군 중장은 이를 허락하고 신의를 지켰으니
다음날 아침을 항복 받는 시간으로 정했네.
양편 군대에선 우레 소리 같은 환성 일어나고
파란 도깨비 불로 달빛 흐리고 음산한 바람 부는 중에
귀신 같은 적의 장수의 재촉으로 늦출 수도 없게 되자
아편 덩어리를 큰 잔에 풀어 마셨네.
앞사람들이 시체를 관에 담고 뒤의 사람들이 시체를 수레에
　　신고 가는데,
한 장수 양편과 앞뒤로 군사들이 따르네.
양편 군사들 비 뿌리듯 눈물 흘리며 모두가 놀라는 것은
이미 항복하고 또 죽으니 누굴 위해 죽는 것인가?
가련한 장군의 시체 돌아갈 적에는
희고 붉은 행상行喪 깃발만이 펄럭이며 늘어져 있네.
중간에 한 정丁 자 깃발만이 높은 돛대 위에 걸려있고
둘러보아도 용 그려진 깃발은 하나도 남아있지 않네.
바다 물결 살랑살랑 일고 슬픈 바람 슬피 불고 있으니
아, 아, 슬픈지고!


충 위　일 가　래 여 비　　　　　중 군 촉 목　정 고 비
沖圍[2]一舸[3]來如飛하니,　衆軍屬目[4]停鼓鼙[5]라.

선두립자지항기　　　　　　도호　견아래치사
船頭立者持降旗하고,　都護[6]遣我來致詞[7]로다.


아군력갈　세부지　　　　　　영정　절도위호위
我軍力竭[8]勢不支[9]하여,　零丁[10]絕島危乎危라.

귀별　소수　하능위　　　　　도중잔졸개창이
龜鼈[11]小竪[12]何能爲오?　島中殘卒皆瘡痍[13]라.

기여귀처　병가아　　　　　　과　저무반가　무의
其餘鬼妻[14]兵家兒는,　鍋[15]底無飯架[16]無衣라.

흘간　동작한부기　　　　　　육천인명현여사
紇干[17]凍雀寒復飢[18]하니,　六千人命懸如絲[19]라.

아금사전피안귀　　　　　　차도여성해여지
我今死戰彼安歸오?　此島如城海如池라.

횡배각함주루루　　　　　　유포　백존창　천지
橫排各艦珠累累[20]하고,　有炮[21]百尊槍[22]千枝하며,

역유탄약여산제
亦有彈葯如山齊[23]라.

전군기고　아소사　　　　　본원량군쟁웅자
全軍旗鼓[24]我所司[25]요,　本願兩軍爭雄雌하여,

화위사충　위육미　　　　　여선존망사불사
化爲沙蟲[26]爲肉糜[27]하고,　與船存亡死不辭라.

금일실색　공지휘　　　　　내위생명구은자
今日悉索[28]供指麾하니,　乃爲生命求恩慈[29]요,

지천위정　천감지
指天爲正[30]天鑒之라.


중장허락신불기　　　　　힐조　변위수항기
中將許諾信不欺하니,　詰朝[31]便爲受降旗라.

양군뢰동　환성치　　　　　인청　월흑음풍취
兩軍雷動[32]歡聲馳하고,　燐靑[33]月黑陰風吹라.

귀백　최촉　부득지　　　　　농훈부용　경심치
鬼伯[34]催促[35]不得遲하니,　濃薰芙蓉[36]傾深巵[37]라.

전자합관후여시　　　　　일장량익삼삼수
前者合棺後舁尸[38]하니,　一將兩翼三參隨[39]라.

兩軍雨泣咸驚疑[40]하니, 已降復死死爲誰오?

可憐將軍歸骨[41]時엔,　白幡[42]飄揚丹旐垂라.

中一丁字懸高桅[43]로되,　回視龍旗[44]無孑遺[45]라.

海波索索[46]悲風悲로다!　噫! 噫! 噫!


| 註解 |

1) 降將軍(항장군)- 정여창(丁汝昌, ?-1895)을 가리킨다. 안휘(安徽) 여강현
(廬江縣) 사람. 그는 청나라 말엽의 해군 제독(提督). 광서(光緒, 1875-1908)
연간 초에 영국에 파견되어 군함을 사고 프랑스와 독일을 시찰하고 돌아와
북양수사(北洋水師)를 통솔하였다. 1882년 임오군란(壬午軍亂) 때에는 군함
을 이끌고 조선으로 가서 오장경(吳長慶)·마건충(馬建忠) 등과 함께 대원군
(大院君)을 잡아 청나라로 데려와 유명하다. 1888년에는 청나라 해군제독이
되었으나 뜻이 맞지 않아 군비를 갖추고 군을 통솔하는 데 애를 먹었다.
1894년 일본군과 싸움이 붙어 황해 북부 해양도(海洋島) 부근 해전에서 패하
고 산동(山東) 위해(威海) 앞바다의 유공도(劉公島)로 물러났다. 그러나 계속
몰리자 정여창은 마침내 일본군에 항복을 한 다음 독을 마시고 자살하였다
한다. 그러나 실은 정여창은 배를 타고 일본군에게 돌진하여 배와 함께 폭사
하려 했으나, 선원들과 항복을 바라는 자들이 짜고 가짜 항복서를 만들어 일
본군에게 전달한 다음 배를 몰고 가서 항복하는 꼴이 되었고, 그래서 그는
아편 덩이를 물에 타 마시고 자결하였다고도 한다(范文瀾『中國近代史』). 하
여튼 이 시는 정여창의 비극적인 최후를 노래한 것이다.　2) 冲圍(충위)- 포
위를 뚫는 것. 정여창은 유공도에서 일본군에게 포위당하고 있었다.　3) 舸
(가)- 배, 군함.　4) 촉목(屬目)- 촉목(囑目). 모두가 함께 바라보는 것, 시선
을 집중하는 것.　5) 停鼓鼙(정고비)- 북 치는 것을 멈추다. 싸움을 멈추는
것을 뜻함. 옛날에 북은 전진 또는 공격 신호로 썼다.　6) 都護(도호)- 제독
(提督) 정여창을 가리킴.　7) 致詞(치사)- 말을 전하다, 말을 아뢰다.　8) 力
竭(력갈)- 힘이 다하다.　9) 不支(부지)- 지탱을 하지 못하다.　10) 零丁(영
정)- 외로운 모양, 외톨이 모양.　11) 龜鱉(귀별)- 거북이와 자라.　12) 小豎
(소수)- 조무래기, 형편없는 자들.　13) 瘡痍(창이)- 부상, 부상을 입은 것.

14) 鬼妻(귀처)- 귀신이 된 자의 처, 전사한 군인들의 처.  15) 鍋(과)- 냄비.
16) 架(가)- 옷걸이.  17) 紇干(흘간)- 산 이름. 지금의 산서(山西)성 대동(大
同)현 동쪽에 있다. 그 산에는 여름에도 늘 눈이 쌓여 있어서 그 고장 사람들
은 흔히 "흘간산 꼭대기에 가면 참새도 얼어죽는다."는 속담을 쓰고 있다 한
다.  18) 寒復飢(한부기)- 춥고 또 굶주리다.  19) 懸如絲(현여사)- 실에 매
어달려 있는 것 같다. 언제 끊어질지 모르는 극히 위태로운 상태를 뜻하는
말임.  20) 累累(루루)- 구슬이 줄에 엮여져 있는 모양. 작은 것들이 줄줄이
모여있는 모양.  21) 炮(포)- 포(砲), 대포.  22) 槍(창)- 총 종류.  23) 如山
齊(여산제)- 산 높이와 같다, 산처럼 쌓여있다.  24) 旗鼓(기고)- 군대를 지
휘하는 데 쓰는 깃발과 북. 따라서 지휘 또는 지휘권을 뜻한다.  25) 司(사)-
맡다, 주관하다.  26) 沙蟲(사충)- 모래와 벌레, 모래 속의 벌레.  27) 肉糜
(육미)- 살은 썩어 문드러지는 것.  28) 悉索(실색)- 모든 것들을 거두어,
모든 것을 묶어.  29) 恩慈(은자)- 은혜와 자비.  30) 正(정)- 징표, 증거.
31) 詰朝(힐조)- 다음날 아침, 날이 밝아 아침이 되면.  32) 雷動(뢰동)- 우
레 치듯 크게 움직이는 것.  33) 燐靑(인청)- 도깨비 불이 파란 것. 사람이
죽은 뒤 몸이 썩으면 뼈 속의 인(燐)이 밤에 파란 빛을 내며 날리기도 하여
사람들은 이를 두고 도깨비 불이라 하였다. 도깨비 불이 파랗다는 것은 사람
이 많이 죽은 전쟁터의 음산한 밤을 형용한 말이다.  34) 鬼伯(귀백)- 귀신
양반.적군의 장군을 가리키는 말이다.  35) 催促(최촉)- 재촉하다, 빨리 와
서 항복하라고 재촉하는 것.  36) 濃薰芙蓉(농훈부용)- 짙은 냄새가 나는 양
귀비 진액, 또는 진액 덩어리.  37) 深巵(심치)- 바닥이 깊은 술잔. 독약을
많은 양 먹은 것을 형용한다.  38) 輿尸(여시)- 시체를 수레에 태워 끄는 것.
39) 三參隨(삼삼수)- 여러 명이 옆에 따르고 있음을 뜻함.  40) 咸驚疑(함경
의)- 모두가 놀라면서 또 의심스럽게 생각하다.  41) 歸骨(귀골)- 뼈를 돌려
보내다, 죽은 시체를 돌려보내는 것.  42) 白幡(백번)- 흰 깃발, 붉은 깃발인
단조(丹旐)와 함께 상여와 함께 가는 행상(行喪)의 깃발임.  43) 桅(외)- 돛
대.  44) 龍旗(용기)- 용이 그려진 깃발, 청나라 해군제독의 군함에 꽂는 깃
발을 말한다.  45) 孑遺(혈유)- 나머지, 남겨둔 것.  46) 索索(색색)- 파도가
찰랑이는 모양.




청나라 말엽의 해군제독 정여창丁汝昌이 일본 해군과 싸워 진 다음 투항하였다.
그리고 독을 마시고 자살하였다 한다. 독을 마시고 자살할 거라면 왜 적에게 항

복을 하였는가가 큰 의문이다. 우병은尤炳垿은 이 시에 이런 주를 달고 있다. "이
것은 정여창丁汝昌에 관한 일을 읊은 것이다. 동구東溝(황해 북쪽)의 해전에 패하
고 정여창은 유공도로 후퇴하였다. 형세가 불리하자 마침내 항복할 날을 정하고
항복하고 나서는 약을 먹고 죽었다. 정여창이 항복을 한 다음, 다시 죽은 의심스러
운 사건은 진실을 밝히기가 어렵다. 어떤 이는 말하기를, 그때 정여창은 이미 죽을
결심을 하고 쾌속정을 내어 적에게로 돌진하여 배와 함께 죽어버리려 하였으나 배
를 부리는 선원이 말을 듣지 않았다. 정여창의 밑에도 항복을 하고자 하는 자들이
있어서 마침내는 선원과 짜고서 가짜 항복서를 만든 다음 적에게 보내어 항복을
약속받았다. 정여창은 그런 사실을 몰랐다. 정여창은 적에게 돌진하려던 계획이
막히자 마침내 아편을 마시고 자살을 하였다 한다." 황준헌은 이러한 의문도 밝힐
겸 조국의 불운을 정여창 해군제독의 최후를 통해서 노래한 것이다.

# 이순정

易順鼎 ● 1858-1920

자는 실보實甫, 스스로 곡암哭庵이라 호 하였으며, 호남성 용양龍陽(지금의 漢壽) 사람. 광서光緒 원년(1875) 거인擧人이 되어 광서우강도廣西右江道라는 벼슬을 하였다. 저술로 『정무지간행권丁戊之間行卷』과 『사혼집四魂集』이 있다.

# 천교곡(天橋曲)  3수(三首)

[서문] 천교는 수10보步 넓이의 땅인데, 거기에 남희원男戲園 2집, 여희원女戲園 3집, 악자관樂子館 3집, 여악자관女樂子館 3집이 또 있다. 연극 관람료는 3매枚이고, 차값은 겨우 2매이다. 희원이나 악자관은 나무 시렁을 엮고 자리를 깔아 만들었고, 떠돌아다니는 사람들이 개미떼 같았는데 가난한 사람들이 대부분이다. 악자관은 내부가 약간 깨끗하고 떠돌아다니는 사람들도 적다. 풍봉희馮鳳喜라는 자가 가냘프고 약하여 사람들을 감동시키었다. 이전 청나라 때부터 북경의 가난한 백성들은 생계가 날로 어려워져서 떠도는 백성들이 날로 늘었다. 가난한 사람들이 재주를 팔아 영업을 하는 장소에 부자들은 오지 않는다. 그래서 가난한 사람들이 재주를 팔아 영업을 하여 올리는 소득은 모두가 가난한 사람들의 재물이다. 나는 이뿐 날렵한 미인들도 보았지만 불쌍한 처지의 사람들도 보았는데, 그러나 이뿐 날렵한 미인들도 모두가 결국은 불쌍한 자들이다. 나와 함께 떠돌아다니는 자들도 불쌍한 자들이다. 여기까지 쓰다 보니 나는 울음이 터지려 한다.

天橋[1]數十弓[2]地耳나, 而男戲園二요, 女戲園三이오, 樂子館又三이오, 女樂子館又三이라. 戲資三枚요, 茶資僅二枚[3]라. 園館以席棚[4]爲之하고, 游人如蟻然하며, 寠人[5]居多也니라. 樂子館地稍潔하고, 游人亦少라. 有馮鳳喜者러니, 楚楚[6]動人이라. 自前淸以來로, 京師窮民生計日艱하고,

游民亦日衆이라. 貧人鬻技[7]營業之場엔, 爲富人所不至
라. 而貧人鬻技營業所得者는, 仍皆貧人之財니라. 余旣睹
驚鴻[8]이러니와, 復睹哀鴻이로되, 然驚鴻皆哀鴻也니라. 書
至此하니, 余欲哭矣로다!

(1)

늘어진 버들가지 같은 허리는 완전히 여자 같고
저녁 햇살 아래 얼굴빛은 꽃보다도 아름답네.
술집 깃발 아래 연극하는 북소리 천교 저자거리에 울리는데
많은 놀러 나온 사람들은 집 생각도 아니 하네.

垂柳腰肢全似女하고, 斜陽顔色好于花라.
酒旗[9]戲鼓天橋市러니, 多少遊人不憶家로다.

(2)

천교 다리 밖은 지는 햇빛 아름다우니
놀러 나온 사람들 개미처럼 분주한 것 이상히 여기지 말게.
저자거리로 들어가 일전만 내면 서시 같은 미인 볼 수 있어
온 마을이 북 울리며 연극 따라 창을 하네.

天橋橋外好斜陽하니, 莫怪遊人似蟻忙하라.
入市一錢看西施[10]요, 滿村罌鼓唱中郎[11]이라.

(3)

연가·가무의 두 높은 희대戲臺 저쪽으로

또 차원茶園 몇 곳을 열고 있네.

어느 곳에 가을이 깊어 사람들이 적어졌다 하였는가?

오히려 배우들을 찾아 극장으로 몰려오네.

燕歌[12]歌舞兩高臺에,  更有茶園[13]數處開로다.

何處秋多[14]人轉少[15]오?  却尋樂子[16]館[17]中來라.


| 註解 |

1) 天橋(천교)- 북경 서북쪽 지역명. 옛날에는 가난한 사람들이 모여 살던 지역이었다.  2) 弓(궁)- 넓이를 나타내는 단위. 1궁은 5평방 척(尺)임.  3) 枚(매)- 동전 한 잎.  4) 席棚(석붕)- 나무로 시렁을 만들어 좌석을 삼는 것.  5) 婁人(구인)- 가난한 사람.  6) 楚楚(초초)- 깨끗한 모양. (여자가) 가냘프고 약한 모양, 애처로운 모양.  7) 鬻技(육기)- 재주를 팔다.  8) 驚鴻(경홍)- 놀라서 나는 기러기. 삼국시대 조식(曹植)이 「낙신부(洛神賦)」에서 미인이 날렵하고 아름다운 모습을 비유하는 말로 썼음. 뒤의 애홍(哀鴻)은 반대로 슬퍼할 수밖에 없는 불쌍한 사람들을 가리킨다.  9) 酒旗(주기)- 술집 앞에 세워 놓았던 술집을 표시하는 깃발.  10) 西施(서시)- 옛날 오(吳)나라 임금이 사랑한 미인.  11) 中郎(중랑)- 명나라 초기 고명(高明)이 지은 『비파기(琵琶記)』의 남자주인공 채옹(蔡邕). "중랑을 창한다"는 것은 공연되는 연극의 창을 흉내내고 있음을 가리킨다.  12) 燕歌(연가)- 가무(歌舞)와 함께 천교 지역에 있던 연극이나 연희를 공연하는 희대(戲臺)의 이름.  13) 茶園(다원)- 앞 구절의 연가(燕歌)와 가무(歌舞)는 남자들이 구경하는 남희대(男戲臺)의 이름이고, '다원'은 모두 여자들만이 구경하는 여희원(女戲園)이라고 작자가 주를 달고 있다.  14) 秋多(추다)- 가을이 깊어지는 것.  15) 轉少(전소)- 적어지다.  16) 樂子(악자)- 공연을 하는 배우들.  17) 館(관)- 극장. 남희대와 여희원을 모두 가리킴.

작자가 북경의 가난한 사람들이 모여 사는 지역에 가서 먹고살 것이 없으면서도 경극京劇을 비롯한 연예를 즐기고 있는 사람들의 모습을 노래한 것이다. 청나라 사람들은 그 시대 많은 학자들이 "미쳤다"고 표현할 정도로 위아래 사람들 모두가 경극에 빠져 있었다. 그의 시 10수 중 두 수를 골랐다.

첫 시의 첫 구절은 여자 주인공인 '청의'로 분장하고 있는 남자배우의 모습이다. 그리고 둘째 시 끝 구절은 북경의 가난한 사람들도 모두가 공연되고 있는 그들의 고전연극에 익숙하여 주인공의 창을 흥얼거리면서 흉내 내고 있음을 형용한 것이다. 특히 청나라 때에는 황제와 귀족이나 부자들뿐만이 아니라 생계가 막연한 가난한 사람들에 이르기까지도 모두가 경극에 빠져 있었다. 사람들 사는 모습은 시인의 눈에서 눈물을 자아내게 하는데 거기에는 여러 곳에 연극을 공연하는 희원이 있다. 더구나 남자들 전용 희원과 여자들 전용 희원이 따로 있다니 놀라운 일이다. 그들은 밥을 굶으면서도 연극 구경을 하고 있는 것이다.

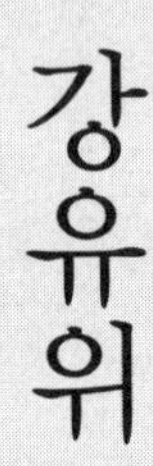

# 강유위

 康有爲　● 1858-1927

자는 광하廣廈, 호는 장소長素 또는 갱생更生 이라 하였으며, 광동廣東 남해南海 (지금의 廣州市) 사람이다. 그는 광서光緒 14년(1888)에 황제에게 글을 올려 변법자강變法自强 을 건의하였고, 청일전쟁 직후에는 그가 발의하여 '공거상서公車上書' 를 올렸다. 그리고 북경에 강학회强學會 를 설립하였다. 광서 24년戊戌(1898) 에는 '백일유신百日維新' 에 참여하였으나, 그 무술변법戊戌變法 이 실패한 뒤 일본으로 망명하였는데, 그 뒤로부터 사상이 보수화保守化 하였다. 그의 시에는 그의 시대를 반영하는 작품이 많으며, 작품집으로 『강남해선생시집康南海先生詩集』이 전한다.

# 가을에 월왕대에 올라(秋登越王臺)

가을바람 속에 남월왕南越王의 대 옆에 말을 세우고 보니

어지러이 뱀과 용 같은 인물들이 다투었던 일이 가장 슬프게
　　느껴지네.

오랜 역사의 시작을 어디서부터 얘기해야 하는가?

긴 세월 속에 얼마나 많은 왕조王朝가 바뀌었는가?

고루한 선비의 심사를 하늘에 소리쳐 물어보노라니

대지 위의 산과 강물이 바다 위로 몰려오네.

날아다니는 구름 멀리 바라보니 이 세상 저편을 가로지르고
　　있는데,

어찌 칼을 짚고 있는 웅재를 찬탄할만한 인재가 없겠는가?

　　　추 풍 립 마 월 왕 대　　　　　혼 혼　사 룡　최 가 애
　　秋風立馬越王臺[1]하니,　　混混[2]蛇龍[3]最可哀라.

　　　십 칠 사 종 하 설 기　　　　삼 천 겁　력 기 륜 회
　　十七史[4]從何說起오?　三千劫[5]歷幾輪廻[6]오?

　　　부 유　심 사 호 천 문　　　　대 지 산 하 과 해 래
　　腐儒[7]心事呼天問이러니,　大地山河跨海來[8]라.

　　　임 예　비 운 횡 팔 표　　　　기 무 의 검　탄 웅 재
　　臨睨[9]飛雲橫八表[10]어늘,　豈無倚劍[11]歎雄才리오?

| 註解 |

**1)** 越王臺(월왕대)- 지금의 광주시(廣州市) 월수산(越秀山) 위에 있는 누대
로, 서한(西漢) 시대에 남월왕(南越王) 조타(趙佗)의 유적이라 한다.　**2)** 混混
(혼혼)- 어지러운 모양.　**3)** 蛇龍(사룡)- 뱀과 용. 여러 잘나고 못난 군웅(群
雄)을 가리킨다.　**4)** 十七史(십칠사)- 이는 송(宋)대의 문천상(文天祥)이 "일
부의 십칠사를 어디에서부터 얘기를 시작하여야 하는가?(一部十七史, 從何
處說起?)"(『紀年錄』)고 한 말을 인용한 것. 『사기(史記)』 이후로 송대 앞의

『오대사(五代史)』에 이르기까지 중국의 정사(正史)는 17종이어서 오랜 중국의 역사를 가리킨다.  5) 三千劫(삼천겁)- 오랜 세월을 가리킴. 불교에서는 천지가 생성되어 없어지는 기간이 1겁이다.  6) 輪廻(륜회)- 불교에서 중생(衆生)이 끊임없이 삼계육도(三界六道)를 수레바퀴가 돌 듯 끝없이 돌면서 생사를 거듭한다고 믿는 사상. 여기서는 왕조(王朝)의 흥망과 세상이 바뀌는 것을 뜻한다.  7) 腐儒(부유)- 썩은 선비, 고루한 선비. 자신을 가리킴.  8) 跨海來(과해래)- 바다 위로 몰려오는 것. 바닷가의 산하의 웅장한 기세를 표현한 말이다.  9) 臨睨(임예)- 멀리 바라보다.  10) 八表(팔표)- 세상 팔방(八方)의 저쪽.  11) 倚劍(의검)- 칼에 기대어 서다, 칼을 짚고 서 있는 것.

| 解說 |

이 시는 광서光緒 5년(1879) 가을 작자가 22세 때에 광주廣州의 월왕대越王臺에 올라갔을 적의 감상을 읊은 시이다. 월왕대에 올라가 조국 산하를 바라보니 중국 민족의 역사와 함께 어려운 처지에 놓인 조국의 현실이 가슴 속에 만감이 교차하게 하였던 것이다. 어지러운 조국을 위하여 무언가 큰일을 해보려는 젊은이의 웅대한 포부가 잘 드러난 시이다.


# 도성을 나가면서 제공들에게 이 시를 남겨주고 작별함(出都留別諸公)

푸른 바다엔 물결 놀라고 나라 안엔 온갖 괴물들이 횡행橫行
　　하여
당구唐衢 같은 인물이 시국 위해 통곡하니 모든 사람들 놀라네.
높은 봉우리 우뚝 솟으니 여러 산들이 질투하고
황제께서 말씀 없으시니 온갖 요귀妖鬼들이 간악한 짓을 하네.
어찌 조정에서 계속 한漢나라 가의賈誼 같은 나를 계속 생각
　　하겠는가?
한나라에선 이형禰衡 같은 사람을 강하江夏에 내쳐 죽이었네.

나라가 위태로워 이미 우리 중원 땅 위하여 탄식하고 있었으니
뒷날 마땅히 노魯나라 두 제자 같은 나 생각하게 되리라!


滄海驚波百怪[1]橫하여,　唐衢[2]痛哭萬人驚이라.

高峰[3]突出諸山妬하고,　上帝無言百鬼[4]獰[5]이라.

豈有漢廷思賈誼[6]리오?　拚[7]敎江夏[8]殺禰衡[9]이라.

陸沈[10]預爲中原歎이니,　他日應思魯二生[11]하리라!


| 註解 |

1) 百怪(백괴)— 온갖 요괴. 조정 안에 변법(變法)을 반대하는 서태후(西太后)를 따르는 무리들.　2) 唐衢(당구)— 당(唐)나라 때 문재는 갖고 있으면서도 늙도록 아무런 일도 이루지 못하여 늘 나라를 위하여 통곡했던 사람 이름(『唐書』唐衢傳). 자신에 견준 것이다.　3) 高峰(고봉)— 높은 봉우리. 재주가 뛰어난 자신에 비긴 것이다.　4) 백귀(百鬼)— 앞의 백괴(百怪)와 같은 말. 5) 獰(녕)— 흉악한 것, 간악한 짓을 하는 것.　6) 賈誼(가의)— 한(漢)나라 문제(文帝) 때의 문인. 그는 나이가 어려서부터 나라를 위한 건의를 많이 하여 문제가 그를 경상(卿相)의 자리에 앉히려고 하였으나 늙은 신하들의 반대로 장사왕(長沙王) 태부(太傅)로 귀양을 갔었다(『漢書』賈誼傳).　7) 拚(변)— 치다, 내치다.　8) 江夏(강하)— 지금의 호북성(湖北省) 운몽현(雲夢縣) 동북쪽에 있던 고을 이름.　9) 禰衡(이형)— 한나라 말엽의 문인. 조조(曹操)의 조정에 고사(鼓師)로 들어가 북을 치면서 조조를 욕하여, 조조가 크게 노하고 그를 잡아 강하태수(江夏太守) 황조(黃祖)에게 보내어 이형을 죽이도록 하였다. '강하'는 강하태수 황조를 뜻한다.　10) 陸沈(육침)— 땅이 가라앉다. 나라가 망해가는 것을 비유하는 말.　11) 魯二生(노이생)— 노나라의 두 제생(諸生). 한나라 초에 숙손통(叔孫通)이 고조(高祖)를 위하여 예의를 제정하려고 노나라 제생(諸生) 30여 명을 데리고 장안(長安)으로 가려 하였다. 그러나 제생 중 두 사람만은 "선생님은 여러 임금을 섬기면서 아부하여 출세하려 하는데, 우리는 그렇게 하지 못하겠습니다. 우리를 더럽히지 말고 혼자 가시오!" 하고 거절하였다 한다(『史記』叔孫通傳).

다섯 수 중 한 수를 뽑았다. 작자는 이 시의 제목 아래 스스로 다음과 같은 주를 달고 있다. "나는 제생(諸生, 곧 秀才)으로서 상서하여 변법을 요청하였는데 개국 이래의 처음 있는 일이었다. 여러 사람들의 의심만이 늘어나 이에 떠나가는 것이다(吾以諸生, 上書請變法, 開國未有. 群疑交集, 乃行.)."

그는 광서 光緖 14년(1888)에 북경에 가서 순천향시順天鄕試를 보게 된 기회를 이용하여 황제에게 "변성법變成法, 통하정通下情, 신좌우愼左右" 하기를 요청하는 변법變法을 상소하였다. 이 상서는 밑의 반대파들 방해로 황제의 손에까지 전달되지는 못하였으나 사대부들 사이에 큰 반향을 일으켰다. 강유위는 다음 해 1889년에 북경을 떠나면서 이 시를 지은 것이다. 이때 작자는 32세의 젊은이였다. 나라를 구원하려는 변법變法에 대한 정열이 뜨겁게 느껴진다. 이 뒤 10년 만에 강유위는 양계초梁啓超와 함께 무술변법戊戌變法을 결행하지만 결국 실패하고 만다.


듣건대 화의가 이루어졌으나 동삼성을 러시아에게 떼어준다는 밀약을 달리하여 각 성 인사들이 일어나 투쟁을 하게 됨(聞和議成[1]而東三省[2]別有密約割與俄[3], 各直省人士紛紛力爭)


옛날 위강이 오랑캐들과 화의한 것을 어찌 공로가 있다 하겠
　　는가?
오직 구름과 안개가 요동 땅을 덮고 있는 것이 걱정일세.
애국지사들의 의기에 의지하여 우리나라가 지탱되고는 있으나
해외에서 조국 산하 바라보며 북풍 대하고 눈물 뿌리네.


위 강 화 융　기 유 공　　지 수 운 무 폐 요 동
魏絳和戎[4]豈有功고? 只愁雲霧蔽遼東[5]이라.
빙 장 사 기 부 중 하　　누 쇄 산 하 대 북 풍
憑將士氣扶中夏[6]하니, 淚灑山河對北風[7]이라.

1) 和議成(화의성)- 광서(光緒) 26년(1900) 의화단(義和團)이 북경(北京)·천진(天津) 일대에서 일어나자, 열강(列强)은 8국의 연합군을 조직하여 북경으로 진공하였다. 서태후(西太后)는 황제를 데리고 서안(西安)으로 도망을 가고 이홍장(李鴻章)이 북경으로 들어와 화의를 진행시킨 끝에 1901년에 '신축조약(辛丑條約)'을 맺은 것을 가리킨다.  2) 東三省(동삼성)- 만주(滿洲), 요녕(遼寧)·길림(吉林)·흑룡강(黑龍江)의 삼성.  3) 割與俄(할여아)- 러시아에 쪼개주다. 1900년 러시아는 연합군에 참여하여 북경으로 들어오면서 홀로 군대를 따로 보내어 동삼성을 점거하였다. '신축조약'이 체결된 뒤에도 러시아는 그곳으로부터 철군을 하려 하지 않았다. 그 뒤로 영(英)·미(美)·일(日)의 이해 충돌로 인한 간섭과 중국과 러시아 사이의 논의로 여러 번 파란을 거치면서 중국 지식인들을 자극하여 거아(拒俄)운동을 일으키게 하였다.  4) 魏絳和戎(위강화융)- 위강은 춘추(春秋)시대 진(晉)나라 대부(大夫). 그는 산융(山戎)이 침공하자 진나라 도공(悼公)에게 화의를 권하여 오랑캐들과 화의를 맺도록 하였다.  5) 遼東(요동)- 요하(遼河)의 동쪽 지방. '동삼성'을 가리킴.  6) 中夏(중하)- 중국.  7) 北風(북풍)-『시경』 패풍(邶風)「북풍」시의 정현(鄭玄)의『전(箋)』에 "한량(寒凉)한 바람은———임금의 정교(政敎)가 지나치게 포악하여 백성들을 어지러이 흩어지게 함을 비유한 것이다"라고 설명하고 있다.



이 시는 작자가 싱가폴에 나가 있으면서 '신축조약' 소식을 듣고 나라를 걱정하는 심정을 노래한 것이다. 특히 '동삼성'의 문제는 작자가 걱정하고 있는 대로 이후 러시아가 중국을 크게 애를 먹도록 만든다. 곧 러시아는 이후로 여러 번 동삼성으로부터의 철군약속을 어기어 중국인들을 흥분케 한다.


# 황우탄(黃牛灘[1])

황우산 아래 바위 우뚝우뚝하고
청옥색 푸른 시냇물 마름으로 덮여 있네.

텅 빈 산은 십 리를 가도 사람 보이지 않고

오직 새 우는 소리 들리고 긴 삼나무만 푸르네.


黃牛山<sup>2)</sup>下石矗矗<sup>3)</sup>하고,　縹碧<sup>4)</sup>靑溪藻荇<sup>5)</sup>覆이라.

空山十里不見人하고,　但有鳥啼長杉<sup>6)</sup>綠이라.


## | 註解 |

1) 黃牛灘(황우탄)- 광서성(廣西省) 계림(桂林)에 흐르고 있는 이강(灘江)의 이른바 '360탄(灘)' 중의 하나. '탄'은 여울물의 뜻.  2) 黃牛山(황우산)- 구우산(九牛山)이라고도 하며, '황우탄' 옆에 있는 산 이름.  3) 矗矗(촉촉)- 바위가 우뚝우뚝 솟은 모양.  4) 縹碧(표벽)- 푸른 옥빛.  5) 藻荇(조행)- 마름. '조'와 '행' 모두 마름의 일종.  6) 杉(삼)- 삼나무.


## | 解說 |

강유위는 광서光緒 22년(1896) 그의 학사學術를 광주廣州의 만목초당萬木草堂으로 옮기고 다음 해 계림을 여행하면서 지은 시이다. 아름다운 계림의 자연 속에서 휴식을 취하며 나라를 위해 일할 기운을 기르고 있는 것이다.

# 담사동

 ● 1865-1898

자는 복생復生, 호는 장비壯飛, 호남성湖南省 유양瀏陽 사람이다. 어려서부터 큰 포부를 지니고 글을 공부하였다. 1894년의 청일전쟁 이후로 유신운동에 뛰어들었다. 광서光緒 24년(1898) 무술戊戌년 북경으로 와 강유위康有爲·양계초梁啓超가 이끄는 유신운동維新運動에 참가하였다. 무술변법戊戌變法이 실패한 뒤 잡혀 옥에 갇혀 있다가 처형되었다. 그는 개성적인 시를 쓰기에 힘썼으며, 작품집으로 『망창창재집莽蒼蒼齋集』이 있다.

# 동관(潼關[1])

높은 구름이 옛날부터 이 성을 감싸왔는데,
가을바람이 말발굽 소리 불어 흩어놓고 있네.
황하黃河가 넓은 들판을 흘러가면서도 구속을 받고 있는 듯하고,
여러 산은 동관으로 몰리어서는 평평한 것을 잊은 듯하네.

종고 고운족 차성　　　추풍취산마제성
終古[2]高雲簇[3]此城이러니,　秋風吹散馬蹄聲이라.

하 류대야유혐 속　　　산입동관불해 평
河[4]流大野猶嫌束[5]하고,　山入潼關不解[6]平이라.

| 註解 |

1) 潼關(동관)- 섬서성(陜西省) 동관현(潼關縣)에 있는 관 이름. 섬서·산서 (山西)·하남(河南) 세 성의 요충지(要衝地)이며 지세가 험요(險要)하다. 2) 終古(종고)- 옛날부터. 3) 簇(족)- 몰려들다, 감싸다. 4) 河(하)- 황하(黃河). 5) 束(속)- 구속을 받다. 6) 不解(불해)- 알지 못하다, 이해하지 못하다.

| 解說 |

광서光緖 8년(1882) 가을 작자가 18세 때 호남성湖南省 유양瀏陽을 출발하여 아버지가 계신 감숙성甘肅省 난주蘭州로 가다가 동관을 지나면서 지은 시이다. 간단한 시 속에 동관의 웅험雄險함과 젊은이의 큰 기상이 한꺼번에 표현되고 있다.


# 배를 잡아끄는 아이(兒纜[1]船)

[서문] 친구가 배를 타고 형양衡陽을 지나다가 바람이 불어 배가 거의 뒤집혀질 지경이 되었는데, 배에 있던 겨우 열 살 쯤 되는

아이가 배를 끌고 항구로 들어갔다. 그때 바람에 밀리어 배가 물러나면서 계속 잡아끌어 아이는 넘어졌으나, 아이는 울부짖으면서도 밧줄을 놓지 않고 끝내 1배를 끌고 항구로 들어갔는데, 아이의 두 손바닥엔 뼈가 드러나 있었다.

友人泛舟衡陽2)이라가, 遇風하여, 舟瀕覆3)이라. 船上兒甫十齡4)이, 曳舟入港이러니, 風引舟退하여, 連曳兒仆5)로되, 兒嗁6)不釋纜하여, 卒曳入港이러니, 兒兩掌見骨焉이러라.

| 註解 |

1) 纜(람)– 닻줄, 밧줄, 밧줄을 끌다.  2) 衡陽(형양)– 호남성(湖南省)의 고을 이름.  3) 瀕覆(빈복)– 거의 뒤집힐 지경이 되다.  4) 甫十齡(보십령)– 겨우 열 살.  5) 仆(부)– 엎어지다, 앞으로 넘어지는 것.  6) 嗁(제)– 울부짖다.


북풍이 쌩쌩 불고

큰 물결 우레 소리 내는 중에

아이가 배 닻줄을 끌고 바람을 거슬리어 가네.

배 안의 사람들은 어쩔 줄을 모르고

죽고 사는 목숨이 아이 손에 맡겨졌네.

닻줄이 아이를 끌어 넘어뜨리어 아이는 자주 엎어지면서도

닻줄을 더욱 힘주어 잡으니 닻줄에 살이 뭉그러져서

아이의 살이 닻줄에 묻어 나가

아이 손바닥엔 뼈가 드러났네.

손바닥에 뼈가 드러나도

아이는 울지도 않았으니,

아이 손바닥엔 흰 뼈가 드러났으나

강물 속엔 죽은 이의 시체 없게 되었네.


北風蓬蓬<sup>1)</sup>하고,　大浪雷吼러니,

小兒曳纜逆風走라.

惶惶<sup>2)</sup>船中人은,　生死在兒手러라!

纜倒曳兒兒屢仆로되,　持纜愈力纜縻<sup>3)</sup>肉하니,

兒肉附纜去하여,　兒掌惟見骨이라.

掌見骨이로되,　兒莫哭하고,

兒掌有白骨이나,　江心<sup>4)</sup>無白骨이라.


| 註解 |

1) 蓬蓬(봉봉)- 북풍이 불어오는 소리.  2) 惶惶(황황)- 두려워하며 당황하는 모양.  3) 縻(미)- 얽히다, 뭉그러지다. 미(靡)의 뜻.  4) 江心(강심)- 강물 속. '강물 속에 백골이 없다' 는 것은 물에 빠져 죽은 사람이 없었음을 뜻한다.


| 解說 |

이 시는 광서光緖 14년(1888)에 지은 시이다. 배에 있던 아이가 자기 몸도 돌보지 않고 배가 풍랑으로 뒤집히려 할 적에 배를 끌어 무사히 항구에 대피시킨 일을 읊은 것이다. 열 살 아이의 과감한 행동이 영웅답다. 시의 문장도 매우 평이하다는 것이 큰 특징이라 할 것이다.

# 옥 안의 벽에 적음(獄中題壁)

장검張儉 처럼 도망 다니면서도 어느 집에서나 환영받으면서
　　묵고 있을 동지들 생각하나니
두근杜根 처럼 한동안 죽음을 참고 있다 조정으로 돌아와 일하
　　게 되기를!
나는 스스로 칼 옆에서 하늘 우러러 크게 웃나니
도망간 이나 남아있는 이나 성실한 마음 지닌 두 위대한 인물
　　때문일세.


望門投止[1]思張儉하나니,　忍死須臾待杜根[2]이라.
我自[3]橫刀向天笑하나니,　去留[4]肝膽[5]兩崑崙[6]이라.


| 註解 |

1) 望門投止(망문투지)– 한(漢)나라 말엽에 장검(張儉)이란 사람이 백성들을 괴롭히는 환관(宦官) 후람(侯覽)을 탄핵하였으나, 도리어 후람의 미움을 사 후람이 장검을 모함하여 체포령이 내려졌다. 장검은 목숨을 살려 도망을 쳤는데 가는 곳마다 "집의 문을 보고 그 집에 투숙을 하려 하면(望門投止)" 사람들은 그를 알아보고 누구나 위험을 무릅쓰고 후한 대접을 하였다 한다 (『後漢書』張儉傳). 여기에서는 무술정변(戊戌政變)을 일으켰던 유신파(維新派) 사람들을 장검에 비기고 있는 것이다. '투지'는 투숙(投宿)의 뜻.　2) 杜根(두근)– 동한(東漢) 안제(安帝) 때 사람. 안제가 나이가 많아졌는데도 등태후(鄧太后)가 계속 수렴청정(垂簾聽政)을 하자, 두근이 정사를 황제에게 넘겨주라는 상서를 하였다. 두태후는 화를 내고 그를 잡아 큰 자루 속에 묶어넣고 때려죽이게 하였다. 그러나 법을 집행하는 사람은 그가 죽지 않을 만큼 때리고 밖으로 내다 버렸다. 두태후가 죽은 시체를 다시 검사하게 하였지만 죽음을 가장하여 살아나, 등태후가 처벌을 받은 뒤에 다시 조정으로 돌아와 시어시(侍御史)가 되었다. 이 구절은 도망 다니고 있는 유신인사들이 죽음을

이겨내고 뒤에 다시 두근처럼 조정으로 돌아와 일하게 되기를 바라는 뜻을
담고 있다.  3) 我自(아자)- 내 스스로. 양계초(梁啓超)의 「담사동전(譚嗣同
傳)」에 무술정변 뒤에 어떤 사람이 담사동에게 도망치기를 권하자, 그는 "여
러 나라를 보면 유신(維新)은 피를 흘려 이룩하고 있다. 중국도 피를 흘려야
유신이 이루어질 것이기 때문에 내가 먼저 내 피를 흘려야 하겠다"는 결심
을 말하며 거절하였다 한다. 이 구절은 작자의 그러한 희생 결심을 읊은 것
이다.  4) 去留(거류)- 도망치는 것과 머물러 있는 것.  5) 肝膽(간담)- 진실
한 성심(誠心).  6) 兩崑崙(량곤륜)- 두 위대한 인물. 강유위(康有爲)와 협객
(俠客) 대도(大刀) 왕오(王五)를 가리킨다. 담사동은 일찍이 왕오에게서 검술
을 배웠고, 변법(變法)에 뜻을 같이하고 있었다 한다(梁啓超『飮氷室詩話』).
'곤륜' 은 중국의 가장 큰 산맥, 파밀고원에서 시작하여 신강(新疆) · 서장(西
藏) · 청해(靑海) · 감숙(甘肅) 등지로 크게 뻗어있다. 여기서는 큰 인물을 뜻
한다.


| 解說 |

광서 光緖  무술 戊戌 년(1898) 6월 광서황제는 강유위 · 담사동 등의 유신파를 기용
하여 유신변법 維新變法 을 시행하였다.  그러나 9월에는 서태후 西太后  일당이 일어
나 유신파를 포살 捕殺 하고 광서황제를 구금하여 무술변법 戊戌變法 이 실패하였다.
대부분이 해외로 망명하였으나 담사동은 국내에 그대로 남아 잡혀 있다가 처형되
었다. 이 시는 그가 처형당하기 직전에 감옥 안에서 쓴 시이다. 특히 작자의 희생
정신이 고귀하게 느껴진다.

# 양계초

梁啓超　● 1873-1929

자는 탁여卓如, 호는 임공任公, 음빙실주인飮氷室主人이라 스스로 부르기도 하였
으며, 광동성廣東省 신회현新會縣 사람이다. 광주廣州에서 고전 공부를 하다가
강유위康有爲의 만목초당萬木草堂으로 들어가 새로운 학문에 눈을 뜨고 변법유
신變法維新 운동을 전개하였다. 무술변법戊戌變法에 실패하고도 일본으로 건너
가 계속 개혁운동을 전개하였다. 그러나 입헌보황立憲保皇의 입장을 견지하여
혁명파革命派에 밀리기 시작하였다. 일시 귀국하여 법부총장法部總長 등을 지내
기도 하였으나, 곧 정치에서 손을 떼고 고전연구와 저술활동에 전념하였다. 한
때는 시계혁명詩界革命과 함께 소설계혁명小說界革命 · 문계혁명文界革命을 주도
하기도 하였고, 그의 수많은 저술을 모아놓은 『음빙실전집飮氷室全集』이 있다.

# 나라를 떠나는 노래(去國行)

아아! 나라의 어려움 해결하기엔 재주가 모자라면서
멍청히 선비인 체 하였구나!
간악한 자들의 머리 베지도 못하고
의로운 칼은 아무런 공도 못 세웠네.
임금의 은혜 친구의 원수 모두 갚지 못하였으니,
도적들 손에 죽는 것이 차라리 영웅답지 않았겠는가?
어머니도 버리고 눈물 삼키며 나라 밖으로 나와
되돌아보지도 않고 나는 동쪽으로 향하네!

동방의 나라 일본은 옛날부터 군자국이라 일컬었으니
종족이며 문화가 우리와 모두 같았네.
근래에 러시아가 욕심을 내어 이를 갈고 서북 지방을 삼켜버
　　리자
일본과 우리는 입술과 이빨처럼 같은 환난을 겪으며 서로 뜻
　　이 통하였네.
대륙의 산하가 다 부서지다시피 되었으니
무너진 둥지 속의 알이 온전할 수가 없는 법이라,
나는 초楚나라 신포서申包胥처럼 칠일을 곡하여서라도 구원
　　을 청하려고 왔으니
일본이란 나라는 아직도 다행히 사리에 어둡지 않네.

그런데 일본의 역사를 읽고 일본의 옛 일을 얘기해 본다면,
삼십 년 전의 일들은 모두 지금과 같지 않았네.

성 아래 여우나 사당社堂의 쥐 같은 무리들이 위세와 권리를
    누리고
왕실은 혼란하여 골병이 든 듯하였네.
뜬구름이 해를 가리고 있는 꼴이었지만 간악한 자들을 쓸어
    내지 못하고
앉아서 개미들이 응룡應龍을 뜯어먹게 버려두었네.
가련하게도 지사들은 나라를 위해 죽었으나
앞에서 엎어지면 뒤에서 일어나면서 뜻을 계속 이어
한 남자가 과감히도 백 명의 궁수弓手를 향해 활을 쏘고
수호水戶에서 살마薩摩 · 장주長州에 이르는 지경이 피로 붉은
    강을 이루었네.
그 뒤로 명치明治의 새로운 정치가 온 땅에 빛을 발하고
유럽을 능가하고 미국을 앞지르도록 기운이 왕성해졌네.
옆 사람들은 그들의 노랫소리는 듣고 있지만 어찌 옛날 통곡
    하던 소리 들었으랴?
이것은 바로 수백 수천의 지사들이 머리와 피눈물 바쳐 세상
    을 돌려놓았기 때문일세.

아아! 남아가 삼십이 되도록 별 공로도 없이
이 보잘것없는 몸을 하늘에 되돌려드리겠다 맹서하였네.
불행할 경우엔 월조月照스님 같은 사람 될 것이고
다행할 경우엔 남주옹南州翁 처럼 되리라!
그렇지도 않다면 고산高山 · 포생蒲生 · 상산象山 · 송음松陰 사
    이의 한 자리 차지하여
그들의 소나무 대나무 같은 절조 지키며 엄동을 보내리라.

그렇게 앉아서 봄이 돌아오기 기다리노라면 마침내는 봄바람
  이 불어오리라!

아아! 옛사람들은 가고 볼 수가 없으나
산 높고 물 깊은 중에 옛 자취가 들리누나!
쏴쏴 비바람은 천지에 가득 찼는데
훌쩍 한 소리 지르며 쑥대 굴러가듯 떠나가네.
머리 풀어헤치고 긴 휘파람 불면서 하늘을 바라보니
앞길에 있는 봉래산蓬萊山은 만 겹 산과 물 저편에 있네.
되돌아보지도 않고 나는 동쪽으로 향하네!


鳴呼라! 濟艱[1]乏才兮여, 儒冠[2]容容[3]이라.

佞頭[4]不斬兮여, 俠劍無功이라.

君恩友仇兩未報하니, 死于賊手毋乃非英雄가?

割慈[5]忍淚出國門하여, 掉頭不顧[6]吾其東[7]이라!


東方古稱君子國[8]이오, 種族文敎咸我同이라.

爾來封狼[9]逐逐[10]磨齒啖西北하니, 脣齒[11]患難尤相通이라.

大陸山河若破碎하여, 巢覆完卵[12]難爲功하니,

我來欲作秦廷七日哭[13]이러니, 大邦[14]猶幸非宋聾[15]이라.


却讀東史[16]說東故면, 卅年[17]前事將毋同이라.

城狐社鼠[18]積威福하고, 王室蠢蠢[19]如贅癰[20]이라.

浮雲蔽日[21]不可掃하니, 坐令螻蟻[22]食應龍[23]이라.

可憐志士死社稷하고, 前仆[24]後起形影從하며,

一夫敢射百抉拾[25]하니, 水戶[26]薩長[27]之間流血成川紅이라.

爾來明治新政耀大地하니, 駕歐凌美[28]氣葱蘢[29]이라.

旁人聞歌[30]豈聞哭고? 此乃百千志士頭顱[31]血淚回蒼穹[32]이라.


吁嗟乎! 男兒三十無奇功하니, 誓把區區[33]七尺[34]還天公이라!

不幸則爲僧月照[35]요, 幸則爲南州翁[36]이리라.

不然高山[37]蒲生象山[38]松陰之間占一席하여, 守此松筠[39]涉

嚴冬[40]하리라.

坐待春回終當有東風하리라!


吁嗟乎! 古人往矣不可見이로되, 山高水深聞古踪[41]이라.

瀟瀟[42]風雨滿天地하니, 飄然[43]一聲如轉蓬[44]이라.

披髮[45]長嘯覽太空하니, 前路蓬山[46]一萬重이라.

掉頭不顧吾其東이로다!

1) 濟艱(제간)- 나라의 어려움을 해결하는 것.  2) 儒冠(유관)- 유생들이 쓰는 관. 공부하는 신분임을 뜻함.  3) 容容(용용)- 멍청히 따르는 모양.  4) 佞頭(영두)- 간악한 자들의 머리.  5) 割慈(할자)- 어머니를 떼어버리는 것. '자'는 자당(慈堂). 어머니.  6) 掉頭不顧(도두불고)- 머리를 돌려 돌아보지 않다, 되돌아보지 않다. 모르는 체하다.  7) 東(동)- 동쪽의 일본.  8) 君子國(군자국)- 일본을 가리킴(『山海經』海外東經에 보이는 말).  9) 封狼(봉랑)- 큰 이리. 러시아를 가리킴.  10) 逐逐(축축)- 다투어 추구하는 모양, 욕심을 내는 모양.  11) 脣齒(순치)- 입술과 이빨. 순망치한(脣亡齒寒), 곧 '입술이 없으면 이빨이 추위를 느끼게 된다'는 속담(『左傳』僖公 5年에 보임)을 인용한 표현.  12) 巢覆完卵(소복완란)- 소복무완란(巢覆無完卵), 곧 '새 둥지가 부서져 뒤집어지면 온전한 알이 그 속에 그대로 있을 수가 없다.'는 고사(『世說新語』言語에 보임)를 인용하여 표현한 말.  13) 秦廷七日哭(진정칠일곡)- 진나라 조정에서 7일 동안 통곡하다. 초(楚)나라에 갑자기 오(吳)나라가 쳐들어 왔을 적에 초나라 대부 신포서(申包胥)가 진(秦)나라로 구원을 요청하러 갔는데, 진나라 애공(哀公)이 말을 들어주지 않자 그대로 진나라 조정에서 7일 동안 계속 곡을 하여 애공은 감동한 나머지 군사를 내어 초나라를 도와주었다(『左傳』定公 4年).  14) 大邦(대방)- 큰 나라. 일본을 가리킴.  15) 宋聾(송롱)- 송나라는 귀머거리이다. 『좌전』에서 "정(鄭)나라는 명철(明哲)하고, 송(宋)나라는 우매(愚昧)하다."는 뜻에서 '송롱'이라 한 말(定公 14年)을 인용한 표현이다.  16) 東史(동사)- 일본 역사. 따라서 '동고(東故)'는 일본의 지난 일들.  17) 卅年(십년)- 30년. 일본은 1868년이 명치(明治) 원년이며 이후 유신(維新) 정치가 행해지는데, 이 시는 1898년에 지은 것이니 꼭 그 사이가 30년이다.  18) 城狐社鼠(성호사서)- 성 밑에 사는 여우와 사당(社堂)에 사는 쥐. 성 밑의 여우를 잡으려면 성이 무너지기 쉽고, 사당의 쥐를 잡으려다간 사신(社神)을 다치기 쉬워서 손을 대지 못한다. 따라서 제거하기 어려운 간신(奸臣)들을 가리키는 말로 흔히 쓰였다(『晉書』謝鯤傳).  19) 蠢蠢(준준)- 벌레가 꿈틀거리는 모양. 혼란한 모양.  20) 贅癰(췌옹)- '췌'는 혹이 생기는 것, '옹'은 종기가 나는 것. 두 가지를 합쳐 난치병을 가리킴.  21) 浮雲蔽日(부운폐일)- 뜬구름이 해를 가리다. 간신들의 농락으로 임금이 올바로 정치를 못하는 상황을 말함.  22) 螻蟻(루의)- 개미.  23) 應龍(응룡)- 나래가 달린 용, 또는 천 년 묵은 용.  24) 仆(부)- 앞으로 엎어지는 것.  25) 決拾(결습)- '결'은 활을 쏠 적에 시위를 잡아당기기 위하여 손가락에 끼는 깍지. '습'은 활 쏘는 사람이 어깨에 걸치던 어깨걸이. 합쳐서

궁수(弓手), 활쏘는 사람을 가리킨다.  26) 水戶(수호)- 일본 본주(本州) 동부
에 있는 도시. 자성현(茨城縣)의 수부(首府)이며 나가천(那珂川) 어귀에 있는
동서 수로(水路)의 요진(要津)이다.  27) 薩長(살장)- 살마(薩摩), 곧 지금의
구주(九州) 녹아도현(鹿兒島縣)과 장주(長州), 곧 지금의 본주(本州) 산구현
(山口縣). 막부(幕府)를 타도하는 데에 이 두 곳의 사람들이 가장 눈부신 활
약을 하였다.  28) 駕歐凌美(가구릉미)- 유럽을 앞서고 미국을 뛰어넘다, 유
럽과 미국을 능가(凌駕)하다.  29) 葱蘢(총롱)- 번성하고 무성한 모양.  30)
聞歌(문가)- 일본이 잘 되고 있다는 애기만을 듣는 것. 따라서 '문곡(聞哭)'
은 옛날 일본의 어려웠던 시절의 일 얘기를 듣는 것.  31) 頭顱(두로)- 머리.
'로'는 두개골의 뜻.  32) 蒼穹(창궁)- 푸른 하늘, 창천(蒼天). 나라의 운명을
가리킴.  33) 區區(구구)- 작은 모양, 보잘 것 없는 모양.  34) 七尺(칠척)- 자
기 몸을 가리킨다.  35) 僧月照(승월조)- 일본 서경(西京) 청수사(淸水寺)의
주지스님이었는데, '존왕양이(尊王攘夷)' 활동으로 덕천막부(德川幕府)의 미
움을 사 쫓겨다니다가 결국은 몰리어 다른 유신(維新)의 지사(志士)인 서향
융성(西鄕隆盛)과 서로 끌어안고 바다에 몸을 던졌다. 그러나 월조는 죽고,
서향은 살아남았다.  36) 南州翁(남주옹)- 앞에 얘기한 서향융성(西鄕隆盛).
그는 일본 남단의 녹아도(鹿兒島)를 근거로 하여 활약하였기에 그렇게 부른
것이다.  37) 高山(고산)- 고산정지(高山正之). '포생(蒲生)'은 포생수실(蒲
生秀實), '송음(松陰)'은 길전송음(吉田松陰). 세 사람 모두 일본의 유신운동
을 전개하였던 사상가들임.  38) 象山(상산)- 남송(南宋)의 학자 육구연(陸九
淵), 강서성(江西省) 금계(金溪)의 상산에 상산학원(象山學院)을 세우고 강학
(講學)하였다.  39) 松筠(송윤)- 소나무와 대나무. 앞에 든 사람들 같은 올곧
은 절조(節操)를 가리킨다.  40) 嚴冬(엄동)- 나라의 어려운 시기를 뜻한다.
41) 古踪(고종)- 옛 분들의 발자취.  42) 瀟瀟(소소)- 비바람이 어지러이 치
는 모양.  43) 飄然(표연)- 훌쩍 날으는 것, 훌쩍 떠나는 모양.  44) 轉蓬(전
봉)- 바람에 불려 굴러다니는 마른 쑥대.  45) 披髮(피발)- 머리를 풀어헤치
는 것.  46) 蓬山(봉산)- 신선의 고장 봉래산(蓬萊山). 일본을 가리킨다.


| 解說 |

광서 光緒 24년(1898) 무술정변에 실패한 뒤 일본으로 망명을 하면서 지은 시이
다. 광서황제는 영대 瀛臺 에 유금幽禁 되고 여러 명의 동지들이 잡혀 죽었음으로
유신운동에 실패한 비분강개가 느껴진다. 그러나 일본에 대하여는 작자가 지나치
게 큰 기대와 환상을 지니고 있었던 듯하다. 이런 것 모두가 망국민의 한이다.

# 뜻을 이루지 못하고(志未酬)

뜻을 이루지 못하였는데,
뜻을 이루지 못하였는데,
묻노니 그대의 뜻은 언제 이루려나?
뜻도 한량이 없고
이루는 일도 정해진 때가 없네.
세계의 진보는 멈추어 있는 때가 없고,
나의 희망도 멈추어 있는 때란 없네.
뭇 백성들의 고뇌는 엉클어진 실처럼 끊이지 않고,
나의 슬픔과 고민도 엉클어진 실처럼 끊일 날 없네.
높은 산에 올라보면 더 높은 산이 있고,
넓은 바다로 나가보면 더 넓은 바다가 있네.
용이 치솟고 호랑이 날뛰는 대로 맡겨 두고 이 한평생 보내야지
이루는 일이 얼마나 된다는 건가?
비록 이루는 것 조금이라 하더라도
감히 스스로 가벼이 여겨서는 안 될 것이니,
조금이 없다면
많은 것이 어디에서 생겨나겠는가?
다만 넓고 아득한 앞길만 바라볼 것이니,
그 누가 이런 내 뜻에 동감하지 않겠는가?
아아!
남아로서 천하의 일에 뜻을 두었다면
오직 전진 뿐 멈추는 일이란 없을 것이니,
뜻을 이루었다는 것은 곧 뜻이 없다는 말이 되네.

志未酬<sup>1)</sup>하고, 志未酬어늘, 問君之志幾時酬아?

志亦無盡量이오, 酬亦無盡時라.

世界進步靡<sup>2)</sup>有止期요, 吾之希望亦靡有止期라.

衆生苦惱不斷如亂絲어늘, 吾之悲憫亦不斷如亂絲라.

登高山復有高山하고, 出瀛<sup>3)</sup>海更有瀛海로다.

任龍騰虎躍以度此百年<sup>4)</sup>兮여, 所成就其能幾許아?

雖成少許라도, 不敢自輕이니,

不有少許兮면, 多許奚自<sup>5)</sup>生이리오?

但望前途之宏廓<sup>6)</sup>而寥遠<sup>7)</sup>兮여, 其孰能無感于余情고?

吁嗟乎! 男兒志兮天下事어든,

但有進兮不有止니, 言志已酬便無志라.


**│ 註解 │**

1) 酬(수)— 댓가를 받는 것. 뜻을 이루는 것. 2) 靡(미)— 없다. 부정사. 3) 瀛(영)— 넓은 바다. 4) 百年(백년)— 사람의 한평생. 5) 奚自(해자)— 어디로부터. 6) 宏廓(굉곽)— 넓은 것. 7) 寥遠(료원)— 아득히 먼 것.


**│ 解說 │**

광서 27년(1901) 작자가 일본으로 망명하여 시계혁명운동 詩界革命運動 을 전개하며 유신운동에 몰두하고 있을 적의 작품이다. 그의 중국시 혁명의 이상은 이 시에 잘 드러나 있고, 유신에 대한 그의 열정도 뜨겁게 느껴지는 작품이다.

# 스스로를 격려함(自厲<sup>1)</sup>) 2수(二首)

## 기일(其一)

평생 동안 가장 싫어한 것은 불평불만의 말이었으니

일부러 괴로운 듯 신음소리 내어보아야 그것으로 누구를 원망하겠다는 것인가?

세상만사는 불행 속에 행복이 깃들어 있는 것이니,

일생을 두고 힘써 운명을 이끌어 나가야 할 것이네.

몸담고 살아가는 데 있어서 어찌 몸담을 곳 없음을 걱정하랴?

나라를 위함에 있어서 오직 때늦을지도 모름만을 걱정해야 하네.

영웅의 길은 배우지 못했으되 먼저 올바른 도를 배웠거늘

내가 잘 되고 못 되는 것을 일반 사람들에 비겨서야 되겠는가?

平生最惡牢騷<sup>2)</sup>語니, 作態<sup>3)</sup>呻吟苦恨誰아?

萬事禍爲福所倚<sup>4)</sup>니, 百年<sup>5)</sup>力與命相持<sup>6)</sup>라.

立身<sup>7)</sup>豈患無餘地아? 報國惟憂或後時라.

未學英雄先學道어늘, 肯將榮瘁<sup>8)</sup>校<sup>9)</sup>群兒<sup>10)</sup>아?

| 註解 |

1) 厲(려) - 격려하다. 려(勵)의 뜻.  2) 牢騷(로소) - 불평불만을 하는 것, 불만스럽게 투덜거리는 것.  3) 作態(작태) - 일부러 몸가짐을 꾸미는 것.  4) 福所倚(복소의) - 『노자(老子)』에 "화 속에 복이 깃들어 있고, 복 속에 화가 숨

겨쳐 있다(禍兮, 福之所倚, 福兮, 禍之所伏.).”고 한 말을 응용한 표현이다.
5) 百年(백년)- 사람의 한평생.  6) 相持(상지)- 서로 경쟁을 하는 것.  7) 立
身(입신)- 몸담고 살아가는 것.  8) 榮瘁(영췌)- 사람이 뜻대로 잘되는 것과
잘못되는 것, 영광과 오욕.  9) 校(교)- 견주다, 비교하다.  10) 群兒(군아)-
일반 사람들.


## 기이(其二)

내 몸을 바쳐 달갑게 만인이 공격하는 화살을 받는 표적이 되
    고 싶고
지은 글로써 백 대를 두고 사람들의 스승이 되고 싶네.
백성들의 권리를 각성시키어 사회의 낡은 습속을 개량하고
올바른 이치를 더욱 연구하여 새로운 지식을 열 것을 맹세하네.
십 년 뒤가 되면 나를 생각하게 될 것인데
온 나라 사람들이 아직도 돌아있으니 누구와 얘기하면 좋겠는가?
이 세계도 무궁무진하고 내 바람도 무궁무진하여
드넓은 하늘과 바다를 대하듯이 한동안 우뚝이 서 있네.


헌 신 감 작 만 시 적
獻身甘作萬矢的<sup>1)</sup>이오,　저 론 구 위 백 세 사
著論求爲百世師라.

서 기 민 권 이 구 속
誓起民權移舊俗<sup>2)</sup>하고,　갱 연 철 리 유 신 지
更研哲理牖<sup>3)</sup>新知라.

십 년 이 후 당 사 아
十年以後當思我리나,　거 국 유 광 욕 어 수
舉國猶狂欲語誰오?

세 계 무 궁 원 무 진
世界無窮願無盡하니,　해 천 료 곽 립 다 시
海天寥廓<sup>4)</sup>立多時라.


**|註解|**

1) 萬矢的(만시적)- 만인이 쏘는 화살을 받는 과녁. 여러 사람들의 나라나 사

회에 대한 불만에서 나오는 공격을 모두 자신이 책임지고 싶다는 뜻.  2) 移舊俗(이구속)- 낡은 습속을 고치다.  3) 牖(유)- 창. 열어주다, 이끌다. 유(誘).  4) 寥廓(료곽)- 아주 넓은 것.



이 시는 광서 27년(1901), 일본에 망명해 있으면서 지은 시이다. 양계초가 가장 개혁운동에 정열을 불태우던 시기이다. 적극적이고 만사에 자신이 책임을 지려는 자세가 특히 돋보인다. 앞 시에서는 나라를 위하여 개인의 영리 같은 것은 문제도 삼지 않으려는 작자의 의지가 뜨겁다. 그리고 뒤의 시에서는 몸을 바쳐 나랏일을 하고 여론을 이끌며, 온 세상 일에 대하여 자기가 책임을 지려는 자부심이 두드러진다.


# 태평양에서 비를 만나(太平洋遇雨)

한바탕 비가 이리저리 아주亞洲와 미주美洲에 걸쳐 쏟아지는데
거친 물결이 천지를 휩쓸면서 동쪽으로 흘러가네.
변란에도 살아남은 인물은 물결도 쓸어 없애지 못하니
또 바람과 우레를 일으킬 변법變法의 뜻을 품고 먼 길을 가고
　　　있네.


　　　일 우 종 횡 긍 이 주　　　　　　낭 도 천 지 입 동 류
　　　一雨縱橫亘二洲[1]하니,　　浪淘天地入東流라.
　　　겁 여 인 물 　 도 난 진　　　　우 협 풍 뢰 　 작 원 유
　　　劫餘人物[2]淘難盡하니,　　又挾風雷[3]作遠游[4]라.


| 註解 |

1) 二洲(이주)- 아주(亞洲)와 미주(美洲).  2) 劫餘人物(겁여인물)- 무술정변(戊戌政變) 같은 변란 속에서도 죽지 않고 살아남은 인물.  3) 風雷(풍뢰)-

바람과 우레. 유신변법(維新變法) 사상을 가리킴.  **4)** 遠游(원유)- 멀리 가다. 미국으로 가고 있음을 뜻한다.



**| 解說 |**

1899년 작자가 배를 타고 미국으로 가는 도중 비 오는 태평양 위에서 지은 시이다. 유신을 바탕으로 한 웅대한 포부와 기개가 잘 드러나는 시이다.

# 추근

 秋 瑾  ● 1875-1907

자는 선경璿卿, 도는 경웅竟雄, 스스로 감호여협鑑湖女俠이라 호 하였고, 절강성 浙江省 산음山陰(지금의 紹興) 사람. 유명한 민주주의 운동가이며 중국 부녀해방운동의 선구자이다. 부모의 명으로 결혼을 하였으나 의연히 홀로 광서 30년(1904) 일본으로 유학하여 동맹회同盟會에 가입 혁명운동에 투신한다. 1906년에 귀국하여 광복군光復軍을 조직한 뒤 기의起義하려다가 발각되어 소흥紹興에서 사형에 처해진다. 그의 시에도 애국과 혁명의 격정이 담겨 있으며, 작품집으로 『추근집秋瑾集』이 있다.

# 지감기에 적음(題芝龕記[1])

예부터 여장원 얘기를 앞 다투어 전하고 있는데,

젊을 적에야 누구인들 제후諸侯로 봉해질 것 생각 않겠는가?

마馬씨 집 며느리와 심沈씨 집 딸도

일찍이 위대한 이름을 온 나라에 떨쳤네.

고 금 쟁 전 여 장 두　　　홍 안　수 설 불 봉 후
古今爭傳女狀頭[2]하니,　紅顏[3]誰說不封侯[4]리오?

마 가 부　공 심 가 녀　　증 유 위 명　진 구 주
馬家婦[5]共沈家女[6]이,　曾有威名[7]震九州[8]라.

| 註解 |

**1)** 芝龕記(지감기)- 청나라 때 호남(湖南)의 동용(董榕)이 지은 전기(傳奇) 작품. 명(明)나라 신종(神宗) 만력(萬曆) 연간(1573-1619)에 나라를 위해 큰 공을 세웠던 여장군 진량옥(秦良玉)과 심운영(沈雲英)의 얘기를 희곡작품으로 쓴 것이다. **2)** 女狀頭(여장두)- 여장원(女狀元). **3)** 紅顏(홍안)- 얼굴에 핏기가 있는 젊은이. **4)** 封侯(봉후)- 큰 공을 세워 제후(諸侯)로 봉해지다. **5)** 馬家婦(마가부)- 명나라 때 석주(石砫, 지금의 四川省 石柱縣)의 선무사(宣撫使) 마천승(馬千乘)의 처 진량옥(秦良玉). 그는 여자이면서도 무술에 뛰어나고 글도 잘 하였는데, 남장을 하고 군사를 거느리고 나가 반란군을 토벌하여 나라에 큰 공을 세웠다. **6)** 沈家女(심가녀)- 명 말엽 도주(道州, 지금의 湖南省 道縣)의 수비(守備) 심지서(沈至緒)의 딸 심운영(沈雲英). 그는 글도 많이 읽고 무술을 닦은 여인이다. 반란군이 도주(道州)를 공격하여 아버지도 잡히어 죽자, 심운영은 열 명의 기병을 거느리고 적군으로 돌진하여 아버지 시신을 찾아왔고, 뒤에 유격장군(遊擊將軍)이 되어 도주를 지키며 반란군을 토벌하여 큰 공을 세웠다. **7)** 威名(위명)- 위세가 있는 이름. 위대한 명성. **8)** 九州(구주)- 온 중국을 가리킴.

| 解說 |

작자가 소녀시절 지은 시. 모두 8수이나 그 중 한 수만을 뽑았다. 이미 소녀 적부터 여자이면서도 남다른 기개와 야망이 있었음을 알게 한다.


# 일본사람 석정군이 자기 시에 화작하기를 요구하여 원 시의 운을 써서 지음(日人石井君[1] 索和[2] 卽用原韻[3])

부질없이 여자는 영웅이 되지 못한다 말하고들 있지만
만 리 길을 바람 타고 홀로 일본으로 향하고 있네.
돛단 배 위에 이는 시정은 바다와 하늘처럼 넓기만 하고
꿈에도 넋은 달빛 영롱한 일본 땅에 가 있네.
이민족에게 빼앗긴 조국은 머리 돌려보기도 슬프고
땀 흘리며 애썼으나 아무 공로도 없음이 부끄럽네.
이처럼 크게 마음 아파하면서 나라 잃은 한 품고 있으니
어찌 차마 객향에서 봄철을 잘 보낼 수 있겠는가?

漫云[4]女子不英雄이나,　萬里乘風獨向東[5]이라.

詩思一帆[6]海空闊하고,　夢魂三島[7]月玲瓏[8]이라.

銅駝[9]已陷悲回首요,　汗馬[10]終慚未有功이라.

如許[11]傷心家國恨하니,　那堪客裏度春風고?


| 註解 |

1) 石井君(석정군)- 누구인지 알 수 없다. 석정국차랑(石井菊次郎)이란 사람

일 가능성이 많다고 알려졌을 따름이다.  2) 索和(색화)- 남에게 시를 지어
준 다음, 다시 그 시에 화작(和作)하기를 요구하는 것.  3) 用原韻(용원운)-
원 시의 운을 사용하여 시를 짓다.  4) 漫云(만운)- 부질없이 말하다.  5) 向
東(향동)- 동쪽 일본으로 배를 타고 가고 있는 것.  6) 一帆(일범)- 한 개의
돛. 항선(航船)을 가리킨다.  7) 三島(삼도)- 일본은 본주(本州)·사국(四
國)·구주(九州)의 세 섬으로 이루어져 있다.  8) 玲瓏(령롱)- 아름답게 빛나
는 것.  9) 銅駝(동타)- 한(漢)나라 때 동으로 낙타를 세 개 만들어 낙양(洛
陽)의 동타가(銅駝街)에 세워놓았다(『洛陽記』). 뒤에 진(晉)나라 색정(索靖)
이 나라가 망할 것을 예견하고 낙양 궁전 문앞에 있는 동타를 가리키며 "이
놈들이 가시덩굴 속에 묻히게 될 것"이라 말했다 한다(『晉書』 索靖傳). 따라
서 '동타이함(銅駝已陷)'은 나라가 망하여 이민족 지배 아래 있음을 뜻한다.
10) 汗馬(한마)- 말이 땀을 흘리다. 크게 활동하면서 땀을 흘린 것을 말한
다.  11) 如許(여허)- 그처럼 많은.

| 解說 |

　1904년 작자가 일본으로 유학을 가는 도중 배 위에서 석정石井 이라는 일본친구
를 만나 지은 시이다. 여자이면서도 영웅다운 혁명가로서의 포부와 기개가 크고
애국의 열정이 넘치고 있다.


## 황해의 배 속에서 일본 사람이 시를 지어 주기를 요구하였는데 함께 일아전쟁 지도를 보고 씀(黃海舟中日人索句[1]並見日俄戰爭[2]地圖)

만 리 길 바람 타고 갔다가 다시 돌아오는데

외로운 몸으로 동해를 건너지만 가슴 속엔 봄 우레 같은 뜻
　　품고 있네.

차마 보지 못할 지도 보니 얼굴빛 변하여지나니

어찌 우리 강산 영원히 전란 속에 재로 남게 버려두겠는가?

막걸리로는 나라 걱정하는 이의 눈물 마르게 할 수 없으니
이 시국을 구하려면 응당 뛰어난 인재들이 있어야만 할 것이네.
십만 명의 머리에서 흘린 피를 합쳐서라도
반드시 이 세상 힘써 올바로 되돌려 놓아야지!

萬里乘風去復來<sup>3)</sup>하니,  隻身<sup>4)</sup>東海挾春雷<sup>5)</sup>라.
忍看<sup>6)</sup>圖畫<sup>7)</sup>移顔色하니,  肯使江山付劫灰<sup>8)</sup>아?
濁酒不銷憂國淚요,  救時應仗出群才<sup>9)</sup>라.
拚<sup>10)</sup>將十萬頭顱<sup>11)</sup>血하여,  須把乾坤<sup>12)</sup>力挽回라!

---

**| 註解 |**

1) 索句(색구)- 시를 써 달라고 요구하는 것.  2) 日俄戰爭(일아전쟁)- 일로전쟁(日露戰爭), 1904년 일본과 러시아가 중국의 동북지구를 서로 차지하려고 벌였던 전쟁. 그때 청나라 정부는 '중립'을 선언하고 구경만 하였다.  3) 去復來(거부래)- 갔다가 다시 오다. 작자는 1904년 초에 일본으로 건너가 유학을 시작하였는데, 연말에 일단 귀국하여 학비 등을 마련한 뒤 다시 1905년 봄에 일본으로 건너갔다. 그때 배 위에서 이 시를 지은 것이다.  4) 隻身(척신)- 외로운 몸. 한 몸.  5) 春雷(춘뢰)- 봄 우레. 혁명을 하여 나라를 바로잡으려는 자신의 큰 뜻을 말한다.  6) 忍看(인간)- 차마 어찌 그대로 보겠는가?  7) 圖畫(도화)- 지도.  8) 劫灰(겁회)- 전란. 전란에 재가 되어버리는 것.  9) 出群才(출군재)- 출중한 인재.  10) 拚(변)- 합치다, 모으다.  11) 頭顱(두로)- 머리.  12) 乾坤(건곤)- 천지, 세계 형세.

---

**| 解說 |**

1905년 일단 귀국하였다가 다시 일본으로 되돌아가는 배 위에서 지은 시이다. 역시 혁명과 우국의 정열이 뜨겁기 짝이 없다.

# 분개를 느끼고(感憤)

드넓은 조국 땅이 한탄스럽게도 다 무너졌으되

시국을 만회해보려 해도 계책이 없으니 구차한 삶이 부끄럽네.

모래 같은 백성들을 뭉쳐 망한 초楚나라 일으키듯 조국 다시
　　　일으키는 것이 소원이고,

옛날 장량張良처럼 청나라 임금 치려 해도 쇠몽둥이가 없네.

나라가 망하고 나니 비로소 한족漢族도 천해졌음을 알게 되고,

의기義氣 드높으니 객향의 돈주머니 가난한 것 상관없네.

혁명 계획과 활동은 아직도 동지들의 바람에 보답치 못하고
　　　있으니

칼 잡고 슬픈 노래 부르자 눈물만 줄줄 흐르네.


莽莽[1]神州[2]歎陸沈[3]이로되,　救時無計愧偸生이라.

搏沙[4]有願興亡楚[5]요,　博浪[6]無椎[7]擊暴秦이라.

國破[8]方知人種賤하고,　義高不礙[9]客囊貧이라.

經營[10]恨未酬[11]同志하니,　把劍悲歌涕淚橫이라.


| 註解 |

1) 莽莽(망망) - 풀이 넓은 들판에 자라있는 모양. 여기서는 드넓은 조국 땅을 형용하고 있다.　2) 神州(신주) - 중국을 가리키는 말.　3) 陸沈(륙침) - 세상이 무척 혼란한 것을 가리키는 말(『世說新語』 輕詆).　4) 搏沙(단사) - 모래처럼 흩어져 있는 많은 사람들을 단결시키는 것. 송(宋)나라 소식(蘇軾)이 "친구들이란 모래를 모아놓은 것 같아서 손을 놓으면 다시 흩어진다(親友如搏沙, 放手還復散.)"(「二公再和亦再答之」) 고 한 말에서 나왔음.　5) 興亡楚

(흥망초)- 망한 초나라를 흥성시키다. 『사기(史記)』에 "초나라는 비록 세 집이 남더라도 진나라를 멸망시킬 것은 반드시 초나라일 것이다(楚雖三戶, 亡秦必楚也.)"(項羽本紀)고 한 말을 응용한 표현임.  6) 博浪(박랑)- 지금의 하남성(河南省)의 현(縣) 이름. 옛날 한(韓)나라가 진(秦)나라에 멸망 당하자 장량(張良)은 역사(力士)를 구하여 그로 하여금 쇠몽둥이를 몸에 품고 그곳 박랑사(博浪沙)에서 숨어 있다가 진시황(秦始皇)이 수레를 타고 지나갈 적에 그를 때려죽이도록 하였다. 그러나 부거(副車)를 잘못 알고 쳐서 진시황은 무사하였다(『史記』留侯世家).  7) 椎(추)- 쇠몽둥이.  8) 國破(국파)- 나라가 망하는 것. 명(明)의 멸망을 뜻한다.  9) 不礙(불애)- 구애받지 않다, 상관이 없다.  10) 經營(경영)- 청나라를 멸망시킬 혁명운동을 계획하고 추진하는 것.  11) 酬(수)- 보답하다.


| 解說 |

광서 33년(1907), 곧 그가 사형당한 해에 쓴 시라 한다. 죽기 직전까지도 뜨겁게 불태운 조국혁명의 열정이 대단하다. 그 시대의 여성으로서는 더욱 있기 어려운 인물이다.

ㅇ

# 청대시선 清代詩選

초판 인쇄 ‖ 2013년 3월 15일
초판 발행 ‖ 2013년 3월 20일

역  저 ‖ 김학주
디자인 ‖ 이명숙 · 양철민
발행자 ‖ 김동구
발행처 ‖ 명문당(1923. 10. 1 창립)
주  소 ‖ 서울시 종로구 윤보선길 61(안국동)
　　　　 우체국 010579-01-000682
전  화 ‖ 02)733-3039, 734-4798(영), 733-4748(편)
팩  스 ‖ 02)734-9209
Homepage ‖ www.myungmundang.net
E—mail ‖ mmdbook1@hanmail.net
등  록 ‖ 1977.11. 19. 제1~148호

ISBN 978-89-7270-159-0 (03820)
정가 ‖ 25,000원